KB252807

오늘 우리 시의 표정

姜 熙 根 비평집

국학자료원

머리말

여기 저기 발표한 논문과 비평들을 모아 「오늘 우리 시의 표정」이라는 이름으로 한 권을 묶는다. 원론과 수필론 등이 들어 있지만 편의상 이름 아래 묶는다. 비평적 작업이 위기의 소산이라 했는데 과연 얼마만큼의 위기를 의식하고 쓰여진 글들인지 나로서는 가늠하기 힘들다.

비평은 창조비평이라야 한다는 평소의 신념에 걸맞는 단 한 편의 글도 써보지 못한 채 이쯤에서 정리해 두어야 한다는 강박관념에 쫓겨, 편수만 헤아려 묶어 놓고 보니 풋감을 따서 광주리에 담아 놓은 듯한 감을 지울 수가 없다. 어떤 원고는 너무 오래 전에 의욕만 가지고 썼던 것이라서 문체나 의도가 사뭇 낙차가 심해 제외할까도 생각했으나 어차피 부끄러움을 무릅쓰기로 한 만큼 눈을 감기로 했다.

제1부에는 시인론에 해당되는 글들을 모았고 제2부에는 원론, 수필론, 월평을 실었고 제3부에는 어느 월간지에 연재했던 명시 감상의 글을 찾아 넣었다. 이래 놓았는데도 월평류의 글들은 상당 편수가 광주리 밖으로 제쳐지게 되었다. 앞으로 지역문학사와 더불어 새로이 엮어질 책자에서는 잊지 않고 목차에 올려 놓을까 한다.

원고를 챙겨 빛을 보게 해준 국학자료원에 고마움의 눈인사 보낸다.

서기 2000년 3월
가좌동 캠퍼스 인문관에서
강 희 근

차 례

머리말

제 1 부

제 2 부

제 3 부

제 1 부

□ 이장희론 1

이장희 시 연구

Ⅰ. 들머리

1920년대 우리 시단의 경우 암울한 시대의 영향으로 감상과 허무에 젖어 있었는가 하면 덜익은 이데올로기에 섣부른 표현으로 제 모습을 갖추어 나온 시는 손가락으로 헤아릴 만큼 얼마되지 않았고, 도무지 종잡을 수 없는 것들이 전면을 채우고 있었다. 후반기에 들어서면서 김소월의 『진달래꽃』(1925)과 한용운의 『님의 沈默』(1926)이 발간되고 정지용의 일련의 작품들(1926. 6)이 발표됨으로써 우리 시가 현대적 면모를 드러내게 되는 것으로 지적되기도 하는데1) 이장희 작품들도 몇 손가락 꼽히는 이 자리에 놓아야 할 것이 아닌가 한다. 1920년대의 일반적인 시의 수준에 비해 이장희의 시가 말이나 짜임, 그리고 이미지 면에서 온당히 제자리를 잡은 것으로 단연 돋보이기 때문이다.

이장희의 시가 1920년대의 일각을 떠맡고 있다고 판단되는 확실한

---

1) 鄭漢模 : 한국 現代詩 연구의 반성, 現代詩 ①(1984, 文學世界社). pp.36~53 참조.

근거는 두 가지다. 말을 합당히 부려 쓴 것이 그 하나이고, 사물을 감각스리 드러냈다는 점이 다른 하나이다. 첫 번째 근거에 대해서는 김인환의 논문 <主觀의 明澄性>에서 약간은 다룬 바 있으나 구체적인 살핌에까지는 이르지 못했고, 두 번째 근거에 대해서는 몇 사람의 연구가들[2]에 의해 감각적 이미지의 창조라는 면에서 그들 나름대로의 접근을 보여 주었다. 이 글에서는 이들 기왕의 논문들의 개괄적인 분석이 놓친 면들을 찾아내어 이장희 시의 면모를 좀 더 확실히 조명해 보고자 한다. 이 일은 그의 시가 1920년대에 차지하는 자리를 분명히 하고 1930년대 시와의 연계 관계를 뚜렷이 밝히는 한 실마리를 찾는 데다 목표를 두고 진행될 것이다.

자료로는 김재홍(金載弘)이 엮은 『李章熙全集·評傳 봄은 고양이로다』(文學世界社, 1983)를 썼음을 밝혀 둔다.

Ⅱ. 말이 어떠했나?

이장희 시의 말은 대체로 ① 평이하고 ② 월의 주·술 관계가 분명하고 ③ '나' '그' 등의 대명사를 씀으로써 사물에 대한 인식을 뚜렷이 한 것으로 드러나 있다. 말을 정확하게 부려쓰되 평이하게 쓴 것을 보면 말에 대한 자각이 있었던 것이 아닌가 한다.

먼저 말의 평이함에 대해 살펴보기로 한다. 우선, 낱말의 경우 유별난 것이 없음을 들어 볼 수 있다. 거의가 일상 쓰는 낱말 그대로를 동원하였다. 제일 처음 발표된 3편 가운데 하나인 <실바람 지나간 뒤>를

---

2) 金載弘의 <古月의 詩世界>, 金澤東의 <四季의 感覺과 繪畵性>, 權道鉉의 <李章熙論>, 金仁煥의 <主觀의 明澄性>등이 있다.
  이상의 논문들은 金載弘편 : 李章熙全集·評傳 봄은 고양이로다(文學世界社)에 실려있음

읽으면 그의 시 출발이 말로서 매우 온당했음을 확인할 수 있다.

> 님이시여
> 모르시나닛가?
>
> 지금은
> 그리운 녯날 생각만이,
> 시들은 꼿
> 싸늘한 몬지
> 사그라진 촉불이
> 깃드린 祭壇을
> 고이 고이 감돌면서
> 울음 식거 속색임니다.
>
> 무엇을 빌며
> 무엇을 푸넘하는지요.

　시인들은 대개 초기에는 이색적인 낱말에 매력을 느끼면서 그러한 것들을 배치해 놓는 그것에 만족을 느끼는 수가 있는데 이장희는 처음부터 자기가 알고 쓰는 그 말밖에는 눈을 돌리지 않았다. 따음시를 보면 한 낱말도 과분하고 이색적인 것이 없다. '祭壇'이라는 한자말이 있지만 뜻을 확실히 하기 위해 썼을 뿐 유별난 말이거나 난해한 관념어가 아니다.

　한자를 그대로 쓴 한자말은 총 34편 가운데 13편에서만 보이는데 이는 전체시의 39%에 해당하는 바, 약 6할의 시에서 한자말이 쓰여지지 않았음을 보여주는 것이 된다(한자를 쓰지 않은 한자말이 있을 수 있으나 그의 시에는 거의 찾아지지 않는다). 13편의 제목과 거기에 쓰인 한자말은 다음과 같다.

실바람 지나간 뒤　　　：祭壇
봄은 고양이로다　　　：香氣, 生氣
舞　臺　　　　　　　：灰色, 紋儀, 妙, 香爐, 幻象
憧　憬　　　　　　　：灰色, 羊圓, 聖者, 銀, 微笑, 藍, 水國, 憧憬, 或, 門,
　　　　　　　　　　　魂, 安息
夕 陽 丘　　　　　　：修女, 讀經, 或, 聖像, 信仰, 榮光, 靈, 默示, 斜陽,
　　　　　　　　　　　敎堂, 瑠璃窓, 金, 瞑想
겨울 밤　　　　　　 ：瑠璃, 銳角, 亡靈
靑天의 乳房　　　　 ：乳房, 哀求, 情, 食慾
비오는 날　　　　　 ：情緖, 窓, 雨景, 鮮紅
沙上　　　　　　　　：行列, 軍隊, 旅商, 形像, 光影, 全景, 情調, 幼想, 帆
　　　　　　　　　　　船, 沙上, 海潮
비인 집　　　　　　 ：室內, 緋緞, 夢幻, 寢臺, 壁, 暮色, 古風
겨울의 暮景　　　　 ：動靜, 鈍重, 電車, 神經, 虛空, 幽靈, 銀, 外套, 幻燈,
　　　　　　　　　　　映寫膜, 沈鬱
봄하늘에 눈물이 돌다：憧憬, 微風, 倦怠, 憂鬱, 懺悔, 帽子, 窓, 追憶, 幻想,
　　　　　　　　　　　神秘, 砂丘, 慰勞, 詩, 魂
夏日小景　　　　　　：雲母, 琉璃盞, 牛乳, 銀, 談紅色, 淸凉劑, 水銀, 蓮,
　　　　　　　　　　　白鳥

위와 같이 총 94개의 한자로 쓴 한자말이 보이는데 모두 생활어로
낯익은 것들이다. 또 관념어들도 깊은 속뜻을 안고 있는 것들이기보다
는 사전적 의미 이상으로 읽히지 않는 것들이 대부분이다. 뚜렷한 관
념어들을 추려 보면 아래와 같다.

　　幻象, 憧憬, 安息, 信仰, 榮光, 默示, 瞑想, 哀求, 情, 沈鬱, 倦怠, 憂
　鬱, 懺悔, 神秘, 慰勞

금방 보아서 바로 그 의미가 드러나는 생활 속의 낱말들임이 분명
하다. 이런 낱말은 일부러 의식하면서 애써 찾아낸 것이 아니라 말의
자연스런 흐름 위에 쉽게 놓이는 것이다. 그만큼 평이하게 시를 끌고

간 셈이다.

　이장희 시의 말은 주술관계가 분명한데 이는 시를 '말을 바탕으로 부가한 예술'로 깨닫고 쓴 결과가 아닌가 한다.

　　　　눈비는 개였으나
　　　　흰 바람은 보이듯하고
　　　　싸늘한 등불은 거리에 흘러
　　　　거리는 푸르른 琉璃창
　　　　검은 銳角이 미끄러 간다.

　　　　고드름 매달린
　　　　저기 저 처마 밑에
　　　　서울의 亡靈이 떨고 있다.
　　　　풍지같이 떨고 있다

　따옴시는 두 도막의 시로서 주술 관계가 분명하다. 　　는 주어이고, ＿＿친 부분은 서술어(술부)이다. 월의 맥이 확연하여 불필요한 애매함이 없이 시를 선명하게 하고 있다. 눈에 띄는 대로 이런 도막들을 챙겨보면 다음과 같다.

　　　　지금은
　　　　그리운 넷날 생각만이,
　　　　시들은 꼿

　　　　사그라진 촉불이
　　　　깃드린 祭壇을
　　　　고이 고이 감돌면서
　　　　울음 석거 속색입니다.

　　　　　　　　　　　—<실바람 지나간 뒤>에서

앗불사! 부르지즐때
벌서 내
밝아케 되엿더라.

　　　　　　　　　— <불노리>에서

꼿가루와 가티 부드러운 고양이의 털에
고흔봄의 香氣 가 어리우도다.

　　　　　　　　　— <봄은 고양이로다>에서

아, 이러한 때
무덤가티 잠잠한 모래 두던 우에
무릅을 쪄안고 실음업시 안즌
이 나의 거츠른 머리칼은
나무입을 스치는 바람결에
갈갈이 나붓기어라.

　　　　　　　　　— <憧憬>에서

멀리서 불으는 꿈노랜지
야릇한 소리는 끈임업시
고은 향긔에 녹아들어
쓸쓸한 이 가삼에 사모치어라.

　　　　　　　　　— <夕陽丘>에서

　따옴도막들에서 볼 때 이장희 시는 말로서의 애매함이 전혀 없다. 앞뒤의 자리 이동이 있을 뿐 주어와 술어의 관계는 어김없이 이루어져 있다. 물론 어떤 행간에서는 주어의 생략을 보이고는 있으나 이는 앞 도막이나 앞부분에서 주어가 이미 들나 있어서 굳이 반복해 쓸 필요가 없을 경우에 오는 현상이다.

　또 이장희는 '나' '그' 등의 대명사를 씀으로써 사물과 말하는 이의 거리를 분명히 하면서 사물의 객관화에 많은 뜸을 들이고 있다.

날마다 밤마다
내 가삼에 품겨서
압흐다 압흐다고 발버둥치는
가엽슨 새한머리.
나는 나는 자장가를 부르며
잠재이랴 하지만
그리 압흐다 압흐다고
울기만 합니다.

어느듯 자장가도
눈물에 썰구요.
　　　　　　—<새 한 머리>전문(·은 필자가 붙임)

따옴시는 말하는 이를 '나'로 세웠다. 이 '나'가 작자가 되든 안 되든 관계없이 말하는 이와 말하고자 하는 대상과의 관계 내지 거리는 분명히 설정된 셈이다.

만약 · 찍은 '내'와 '나는'을 시에서 없애버린다면 '새한머리'를 품는 주제가 매우 불분명해지게 된다. 어미새가 될 것인지 작자가 될 것인지, 또는 전혀 다른 엉뚱한 주체가 숨어 있는 것이 될지 모호해지게 된다는 말이다. 대명사가 쓰인 구절들을 눈에 띄는 대로 챙겨보면 아래와 같다.

앗불사! 부르지즐째
벌서 내 손가락은
밝아케 되엿더라

　　　　　　　　　　—<불노리>에서

흐르는, 구름에 실려서라도
나는 가련다, 가지 안코 어이하리.
얄밉게도 지금은
水國의 숏숩으로 돌아가버린
그러나 그리운 녯님을 뵈올가하야.

—<憧憬>에서

아아어스름달아래
그는쓸쓸한光影의물결이런가
물결은물결을쏘츠며끗업시움직이도다

—<沙上>에서

잣버진 청개고리의 불눅하고 하이안 배를
그와함끠 나는 맛텃슴니다.

—<달밤 모래 우에서>에서

그는 가을바람에 우는
녯생각의 그림자——ㄹ 리라.

—<연>에서

저 눈은 너무 희고
저 눈의 소리 쏘한 그윽함으로
내 이마를 숙이고 빌가하노라.

—<눈은 나리네>에서

　따옴도막들에서 '나'와 '그'는 모두 말하고자 하는 대상과 말하는 이
의 거리를 분명히 하는데 이바지하고 있다. '나'는 말하는 이의 자리에
서 '그'는 말하고자 하는 대상의 자리에서 제 몫을 하고 있다. 1920년
대 시인들이 대개 말하는 이의 설정에 대한 의식이 희박했고 사물에

대한 인식에 있어 주관의 개입이 지나쳤던 사실을 머리에 넣는다면 이 장희의 이런 대명사 활용은 그것대로 눈여겨 볼 만한 것이라 하겠다.

Ⅲ. 사물은 어떻게 드러내었나?

이장희는 시를 쓸 때 1920년대의 다른 시인들과는 달리 사물을 감각스리 드러내고자 했다. 이 태도는 확고했던 것으로 보이는데 이는 ① 사물을 분명히 잡고 ② 집중적으로 그린 두 가지 사실이 뒷받침해 준다. 그러면서도 그는 심정도 놓치지 않았다. 먼저 사물을 분명히 잡아쓰는 데 대해 살펴 보기로 한다. 여기에는 두 가지 태도로 사물을 잡는 것을 볼 수 있는데 ①사물을 전체 글감으로 분명히 잡는 경우와 ② 사물을 부분 글감으로 분명히 잡는 경우가 그것이다.

> 애닯다
> 헐버슨 버들가지에
> 이느째부텀인지
> 연 한아 걸녀잇서
> 낡고 지처 가늘엇나니
> 그는 가을 바람에 우는
> 넷생각의 그림자————ㄹ 리라.
>
> —<연> 전문

따옴시 <연>은 날리는 '연'이 전체 글감으로 잡혀 있다. '연' 하나의 글감에 대해서만 집중적으로 그려져 있는데 이것이 이장희 시의 투명도를 높여 주고 있다. <비인 집> <비오는 날> <봄은 고양이로다> <새 한 머리> <버레 우는 소리> <귓드람이> <봉선화> <눈나리는 날> 등이 사물 하나를 전체 글감으로 분명히 잡는 경우이다.

사물을 부분 글감으로 분명히 잡는다는 것은 사물 하나하나가 독립되게 뚜렷이 그려지면서 전체 시의 진행에 이바지되는 경우를 두고 말한 것이다. 시 <憧憬>을 보기로 한다.

<1> 여린 안개 속에 녹아든
    쓸쓸하고도 낡은 저녁이
    어듸선지 물가티 긔어와서
    灰色의 꿈 노래를 알외이며
    갈대가티 간열핀 팔로
    끗업이 나의 몸을 둘너주도다.

<2> 야릇도 하여라.
    나의 가슴속 깁히도 가란저
    가늘게 고달핀 숨을 수이고 잇든
    핼푸른 녯생각은
    다시금 쑤물거리며 늣겨울다

<3> 아, 이리할째
    무덤가티 잠잠한 모래두던 우에
    무릅을 쎠안고 실음업시 안즌
    이나의 거츠른 머리칼은
    다시금 쑤물거리며 늣겨울다
    나무입을 스치는 바람결에
    갈갈이 나붓기어라

<4> 半圓을 크다랗게 그리는
    東녁 한울끗에
    조고만 샛별이 쩌잇서
    聖者가티 느려선 숨넘으로
    언제 보아도 혼자일리라.

선잠에서 눈쩐 샛별은
싸늘한 나의 쌤가티 썰며
銀 빗진 微笑를 보내나니.

<5> 외 쩌러진 샛별이어
내리봄이 어듸런가,
藍빗에 흔들리는 바다런가,
바다이면 아마도 섬이 잇고
섬이면은 고은 꼿피는 水國이리라.
오, 이질 수 없는 머나먼 憧憬이어.

<6> 흐르는, 구름에 실려서라도
나는 가련다, 가지 안코 어이하리,
얄밉게도 지금은
水國의 꼿숩으로 돌아가버린
그러나 그리운 녯님을 뵈올가 하야.

<7> 그러면 님이어,
或시 그대의 門을 두다리거든
젊어서 시들은 나의 魂을
꼿업는 安息에 뎍감게 하소서.

<8> 아, 저 두던에 울리도다,
마리아의 은은한 쇠북소래,
저녁은 갈사록 한숨지어라.
— <憧憬> 전문(번호는 필자가 붙임)

따옴시의 경우 앞 4개의 각 도막에서 사물 하나씩이 독립되게 그려
져 있다. 도막의 순서대로 그림을 그려 보이면 아래와 같다.

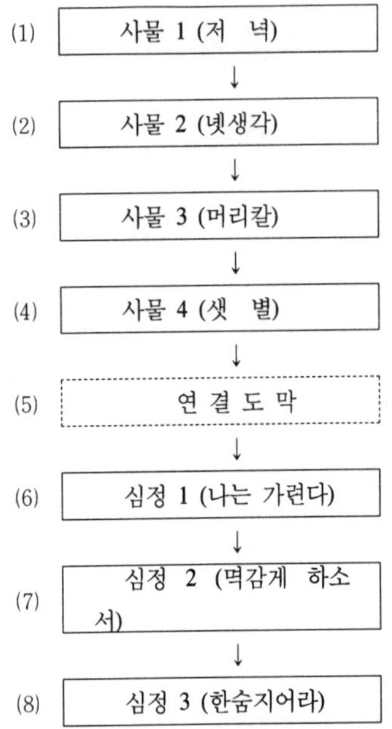

위 그림을 놓고 다음 따옴시의 짜임을 요약해 보면 '드러내고자 한 사물'→ '연결 도막'→'말하는 이의 심정'으로 된다. 드러내고자 한 사물은 각 도막에서 독자적인 이미지로 구축되면서 연결 도막으로 수렴되고 다시 말하는 이 심정의 밑감이 되고 있는 셈이다. 어쨋거나 '저녁' '옛생각' '머리칼' '샛별'은 각 도막에서 그것 독자스리 심도있게 그려져 있어서 엮음시3)의 각 편을 연상케 해준다. 이에 준하는 시로는 <봄철의 바다> <夕陽丘> 등을 들어 볼 수 있다.

---

3) 강희근 : 엮음시는 어떻게 쓰는가, '우리詩 짓는 법' 증보판(1985, 文學藝術社), p.182.
　　"늘임시는 하나의 맥락 안에서 전체가 통일되어 있는데 비해 전체가 통일되진 않지만 하나의 제목 안에 각 편이 엮어져 있는 시가 따로 있음을 본다. 이런 시를 엮음시라 부르고자 한다. 엮음시는 하나의 주제로 쓰되 글감을 다양하게 하거나 각도를 달리해서 그 주제를 드러내기도 하고 한 글감으로 쓰되 바라보는 각도를 달리하여 그 글감을 형상화해 내기도 한다."

　다음엔 사물을 집중적으로 그린 것에 대해 살펴 보기로 한다. 이장희는 사물을 분명히 잡고는 대체로 ① 관념으로 들어가질 않고 구체스리 형상을 더듬어 나가는데 ② 그 그림이 글감 밖으로 넘쳐 나가지 않도록 주의를 기울이며 시를 써 나갔다. 이런 점에서 집중적으로 그렸다는 말로 그의 시를 매길 수 있다. 그의 대표작 <봄은 고양이로다>가 이 점을 잘 보여 주고 있다.

　　　꽃가루 와 가티(부드러운) 고양이의 털 에

　　　고흔 봄 의 香氣 가 어리우도다.

　　　금방울 과 가티 (호동그란) 고양이의 눈 에

　　　밋친 봄 의 불길 이 흐르도다.

　　　고요히 (다물은) 고양이의입술 에
　　　포근한 봄 졸음 이 써돌아라.
　　　날카롭게 (쑥 쎄든) 고양이의수염 에
　　　푸른 봄 의 生氣 가 쒸놀아라.

　　　　　—<봄은 고양이로다> 전문(^^^는 필자가 그려 넣음)

　따옴시는 제목에서 벌써 형상을 붙들었다. 봄을 말하되 '고양이'를 통해서 말하고자 한 것이 그것이다. 그리고 4개의 도막에서 각각 하나씩의 고양이 몸 부위를 잡 고 있는데 그 부위가 구체스런 형상이 되고 있다. 또 ^^^^^^ 친 두 줄이 이 시 전체에서 사실의 말에 머물고 있을 뿐이고 다른 여섯 줄은 모두 비유로 쓰여져 있어서 그 '유의'(喩義)가 다양한 감각을 드러내 보여 주고 있다. '유의'로서는 '꽃가루' '향기'

‘금방울’ ‘불길’ ‘졸음’ ‘생기’가 되는데 이들이 감각스런 이미지로 이어져서 사물을 보되 관념에만 매여 있지 않게 해 준다.

　이장희의 시가 사물을 분명히 잡고 관념으로 들어가질 않고 구체스리 형상을 더듬어 나가는 실례로 첫 도막들을 들어보면 이 점 분명해진다.

시내 우에 돌다리,
달아래 버드나무.
봄 안개 어리인 시내ㅅ 가에, 푸른 고양이
곱다랗케 단장하고 빗겨 잇소, 울고 있소.
기름진 꼬리를 치들고

— <고양이의 꿈>

눈비는 개였으나
흰 바람은 보이듯 하고
싸늘한 등불은 거리에 흘러
거리는 푸르른 琉璃창
검은 銳角이 미끄러 간다.

— <겨울 밤>

먼 숩우를 밟으며
비ㅅ 발은 지나갓도다.

— <들에서>

이 가을의 아츰을
눈은 나리네.

— <눈은 나리네>

저긔 고요히 멈춘
긔선의 굴둑에서

가늘은 연계가 흐른다.
—<봄철의 바다>

지는 햇비츨 바든 나무가지에
잘새들 나라들어 우짓더니만
어느듯 그 소리도 긋처 버리고
넓은 들에 그림자 깁허지누나.
—<저녁>

저녁째 개고리 울더니
마츰내 밤을 타서 비가 나리네
—<어느 밤>

버들가지에 내씨이고
물우에 나르는 제비는
어느듯 그림자를 감추엇다.
—<저녁>

　이밖에도 더 많이 예 들 수 있으나 이 정도로도 이장회 시에 있어 첫줄에서부터 형상을 더듬어 나가는 모습을 짚을 수 있다 싶어 8편에 머물었다. 하나같이 관념으로 들어가질 않고 구체스런 형상에서 말미를 잡아 나가고 있다. '돌다리'와 '버드나무'(<고양이의 꿈>), '눈비'와 '흰바람'(<겨울밤>), '숨우'와 '빗발'(<들에서>), '아침'과 '눈'(<눈은 나리네>), '긔선의 굴뚝'과 '연기'(<봄철의 바다>), '나무가지'와 '잘새'(<저녁>), '개구리와 비'(<어느 밤>), '버들가지'와 '제비'(<저녁>) 등이 그의 눈에 구체스리 잡힌 형상들이다. 이런 형상들이 시의 펼침에 따라서는 관념의 소도구로 쓰여질 수도 있으나 예의 시들에서는 거의가 그렇게 쓰이질 않고 있다.
　시에서 구체스리 형상을 더듬어 나갈 때 자칫하면 글감 밖으로 넘

어서는 경우를 보는데 이장희 시에서는 특이하게도 이 점이 드러나지
않는다. <비인 집>과 <비오는 날>을 읽어보자.

     (ㄱ¹) 室內를써도는그윽한냄새
     (ㄱ²) 좀먹는緋緞의쓸쓸한냄새
     (ㄴ¹) 눈물에더럽힌夢幻의寢臺
     (ㄷ¹) 크달은말라버린싸리아
     (ㄷ²) 파랏게숭업게여윈고양이
     (ㄷ³) 언제든지暮色을쯰인숩속에
     (ㄹ) 코끼리가튼古風의비인집이잇다
         —<비인 집> 전문(ㄱ, ㄴ……은 필자가 붙임)

      쓸쓸한 情緖는
     (ㄱ) 카-텐을 잡아늘이며
     (ㄴ) 窓넘어 비소리를 듣고 있더니
        불현 듯 도까비의 걸음걸이로
     (ㄷ) 몽롱한 雨景에 비틀거리며
        뜰에핀 鮮紅의 진달래꽃을
     (ㄹ) 함부로 뜯어 입에 물고
     (ㅁ) 다시 머-ㄴ 버드나무를 안고 돌아라
         —<비오는 날> 전문(ㄱ, ㄴ……은 필자가 붙임)

   <비인 집>은 사물 그 자체에만 머무는 사물시로 볼 수 있다. 박목월의
<佛國寺>나 박용래의 <울안>을 한 계열로 묶을 수 있을 것이다. 주마간
산 격의 바라봄에 의해 붙잡힌 사물의 집합이어서 한 컷 한 컷 정도의
장면 제시 이상의 의미로 깊이 들어가지 않는 시이다. 나는 이런 시의
이미지를 속뜻으로 깊이 읽어낼 필요가 없는 것으로 보아 '거죽의 이
미지'4)라고 부른 바 있다.

---

4) 앞의 책, p.112.

　어쨌든 <비인 집>은 ㄱ₁에서 ㄷ₃까지의 7개의 이미지가 ㄹ의 마지막 줄에 수렴되고 있다. 각줄이 이미지의 단위이면서 그 이미지는 각각 독립스리 제시되어 마지막 줄에 이어지고 있다. 제시된 7개의 이미지는 3개 계열의 이미지의 단위이면서 그 이미지는 각각 독립스리 제시되어 마지막 줄에 이어지고 있다. 제시된 7개의 이미지는 3개 계열의 이미지로 묶어 볼 수 있는데 '집안의 냄새'(ㄱ¹, ㄱ²)→'집안의 가구'(ㄴ¹, ㄴ²)→'집밖의 사물'로 이어짐이 그것이다. 이렇게 하여 '비인 집'이라는 글감을 드러내는 집안밖의 도구들은 관념이 아닌 형상 그 자체로 글감에 집중되게 쓰여져 있음이 확인된 셈이다.

　<비오는 날>의 경우 표시해 놓은 대로 ㄱ에서 ㅁ까지 5개 이미지에 의해 첫줄의 '쓸쓸한 情緖'가 구체스리 드러내지고 있다. 관념의 형상화로 볼 수 있다. 이 시는 "시는 푸라치와 선(線)이라야 한다. 광채 없고, 탄력성 없고, 자극성 없는 굵다란 철사선(鐵絲線)은 시가 아니다"[5]고 그가 말한 대로 '가는 선'으로서의 이미지를 유감없이 보여주고 있다. '선'은 정서라는 선으로서 '카-텐'→'비소리'→'雨景'→'진달래꽃'→'버드나무'로 이어지고 있는 바, 그림으로써 '비오는 날의 정서'가 주변 상황의 소도구에 힘입어 감각스리 형상화됨을 볼 수 있는 것이다.

　어쨌거나 따옴시들은 글감 안에서 밀도 있는 이미지의 펼침을 보여주고 있는데, 이는 <비인 집>의 경우 끝줄에 이미지들이 수렴됨으로써 <비오는 날>의 경우 이미지들이 첫 줄을 풀어나감으로써 이뤄지고 있음을 보게 된다. 소품이 아닌 여러 도막으로 이뤄진 시들에서도 형상화의 대상은 항상 중심에 놓여 있다. <夕陽丘>에서의 '소리'나 <고양이의 꿈>에서의 '고양이'가 그림의 초점이 된 것이 이를 뒷받침해 준다.

---

5) 白基萬 : 尙火와 古月의 回想, 尙火와 古月(1951, 靑丘출판사), p.123.

Ⅳ. 무엇을 이야기하려 했나?

앞에서 본 바와 같이 이장희는 사물을 분명히 잡고 집중적으로 그렸기 때문에 '사물을 드러냄'에 더 힘을 기울인 쪽이지 '사물을 이야기함'에 힘을 들인 쪽이 아니었다. 그렇다고 하여 작품에서 시인이 무엇을 이야기하려 했는가에 대한 물음이나 논의를 멈출 수가 없다. 시인이 아무리 말이나 틀 자체에다 시를 매어 놓았다 하더라도 드러내고자 하는 대상과 관련된 시인의 삶이 시에서 지워질 수는 없기 때문이다. 다만 시인이 '사물을 드러냄'쪽에 힘을 더 들이는 경우 그의 눈에 들어오는 사물은 거의가 삶의 양식이 자아내는 보편스런 정서 이상의 것을 환기하거나 말하는 것이 불가능하게 되는 한계에 부딪친다. 이장희의 시가 바로 그런 한계 안에 놓인다고 볼 수 있다.

이런 한계 안에서 이장희 시의 이야기하고자 하는 바를 창작 연대와 관계없이 4단계로 정리해 볼 수 있다. 창작 연대를 무시하는 것은 그의 시가 보편스런 정서에 머물고 있어서 개인스런 일의 앞 뒤 차례보다는 인간 정서의 자연스런 환기의 차례에 더 의미를 주어 볼 수 있기 때문이다.

① 좌절할 수 밖에 없는 현실을 이야기하였다.

② 쓸쓸함과 슬픔의 분위기 그리고 옛생각에 젖어있는 심정을 이야기하였다.

③ 동경하고 애절히 구하고 애써 펼쳐 나가고자 한 심정을 이야기하였다.

④ 자기를 들여다 보며 뉘우치고자 함을 이야기하였다.

이 4단계를 인간 정서의 자연스런 환기의 차례로 보는 것은 누구나 보는 현실에 대한 태도나 심정의 궤적을 그대로 보여 주고 있기 때문이다. 현실의 벽이 앞에 가로 놓이자 우수에 싸이고 또한 옛추억에 놓이게 되며 다시 삶의 몸부림으로서의 '동경과 애구(哀求)'에 젖어보게 되고 다시 벽을 느끼자 자기를 찬찬히 들여다 보기 시작하는 그 심정의 궤적이 보편스런 것이다.

먼저 좌절할 수 밖에 없는 현실을 이야기한 시를 보기로 하자. 여기 드는 작품으로는 <고양이의 꿈> <봄하눌에 눈물이 돌다> <가을ㅅ 밤> <불노리> <새한머리> 등이 된다.

시내우에 돌다리,
달아래 버드나무.
봄 안개 어리인 시내ㅅ 가에, 푸른 고양이
곱다랓케 단장하고 빗겨 잇소, 울고 잇소.
기름진 쪼리를 치들고

밝은 애닯은 노래를 부르지요.
푸른 고양이는 물올은 버드나무에 스르를 올나가
버들가지를 안고 버들가지를 흔들며
쏘 목노아 웁니다, 노래를 불음니다.

멀리서 검은 그림자가 움즉이고,
칼날같이 銀가티 번쩍이더니,
푸른 고양이도 볼 수 업고,
꼿다운 소리도 들을 수 업고,
그저 쓸쓸한 모래우에 鮮血이 흘러잇소.
　　　　　　　　　—<고양이의 꿈> 전문

이장희는 시에서 '고양이'를 세 번 글감으로 쓰고 있는데 위 따옴시와 <봄은 고양이로다>가 있고 <비인 집>에서는 시 속의 작은 글감으로 쓰여 있다. <비인 집>에서의 '고양이'는 집이 갖는 가구 정도로 쓰여 있고 <봄은 고양이로다>에서의 '고양이'는 봄이 주는 감각을 집약적으로 표현하는 '객관적 상관물'로 쓰여 있다. 여기서 잠시 생각해 볼 것은 이 장희가 1920년대 중반, 곧 일제의 조국 강점 시대에 시를 썼는 바, 이 시대에 일본 사람들이 고양이를 좋아하여 많이 퍼뜨린 사실에 대해서이다. 그러나 이 사실을 시의 맥락 위에 놓고 더듬어 나가면 얼른 잡히는 바가 없기 때문에 겨레가 고양이를 길렀던 사람들과 같이 놓이는 시대 환경에 유의하는 정도로 그칠 밖에 없지 않을까 한다.

  이에 비해 백기만이 지적6)한 대로 이장희가 시에서 '고양이'를 글감으로 쓴 것은 보들레르의 영향에서 온 것이 더 근접하는 듯하다. 보들레르가 『악의 꽃』에 3편이나 '고양이'를 표제로 한 시를 발표한 사실, 보들레르의 <고양이>(LI의 <II>)와 이장희의 <봄은 고양이로다>가 발상 면에서 일부 가까운 바7)가 있는 점이 이를 뒷받침해 주기 때문이다. 그런데 이장희의 '고양이'는 보들레르가 '고양이'라 제목을 붙인 3편에서 보인 여성 상징과는 거리가 있다.8) <봄은 고양이로다>의 경우 오히려 남성쪽에 가깝다. '고양이의 수염에/푸른 봄의 生氣가 뛰놀아라'가 그 단서이다. <고양이의 꿈>이나 <비인 집>의 '고양이'는 시의 맥락으로 보아 어느쪽 상징으로 매길 수 없게 되어 있다. 어쨌거나 이장희가 시에서 '고양이'를 글감으로 가져온 까닭은, '고양이'가 눈에 많이 띄였던 일제의 조국 강점 시대에 보들레르의 『악의 꽃』을 탐독한 데 있었던 것으로 보아진다.

---

6) 앞의 책, p.125.
7) 보들레르의 <고양이>(LI의 <II>)의 1·4연을 보면 이 점 확인된다. "금발색과 갈색털에 풍기는/그렇게도 달콤한 향내음/어느날 밤. 한번. 단 한 번의 애무로,/내몸은 온통 그 향내음으로 젖어 있다. …… 나는 놀라 어리둥 절하여 져서 본다./그 창백한 눈동자로부터 타오르는 불길을,/나를 뚫어져라 바라다 보는/밝은 조명등과 살아 움직이는 듯한 오빨르의 눈을"에서 밑줄 친 구절과 <봄은 고양이로다>의 일부 구절을 대비시켜 볼 수 있다.
8) 金澤東 : 四季의 感覺과 그 繪畫性, 봄은 고양이로다(金載弘편, 1983, 文學世界社), p.201 참조.

따옴시는 말하는 이가 고양이 꿈을 꾼 것을 말하는 것으로 되어 있다(그러므로 제목이 '고양이의 꿈'이 되어서는 안 되고 '고양이 꿈'이 되어야 옳다). 이장희 시 가운데 비교적 할 말이 확실한 것(메시지)으로 읽힌다. 봄날을 즐기며 노니는 '고양이'를 '검은 그림자'가 해쳐 버리는 아픈 상황을 이야기하고 있기 때문이다. 이는 좌절의 상황이다. 그것도 꿈에 놓이는 것이기에 더 아픈 상황으로 읽힌다. 꿈에서 마저 마음껏 노닐고 노래 부를 수 없는 푸른 고양이의 처지가 말하는 이의 쓸쓸함을 돋워 주고 있기 때문이다. 이 시에서 '푸른 고양이'와 '검은 그림자'의 맞섬을 나로서는 그의 시 34편 가운데 거의 유일하게 시대적인 뜻겨안음 위에 올려 놓을 수 있다고 생각한다. '푸른 고양이'와 '검은 그림자'에 이어지는 낱말들이 어울려내는 분위기가 그렇게 생각되세 한다.

따옴시보다는 개인스런 현실의 좌절로 읽히는 시로 <봄하눌에눈물이돌다>가 있다.

憧憬의비둘키를놉히날녀라,
흰구름조으는하늘깁히에
마리아의빛나는가삼이잠겨잇나니.
크달은사랑을늣기는봄이되어도
봄은나를버리고겻길로돌아가다,
밝은웃음과강한빗갈이거리에찻건만
나의행복과자랑은微風에녹아사라젓도다.

22줄 중 앞 7줄이다. 첫줄의 "憧憬의비둘키를놉히날려라"라는 미래 지향적인 표현에도 불구하고 시 전반의 감상스러움 때문에 좌절에 빠져 있는 감이 더 짙다. 이 시에서의 좌절은 '행복'과 '자랑'이 미풍에 녹아 사라진 데 있다. 이 좌절은 "밝은웃음과강한빛갈이거리에" 차있는 가운데 오는 것이므로 개인스런 조건에서 오는 것으로 볼 만하다.

그러나 어떤 조건이 그로 하여금 좌절하게 했는지는 꼭 집어낼 수가 없다. <가을ㅅ 밤>에서 보면 "피에로의 슳업은 신세"가 나오는 바, 어릿광대로 살 수 밖에 없는 현실이 그로 하여금 좌절과 자탄에 빠뜨린 것이 아닌가 여겨지긴 하나 이도 막연하긴 마찬가지다. 무엇이 어릿광대로 몰아부치는지 앞 뒤 조명이 없어 막연한 것이다.

쓸쓸함과 슬픔의 분위기 그리고 옛생각에 젖어 있는 심정을 이야기한 시로는 <비오는 날> <沙上> <비인 집> <어느 밤> <저녁> <벌레 우는 소리> <무대> <달밤 모래 우에서> <겨울의 暮景> <실바람 지난 뒤> <연> <적은 노래> 등이 된다. 이 계열의 시가 많기 때문에 김재홍은 「古月의 詩世界」라는 논문에서 다음과 같이 지적한 듯하다.

> 시인들은 막연한 주관적 감정에 사로잡혀 우수와 고독, 눈물과 그리움, 좌절과 동경에서 빚어지는 감정 중심의 시를 썼던 시기다. 그들은 주관적 감정에 지나치게 압도되어 객관적 현실의 실상을 드러낼 여유조차 갖지 못했다. 고월 이장희 역시 그러한 1920년대의 시대적 특징을 벗어난 시인은 전혀 아니다. 그도 역시 1920년대를 풍미한 감상과 환영, 퇴폐와 허무의 무드에 여지없이 결박당한 시인이었기 때문이다.9)

따옴글의 문맥을 잘못 짚으면 이장희가 1920년대의 감상과 환영, 퇴폐와 허무에 바로 이어지는 시인으로 생각되기 쉬우나 퇴폐와 허무 쪽은 아니다. 현실에서 막히는 일 때문에 오는 답답함이나 갑갑함이 쓸쓸함과 슬픔의 분위기에 젖어 있게 했고, 때로는 옛추억에 빠져들게 했을 정도이기 때문이다. <어느 밤>을 보자.

저녁째 개고리 울더니

---

9) 金載弘, 앞의 책, p.93.

마츰내 밤을 타서 비가 나리네.

녀름이 와도 오히려 쓸쓸한
우리집 뜰우에 소리도 그윽하게 비가 나리네.

그러나 이것은 어인일가 어대선지
한 머리 버레 소리 잇다금 들리누나.

지금은 안이우는 개고리가치
내마음 그지업시 그윽하여라 고적하여라.
— <어느 밤> 전문

　따옴시에서 이장희를 좌절ㅎ게 하는 조건을 어렴풋이나마 짚을 수 있게 된다. 둘째 도막 "녀름이 와도 오히려 쓸쓸한/우리집 뜰우에 소리도 그윽하게 비가 나리네."에서 '우리집'이 그 조건으로 읽힌다. "녀름이 와도 오히려 쓸쓸한/우리집"에서 계절 감각을 느낄 수 없는 집의 환경이 그를 우수에 빠지게 하는 것이다. 집의 환경에 대해서는 김재홍이 「古月 李章熙評傳」[10)에서 자상히 밝혔는데, 이에 따르면 그의 아버지 이병학은 일제 하 중추원 참의를 지냈고 잇단 상처로 인해 3번씩이나 결혼하여 슬하에 21남매를 두게 되었던 바 이런 사정을 헤아릴 때 "오히려 쓸쓸한 우리집의 속뜻이 풀림에 있다. 그럼에도 불구하고 그의 쓸쓸함이 인간의 조건에서 오는 보편스런 것으로 여겨지는 것은 "내마음 그지업시 그윽하여라 고적하여라"라는 끝귀절이 있기 때문이다. '그윽하여라'는 느낌이 은근한 것으로 쓸쓸함의 개별스러움을 막는 기능을 갖고 있다. 그만큼 여유를 갖고 '어느 밤'을 노래하고 있는 셈이다. 김영랑의 초기 시들이 말맛에 치우쳐서 뜻의 발전에 문제를 던진 바 있는데 이장희가 그런 전범을 먼저 보인 것이 아닌가 한다.

---

10) 같은 책, p.67~92 참조.

　슬픔의 분위기를 주거나 옛생각에 젖어 있음을 말하는 시들도 슬픔의 까닭이나 옛생각의 구체스러움을 좀체 들어내지 않는다. 그만큼 보편스런 슬픔이요 심정인 것이다.

　　　님이시여
　　　모르시나닛가?

　　　지금은
　　　그리운 녯날 생각만이
　　　시들은 꽃
　　　싸늘한 몬지
　　　사그라진 촉불이
　　　깃드린 祭壇을
　　　고이 고이 감돌면서
　　　울음 석거 속색임니다.

　　　무엇을 빌며
　　　무엇을 푸념하는지요.

　　　　　　　　　—<실바람 지나간 뒤> 전문

　따옴시는 옛생각에 젖어 슬퍼함을 이야기하고 있는 심정의 시이다. 그러나 옛생각이 무엇에 대한 것인지 확실히 붙잡히지 않는다. '祭壇'이라는 낱말을 통해서 볼 때 죽은 사람에 대한 것으로 이해되긴 하나 무엇을 하던 사람이 어째서 죽었고 나와는 무슨 관계인지 암시되는 바가 없다. 그저 과거를 절대한 세계로 보았을 뿐이고 과거의 시점에 정지되어 있을 뿐이다. 그렇다고 과거의 의미가 살아나 있지도 않다. 그래서 심정의 시라고 말해 본 것이다. 이장희의 시에서 '옛생각'을 말하거나 '슬픔'을 드러내는 경우는 모두 따옴시처럼 보편스런 감정을 드러내는 정도의 심정의 시에 머물고 있음이 확인된다.

　동경하고 애절히 구하고 애써 떨쳐 나가고자 한 심정을 이야기한 시로는 <憧憬> <靑天의 乳房> <새 한 머리> 등이 된다. 이 3편은 하고자 하는 바 말이 비교적 뚜렷한 시로서 이장희 삶의 심층이 건드려져 있다.

> 외 쩌러진 샛별이어
> 내리봄이 어듸런가,
> 藍빗에 흔들리는 바다런가,
> 바다이면 아마도 섬이 잇고
> 섬이면은 고은 꼿피는 水國이리라,
> 오, 이질 수 없는 머나먼 憧憬이어.
>
> 흐르는, 구름에 실려서라도
> 나는 가렴다, 가지 안코 어이하리,
> 얄밉게도 지금은
> 水國의 꼿숩으로 돌아가버린
> 그러나 그리운 넷님을 뵈올가 하야.
>
> 그러면 님이어,
> 或시 그대의 門을 두다리거든
> 젊어서 시들은 나의 魂을
> 쯧업는 安息에 멱감게 하소서.
>
> 아, 저 두던에 울리도다,
> 마리아의 은은한 쇠북소래,
> 저녁은 갈사록 한숨지어라.

— <憧憬> 5~8도막

　따옴시는 님에 대한 동경을 노래한 것이다. 4개의 따옴도막은 앞 4개 도막에 비해 사실의 말 쪽이다. 그만큼 말하고 싶은 바 의도가 분명

하다. "녯님을 뵈올가 하야" "나는 가련다, 가지 안코 어이하리,"라는
의도는 대부분의 다른 시에서는 전혀 드러날 수 없는 것이다. "꿋업는
安息에 멱감게 하소서"의 그 풀어져 있는 말도 마찬가지다.

　이러한 말하고 싶은 바 의도의 노출은 "① 좌절→ ② 슬픔·옛생각
→ ③ 떨치고 나아가고자 함 → ④ 자기를 들여다 봄"의 ③단계에 와서
이루어지는 것이다. 좌절의 충격 때문에 한동안 슬픔·옛생각에 젖어
있게 되고 또 마냥 그렇게 머물러 있어서 안되겠다는 충동이 왔을 때
'떨치고 나아고자 함'에 이르게 된다 하겠다. <靑天의 乳房>과 <새 한
머리> 두 작품 다 '떨치고 나아가고자 함'에 이어지는 시다. 앞은 하늘
을 보고 '哀求'하는 말의 시이고 뒤는 "압흐다고 발버둥치는/가엽슨/새
한 머리"를 "자장가를 부르며/잠재이랴"는 말의 시이다. 두 편 다 현실
확인의 의미를 띄고 있으면서 절대한 과거를 떨치고 나아가고자 하는
의지가 강하게 드러나 있다.

　자기를 들여다 보며 뉘우치고자 함을 이야기한 시로는 <불노리>
<夕陽丘> <눈> <눈은 나리네> <쓸쓸한 시절> 등이 된다.

　　　오, 信仰의 깃붐이어
　　　넘치는 榮光에 저즌 修女들의 소리여
　　　나의 고달핀 靈, 거츠른 몸은
　　　무거운 默示에 늣겨울다.

　　　어느듯 느진 바람은 한숨짓고
　　　빗발가튼 斜陽을 가로바든
　　　敎堂의 붉은 벽돌, 둥그른 瑠璃窓은
　　　갸륵한 金빗에 빗나여라.

　　　아, 지금 修女들의 고은 소리는
　　　동산 넘어 집히도 사라지고
　　　물가티 가란진 모래언덕은

속압혼 瞑想에 저물어간다.

— <夕陽丘>에서

따옴시는 수녀들의 기도소리에 "나의 고달핀 靈, 거츠른 몸은/무거운 默示에 늣겨울다"의 자기 성찰을 보여주는 시다. 8도막의 비교적 긴 시이지만 '소리'라는 낱말을 중심으로 이미지의 연결이 잘 이루어지고 있다. 이장희 시 가운데 말과 삶, 혹은 체험이 가장 잘 어울어진 작품으로 읽힌다. 또 가톨릭에 대한 이장희의 관심이 깊었던 것임을 말해 주는 것으로도 읽힌다. "오, 信仰의 깃붐이여/넘치는 榮光에 저즌 修女들의 소리여"에 이르면 이장희가 가톨릭 신자인 듯도 싶다.[11) 기도소리를 듣고 신앙의 기쁨을 말하고 수도자들의 영광을 말한 것으로 보아 그렇다. 더구나 그 기도 소리에 '나의 고달핀 영'과 '거츠른 몸'을 스스로 살펴 들여다 보는 행위는 종교 생활 초입을 이미 넘어선 것으로 읽히기에 그렇다. 어쨌든 이장희는 <夕陽丘>를 통해 자기 삶의 근원을 들여다 보기 시작했고 '속압혼 冥想'에 젖어들기 시작했다. ④단계 '자기를 들여다 봄'에 들어선 것이다. 이후 <불노리>에서는 "파라케 여윈 손가락을/고요히 바라 봄"으로, <눈>에서는 "더러운 이 몸을 어이히랴."리는 뉘우침으로, <눈은 나리네>에시는 "내 이마를 숙이고 빌가하노라"라는 속죄의식으로, <쓸쓸한 시절>에서는 "우리들 머리 숙이고/고요히 생각할 그때가 왔다"라는 겸허한 살핌으로 드러나게 되었다.

그러나 이 ④단계에서도 이장희 시는 심정의 단계에 머문 것으로 봄직하다. 바라보는 것이나 뉘우치는 것, 또는 속죄나 살핌이 단순한 발상에서 나와 막연하게 뒷처리 되고 있기 때문이다. 뉘우치는 경우 속죄함이나 살피는 바가 구체스리 삶의 심층에 놓여야 하는데 그렇게 되질 못한 것이다. 사물을 감각스리 드러내는 데 힘을 더 들인 시인의

---

11) 이장희가 가톨릭 신자라는 근거는 밝혀진 자료 어디에서도 찾을 수 없다.

한계를 여기서 보게 되는 셈이다.

V. 마무리

　지금까지 살펴온 바를 정리하면 다음과 같이 된다.

　1) 이장희는 보기 드물게 시의 말을 정확히 부려 썼는 바 이 점은 다음 3가지 사실로 뒷받침 된다. ① 말이 대체로 평이했다. ② 월의 주술 관계가 분명했다. ③ '나' '그' 등의 대명사를 자주 씀으로써 사물에 대한 인식을 뚜렷이 했다.

　2) 이장희는 시에서 사물을 감각스리 드러내고자 했다. 이는 ① 사물을 분명히 잡고 ② 집중적으로 그림으로써 이루어지게 되었음이 확인되었다. 사물을 분명히 잡는 경우를 두 가닥으로 나눠 볼 수 있었는데 ① 사물을 전체 글감으로 잡는 것이 그 하나였고 ② 사물을 부분 글감으로 잡는 것이 다른 하나였다. 또 사물을 집중적으로 그릴 때 2가지 전제를 두고 했음을 알 수 있었다.

　① 사물을 잡고는 관념으로 들어가질 않고 구체스리 형상을 더듬어 나간 것이 그 하나였고 ② 그 그림이 글감 밖으로 넘쳐 나가지 않도록 주의를 기울인 것이 다른 하나였다.

　3) 이장희의 경우 '사물을 드러냄'쪽에 힘을 들인 결과 그의 시가 삶의 양식이 자아내는 보편스런 정서 이상의 것을 환기하거나 말할 수 없게 되는 한계를 보였다. 이 한계 안에서 이야기하고자 하는 바를 창작 연대와 관계없이 4단계로 정리해 볼 수 있었는 바, 그 4단계는 다음과 같다. ① 좌절할 수밖에 없는 현실을 이야기하였다. ② 쓸쓸함과 슬픔의 분위기 그리고 옛생각에 젖어 있는 심정을 이야기 하였다. ③ 동경하고 애절히 구하고 애써 떨쳐 나가고자 한 심정을 이야기하였다. ④ 자기를 들여다보며 뉘우치고자 함을 이야기하였다.

온당한 말의 부림과 사물에의 집중

Ⅰ. 들머리

이장희의 「봄은 고양이로다」는 그가 남긴 34편[1] 중에서 대표작으로 손꼽히고 있는 작품으로, ≪金星≫ 3호(1924년 5월 24일 발행)에 처음으로 선보인 5작품 가운데 한 편이다. 그러므로 처녀작군을 이루는 한 편인 셈이다. 이 작품이 달리 실리기로는 백기만 엮음『尙火와 古月』 (1951년 5월, 11편 수록)이 처음이고, 김재홍 편저『李章熙全集·評論 봄은 고양이로다』(1983, 文學世界社)가 그 다음이다. 원본은 물론 처음의 발표지인 ≪金星≫ 3호의 것으로 잡는 것이 마땅하다. 생존시 처음으로 투고했던 지면일 뿐만 아니라 시인이 달리 개작하여 투고한 지면이 없고, 또 개작을 시도한 다른 흔적도 아직까지는 알려지지 않고 있기 때문이다.

이장희 시에 대한 연구는 권경옥, 정태용으로부터 시작되어 김인환, 김학동, 김재홍에 이르면서 분석적 고찰이나 본격 작가론의 심도를 더하게 되었다.[2] 대체로 감각적 비유나 이미지 쪽에 초점을 잡았는데,

---

1) 金載弘 편저, 「評論 봄은 고양이로다」,『李章熙全集』, 문학세계사, 1983.

「봄은 고양이로다」의 경우 그 형상화의 깊이를 잘 드러내 보여 준 것으로 하나같이 평가하고 있음을 볼 수 있다.

이 글은 「봄은 고양이로다」만을 살피는 몫이 주어져 있으므로 전체 작품들에 접근하면서 놓칠 수 있는 유기체로서의 시의 독자성에 유의할 것이다. 그리고 시가 갖고 있는 내밀한 구조를 따져 보는 데 힘을 들이면서 시가 놓이는 자리를 매기는 차례로 쓰여질 것이다.

Ⅱ. 말이 어떠했나?

이장희 시의 말은 대체로 ① 평이하고, ② 월의 주·술관계가 분명하고, ③ <나>, <그> 등의 대명사를 씀으로써 사물에 대한 인식을 뚜렷이 한 것으로 드러나 있다. 말을 정확하게 부려 쓰되 평이하게 쓴 것을 보면 말에 대한 자각이 있었던 것이 아닌가 한다.[3]

①과 ②는 「봄은 고양이로다」에도 그대로 적용된다. 우선 낱말에 유별난 것이 없다. 일상 쓰는 낱말 그대로다. 시인들은 대개 초기에는 이색적인 낱말에 매력을 느끼면서 그러한 것들을 배치해 놓는 그것에 만족을 느끼기가 일쑤인데 이장희는 처음부터 자기가 알고 쓰는 그 말 밖에는 눈을 돌리지 않았다. <香氣>와 <生氣>라는 두 한자말이 있으

---

2) 연구현황은 아래와 같다.
　　權京玉 : 詩人의 感覺, 국어국문학 연구 논문집 1집(경북대, 1956)
　　鄭泰榕 : 古月의 感覺的 形象, 現代文學 10월호(現代文學社, 1957)
　　金相一 : 李章熙―近代詩人論, 現代文學 12월호(現代文學社, 1959)
　　오탁번 : 古月詩의 兩面, 語文論集 14·15합본(고려대, 1973)
　　金仁煥 : 主觀의 明澄性―李章熙論, 文學思想 9월호(文學思想社, 1973)
　　金澤東 : 四季의 感覺과 그 繪畵性, 『韓國近代詩人研究』(一潮閣, 1974)
　　金載弘 : 古月의 詩世界, 『李章熙詩全集·評論 봄은 고양이로다』(文學世界社, 1983)
　　姜熙根 : 이장희 시에 대하여 배달말 10(배달말 학회, 1985)
3) 강희근, 앞책, p.138.

나 낯익은 생활어로 말의 자연스런 흐름위에 쉽게 놓인다.

또 이 시의 말은 주·술관계가 분명하다. 이는 시를 '말을 바탕으로 부가한 예술'로 깨닫고 쓴 결과로 보인다.

```
─────────────────────────────에
──────── 香氣가 어리우도다.
(주어)     (술어)
─────────────────────────────에
────────── 불길이 흐르도다.
(주어)    (술어)
─────────────────────────────에
────────── 봄졸음이 써돌아라.
    (주어)     (술어)
─────────────────────────────에
────────── 生氣가 쒸놀아라.
(주어)    (술어)
```

네 도막 가지런히 주어와 술어의 놓이는 자리가 일정하다. 월의 맥이 확연하여 불필요한 애매함이 없이 시를 선명하게 하고 있다. 말의 온당한 질서를 따르고도 '상상을 잣는 말'이 되는, 그런 시의 전형을 이룬 것으로 볼 수 있다.

Ⅲ. 어떻게 드러내었나?

이장희는 1920년대의 다른 시인들과는 달리 사물을 감각스리 드러내고자 했다. 이 태도는 확고했던 것으로 보이는데 이는 ① 사물을 분명히 잡고, ② 집중적으로 그린 두 가지 사실이 뒷받침해 준다.[4]

---

4) 강희근, 앞책, p.144.

①은 사물을 전체 글감으로 분명히 잡는 경우와 부분 글감으로 분명히 잡는 경우가 있는데 「봄은 고양이로다」는 앞의 경우에 속한다. 전체 글감으로 잡은 '봄'이 일관되게 형상화되는 과정을 보여주고 있기 때문이다. ②는 시가 관념으로 들어가질 않고 구체스리 형상을 더 들어 나가면서도 그 그림이 글감 밖으로 넘쳐 나가지 않는다는 쪽에서 지적될 수 있는 말이다. 여기에 대한 장치는 제목, 비유, 이미지, 가락 등에 놓여 있음이 주목된다.

「봄은 고양이로다」라는 제목이 형상을 붙든 비유로 쓰여 있다. 제목을 붙일 때 시인들은 대개 4가지 방법[5]을 쓰는데 이 시에서는 그중 주제를 제목으로 하는 경우를 따르고 있다. 주제를 드러내되 비유적 장치를 통해 구체적인 형상을 붙들어 놓았다. 그 형상을 <고양이>로 제한시킴으로써 <봄>의 이미지를 고양이에 묶어 놓은 셈이다. 그러므로 글감인 봄의 그 방만한 이미지가 구체적인 사물로서의 고양이 이상으로 넘쳐 나갈 수가 없게 된 것이다. '고양이' 또한 관습적 관념이 없어서 제목에서 벌써 신선하고 감각적인 분위기를 자아내게 한다.

시 전체의 비유적 장치는 제목에서 이미 제시하고 있는 바대로 매우 중층적이고도 포괄적이다. 이 시를 감각의 미를 조소(造塑)한 작품[6]이라거나 예리한 직관과 우수한 감각적 형상능력[7]이 발휘된 작품이라고 지적한 경우 모두 이 비유적 장치에서 얻은 효과를 두고 말한 것이 아닌가 한다.

---

5) 강희근, 「제목은 어떻게 붙이는가」, 『우리 시 짓는 법』, 문학예술사(1983), p.54.
   시에 제목을 붙이는 방법
   ① 주제를 제목으로 한다.
   ② 글감을 제목으로 한다.
   ③ 주제도 글감도 아닌 다른 무엇을 제목으로 한다.
   ④ 제목을 붙이지 않는다.
6) 金澤東, 앞책, p.203.
7) 金載弘, 앞책, p.115.

꼿가루 와 가티(부드러운) 고양이의 털 에
고흔 봄 의 香氣 가 어리우도다.
금방울 과 가티 (호동그란) 고양이의 눈 에
밋친 봄 의 불길 이 흐르도다.

고요히 (다물은) 고양이의입술 에
포근한 봄 졸음 이 써돌아라.

날카롭게 (쑥 쩨든) 고양이의수염 에
푸른 봄 의 生氣 가 쒸놀아라.

그림으로 환기시킨 부분들에 주의를 기울이면서 이를 알아보기 쉽
게 도식화하면 아래와 같이 된다.

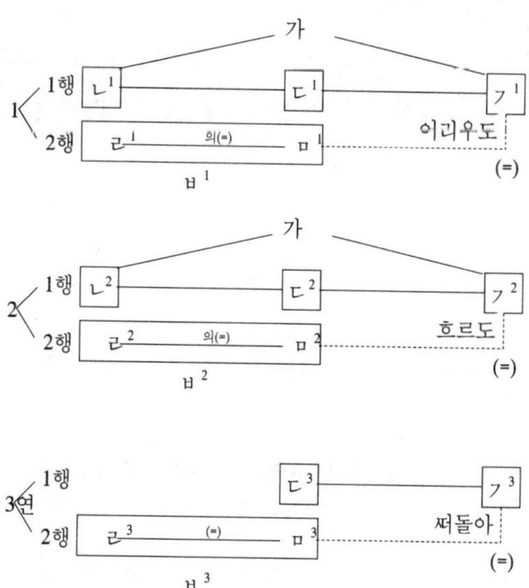

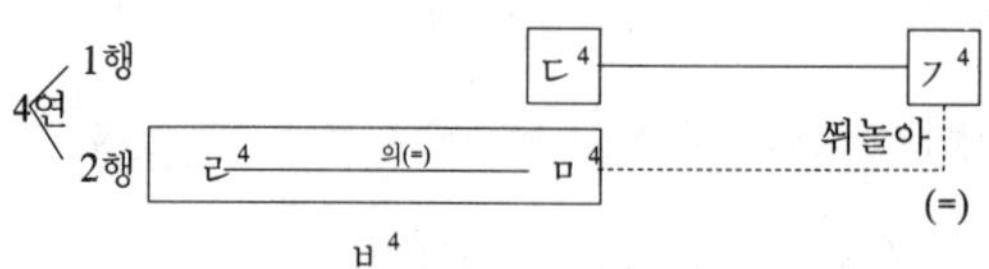

1연의 1행과 2연의 1행은 비유가 '유의(ㄴ$^{1\cdot2}$) — 관계낱말(ㄷ$^{1\cdot2}$) — 본의(ㄱ$^{1\cdot2}$)'로 이어져 있는 직유이고, 1·2연 각 2행의 '봄(ㄹ^1)의 香氣(ㅁ^1)', '봄(ㄹ^2)의 불길(ㅁ^2)'은 '의'로 연결되는 은유다. 3연과 4연은 각 1행에서 직유 구조로 가상해 볼 때 '관계낱말(ㄷ$^{3\cdot4}$) — 본의(ㄱ$^{3\cdot4}$)'만 남겨져 있는 상태의 변화를 보여주고 있다. 그러나 3·4연의 각 2행에서는 앞 1·2연의 2행과 같은 구조를 보여 주고 있다. 아울러 눈여겨 볼 것은 각연이 공히 갖는 속살 은유8)에 관해서이다. <고양이의 털(ㄱ^1)에 봄의 香氣(ㅂ^1)가 어리우도다>에서 <고양이의 털>과 <봄의 香氣>고 묘하게 포개진 것으로 읽혀지기 때문에 속살로는 'ㄱ^1=ㅂ^1'의 은유구조를 드러낸다.

그리하여 ㄱ 군과 ㅂ 군의 관계를 속살은유라 할 수 있는데 비유의 중층과 포괄의 양면성이 이로써 이루어진다. 그림을 그리면 아래와 같다.

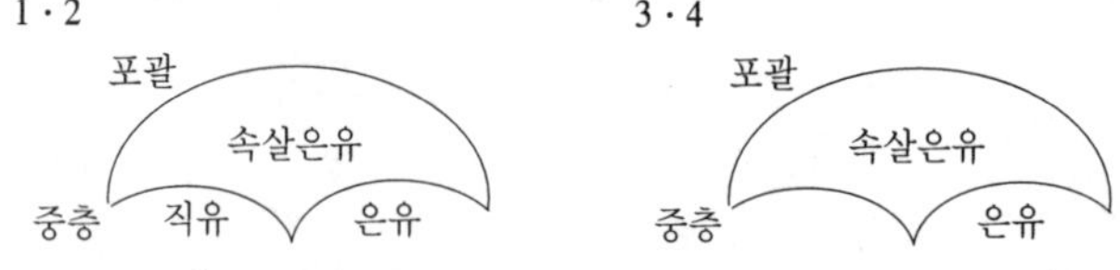

이와 같이 각 연에서 중층과 포괄의 반복으로 글감에 다양히 접근

---

8) 겉으로 보아 은유구조를 보이지 않지만 속살로는 은유의 효과를 내는 것을 '속살 은유'라고 이름 붙여 보았다.

하되 시가 그 글감에서 절대 벗어나지 않고 있음을 보게 된다.

이미지는 전반적으로 보아 '거죽의 이미지'[9]다. 이미지가 속뜻을 깊이 드러내지 아니함을 본다. 제목에서 봄의 상관물로 <고양이>를 제시해 놓았으므로 시의 발전도 자연 <고양이>의 속성 이상으로 나아갈 수 없게 되어 있다. 각 연 형상의 중심이 고양이의 한 부위에 있음은 이를 뒷받침해 준다. 앞에서 이미 지적한 바 있지만 <고양이>에는 관습적 관념이 없다. 그만큼 감각적으로 읽히게 된다.

이미지의 작은 단위가 되고 있는 유의들 일테면 <꽃가루>, <금방울>, <香氣>, <불길>, <졸음>, <生氣> 등에도 깊이 새겨져 있는 관념이 들어 있질 않다. 모두 봄의 속성을 드러내는 데 이바지하고 있을 뿐이지 시인의 감정이나 의도에 매이지 않고 있다.

그리고 이미지의 제시도 끝으로 나아가면서 집중하는 것이기 보다는 발산하는 모습을 보인다. <봄향기→봄불길→봄졸음→봄생기>로 이어짐이 그렇다. <향기>가 나왔으면 그 향기를 돌림대로 이미지가 발전하지 않고 <불길>의 비약과 <졸음>의 하강이 뒤따른다. 각 연에서 이미지는 제각금 따로 노는 이미지가 되는 셈이다. 그러므로 이 시는 전체 글삼 안에서 따로이 제시뇌는 이미지의 십합이다. 이미지가 이렇게 발산함으로써 관념은 아예 발붙이기가 어려운 것이다. 반면에 이미지의 내재적 가락은 강·약의 교체 반복으로 은밀히 살아나 있다. <봄향기(약)→봄불길(강)→봄졸음(약)→봄생기(강)>로 이어짐이 그렇다.

이 시에서 가락의 효과도 무시할 수 없어 보인다. 가락 읽기를 두 가지로 할 수 있는 바, 숫자로 표시해 보이면 아래와 같다.

---

9) 강희근, 앞책, p.112.
  거죽의 이미지란 이미지가 속뜻으로 나아가지 않고 드러내고자 하는 사물을 그리는데 그치는 것이다. 이런 이미지는 사물이 지시하는 사상이나 관념을 드러내고자 아니한다.

$$1연 \begin{cases} 6 \cdot 4 \cdot 6(6 \cdot 4 \cdot 4 \cdot 2) \\ 4 \cdot 3 \cdot 5(4 \cdot 3 \cdot 5) \end{cases}$$

$$2연 \begin{cases} 6 \cdot 4 \cdot 6(6 \cdot 4 \cdot 4 \cdot 2) \\ 4 \cdot 3 \cdot 4(4 \cdot 3 \cdot 4) \end{cases}$$

$$3연 \begin{cases} 3 \cdot 3 \cdot 7(3 \cdot 3 \cdot 4 \cdot 3) \\ 3 \cdot 4 \cdot 4(3 \cdot 4 \cdot 4) \end{cases}$$

$$4연 \begin{cases} 4 \cdot 3 \cdot 7(4 \cdot 3 \cdot 4 \cdot 3) \\ 4 \cdot 3 \cdot 4(4 \cdot 3 \cdot 4) \end{cases}$$

앞은 세 걸음 가락으로 읽은 것이고 뒤(괄호속)는 네 걸음 가락으로 읽은 것이다. 나로서는 앞을 취하고자 한다. 각 1연을 네 걸음으로 보았을 때 끝걸음이 2내지 3음절로써 안정감이 없기 때문이고, 시인이 띄어쓰기를 3걸음으로 해 놓았기 때문이다. 결국 세 걸음가락의 바깥 가락이 살아 있는 시로 읽을 수 있는데, 이렇게 정해진 가락이 곧이곧대로 살아 있을 때 시는 단순 서정이나 감각, 또는 단순관념을 드러낸다. 또 각 연에서 첫 행이 무겁고 둘째 행이 가벼운 것으로 쓰여져서 가락이 거죽의 이미지에 잘 어울린다. 이미지가 속뜻으로 발전하지 않는 시는 뒤를 가볍게 놓아 여백의 효과를 최대한 살리기 때문이다.

이렇게 제목, 비유, 이미지, 가락 등에 놓여진 장치로 하여 시는 봄을 매우 감각스리 드러내게 되었다. 그렇다고 사물시가 된 것은 아니다. 이미지의 눈이라 볼 수 있는 것 가운데 <봄불길>이나 <봄졸음>, <봄생기> 등에 시인의 정서가 개입되고 있기 때문이다. 그렇다 하더라도 이 시는 말하기 쪽이기 보다는 드러내는 쪽이다. 봄을 노래하면서도 '봄의 보편적 정서' 이상을 말하지 못하고 있다. 보다 사물에 매일 때 보편적 정서에 머물 수 밖에 없음을 이 시는 확인시켜 주고 있는 셈이다.

Ⅳ. 어떤 자리에 놓이나?

「봄은 고양이로다」는 지금껏 살펴 온 감각적 장치에도 불구하고 감각시로서는 초보단계에 머무는 것이라 봄이 옳다. 세 걸음가락이라는 바깥가락에 기대어 오히려 이미지가 눌렸다는 점에서 그러하고, 이미지가 집중되는 쪽이 아니라 발산되는 쪽으로 전개되었다는 점에서도 그러하다.

그럼에도 불구하고 「봄은 고양이로다」를 포함한 34편 이장희의 시는 정확한 말의 부림과 비유·이미지·가락이 어울려 내는 시의 심미적, 감각적 운용이라는 측면에서 1920년대 중반 한국시에 한 장을 열어 보였다는 그 사실에 주목하지 않을 수 없다. 이로부터 한 가닥은 1920년대 말 내지 1930년대의 정지용·김광균으로 이어지고[10] 다른 한 가닥은 1930년대 초반의 김영랑으로 이어진 것으로 판단되기 때문이다. 앞가닥은 감각의 강조로 이어지고 뒷가닥은 이미지의 발산 내지 보편적 정서의 강조라는 쪽에서 이어진다.

영향관계는 보들레르의 시를 잡고 단편적으로 검토된 바[11]는 있지만 백기만이 밝힌 '베를레에느의 영향'이나 양주동이 밝힌 '초현실주

---

10) 여기에 같은 견해를 보인 책은 아래와 같다.
　　白鐵 : 조선 신문학 사조사
　　鄭泰榕 : 李章熙論, 韓國現代詩人研究
　　金載弘 : 古月의 詩世界, 李章熙全集·評論 봄은 고양이로다.
11) 김학동은 『四季의 感覺과 그 繪畫性』에서 이장희의 「봄은 고양이로다」를 보들레르의 「惡의 꽃」가운데 「고양이」 연작시와 관련 지워 상당한 단서를 얻어낸 바 있다.

의에의 관심'에 대해서는 손을 대지 못한 형편이다. 나로서는 정서적 측면에서 보들레르와의 관계를, 말의 측면에서는 베를레에느와의 관계를 추적해 볼 수 있다고 믿지만 이쪽은 과제로 남길 뿐이다. 이런 일련의 과제들이 풀리고 나아가서 영미 이미지즘과의 어떤 단서를 잡는다면 이장희의 자리는 보다 확실해질 것이다.

　그러나 영향 측면에서 이장희의 사물 기술 태도는 아직 미지수이지만 한국 시사에 놓이는 그의 자리는 앞에서 지적한 두 가닥의 이어짐을 염두해 둘 때 확고부동한 것이라 아니할 수 없다.

• <參考文獻>
• 정태용, 「古月의 感覺的 形象」, ≪現代文學≫ 10월호, 현대문학사, 1957.
• 김인환, 「李章熙論」, ≪文學思想≫ 9월호, 문학사상사, 1973.
• 金澤東, 四季의 感覺과 그 繪畫性, 韓國近代詩人研究, 일조각, 1974.
• 金載弘, 「評論 봄은 고양이로다」, 『李章熙全集』, 문학세계사, 1983.
• 강희근, 「이장희 시에 대하여」, 『배달말』10, 배달말학회, 1985.

〈오랑캐꽃〉과 반어적 상황

긴 세월을 오랑캐와 싸훔에 살았다는 우리의 머언 조상들이 너를 불러 〈오랑캐꽃〉이라 했으니 어찌 보면 너의 뒷모양이 머리태를 드리인 오랑캐의 뒷머리와도 같은 까닭이라 전한다.

아낙도 우두머리도 돌볼 새 없이 갔단다
도래샘도 띳집도 버리고 강 건너로 쫓겨갔단다
고려 장군님 무지 무지 쳐들어와
오랑캐는 가랑잎처럼 굴러갔단다

구름이 모여 골짝 골짝을 구름이 흘러
백년이 몇백년이 뒤를 이어 흘러갔나

너는 오랑캐의 피 한 방울 받지 않았건만
오랑캐꽃
너는 돌가마도 털메투리도 모르는 오랑캐꽃
두 팔로 햇빛을 막아 줄께
울어 보렴 목 놓아 울어나 보렴 오랑캐꽃

I

　본고는 이용악의 시 <오랑캐꽃>[1](≪인문평론≫1940. 10)에 대한 해설의 몫이 주어져 있다. 이 시는 이용악의 대표시로 알려져 왔는데 이용악 시 전반에 대한 연구가 '80년대 후반 월북 문인의 해방 이전 작품에 대한 해금조치[2]로 본격화되기에 이르렀으므로 대표시에 대한 인식도 달라질 소지가 있다.

　이용악은 1914년 함경북도 경성읍에서 태어나 서울에서 고등보통학교를 나와 일본 상지대학 신문학과(1934~38년)에 유학했으며, 유학기간중 ≪신인문학≫(1935년 3월호)에 <패배자의 소원>을 발표하면서 문단에 올랐으며, 시집으로 ≪분수령≫(동경 三文社, 1937), ≪낡은 집≫(동경 三文社, 1938), ≪오랑캐꽃≫(雅文閣, 1947), ≪이용악집≫(동지사, 1949), ≪이용악 시전집≫(창작과 비평사, 1988)등이 있다.

　이용악의 시에 대한 연구는 광복 이전에는 독후감 수준의 글 두 편이 있었고, '40년대 후반엔 문학사적 맥락에서의 검토가 단편적이나마 일부 이루어졌으며, '70년대에도 일부 검토가 있었지만 본격적인 것이 되지 못하였다. 그러다가 해금기에 이르러 시 전반에 대한 천착[3]이 시

---

1) 제3시집 ≪오랑캐꽃≫ (雅文閣, 1947)에 수록됨.
2) 해금조치는 1976년 3월 13일에 제1차로, 1987년 10월 19일에 제2차로, 1988년 3월 31일에 제3차로, 1988년 7월 19일에 제4차로 이루어졌다.
3) 해금 이후에 씌어진 논문들은 아래와 같다.
　장영수, <오장환과 이용악의 비교 연구>, 고려대 박사논문, 1987. 7.
　윤영천, <이용악론—민족시의 전진과 좌절>, ≪한국리얼리즘작가연구≫, 문학과 지성사, 1988.
　김종철, <용악—민중시의 내면적 진실>, ≪창작과 비평≫ 1988년 가을호.
　윤지관, <영혼의 노래와 기교의 시>, ≪세계의 문학≫ 1988년 가을호.
　이승훈, <한국 프로시의 분석, ≪비교문화연구≫, 한양대 비교문화연구소, 1988.
　김용직, <서정 실험, 제 목소리 담기—1930년대 한국시의 전개>, ≪현대문학

작되는데 논의의 중심은 이용악의 시가 리얼리즘과 모더니즘 양면을
띠고 있다는 것, 그러면서도 리얼리즘적 측면이 우세할 뿐 아니라 리
얼리즘을 드러내 보이는 시가 우수하다는 것, 제3시집 ≪오랑캐꽃≫은
리얼리즘의 퇴조에 언어 기교가 우세하다는 것 등이다. 그리고 <오랑
캐꽃>은 리얼리즘의 퇴조를 보이는 시편들 속에 끼어 있으면서도 새
로운 의미에서의 현실이 살아있다는 평을 얻었다. 본고에서는 <오랑캐
꽃>의 그러한 위상을 확실히 진단해 보이기 위해 지금까지의 논의를
바탕으로 하되, 보다 세밀한 잣대로 탐색의 끈을 조여 볼까 한다.

Ⅱ

시 <오랑캐꽃>을 읽고 나면 맛이 남는데 그 맛은 「처연하다」이다.
화자가 꼭 하고 싶었던 말은 「힘이 있던 겨레가 힘을 잃고 오히려 쫓
기는 입장이 된 현실을 아파함」에 있어 보인다. 시의 짜임이 이 맛과
할말을 생생히 그리고 절실히 해 주고 있음이 특이하다.

시는 모두 3연으로 되어 있는데 내용상으로 보아 뚜렷이 구별되는
세 도막이다. 「오랑캐가 쫓겨감(1연) → 세월이 흐름(2연) → 목놓아 울
현실에 놓여 있는 오랑캐꽃(3연)」으로 이어지고 있다. 2연은 1연과 3연
을 맺어 주는 허리 역할을 하고 있다. 시대적으로는 고려시대와 일제
시대를 연결해 주고 입장으로는 물리치는 가해 주체와 물리침을 당하
는 피해 주체를 연결해 주는 지문의 구실을 하고 있다.

≫ 1988년 11월호.
고형진, <구체적 삶의 제목들과 서정적 슬픔—이용악의 시세계>, ≪현대시
  학≫ 1988년 8월호.
최동호, <북의 시인 이용악론>, ≪현대문학≫ 1989년 4월호.
김상선, <이용악론>, ≪시문학≫ 1989년 6월호.
감태준, <이용악시연구>, 한양대 박사논문, 1989. 12.

그림으로 1연과 3연을 그려 보이면 1연과 3연의 관계가 상반·대립
되는 관계로 반어적임을 알 수 있다.

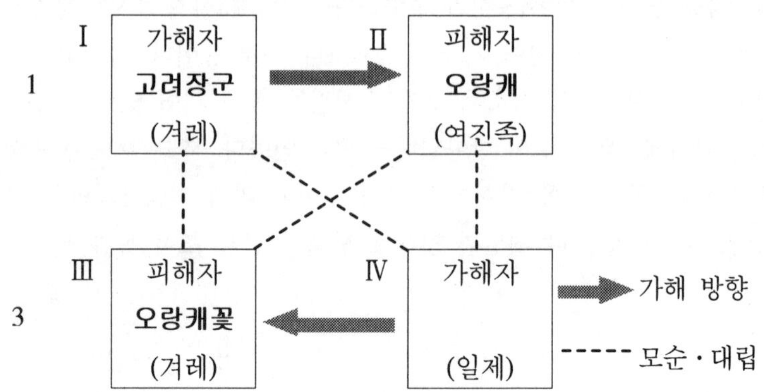

1연에서 고려장군 곧 겨레가 분탕질로 나라를 어지럽히는 오랑캐를 물
리쳤는데 3연에서 겨레가 오히려 오랑캐꽃으로 비유되어 구체적으로 드
러나지 않은 가해자로부터 피해를 입는다는 줄거리이다. 작품이 씌어진
시대를 두고 고려장군이나 여진족을 떠올려 유추를 하면 3연에서의 가해
자는 일제가 된다. 그렇게 보면 1연과 3연은 이미 있었거나 예상되었던
것이 뒤엎어진 사태나 사건의 상태⁴⁾로 대립의 관계에 놓인다. 그림을 보
면 I과 III, II와 III, I과 IV, II와 IV가 모두 예상되었던 것의 뒤엎어짐
을 보인다. 상황적 반어를 보임으로써 오늘의 오랑캐꽃(겨레)이 놓인 상
황이 절대 비극적임을 드러내 준다.

짜임은 다시 2연을 제외하고 네 도막으로 정리된다. 「오랑캐가
모든 것을 버리고 쫓겨감(1연 1·2행) → 쫓겨감의 이유와 모양(1
연 3·4행) → (2연) → 오랑캐꽃이 됨의 부조리함과 그 비극(3연
1·2·3행) → 목놓아 울어야 하는 오랑캐꽃(3연 4·5행)」으로 이
어짐이 그것인데 「상황」→ 「상황에 대한 이유」, 「비극적 상황」→ 「

---

4) 「irony」, Webster's Third New International Dictionary, ed. by Philip Babcock
    Gove(G. & C. Merrian Company, 1971), p.1195.

상황에 대한 극복의지」로 맞물려지는 이야기의 진전이 틈 없이 이루어지고 있음을 본다. 그러면서 각 연(1·3연) 공히 기·승·전·결로 행과 행이 공소한 구석이라곤 허락하지 않는 구성의 묘를 갖추고 있다.

Ⅲ

<오랑캐꽃>에 쓰인 수사는 열거와 반복이 근경을 이루고 역설과 의인법이 원경으로 자리잡고 있다. 「아낙도 우두머리도」, 「도래샘도 띳집도」, 「돌가마도 털메투리도」가 열거로 「남김없이」나 「그것마저도」라는 내포를 드러내 준다. 반복은 「무지 무지」, 「골짝 골짝」, 「백년이 몇백년이」, 「울어 보렴……울어나 보렴」 등이 단순 되풀이로, 「갔단다」, 「구름이」, 「오랑캐꽃」이 건너뛰는 되풀이로 이루어지고 있는데 이들은 시의 서사적 요인을 운율적 행간으로 켕겨 있게 해 준다.

의인법과 역설은 배치로 이루어지는 열거·반복과는 달리 뜻으로 이루어지는 수사이므로 원경으로 자리잡고 있다고 볼 수 있다. 3연의 「니는 오랑캐의 피 한 빙울 빚지 않았지만 / 오랑캐꽃 / 니는 돌가마도 털메투리도 모르는 오랑캐꽃」 3행이 시 가운데 제일로 무게가 실려 있는데 그 까닭은 역설과 의인화가 주는 비극의 심대함에 있지 않은가 한다. 오랑캐의 피를 받지 않았는데도 오랑캐꽃이 되었다는 것은 문맥상 앞 뒤 모순을 드러낸다. 오랑캐들이 쓰는 돌가마나 털메투리도 모르면서 오랑캐꽃이 되었다는 것 또한 앞 뒤 모순을 드러내는 역설이다. 그 종족도 아니고 그 문화도 누리지 않은 형편에 그 종족이 갖는 비극을 감수할 밖에 없는 현실이 한없이 안타까운 일이다. 「피」와 「문화」는 사람에 관련한 것이므로 오랑캐꽃이 어느덧 의인화되고 있음 또한 놓쳐 볼 수 없다. 그렇다면 오랑캐의 신세로, 그 운명으로 전락해

버린 이들은 누구인가? 일제 강점시대에 씌어진 시이므로 일제에 의해 유린당하고 있는 우리 겨레가 바로 그 오랑캐꽃이다. 유린당해서는 안 될, 오랑캐의 피 한 방울 받지 않은 우리 겨레이므로 참으로 아프고 괴로운 현실이 아닐 수 없다. 고려장군의 힘으로 그 기상이 넘치는 장대함으로 살았던 조상들이었기에 오늘의 현실이 참으로 아픈 치욕이다. 이 치욕이 화자가 「햇빛을 막아 줄 테니 목놓아 울어나 보라」고 말하는 처연하고 비장한 결사의 근거가 되어 주고 있다.

시에서 화자는 전지적 시점에서 청자인 오랑캐꽃에게 말하고 있다. 이 허구적 화자는 1·2연에서 과거를 회상하고 3연에서 스스로의 뜻, 의지를 드러내 보여 준다. 화자는 이야기의 진행에 그대로 참여하고 청자도 이야기의 바탕에 놓여 있는 존재이므로 시가 훨씬 상황적이다. 「두 팔로 햇빛을 막아 줄께」라는 화자의 능동적인 의사와 의지는 이 시 전체를 현실이라는 바닥에서 꿈틀거리는 것으로, 곧 리얼리즘의 시각 안으로 깊숙이 들어오게 하는 몫을 하고 있다. 종결어사를 연결해 보아도 이 점 확인이 된다. 「갔단다」에서 「갔나」로 다시 「줄게」→「보렴」으로 이어지는 어사의 진행이 정적인 데서 동적인 데로 치닫고 있다. 그러는 가운데 상황이 어느새 붙들려지고 있지 않은가.

시의 율격은 3걸음 마디와 4걸음 마디의 교차 반복이다. 그만큼 전통 율격을 따르고 있다고 봄이 옳다. 이는 의식적으로 전통을 따른다는 데서 오는 것이 아니라 틀을 깨는 실험에 관심이 없을 때 생래적으로 오는 안정·균제로 보면 좋을 것이다. 다만 3연에서 1행이 4걸음이고 2행이 1걸음, 3행이 5걸음인 데에 주목할 필요가 있다. 2행이 1행의 연속선상에 있는 것으로 본다면 5걸음 마디의 되풀이를 보인 셈이다. 이는 무엇을 말함인가? 3걸음 내지 4걸음 마디의 교차를 바탕으로 한 약간의 파동을 드러낸 가벼운 힘주기이다. 결사 이전의 긴장을 유도하는 의도로 보이는데 시조의 종장 「3·5·4·3」의 「5」에 해당하는 셈이다. 거기다 각운이 의미를 획득하고 있음이 예사롭지 않다.

「다-다-와-다, 러-나, 꽃-꽃-께-꽃」으로 드러나고 있는데 1연과 3연이 같은 형태이고 2연만 부드러운 유음인 「러」와 「나」의 연결이다. 1연과 3연의 각운 형태는 민요적인 되풀이인데 일테면 「○-○-△-○」모양을 보이는 것으로 「형님 형님 사촌 형님」이나 「달아 달아 밝은 달아」의 틀이다. 그러므로 시 <오랑캐꽃>은 율격이나 각 운에서 전통적인 호흡을 드러냄으로써 겨레의 장구한 역사와 동일성이라는 정서가 환기되어 현실 앞에 놓인 겨레의 긴장 국면이 배가되고 있다.

IV

시의 이미지는 대체로 원시성 내지 유목민늘의 삶의 미개성을 드러내고 있다. 도래샘, 떳짐, 가랑잎, 구름, 피 한 방울, 돌가마, 털메투리, 햇빛 등이 이미지를 드러내는 구체적인 사물들인데 두만강 근처와 그 북방에 살았던 여진족들의 문화에 직결되는 것들이기에 그러하다.

시 전체의 이미지는 우리 겨레와 다른 북방의 오랑캐들 삶과 생활에 이어져 있지만 시의 전체가 주는 맛은 그런 보잘 것 없는 생활과의 정서저 일치에 있다는 것에 눈길을 줄 필요가 있다. 도래샘, 떳집, 가랑잎이 서술 속의 한 개 소재에 불과하지만 소재들이 모여서 이루는 것은 소재의 속성이 집합되는 그 어떤 이미지이다.

3연에서 「너는 돌가마도 털메투리도 모르는 오랑캐꽃」으로 표현되고 있는 역설은 분명 돌가마와 털메투리와는 무관한 오랑캐꽃임을 말해주고 있다. 그러므로 오랑캐의 위치로 전락해 있는 겨레의 비극이 훨씬 가중되어 드러나고 있는 것이다. 그렇지만 이미지 측면에서 보면 종당엔 겨레의 상황이 「돌가마」와 「털메투리」가 자아내는 정서와 하나의 선상에 놓이게 됨을 간과할 수 없다. 말하자면 우리 겨레가 과거의 오랑캐에 정서적 일치를 보이는 결과가 됨을 지나쳐서는 안 된다는 것이다. 이것이 역설이 주는 또 하나의 역설이다. 「돌가마와 메투리」가 오랑캐의 문화의 대유임은 분명하지만 그 문화가 갖는 상황으로 인한 정서적 결합이 시적 성취로 이어짐을 부인할 수가 없다. 이런 요인들이 <오랑캐꽃>에서의 겨레의 상황을 전대미문의 비극으로 끌어올리고 있음이 분명하다. 그러므로 <오랑캐꽃>은 이미지가 전경에 놓이고 서사성이 후경에 놓여 상황을 지니고 있는 서사성이 시적 이미지와의 균형을 이루게 되는 것이다.

V

지금까지 시 <오랑캐꽃>에 대해 나름대로 해설을 위한 분석을 가해 보았다. 결론으로 세 가지를 확인하고자 한다. 1연과 3연이 반어적 상황이라는 것이 그 첫째이고, 3연의 1~3행이 역설적 구조임이 그 둘째이고, 「돌가마도 털메투리도」가 오랑캐꽃(겨레)과의 정서적 일치를 보인다는 것이 그 셋째이다. 독자는 이 범위 안에서 시와의 만남이 자유로워지게 되었으면 한다.

시집 『憂愁의 皇帝』에 대하여

I

花人 김수돈(1917년 3월 21일~1966년 7월 4일)은 마산에서 태어나 15세에 일본에 건너가 나고야중학을 졸업했다. 귀국하여 마산 창신학교 교사, 경남여고 교사, 마산제일여고 교사, 경남대학 강사 등을 역임했다.[1]

그는 창신학교에 근무할 때부터 시를 쓰기 시작하여 시 <召燕歌> <故鄕>[2]과 <冬眼>[3] 등으로 정지용의 추천을 받아 문단에 데뷔했다. 시집으로는 제1시집 「召燕歌」[4]와 제2시집 「憂愁의 皇帝」[5]가 있다. 이 글에서는 제2시집 「憂愁의 皇帝」를 소략하게나마 살펴보고자 한다.

---

1) 世界文藝大辭典(1975. 成文閣) p.276.
2) 文章, 1939년 5월호
3) 같은 책 10월호
4) 부산 文藝新聞社 발행(1947. 2. 15) 국판 102면, 300부 한정
5) 부산 大韓文化社 발행(1953. 2. 8)
   제1부 『憂愁의 皇帝』에 <人形의 거리> 등 11편
   제2부 『典藝師와 喇叭』에 <孤獨>등 10편
   제3부 『中世紀의 戀人』에 <가을>등 10편 모두 31편이 수록되어 있음.

II

「憂愁의 皇帝」에 실린 김수돈의 시는 비유가 대체로 단순하다. 구조를 얻고 있지 못하다는 말에 다름 아니다.

> 개나리 피는 노란 봄
> 비둘기처럼 담장 밑에 와서 지저겨도
> 돌아보지 않을 심정이었다.
> 해 저물어
> 少女는 까만 옷을 입고 나와도
> 하 - 얗게 보일 뿐이다.
>
> — <反逆>6) 전문

따옴시를 보면 비유는 '비둘기처럼'에서 단 한 번 쓰이고 있다. 봄이 비둘기처럼 지저귀고 있다는 것인데 직유로서의 기능이 잘 살아 있다. 봄이 비둘기에 의해서 훨씬 구체적이고도 실감나게 떠오르기 때문이다. 그렇지만 비유가 그 이후의 행에서 이루어지지 않고 있어서 비유가 시의 진행을 떠받치고 있지를 않다. 단발적인 비유로 그치고 있다. <反逆>이 소품이므로 단발로 그치는 비유의 취약점이 노출되지는 않으나 보다 긴 시의 경우 노출이 심하다. 그런데 단발적인 비유가 <反逆>에서 쓰인 비유의 기능만큼 살아 있는 예가 거의 없다. 시 <가을>을 보면 전체 25행에서 한 번의 직유가 쓰이고 있는데 주지(主旨)와 매체가 긴장 관계로 놓여 있지를 않다.

> 그것이 自身을 酷使하는 가장 殘惡한 채쭉이라고 하자
> 하면 먼 곳에 두고 온

---

6) 『憂愁의 皇帝』 pp.16-17.

　　愛人의 肉體처럼 짙은 醉香있는 鄕愁
　　술깨어 새벽 홀로 우는 뉘우침이여
　　또 하나의 다른 가을

　　　　　　　　　　　　　　　— <가을>7)에서

　　따옴시에 쓰인 직유의 주지인 '鄕愁'와 매체인 '愛人의 肉體' 사이의
거리가 너무 가깝다. 유추단계를 거치지 않고 곧바로 연결된다. 그만
큼 단순하면서 진부하다. 은유로 쓰인 대목들도 대개 그러하다. '아네
모네는 情다운 愛人' (<憂愁의 皇帝>), '치마자락에 싼 봄은/초록 향기
있는 노스탈쟈—'(<春眼>), '소라고동의 노래는/裸婦의 꿈'(<典藝師와
喇叭>) 등에서 주지와 매체 사이는 유추 없이도 그대로 연결시켜 볼
수 있다. 양자 사이의 공유 영역이 너무 넓다. 그러면서 한 편 안에서
단발적으로 쓰인 비구조적인 은유로 되어 있다. 의도와 기법으로서의
은유가 아니라는 말이다.

III

　　김수돈의 시는 전반적으로 보아 감상적인 정서, 순애와 권태 그리고
무기력한 삶을 드러내고 있다. 이러한 정서와 내용은 여성편향과 관련
되어 있음이 주목된다. <어떤 風景들>을 보자

　　茶房 루나—
　　시온城 밖 棕櫚나무 잎이 무르녹는 季節
　　금붕어 항아리와 미쓰 김—

　　琉璃빛의 琉璃窓—

---

7) 같은 책 p.61.

> 그 너머로 湖水가 있는 하늘이 걸려 있고
> 그 스카이 라인의 가느다란 曲線위에
> 굴려오는 아리아
> 금붕어 항아리와 미쓰 김—
>
> — <어떤 風景들>8) 전문

<어떤 風景>은 이국 정서를 바탕에 깔고 있는 풍경 단시다. '茶房 루나'에서 어떤 순간의 권태감을 표현한 것으로 보이는데 그 권태감 속에서도 '미쓰 김'이 의식의 내부에 깊이 인화되어 있음을 알 수 있다.

> 象牙門 들어가서 있는
> 水晶房이 따뜻하다고
> 少女는
> 담배를 피어 물었다.
>
> 外國軍人들의 춤이 묻은 呂宋煙
> 銃알처럼 빨갛게 달아 타는 대로
> 재가 꿈같이 쌓인다.
>
> — <象牙想>9)에서

따옴시의 경우 '少女'와 '담배'와 '外國軍人'을 연결시키면 시가 쓰인 배경이 다가서게 된다. 6.25동란에서의 외국군인을 떠올리면 될 터이고 그 영향으로 생겨난 밤거리 연인을 생각하면 될 터이다.

따옴시는 그러므로 전후의 시대상이 잘 드러나 있는 시에 속한다. 그 처절한 상황도 김수돈의 시상에 잡혀 퇴폐적인 소녀의 쓸쓸하거나 서글픈 정서에 갇혀 있음이 확인된다. <憂愁의 皇帝>를 보자.

---

8) 같은 책 p.24.
9) 같은 책 p.14.

맑은 대낮에

촛불 하나 켜 보면
초만 닳고

빛없는 노래

아네모네는 情다운 愛人
紫色이 짙은 것은 憂愁夫人

구름과 詩와 꿈
食慾이 없는 饗宴에서
언제부터 가진 버릇인지 모르는
나의 秘方의 酒癖이여

知識도 理性도 斷絶되 世界意識에서
戰爭을 노래모냥 외운다.
英雄이 너무 많다.

絶海 가운데 외로운 섬에 살아
歷程을 되씹는 皇帝가 되랴
— <憂愁의 皇帝>10) 전문

따옴시도 '아네모네'를 '憂愁夫人'으로 보고 있는데 이 역시 시상의 女性偏向과 관련된다. 김수돈은 '知識도 理性도 斷絶된 世界意識'을 드러냄에 있어 '夫人'의 우수 어린 정서에 의지하고 있다. 그러므로 金洙敦은 어떤 내질의 깊이를 형상화하는 데도 女性 이미지와 연계시키는 것을 잊지 않는 시인임이 확인된다 하겠다.

---

10) 같은 책 pp.20-22.

그럼에도 불구하고 <憂愁의 皇帝>는 시인의 대표시로 읽힌다. 빛을 갈구하는 이의 좌절이 적의한 형상을 얻어 보다 심도있게 표현되었기 때문이다.

<室內樂>은 전쟁의 상처로 인한 권태감을 노래한 것으로 읽힌다. 이 시도 女性偏向의 정서에 그대로 잇닿아 있다.

> 비—너스는 금년에 핀 芍藥꽃 옆에 있다.
> 午前 아홉시에 나의 마음은
> 戰爭의 後方에 있다.
>
> 피아노와 봐오린을 위한 秦鳴典
> 뒤로 앉은 少女의 머리카락에
> 五月 바람이 쏟아진다.
>
> 꽃은 香氣가 없고 水彩畵가 슬픈 風景을 그린다.
> 窓틈으로 느끼는 光線 한 줄기를 위하여
> 먼 생각은 바다 저쪽으로 간다.
>
> — <室內樂>11) 전문

<室內樂>에서의 女性偏向은 '비—너스' '芍藥꽃' '少女'로 이어지는 이미지의 집합으로 드러난다. 그리고 보면 金洙敦의 상상력의 기저는 女性이미지인 셈이다. '비—너스'에 대비한 '戰爭의 後方'이요, '少女의 머리카락'에서 연결되는 감정의 노출이 '꽃은 香氣가 없고'이고 '水彩畵가 슬픈 風景을 그린다'이다.

---

11) 같은 책 p.28.

IV

金洙敦의 시에서 특이하게도 그리스도교적 교양의 편린을 엿볼 수 있다. 그리스도교 진리의 실천적인 삶의 드러냄이 아니기 때문에 '교양의 편린'이라는 말을 붙일 수 있다. <攝理>를 보자.

> 싱거운 일
> "글쎄 어쩌자고 이렇게 인연이 없을까요"
>
> 湖水가 사나워
> 물새 우는 소리가 들리지 않는구나
> 일찌기 카인의 子孫들인 놈들
> 銀 三十兩을 먹고
> 밀 밭에서 배가 터져 죽은 유다가
> "같이 갑시다. 단 둘이서만"
>
> 湖水가 사나워
> 물새 우는 소리가 들리지 않는구나
>
> — <攝理>12) 전문

<攝理>는 그리스도교의 구원의 역사 안에서 악의 세력을 드러내 보여준다. 구약시대의 '카인'과 예수 재세시대의 '유다'를 통해 유혹의 손길로 가득한 세상의 악을 형상해 놓고 있기 때문이다. '같이 갑시다. 단 둘이서만'이 유혹의 형상화이고 '湖水가 사나워'가 그것으로 가득한 세상의 형상화다. 화자는 세상의 악에 가리워 '물새 우는 소리'를 듣지 못하고 있는데 이 소리는 바로 진리의 소리로 읽힌다. 이 진리의 소리를 듣고자 하는 의지나 장애물에 대한 제거의 의욕이 이 시에는

---

12) 같은 책 p.50.

없다. 이것이 <攝理>로 하여금 그리스도교적 교양에 머물게 하는 근거
이다.

> 李孝石은 어찌하여 죽었는가
> 들! 들 이어 가면 都市와 都市를 連結하고
> 充溢하는 空間 하느님을 가지지 못한
> 異邦의 아들의 슬픔이여
>
> ― <가을>13)

<가을>은 鄭芝溶의 <다른 한울>을 연상케 한다. '뉘우침'과 '또 하
나의 다른 가을'의 시어가 방불하기 때문이다. 하느님을 가지지 못한
이로서의 아픔과 삶의 스산함이 확연하다. 그러나 <가을> 또한 정서가
슬픔이면 슬픔, 스산함이면 스산함으로 끝나고 있는 데 문제가 있어
보인다. 그것을 딛고 일어서는 힘이 어디에 있고 무엇으로 그 힘을 얻
는가와 관련한 그리스도교 기본 진리에 대한 접근이 없기 때문이다.
　그렇다 하더라도 교양으로서의 그리스도교 이해와 그 표현은 대단
한 시적 진경이라 아니할 수 없다. <懺悔錄>도 거의 같은 성질의 시다.

> 無限大 距離의 이 線 위에서
> 思念 그런 것으로 뽐내어 봐도
> 부질없을 뿐
>
> 물은 물
> 불은 불
> 如斯 如此 一切의 그 가운데
> 悠然 巨大한 罪業
>
> 너 진실로 진실로

---

13) 같은 책 p.61.

天國이 가까이 왔음을

깨달을 지어다.

— <懺悔錄>14) 전문

따옴시는 앞의 <攝理>와 <가을>보다 훨씬 관념적이다. 그만큼 메시
지가 겉으로 확실히 드러나고 있다. '思念이 부질없고' 인간 삶에는
'悠然 巨大한 罪業'이 있을 뿐이니 '天國이 가까이 왔음'을 깨닫자는
요지의 시다. 요지를 표면 문맥으로 잡을 수 있으므로 형상의 틀이 끼
워진 시가 아니다. 사실이 그만큼 긴박하고 절실하다는 증거이다.

V

이상에서 살펴본 대로 「憂愁의 皇帝」시편들의 비유는 단발적이다.
구조를 갖고 있지 않은 단순비유들이다. 정서는 감상적이고 내용은 純
愛와 권태, 무기력한 삶으로 요약되고 또 이런 정서나 내용이 여성편
향과 관련된다. 그리고 몇몇 시편에서는 그리스도교적 교양의 편린이
보인다.

감상이나 권태 그리고 무기력은 그리스도교적 교양과는 반립하는
것이다. 그럼에도 「憂愁의 皇帝」시편들에는 이 양극의 측면이 혼류하
고 있다. 그렇기 때문에 작중 화자가 憂愁의 皇帝일 밖에 없지 않은가
싶다.

다만 화자가 憂愁를 덜고 보다 확실한 극복 지양의 世界를 어떻게
열어갔는지 확인해 보기 위해서는 시인의 제2시집 이후 돌아가기까지
13년간에 쓴 작품들이 열쇠가 되어 줄터이다.

---

14) 같은 책 pp.72-73.

시의 사랑, 그 넓이

이산 김광섭의 시는 인간이 가질 수 있는 사랑의 넓이를 보여 준다. 사랑은 외계를 향해 끊임없이 열려 있는 상태에서 이루어질 수 있으며, 외계는 항상 변화하는 양식으로 파악됨을 기본으로 한다.「詩人」이라는 제목의 시를 보자

꽃을 피는 대로 보고
사랑은 주신 대로 부르다가
세상에 가득한 물건조차
한 아름팍 안아 보지 못해서
全身을 다 담아도
한 편에 2천원 아니면 3천원
價値와 값이 다르건만
더 손을 내밀지 못하는 天職

늙어서까지 아껴서
어릿궂은 눈물의 사랑을 노래하는
젊음에서 늙음까지 長距離의 孤獨
컬컬하면 술 한잔 더 마시고

터덜 터덜 가는 사람

신이 안 나면 보는 체도 안 하다가
쌀알만한 빛이라도 영원처럼 품고
나무와 같이 서면 나무가 되고
돌과 같이 앉으면 돌이 되고
흐르는 냇물에 흘러서
자죽은 있는데
타는 노을에 가고 없다.

—「詩人」전문

　천직으로서의 시인의 모습을 거의 정확하게 표현하고 있다. 「사랑은
주신 내로 부르다가」의 「사랑」은 무엇인가/? 「쌀알만한 빛이라도 영원
처럼 품고」의 「빛」은 무엇인가? 이 시에서 「사랑」과 「빛」의 풀이가 끝
나는 자리에 김광섭 시의 윤곽은 하나의 덩어리로 잡힐 것 같다.
　먼저 김광섭의 「사랑」이 풀이되어야 한다. 「늙어서까지 아껴서/어릿
궂은 눈물의 사랑을 노래하는/젊음에서 늙음까지 長距離의 孤獨」에서
「사랑」은 늙음에 이르도록 아끼고 키워야 하는 성질의 것이고, 그것은
「눈물」로 형용되는 성질의 것이 된다. 애초에 관게의 산물인 「사랑」이
그 관계를 가지는 과정은 움직임의 상태에서 얻어진다고 보아야 옳다.
움직임은 필연적으로 변화를 수반하므로 변화를 가져오는 관계의 양
식은 「눈물」을 산출한다고 볼 수 있다.
　관계라는 말을 썼지만 「교통(Kommunikation)」이라는 말로 바꾸어
놓고 이해하면 더욱 편리해 질 수 있을는지 모른다. 나와 남, 사람과
사람, 사람과 자연의 관계를 기초로 하는 교통은 나의 지점으로부터의
극복을 이상으로 한다. 그 극복의 자리에 사랑이 놓인다고 보아지는
데, 이럴 경우 교통을 인간이라는 실재 상호간의 연대성만으로 좁게
보아서는 김광섭의 시가 이해되지 않는다.

　　그러므로 교통은 고독이라는 역설을 포함하며, 사랑은 싸움과의 양극성에서 「사랑하는 투쟁(Liebender Kampf)」으로 봄이 마땅하다. 「젊음에서 늙음까지 長距離의 孤獨」이라 쓴 것이 이를 뒷받침한다. 완전한 사랑을 향한 움직임의 과정에 있는 한 인간은 고독을 떨쳐 낼 수 없다. 그러한 사랑이므로 「투쟁하는 사랑」이라 불러 어색할 것 없다. 그리고 「빛」은 무엇인가? 「쌀알만한 빛이라도 영원처럼 품고」의 「빛」은 영원을 향해 나아가는 힘으로 파악된다. 이 힘은 교통을 이루려는 의욕이며, 사랑을 빚어내는 에너지로 받아들여진다. 앞에서 김광섭의 시는 인간이 가질 수 있는 사랑의 넓이를 보여 준다 했는 바, 그 사랑의 넓이는 이 「빛」에 의해 지탱되며 확대되어 나간다고 볼 수 있다.

성북동 산에 번지가 새로 생기면서
본래 살던 성북동 비둘기만이 번지가 없어졌다.
새벽부터 돌 깨는 산울림에 떨다가
가슴에 금이 갔다
그래도 성북동 비둘기는
하느님의 광장같은 새파란 아침 하늘에
성북동 주민에게 축복의 메시지나 전하듯
성북동 하늘을 한 바퀴 휘돈다

성북동 메마른 골짜기에는
조용히 앉아 콩알 하나 찍어 먹을
널찍한 마당은커녕 가는 데마다
채석장 포성이 메아리쳐서
피난하듯 지붕에 올라앉아
아침 구공탄 굴뚝 연기에서 향수를 느끼다가
산1번지 채석장에 도루 가서
금방 따낸 돌 溫氣에 입을 닦는다.
　　　　　　　　　　　　— 「성북동 비둘기」에서

이 시에서의 「빛」은 무엇으로부터 얻어지는가? 이 물음에서 김광섭 시의 후기의 대표작이라고도 평가되는 「성북동 비둘기」의 이해는 시작되어야 한다. 이 시에서 「빛」은 밝음의 이미지라기 보다는 오히려 어둠의 확인에서 얻어지는 것으로 보여짐으로 앞에서 말한 시의 역설은 가능해진다.

「성북동 산에 번지가 새로 생기면서/본래 살던 성북동 비둘기만이 번지가 없어졌다.」에서 보듯 어둠은 잃어버림에서 설정되어지고, 잃어버림은 「향수」를 가져 오게 된다. 「사람과 같이 사랑하고/사람과 같이 평화를 즐기던/사랑과 평화의 새 비둘기」는 교통의 관계를 차단당하고 있다. 사람에 의해서 차단 당하여 성북동 산에서 추방되는 운명을 맞게 되었다. 김광섭의 시는 이 사랑의 깨어짐을 놓치지 않고 그 깨어짐의 확인에서 빛을 드러낸다고 보아진다. 깨어짐의 확인은 원상으로의 회복을 기약하는 뜻으로 풀이될 수 있다. 그러므로 확인은 관계의 회복을 목표로 움직이는 외계에 대해 투쟁의 뜻을 굳히게 된다.

깨어짐의 확인은 결국 「사랑하는 투쟁」으로 바뀌어 생생한 시의 현장감을 북돋고 있다. 김광섭의 시가 현장감을 가지는 한 그의 시는 열려 있는 상태의 지속이라 보아 틀림이 없다. 이를 바꾸어, 현장(外界)이 항상 변화의 흐름을 내포하기 때문에 그것을 받아들이기 위해서는 시는 항상 열려 있어야 한다고 보아도 좋다. 그래서 김광섭의 시는 인간성의 등가물로서의 자연성을, 그 잃어감의 자연성을 노래하다가도 상황의 진단을 게을리 하지 않는다. 그 진단은 충만한 사랑의 표현으로 일관되어 있다.

> 지상에 내가 사는 한 마을이 있으니
> 이는 내가 사랑하는 한 나라이러라
> 世界에 無數한 나라가 큰 별처럼 빛날 지라도
> 내가 살고 내가 사랑하는 나라는 오직 하나뿐
> — 「나의 사랑하는 나라」일부

나라와의 관계에서 이루어지는 사랑을 보여 준다. 이 사랑은 열려 있는 상태에서 받아들임의 것으로 드러나기 때문에 조건없는 것이라는 단서를 붙여 둘 만하다. 「南北으로 양단되고 思想으로 分裂된 나라일 망정」내가 살고 내가 사랑하는 나라이기 때문이다. 나라와의 관계를 교통 이전의 것으로 받아들일 때 사랑은 그 만큼의 넓이를 확보하는 것이라고 볼 수도 있다.

김광섭의 사랑은 사실 외계와의 관계에서 맺어지지만 그 외계의 끊임없는 변화의 움직임을 처음부터 받아들이기 때문에 거의 조건 없는 것이 될밖에 없는지도 모른다. 이것 때문에 당대의 선악관의 일면적인 무덤에 파묻히는 굳은 사랑과는 유를 달리하는 것이다. 굳은 사랑은 좋고 나쁨의 양면의 어느 하나에 작용하는 불완전한 사랑이지만 부드럽고 탄력있는 사랑은 인간의 전면적인 진실을 바탕으로 어디에나 작용하는 사랑이다. 김광섭의 시의 사랑은 어느 편이냐 하면 뒷편이다. 사랑이 외계를 향해 끊임없이 열려 있고 그 외계의 진폭을 그대로 받아들일 때 그러한 사랑은 작용된다고 보아야 한다.

> 먼 산 놓은 봉우리에서 세계의 산을 향하여
> 까치가 울어 神祕 열리고 距離 풀리며
> 밖에 나간 형제들 웃고 돌아와
> 새해의 문을 여니 노래가 터지며
> 강도 부풀어 둥둥 떠서
>
> 온 겨레들
> 白雲과 친하던 祖上의 正月로 간다!
>
> — 「新年 1968年」일부

관계의 회복을 노래하고 있음을 본다. 「성북동 비둘기」에서 확인한

「잃어버림」이 항상 회복의 열망으로 놓여 있었음을 알려준다. 「밖에 나간 형제들 웃고 돌아와」관계는 다시 맺어지고 교통은 시작된다. 나의 완고한 지점은 깨어지고 사랑의 밀물은 형제와 겨레의 가슴으로 봇물져 간다. 그 배경은 「白雲과 친하던 祖上의 正月」이 된다. 자연과의 관계도 아울러 맺어지고 교통은 나를 헐어버리는 데서 열림을 촉진한다.

그러나 이 경우 완성된 관계로 파악되어지지 않는다. 가능의 세계로 움직이고 있음을 보여 줄 뿐이라는 사실을 지나쳐 보아서는 안된다. 김광섭의 시가 죽음 직전에까지 쓰여질 수 있었음은 이러한 점에서 이해되어져야 한다. 「늙어서까지 아껴서/어릿궂은 눈물의 사랑을 노래하는/젊음에서 늙음까지 長距離의 孤獨」이라고 작품(詩)에서 노래한 것은 관계와 사랑과 그 지속의 문제를 예고해 준 것으로 해석된다. 또한 이 점에서 항상 김광섭의 시가 열려 있는 상태에서 쓰여져야 하는 당위성이 찾아진다.

김광섭의 시의 사랑은 그 관계가 죽은 사람의 세계에까지 이어지고 있음을 주목해야 한다. 그 만큼의 넓이를 차지하고 있다고나 할까?

> 고향 하늘을 바라보며
> 못가는 슬픔
> 가슴에 손을 얹은 채
> 먼저 숨진 사람들
> 고향 흙처럼 편히 쉬라
> 한 자리에서 뫼시니
> 하느님 통일되거든
> 큰 기침으로
> 원혼을 깨워
> 같이 고향 가게 하시라
> 비는 마음으로
> 이 비가 선다

— 「鏡友會 墓地 碑銘」 전문

이 시의 「빛」도 어둠에 배어 있다. 고향을 애타게 그리다 「먼저 숨진 사람들」때문에 서리는 「빛」이다. 이 「빛」의 확인에서 죽은 사람의 세계와의 관계는 놓여지고 관계 위에 사랑은 열리어 그 세계의 움직임을 따라 조명을 비추어 가고 있다. 고통이 죽음의 세계의 움직임을 따라 조명을 비추어 가고 있다. 교통이 죽음의 세계와 이루어질 때 잃어버림의 확인은 보다 근원적인 성질의 것이 된다.

당대의 선악, 그 양면성의 어느 쪽에 가담하는 좁은 윤리가 아닌, 열려 있는 상태의 발전에서 거두어 들이는 넓은 윤리의 모습은 「鏡友會 墓地 碑銘」과 같은 고향의 단위 그 하나 하나와의 관계와 같은 근원적인 사랑의 과정에서 보다 뚜렷이 찾아지고 있음에 유의해야 한다. 김광섭의 사랑은 이와 같이 전면적인 삶의 넓이에 고루 고루 미치고 있다. 그러나 삶에서 맺어지는 관계의 세계가 항상 불완전하고 불확실하며 움직임의 성질을 띠고 있으므로 사랑은 「사랑하는 투쟁」으로서 항상 열려 있어야 하는 데 김광섭 시의 전부가 놓인다. 이를 김광섭 시의 사랑의 넓이로 보아 좋을 것이다.

남강, 그 비유를 이룬 시인

I

파성(巴城) 설창수(薛昌洙) 시인은 지난 6월 26일(1998) 83세를 일기로 진주 남강변 자택 청수헌(聽水軒)에서 눈을 감았다. 고인의 명복을 빈다.

그는 1916년 경남 창원에서 아버지 설근헌(薛根憲)과 어머니 황호(黃鎬)사이에 장남으로 태어나 창원공립보통학교와 진주농고를 졸업했는데 진주농고에 입학할 무렵 그의 부모는 창원에서 진주로 생활터전을 옮겼다. 농고를 졸업하고 창녕에서 촉탁교원으로 잠시 근무하기도 하고 부산 무진 진주지점에서 일하기도 하다가 1939년 교토 입명관(立命館)대학 예과 야간부에 입학했으나 중퇴했다. 다음해 도쿄에 있는 일본대학 예술학원(전문부) 창작과에 입학하여 이석영, 김보성, 박현수 등 8명과 문학동인 '화요그룹'을 결성하여 본격적으로 시를 쓰기 시작했다.

1941년 반일사상으로 인해 부산으로 압송되어 경남경찰부 유치장에 수감, 2년형을 언도받고 옥살이를 하다가 만기 출옥했다.

광복 후 ≪경남일보≫에 입사하여 주필, 사장이 되었으며 문교부 예술과장, 참의원 의원, 전국문화단체총연합회 대표의장, 한국문학인협회 이사장 등을 역임했다. 그러는 동안 그에게 주어진 이름은 시인, 예술운동가, 언론인, 정치인, 독립지사 등으로 다양했다.

II

설창수는 시인으로서 문화예술운동을 편 것이 그의 업적 중에 가장 큰 것으로 보인다. 일본대학 예술학원 창작과 재학중 <사이네리아> <船(선)>등을 발표한 그는 1946년 진주시인협회를 결성하고, 회지 ≪등불≫을 창간하였다. 백상현 명의로 발행된 이 회지는 2집부터 설창수 명의로 바뀌고 1947년부터는 진주시인협회가 영남문학회로 개칭됨에 따라 5집부터 ≪嶺南文學≫이 되었다가 1948년 4월에 나오는 7집부터 ≪嶺文≫으로 바뀌었다. 여기에는 이경순, 백상현, 조진대, 김보성, 노영란, 김동렬, 최계락 등 진주 사람들뿐 아니라 유치환, 조향, 이윤수, 조지훈, 손동인, 김동사 등의 작품도 실렸다.

이와 함께 설창수는 1949년 7월 하순에 전국 문총 진주지구 특별지부를 창립하고 전국에서 처음으로 건국 돌맞이 잔치를 구상했다. 그 잔치가 '영남예술제'로 시작되는 '개천예술제(開天藝術祭)' 였다.

　　H다방 2층에서 모여 有史 이래 처음인 대한민국 세운 돌맞이 잔치를 의논하게 되었다. 동시에 경술국치 후로 근 40년의 왜정 압정에서 해방된 자유 독립 국민으로서 4300년 檀祖肇國 이래의 일체 王孫끼리가 미증유한 일대 민족 영광과 기쁨을 예술 올림피아로서 전개하여 조국자에 제사함으로써 광복 민족임을 자축하고자 國本의 源脈 源泉인 구력 개천절을 택일했었다.
　　　　　　　　　　　　— 설창수, ≪개천예술제 40년사≫, P.17

그의 '개천예술제' 창설의 동기와 목적에 관한 글 한 대목이다. 광복의 환희와 한민족으로서의 일체감을 단군께 예술의 향연으로 드러내 보인다는 취지로 예술제를 개최한다는 것이었다. 민족의식에 대한 새로운 인식과 자각의 한 표현으로서 예술운동이 필요했던 것으로 봄이 옳다.

이 '개천예술제'가 전국에서 처음으로 종합예술축제로 자리잡자 우후죽순처럼 비슷한 축제가 줄을 지어 나타났다. 문화적 성격이 강한 대표적인 지역문화축제를 기준으로 볼 때 1970년에 110개, 1994년에 200여 개, 1996년에 약 400여 개로 늘어났다. 대단한 파급 효과라 하겠다.

이 대회를 통해 성장한 문인으로는 이형기, 박재삼, 송영택, 신중신, 박경용 등 1백여 명에 이른다.

Ⅲ

설창수 시인은 1939년 일본 입명관대학 예과 재학 시절부터 시를 쓰기 시작했으나 공식적인 발표는 훨씬 뒤에 이루어진다. 광복 이듬해 희곡 <金忠洲(김충주)의 死>등 3편을 ≪경남일보≫에 발표했고, 1947년 ≪등불≫2집에<百八의 恨, 四月, 滄溟(창명), 胎動(태동)의 詩>등 4편의 시를 발표했는데 공식적으로는 이 4편이 처녀작군을 이루었다.

그 중 <四月>은 "하늘 깊고/山에 아지랑이,/草原 長堤의 푸른 一線,/아침"으로 시작되는 짧은 서정시다. 관념이 배제된 채 투명하기 이를 데 없는 순수함이 돋보였고 한시 취향의 단아한 맛, 적절한 한자어의 배치에서 오는 간결함이 전형적인 서정의 세계를 구축해 주었다. 그러나 이어서 쓰여지는 시편들에서 민족의 현실이나 서민 다중의 삶이 표현을 얻고 있음을 본다.

一切는 아름다워라
찢어봤자 兄弟
씹은들 姉妹

千萬 千萬 三千萬
銀실 金실 谿流는 흘러간다
岩壁에 부딪쳐 가루나도
다시 모여 淸潭이 되다

千年 千年 半萬年
흘러감만 凜嚴하여라
咆哮도 憤激도 旋回도
飛躍도 沫散도 呪罵까지도
오로지 한 개 絶對의 交響

千里 千里 三千里
錦繡 찬란 山河 삼라하고나
녹슬어도 이끼 묻어도
헐어져 있어도
조각져 있어도
거룩할손 나의 것

— <民族의 바다> 중에서

따옴시는 제목이 암시하는 대로 민족이라는 한 공동체의 절대함을
노래했다. 민족은 한 '兄弟(형제)', '姉妹(자매)'요 하나의 '淸潭(청담)'
으로 모이고 하나의 '交響(교향)'을 이루는, 녹슬거나 이끼 묻거나 헐
거나 조각이 져도 '나의 것'임에 분명하다. 민족에게는 반만 년 역사도
하나이고 삼천만 겨레로서 하나이고 삼천리 국토도 하나이다. 그러므
로 '찢어봤자', '씹은들', '岩壁(암벽)에 부딪쳐 가루나도', '咆哮(포효),
憤激(분격), 旋回(선회), 飛躍(비약), 沫散(말산), 呪罵(주매)'의 소용돌

이에 묻혀도 민족의 바다에서는 하나로 귀일될 밖에 없다. 광복 이후의 좌우 갈등이나 온갖 의견들의 대립과 입장의 상반이 아무리 심각한 것이라 할지라도 민족은 하나로 있을 수밖에 없는 것임을 확인해 놓고 있다. 설 시인은 이 시에서 민족이 겪고 있는 현실의 참담함을 거시적인 자리에서 멀리 내다보는 시각으로 노래하고 있다. 김동리가 <순수문학의 진의>라는 글에서 말한 민족 단위의 휴머니즘을 정직하게 드러내 보인 시로 평가된다.

그런데 설 시인이 민족 단위로서의 휴머니즘을 보다 구체화시킨 것은 시 <開閉橋(개폐교)>라 할 만하다. 이 작품은 열고 닫는 영도다리와 같은, 그런 다리를 의인化한 작품으로 메시지가 잘 살아나 있다. 짓밟히고 짐을 져도 참아내는 민중, 불의 앞에는 결단코 궐기하고 규율과 섭리 앞에는 다소곳이 순응하는 민중의 모습을 그려내었다.

짓밟히는 데 이력이 난 민초의 한을 담았다는 점에서 휴머니즘은 출발된다. 그러나 희생에도 한계가 있어서 궐기하며 불타협의 고삐를 사정없이 거머쥐는 때는 정의와 자유로 과감히 떨쳐 일어서는 것이 또한 휴머니즘의 자장에 드는 부분이다. 착하고 순하여 오히려 의로운 민초들, 의로움이 제풀에서 행동의 힘을 얻을 때 분연히 일어서는 민초들, 그리하여 다시 질서와 규율이라는 일상으로 놀아가는 것이 그들임을 노래했다는 점에서 설 시인은 민족을 결코 관념으로 받아들이고 있지 않음을 보여 준 셈이다. 작품의 미학적 측면에 부가할 사항이 있다고 하더라도 현실에 놓여 있는 실제로서 민족을 파악하고 있음이 인정된다는 말이다.

설 시인의 시는 이같은 민족 내지 시대에 대한 시 계열이 주종을 이루는 가운데 불가의 세계를 드러낸 계열, 동양적 초월의 세계를 드러낸 계열, 삶의 일상적 애환을 노래한 시 계열 등 네 갈래의 시세계로 집약될 수 있다.

IV

구상 시인은 설창수의 시를 "抒情(서정)이나 敍景(서경)보다 詩言志의 세계"라 했고, 김광섭도 "설 시인의 시는 고고한 의지의 자화상을 그리고 있다"고 했다. 민족을 노래했건 불가의 세계를 노래했건 아니면 자연을 노래했거나 간에 그의 시는 교치(巧緻)나 언어의 형상에 힘을 주지 않았다. 이는 그가 태어나고 자라고 공부했고, 발언하고 투쟁하고 참담해했던 시대 상황과 관련이 있다고 봄이 옳다.

그런 의미에서 그의 시와 문화예술운동은 어떤 의미에서든 예언적 특질과 관련되어 있음이 인정된다. 그래서 그의 의형제 구상은 "앞으로 우리 시가 그 생명의 전일성(全一性)을 회복한다면 그의 시는 자연히 정채(精彩)를 발할 것"이라고 강조한다.

거의 전생애를 남강가 풀밭 어우름에 살면서 남강의 새로운 비유를 이루어낸 시인 설창수! 이를 바꿀 만한 다른 생애를 생각이나 할 수 있겠는가?

『三人集』의 「生命賦」에 대하여

Ⅰ. 들머리

이경순은 1905년 11월 11일(음) 경남 진양군 명석면 외율리에서 태어나 일본에서 학교[1]를 나오고 주로 진주에서 시를 쓰며 살다가 80세 되던 해 1985년 5월 4일 작고했다. 1947년 진주에서 나온 동인지『등불』에 <여인에게>를 발표하면서 본격적인 작품활동을 시작하게 되었고, 1948년 경향신문에 발표된 <盞>,『영남문학』에 발표된 <불여귀>, 1949년『白民』17집에 발표된 <流星> 등이 그의 처녀작군을 이루었다.[2]

시집으로『三人集』[3] 속의『生命賦』(1952, 영남문학회),『太陽이 미끄러진 氷板』(1968, 文化堂), 필사본『生命譜』(1975년 6월 18일 꾸밈),『歷史』(1976, 學藝社) 등이 있으며 진주신문사가 주관하고 동기 이경순 전집 간행위원회가 낸『東騎 李敬純 全集(詩)』(1992, 자유사상사)이 유고집으로

---

1) 학력으로는 1924년 4월 1일 일본 동경 私立 主計 상업학교 졸업, 1927년 3월 20일 일본대학 전문학부 경제과 중퇴, 1942년 9월 22일 일본 浦和市 京北齒科醫專 졸업으로 확인된다.
2) 동기 이경순 전집 간행위원회 : 東騎 李敬純 全集(詩) p.453 참조.
3) 趙眞大, 薛昌洙와 공동으로 낸 文集.

나온 바 있다.

　이 논문에서는 설창수, 조진대와 함께 낸 『三人集』속의 이경순 편 「生命賦」에 실린 시와 『三人集』이 간행되는 1952년 이전에 발표된 시 10편을 검토 대상으로 삼았다. 앞으로 시집과 시집에 실리지 않은 시를 시집 간행 연도에 맞추어 몇차례 논의해 보고자 하는데 이 논문은 그 계획의 일환으로 쓰여지는 것이다. 기본 자료는 『東騎 李敬純 全集 (詩)』임을 밝힌다.

Ⅱ. 표현은 어떠했나?

　「生命賦」에 들어있는 이경순의 시는 <로만쓰> 등 15편인데 『三人集』이 발간되는 1952년 이전에 발표된 「生命賦」이외 시편을 전집에서 찾아보면 아래와 같다.

작 품 명	게 재 지	발 표 연·월·일	수 록 시 집
검은 나비	영남문학 6	1948. 10	
바보들	죽순 10	1949. 4	생명보(필사본)
북땅	영남문학 6	1948. 10	
辭職의 倫理	경남일보	1952. 7. 7	
여인에게	부인 4-4	1949. 7	생명보
	등불	1947	
올빼미	죽순 9	1949. 1.	생명보
盞	경향신문	1948	태양이 미끄러진 빙판
彈丸의 倫理	백민 21호	1950. 3	
特赦令	청년신문 1호	1948	생명보
風流의 季節	영문 9	1951. 11	태양이 미끄러진 빙판
	상공시보	1946. 7	

　이 10편과 「生命賦」의 15편 도합 25편이 등단으로부터 1952년까지

발표된 작품량이다. 이 양은 전집에 수록된 총 발표 시 246편의 약 십분의 일에 해당하는데 '시어'와 '표현'으로 나누어 그 모습을 살펴볼까 한다.

1. 시어

이경순의 시는 한자어로 이루어져 있다 해도 과언이 아니리만치 한자어가 시 전면에 나서 있다. 시 25편에 한자로 쓰여져 있는 한자어는 모두 311개인데 편당 평균 12.4개 한자어를 쓰고 있는 셈이다. 한자어를 이렇게 많이 쓴 까닭은 두 가지로 짚힌다. 하나는 한문서당에서 어린 시절을 보냄으로써 한문 질서에 익어 있었다는 데 있고, 다른 하나는 같은 한자 문화권인 일본에서 학교를 다녔다는 데 있다. 이경순은 서당에서 훈장이 불러준 <觀水>란 제목으로 열살 때 한시를 읊었는데 「觀水 逝無息, 흐르는 물을 보매 가고 다함이 없으니 / 汪汪千萬聲, 왕왕하며 우는 천만 소리로다.」가 그 절구의 내용이다.4)

이렇게 단련된 문자 의식이 가나문자 속의 한자를 만나게 됨으로써 한자어 상용의 틀이 굳어진 것으로 이해된다. 그런데 한자어를 선호한다는 것은 한자 관념어를 즐겨 쓴다는 의미를 갖는다는 데 눈여겨 볼 필요가 있다. 이경순이 많이 사용하는 관념어들은 아래와 같다.

> 亡命, 美學, 無, 驕慢, 氷遠, 虛, 負債, 虛妄, 可憐, 否定, 逆, 眞, 操縱, 虛無, 存在, 流浪, 悲哀, 人生, 懷疑, 幸福, 悲懷, 恐怖, 忍從, 倫理, 思索, 崇高, 離別, 陰慘, 弔慰, 祈禱, 瞑想, 哲學, 悔恨, 急

위 관념어들은 성질이 대체로 두 갈래로 나눠지는 것임을 알 수 있다. 하나는 어둡고 부정적인 성질을 띄고 있는데 '亡命', '無', '驕慢',

---

4) 이경순 : 나의 詩的 遍歷, 文藝精神 9호(1982, 문예정신사), p.56.

‘虛’, ‘負債’, ‘虛妄’, ‘可憐’, ‘否定’, ‘逆’, ‘虛無’, ‘流浪’, ‘悲哀’, ‘懷疑’, ‘悲懷’, ‘恐怖’, ‘忍從’, ‘離別’, ‘陰慘’, ‘弔慰’, ‘悔恨’, ‘急’ 등이 그것들이다. 그 중에서도 ‘無’, ‘虛’, ‘虛妄’, ‘虛無’ 등이 특히 눈에 띄는데 이런 낱말들은 삶의 본원과 유관한 것이라서 시인의 하고 싶은 바 말의 핵심에 이어지는 것으로 읽힌다.

또 하나는 삶의 보편적이고도 본질적인 성질을 띄고 있는데 ‘永遠’, ‘眞’, ‘存在’, ‘人生’, ‘倫理’, ‘思索’, ‘祈禱’, ‘瞑想’, ‘哲學’ 등이 그것들이다. 이들은 사람이 살아가는 데 있어 그 살아감의 문제를 본질적으로 거론할 때 부닥뜨려지는 관념에 이어지는 낱말로서 보편성을 띄고 있다. 특히 ‘哲學’, ‘倫理’, ‘存在’, ‘眞’이 더 보편성을 지니고 있는 낱말이다.

한자어를 선호하는 한편 이 시인은 외국어 내지 외래어를 즐겨 쓰고 있음이 주목된다. 25편 속에 등장하는 외국어·외래어는 아래와 같다.

> 로만쓰, 코발트, s字形, 키쓰, 니힐리스트, 펜드이렌, 에스프리, 세루팡, B29, 에덴, 이브, 아담, 파우스트, 메피스트페리스, Z기, 마이나스, 윈드그라스, 메달, 플라스, 키로메타, 유토피안, D氏, 하꼬방, 테불, D先生, 쟈느다르끄, 데카단티즘, 가스

위 낱말들을 두 계열로 나눠 볼 수 있는데, 사상을 드러내는 낱말과 사물을 드러내는 낱말이 그것이다. 사상을 드러내는 낱말로는 ‘니힐리스트’, ‘유토피안’, ‘데카단티즘’, ‘로만쓰’, ‘에스프리’, ‘에덴’, ‘이브’, ‘아담’, ‘파우스트’, ‘메피스트페리스’, ‘쟈느다르끄’ 등인데 이들 낱말들은 부정정신, 이상, 원죄의식 등을 드러낸다. ‘니힐리스트’, ‘데카단티즘’, ‘메피스트페리스’는 ‘부정정신’으로 요약되고, ‘유토피안’, ‘로만쓰’, ‘에스프리’, ‘쟈느다르끄’는 ‘이상’으로, ‘에덴’, ‘이브’, ‘아담’, ‘메

피스트페리스’는 ‘원죄의식’으로 요약된다.

　사물을 드러내는 낱말로는 ‘코발트’, ‘S字形’, ‘세루팡’, ‘B29’, ‘Z機’, ‘마이나스’, ‘윈드그라스’, ‘메달’, ‘키로메타’, ‘D氏’, ‘하꼬방’, ‘테불’, ‘D先生’, ‘가스’ 등인데 이들은 대체로 지적이고 교양적인 성질을 띄고 있다. 그러면서 ‘S字形’, ‘B29’, ‘Z機’, ‘D氏’, ‘D先生’, ‘키로메타’ 등은 시에서의 기호 표시 내지 숫자감각과 무관하지 않은 듯이 보인다.

2. 표현

　이경순의 시에서 시어의 특질 다음으로 눈에 들어오는 것이 교양 드러내기이다. 사상이나 사조상의 이름을 그대로 적는 것, 성서나 교양에 관련되는 학술상의 용어나 사건들을 적는 것 등이 두드러져 보인다. 이를 교양 드러내기라는 이름을 붙여 먼저 살펴 보고자 한다.

　　① 冊床엔
　　　亡命의 길을 잊은
　　　데칸단티즘이
　　　呻吟만 한다.

　　　　　　　　　　　　　— <盃> 셋째 연

　　② 아메-바가 B29를 操縱하고
　　　하늘로 向하여 地球를 떠날 때
　　　人間의 ┼群은
　　　다시 地中으로 기어들어갔다.
　　　　　　— <아메-바가 B29를 操縱할 때> 둘째 연

　　③ 에덴 東山에서
　　　“이브”를 안고 낮잠을 졸던
　　　“아담”이 爆音에 놀랬다.

아담의 젖 만지던 손으로
高射砲를 쏘았다.

—위와 같은 시 넷째 연

④ 눈감으면 '파우스트'의 매질
깨어보면 '메피스트페리스'의 손짓

—<잃어버린 時間>에서

⑤ 昭王의 자물쇠에
楚宮의 길이 잠겼으니
내
繡衣를 벗은
流浪의 소쩍새가 되었고나!

—<不如歸>에서

⑥ 機械人形이 市街行列을 할 때 'Z機'가 抛物線을
그리고 가면, 마이나스 無限大가 슬픈 歷史를 排泄한다.

—<生命賦>에서

⑦ 다시
整理된 空間에
聖靈의 子午線이 그어질 때
同一한 圓周안에
그들과 再會의 웃음을 試驗하려
내 이 瞬間을 呻吟하여 사느니

—<再會>에서

①에는 19세기 말의 작품에 나타난 사조인 '데까당'을 그대로 시어
로 쓰고 있다. 프랑스에서 특히 심했던 염세적이고 퇴폐적인 경향의
사조 명칭을 내용상 변용으로가 아니라 개념 용어 그대로 쓰고 있는데
이른바 교양 드러내기의 표현인 것이다. 작품 <盞>이 아닌 데서는 <로

만쓰>에서 '니힐리스트'를 쓰고 있다. 이런 경우 사상의 시적 내질화
보다는 교양으로서의 현시가 더 다급했던 데서 온 표현으로 읽을 수
있다. ②에서는 '아메-바'와 'B29'가 교양 드러내기가 되는데 특히 '아
메-바'의 경우 생물 과목이나 의학 과목에서 다뤄지는 원생동물임이
눈에 띈다. 몸 전체가 1개의 세포로 된 크기 0.02~0.5 미리미터의 가
장 원시적인 동물이고 의학에서 '아메바병', '아메에바성 이질'로 자주
입에 올리는 것이다. 시에서 이런 학술상의 동물을 채용하는 것은 그
것 나름의 긴장을 제고하는 효과가 있음은 물론이다. 'B29'는 2차대전
시에 폭격기로서 위용을 자랑한 비행기인데 이 정도는 상식으로 누구
나 아는 것이지만 시에서 영어 알파벳과 숫자를 쓰는 데서 오는 이질
감이 결코 만만치 않게 보인다. ③은 인류의 원조인 아담과 이브에 관
한 성서상의 이야기를 채용한 것인데 굳이 인류의 원조 이야기가 아니
더라도 현재의 인류가 처해 있는 현실과 그 원죄적 고뇌를 드러낼 수
있었을 것이다. 그런데도 에덴동산에서의 원죄를 의식하게 하는 것은
성서가 갖는 힘을 시의 힘으로 옮겨 보자는 데 의도가 있었던 것으로
읽힌다. ④는 괴테의 희곡 <파우스트>에 나오는 주인공 파우스트와 악
마 메피스토펠레스를 등장시키고 있는데 작품 <파우스트> 속에서의
복합적인 성격의 인간을 채용한 것이 아니라 선과 악의 2분법적인 사
고를 드러내기 위해 두 인물을 활용하고 있다. 명작을 채용하는 교양
드러내기인 셈이다. 그리고 ⑤는 불여귀에 얽힌 전설을, ⑥은 기하학
이나 수학의 용어를, ⑦은 가톨릭에서 말하는 공심판5) 날을 시에서 채
용한 예이다.

　시에서 이러한 교양 드러내기는 신문물을 받아들이려는 해외유학파

---

5) 인간이 죽고 난 다음 두 가지 심판을 거치게 된다. 첫째는 私審判인　데
　　이것은 인간이 죽은 즉시 하느님의 심판을 받는 것을 말한다. 둘째는 公審
　　判인데 세상 마칠 때 모든 사람 앞에서 공포하는 심판을 말한다. 박도식
　　편 : 가톨릭 교리사전(1985, 가톨릭 출판사), p.119 참조.

의 작품에서 쉽게 발견할 수가 있다. 이경순의 경우도 이 범주에 드는 것으로 보면 무리가 없을 것이나 다만 그 나름의 특이한 사상적 체현 과정이 이 점을 보다 확실히 해 준 근거가 되고 있음을 간과해서는 안 되리라 본다.

이경순의 시 표현상의 두드러진 특징으로 또 역동주의6)를 들 수 있다. 역동주의는 다다이즘의 전단계 사조 미래파의 방법론 가운데 하나 인데 역동적인 감각을 드러내는 것이다. 쾌속의 미, 제트기의 폭음, 엑스선의 살인적 섬광, 세탁기의 소음, 고속도로, 양식점의 접시 씻는 소리7) 등 문명 형태의 온갖 역동성을 노래한다.

① 쾅!
彈丸이 달아났다.

— <盞>에서

② 아담의 젖만지던 손으로
高射砲를 쏘았다.

— 다시 虛無에로 —

空間에는 原字爆彈이 터졌다.
—<아메-바가 B29를 操縱할 때>에서

---

6) 力動主義는 다다이즘의 전조로 볼 수 있는 미래파 시의 새로운 방법 가운데 하나이다. 19세기 말 후기 인상파의 영향을 입어 일어난 야수파, 입체파는 1909년경에 일어난 미래파에 영향을 끼쳤고, 미래파는 다시 다다이즘과 초현실주의에 영향을 주었다. 1909년 미래파 선언서가 발표되어 전 유럽에 번져가자 1921년 일본에까지 건너갔다. 力動主義란 생활 속에서 力動의 美를 노래하는 것을 말한다. 그 리듬은 남성적이며 대담하고 장엄하다. F.T. 마리네티의 역동적 감각은 미래파 운동의 지주였다.
具然軾 : 韓國詩의 考現學的 研究(1979, 詩文學社), pp.38-41.
7) 같은 책, p.41.

③ 검붉은 乳房이
　物결에 흔들릴 때
　槍 끝 번적이면
　바다는 몸부림치다

— <海女>에서

④ 자!
　그러면
　離別을 합시다.

— <流星>에서

⑤ 오늘도
　달아나는 歲月의 수레를 타고
　다시 한번
　— 二秒間에 天國의 幸福을 얻기 爲해 一天兆 키로메타
　十億年의 行進 — 을 하여 보자

— <歲月>에서

⑥ 아차!
　놓쳤다

　한 刹那를 狙擊하려
　二十四時를 겨누운 照準에

— <狙擊>에서

　따옴 도막에서 시의 역동감을 확실히 느낄 수 있다. 총소리 '쾅'이라
든가 '고사포를 쏘았다'라든가 '원자폭탄이 터졌다'라든가 '저격하려'
라든가 하는 무기에 관련된 표현들은 비정하고도 부정적이지만 역동
의 리듬을 읽게 한다. 물론 표현의 역동성은 문명 비평적인 시각에서
그 비평의 질감을 높이는 효과를 주는 것임은 두 말할 나위가 없다. 잘

보면 서술도 남성적이고 힘있게 뻗어나가는 쪽이다. '달아났다' '쏘았다' '터졌다' '몸부림치다' '합시다' '행진을 하여 보자' '놓쳤다' 등등 뭔가 질정할 수 없이 움직이는 모습을 드러내 보여 준다. 위 따옴 구절 밖에도 '亡命했다' '똑딱인다' '뛰어드느니' '금갔구나' '흔든다' 등이 보이는데 이들은 모두 정적이기보다는 동적이다. 그런 면에서 보면 미래파의 주도자인 마리네티8) 시의 쾌속의 미에 결코 뒤지지 않는 역동감을 이경순은 보여주고 있다 하겠다.

이경순은 입체 조형과 숫자 감각에 두드러져 이것이 그의 표현상의 특질로 자리잡고 있음이 확인된다. 입체 조형은 입체파9)의 영향으로 숫자 감각은 미래파의 영향으로 읽을 수 있다. 입체파는 시의 조형화와 형식화, 사물의 분석 분해와 재구성, 동시 공존, 기하학적 추상법 등의 특징10)을 보이는 것인데 이경순 시의 경우 극히 부분적이고 관념적인 접근이지만 접근의 의도만은 분명히 잡힌다.

> "그 先生을 辭職하려 합니다."
> "왜 그러세요."
> "난 幾何學을 잊었기 때문에…"
> "D先生이 담당한 學科는 幾何學이 아닌지요?"
> "그렇습니다."

---

8) 마리네티(Marinetti, Filippo Tommaso 1876. 12. 22-1944)는 이탈리아 시인으로 프랑스어로 시를 발표했으며, 국제적 詩誌 <Poesia>를 주재(1905년부터) 함. '미래파 선언'을 발표(1909), 종래 전통을 물리치고 전쟁, 쾌속, 폭음 등을 예찬했음. 같은 책 pp.40-41, 文德守 편 : 世界文藝大辭典(1975, 成文閣), p.603 참조.

9) 具然軾 : 앞의 책 p.34. "예술 사상 일대 혁명을 시도한 입체파 운동 은 시인 G. 아뽈리네르, 화가 p.R. 피카소를 중심한 청년 시인 화가들에 의해 일어났는데 새 정신을 찾아 젊은 정열을 쏟고 예술정신의 개혁을 시도하였다. 정신의 위대한 자유를 추구하여 객관적 사물의 일체의 구속에서 벗어나 자유분방한 주관성을 고창하고자 하는 동시에 외부 사물의 절대성을 추구한 4차원상의 세계를 창조하려 한 것으로 믿어진다."

10) 같은 책 p.19.

— <辭職의 倫理>에서

　따옴시에서 '기하학'이라는 낱말을 유의해 볼 필요가 있다. 이 낱말은 입체파의 방법인 기하학적 추상법과 관련이 있다. 자연의 기본형을 기하학적 형으로 환원시키고자 할 때의 그 '기하학'인 것이다. 체언의 경우 매김이나 수식, 그리고 토씨를 거느리게 되어 있지만 이를 배제하고 체언 자체를 순수화 단순화시켜 사물의 본질만 표현하려는 것이 기하학적 추상법의 예이다. 이럴 때 낱말 하나 하나가 독립이 되어 그 형식이 입체적으로 드러나게 된다는 것인데 이경순은 그런 방법의 실제에까지 들어서지 못하고 있다. 다만 입체파의 정신의 자유, 구속으로부터의 자유분방함이라는 그 의도만을 급히 채용한 나머지 '기하학'이라는 낱말과 매임으로부터 벗어남이라는 주제를 갖는 '사직'의 의미 추구에 만족하고 있다.

　입체 조형의 구체적인 예는 시 <로만쓰>와 <生命賦>에서 찾을 수 있다.

> 코발트빛 곱게 물는 하늘에
> 솔개와 白蛇는 S字形을 그리면서
> 구름 속으로 들어갔다.
>
> — <로만쓰>에서

> 機械人形이 市街行列을 할 때 'Z機'가 抛物線을
> 그리고 가면, 마이나스 無限大가 슬픈 歷史를 排泄한다.
>
> — <生命賦>에서

　<로만쓰>에서는 'S字形'의 'S' 글자가 입체 조형감을 보여 준다. S글자 모양으로 구부러지는 것을 진술로 드러내는 것은 비경제적일 뿐만 아니라 비시적인 데로 떨어질 염려마저 있기 때문에 시인은 과감히 영

문자를 채용한 것으로 읽힌다. 그리고 <生命賦>에서 'Z機가 抛物線을 그리고' 대목이 입체감을 드러낸다. 이뿐만 아니라 '機械人形이 市街 行列을'이라는 대목에서도 입체감이 감지되는데 여기서의 입체감은 보다 근원적인 성질을 띠고 있음을 놓쳐 보아서는 안된다. 애초에 입체파의 기하학적 추상법이 비정한 현대의 기계 형태에서 유추된 것이 므로 '기계인형'이나 그것들의 '시가행렬'의 의미는 근원적인 메시지를 안고 있다고 볼 수 있다. 그렇기 때문에 이경순은 시창작을 기존의 방법론 위에서 한 것으로 볼 수 있고 그 방법론도 구체적인 실제로 적용한 것이 아니라 관념적인 선에서 받아들인 것으로 볼 수 있다. 숫자 감각을 드러내는 구절들을 찾아보면 아래와 같다.

> 아메-바가 V29를 操縱하고
> 하늘로 向하여 地球를 떠날 때
> — <아메-바가 B29를 操縱할 때>에서

> 機械人形이 市街行列을 할 때 'Z機'가 抛物線을
> 그리고 가면, 마이나스 無限大가 슬픈 歷史를 排泄한다.
> — <生命賦>에서

> 二秒間에 天國의 幸福을 얻기 爲해 一千兆키로메타 十億年의
> 行進-----을 하여 보자.
> — <歲月>에서

　'B29', '마이나스 無限大', '二秒間', '一千兆', '十億年' 등이 이경순 시인이 드러내 보인 숫자들이다. 'B29'는 비행기 기종이지만 숫자 표시의 감각에 맞기 때문에 채용한 것으로 보인다. 그 중 '마이나스 無限大'가 가장 확실한 숫자 감각에 의한 표현으로 봄이 옳을 것이다. 수학의 공식 용어를 의도적으로 시어화한 것이기 때문이다. 미래파는 1914년 기하학적 및 기계적 영광과 숫자 감각에 대한 선언서를 발표하여

정확, 간결로 지상의 숫자에 새로운 감각과 살아있는 호흡을 창조하려 하였는데[11] 미래파의 뷔취같은 시인은 수학공식을 시에다 그대로 사용한 것으로 유명하다. 그런데에 비하면 이경순의 숫자 감각은 거의 초보에 속한다. 지금까지의 우상을 파괴하는 듯한 과격한 실험의식이 겉으로 드러나 있지 않기 때문이다.

또 이경순의 시에서 이질적인 두 사물의 결합이 눈에 띈다. 이는 초현실주의 기법의 하나인데 이를 일러 데페이즈망[12]이라 부른다. 데페이즈망의 수법으로 시는 경이감, 공포감, 기이감 등을 불러 일으키는 효과를 얻게 되는데 구절들을 챙겨 보자.

> ① 오렌지 紋彩로 아로새긴 바다
> 보름달이 젖었는데
> 조개 입술에 키쓰가 끝난
> 메무치 혀를 주고 亡命했다.
>
>   ─ <로만쓰>에서

> ② 에덴 東山에서
> 이브를 안고 낮잠을 졸던
> 아담이 爆音에 놀랬다.
> 아담의 젖 만지던 손으로
> 高射砲를 쏘았다.
>
>   ─ <아메-바가 B29를 操縱할 때>에서

①에서 '오렌지 紋彩'와 '바다'와 '보름달'의 연결은 이질감이 드러

---

11) 같은 책 p.60.
12) 데페이즈망(Dépaysement)─"일상적인 意義面의 연관성이 전연 없는 동떨어진 事物끼리가 서슴없이 한자리에 모여 있다. 이와 같이 事物의 존재의 현실적인 합리적인 관계를 박탈해 버리고 새로운 창조적인 관계를 맺어주는 것" 같은 책 p.174.

나지 않는다. 그런데 ‘조개 입술’과 ‘키쓰’, ‘메루치 혀’와 ‘亡命’의 결합은 상당한 이질감에서 오는 기이한 이미지를 제공한다. 조개에 입술이 있다는 것도 긴장감을 주는데 거기다 키쓰까지 덧붙이니까 어떤 경이로움을 이끌어내기에 충분하다. ‘메루치 혀’와 ‘亡命’도 전혀 한 자리에 놓일 성질의 것이 아니다. 하나의 의미망 안에 있는 ‘조개입술’—‘키쓰’, ‘메루치 혀’—‘亡命’의 이어짐을 놓고 보아도 이질감은 더욱 확실해질 뿐이다. ②에서 ‘에덴東山’과 ‘아담’, ‘이브’의 연결은 자연스럽다. 그런데 ‘아담’과 ‘爆音’, ‘아담’과 ‘高射砲’의 결합이 당돌하다. 고대와 현대가 만나기 때문이고 원시와 문명이 공존하기 때문이다. 데페이즈망을 이룬 이런 대목에서 입체파 시와 초현실주의 시에서의 동시공존이라는 기법을 만나게 된다. 과거와 현재, 멀리 있는 것과 가까이 있는 것, 내부와 외부가 하나의 상황이나 장면에 공존하는 기법이 동시공존법이다. 이경순은 인류의 원조시대와 현대를 하나의 상황 안에 결합시켜 놓음으로써 강렬한 이미지의 제시라는 목표를 달성하고 있다. 이 목표는 “이미지는 비교에서 나오는 것이 아니라 정도의 차는 있을지언정 상호간 거리가 먼 두 개의 현실을 접근시키고자 하는 데서 생긴다.”13)고 하는 초현실주의 선언에 연결되어 있음은 물론이다.

Ⅲ. 세계는 어떠했나?

이경순의 정신세계, 곧 시 세계는 전반적으로 보아 부정정신으로 집약된다. 일부의 시편에서 밝고 건강한 서정을 드러내 보이지만 대체로 허무, 무상, 절망 등의 세계와 비판과 고발의 세계, 그리고 원죄의식과 내세적 발상의 세계를 보여주고 있어서 이를 하나의 정신으로 뭉뚱그리면 부정정신이 된다.

---

13) 앙드레 브르통(송재영 뒤침) : 쉬르레알리즘 선언(1978, 성문각), p.28. 참조.

1. 절망과 허무

이경순의 부정정신을 바로 드러내는 시로 <로만쓰>를 먼저 들 수
있다.

1.
코발트빛 곱게 물든 하늘에
솔개와 白蛇는 S字形을 그리면서
구름 속으로 들어갔다.

2.
오렌지 紋彩로 아로새긴 바다
보름달이 젖었는데
조개 입술에 키쓰가 끝난
메루치 혀를 주고 亡命했다.

3.
黃昏을 달게 먹는
니힐리스트 밥床 위에
조개는 메루치 遺腹子를
안고 누웠는데
白蛇를 달래는 솔개 消息은
구름과 더불어 사라지다.

— <로만쓰> 전문

따옴시는 데페이즈망 수법과 자동기술적인 기법에 잇닿아 있어서
뜻을 캐기가 힘든다. 그러나 '들어갔다', '亡命했다', '사라지다' 등의
서술어가 주는 의미가 '현실로부터의 떠남', '현실로부터 떠나 숨어버
림'이라는 자리에 놓이는 것만은 분명하다. 떠날 수밖에 없고 떠나 숨

어버릴 수밖에 없는 현실은 그렇기 때문에 절망적인 상황이다. 좀더 구체적으로 말하면 '키쓰가 끝난' 상황이고, '메루치 遺腹子를 안고 누운' 상황이고 '솔개 消息이 사라진' 상황이다. 달콤한 일이 끝나고 달콤함이 만들어 놓은 결과만을 붙들고 소식을 기다리지만 그 소식이 사라진 것이다. 1연의 '솔개'와 '白蛇'는 자동기술에 의한 드러냄으로 보인다. 문맥적 의미에다 힘을 줄 필요가 없다는 말이다. 거기다 2연에서의 '조개'와 '메루치'도 같은 맥락에서 이해할 수 있다. 조개 입술의 키쓰이기 때문에 그것 나름의 개별적 의미를 획득하는 것이 아니라는 것이다.

그 가운데도 주목해야 할 시어는 '니힐리스트 밥床'이다. 더 줄여서 말하면 '니힐리스트'가 된다. 이 '니힐리스트'는 곧 시의 말하는 이로 읽을 수 있는데 말하는 이가 니힐리스트라면 절망적 상황을 허무로 보는 입장이 된다. 니힐리즘이란 어떤 존재도 인정하지 않고 또 그에 대한 인식의 가능성과 가치까지도 부정하려는 사상적 입장[14]을 말하는데 여기서의 니힐리스트는 도피·체념·무기력 등의 증상으로 드러나는 부정적인 입장에 서는 이를 매기는 것으로 볼 수 있다. 그러므로 따옴시는 절망적 상황에서 도피·체념·무기력으로 반응하는 삶의 태도를 그리고 있는 것으로 읽힌다.

<로만쓰>에 비해 <蓋>은 더한 절망의 극점을 보여준다.

> 쾅!
> 彈丸이 달아났다.
>
> 壁 넘엔
> 구멍난 밤이
> 窒息한 歷史를 흔들어 깨우고

---

14) 哲學大辭典(1976, 學園社), p.188.

> 冊床엔
> 亡命의 길을 잊은
> 데칸단티즘이
> 呻吟만 한다.
>
> 理論이 끝난 도래床 뱃바닥에
> 막걸리 방울 방울
> 눈물 흔적이 濁하고,
>
> 盞 조각이 흩어진 머리맡엔
> 기름 다 탄 호롱불
> 가물 가물
> 臨終을 지킨다.
>
> — <盞> 전문

따옴시에서 절망은 극점에 도달해 있다. 끝련의 "기름 다 탄 호롱불 / 가물 가물 / 臨終을 지킨다."에서 '기름이 다 타버린 호롱불'만 해도 그렇고 '임종을 지키는' 것도 그렇다. 더 탈 것이 없는 호롱불은 호롱 불로서의 가치를 잃은 것이고 임종이 된 것은 삶을 마감하는 순간을 맞이한 것이다. 그러면 가치를 잃고 삶을 마감하는 대상은 무엇인가? 2련에서의 '窒息한 歷史'로 봄이 옳을 것이다. 3련의 '데카단티즘'도 표면 문맥상으로 보면 대상이 될 법하나 속뜻으로 살피면 그렇지 않음 을 알 수 있다. '질식한 역사' 때문에 데카당에 빠진 것이지 데카당으 로 인해 역사가 어떻게 된다는 말은 성립되지 않는다.

이경순이 시에서 말하는 역사는 전쟁으로 인해 질식해 있는 것으로 드러난다. 1연의 "쾅! / 彈丸이 달아났다"가 이를 극명히 말해 주고 있 다. 탄환, 곧 전쟁으로 인해 밤이 구멍나고 데칸단티즘에 신음하고 눈 물 흔적이 탁하게 되고 임종을 맞이하게 된다. 그런데 그 전쟁이 어떤 전쟁인지는 시의 문맥으로 잡히지를 않는다. 이 작품의 발표 연도가

1948년이고 발표지는 경향신문[15]으로 되어 있는데 이 발표연도를 창작 연도로 본다면 2차대전이 끝난지 3년째 되는 해가 된다. 그러므로 당면한 전쟁의 실감에 의해 쓰여진 시라고 말하기 힘들다. 거기다 2차대전은 우리 겨레의 입장에서는 절대절명의 전쟁이고 연합군이 전쟁에 진다면 우리나라의 독립은 아예 바라볼 수가 없는 형편이므로 전쟁에 대한 일반적인 인식으로 2차대전에 접근할 수가 없는 것이다.

그렇다면 시인이 글감으로 취한 전쟁은 어떤 성격의 것인가? 이 물음을 풀기 위해 시 속에 나오는 '데카단티즘'에 주목할 필요가 있다.

데카단티즘이란 회의와 번뇌에 떨어져 극단적인 염세와 퇴폐적인 경향을 띄는 사조를 말하는데 흔히들 19세기 말에 나타났다 하여 세기말 사상이라고도 한다. 회의와 번뇌가 생겨난 것은 자연과학적 유물사상이 권위를 잃었는데도 이를 대신할 만한 사상이 나타나지 않은 데 그 까닭이 있다. 이 사조의 특징으로 첫째 유물론적 기계관에 반기를 들었고, 둘째 주관적인 자기 중심의 경향을 띄었고, 셋째 형식적이며 기교적이 되었으며, 넷째 예술지상주의 태도를 취했고, 다섯째 신비하고 이상한 세계를 추구한 것[16]을 들 수 있다. 이런 사조적 배경을 염두에 둘 때 이경순의 '전쟁'은 유물론적 기계관에 잇닿아 있는 것으로 볼 수 있다. 신비와 아름다움을 빼앗아 간다는 점에서 전쟁과 자연과학적 유물사상은 공유하는 부분이 있다. 시인은 이 공유부분을 비유라는 영역에서 이해하면서 무리없이 내포적 언어로 활용한 것이 아닌가 한다. 말하자면 시인의 절망을 인류의 보편적인 염세관이나 퇴폐 경향에서 오는 것으로 일단 이해해 볼 수 있다는 것이다. 시 <狙擊>을 보면 전쟁이나 전쟁에 관계되는 시어가 전쟁과 무관한 것임이 드러난다.

아차!

---

15) 東騎 李敬純 全集, p.465.
16) 金相善 : 文藝思潮論(1987, 日新社), p.234.

놓쳤다.

한 刹那를 狙擊하려
二十四時를 겨누운 照準에
마지막 秒針이
가름자를 넘었다.

겨누다가 겨누다가
오늘도 하로가 달아나고……

—　<狙擊> 전문

따옴시에서 전쟁용어로 ‘狙擊’, ‘照準’, ‘가름자’가 쓰이고 있는데 시이나 이미지의 역동성을 드러내기 위해 쓰인 것이지 외언 그대로 사람을 저격한다거나 총구로 조준한다거나 가름자로 목표물을 겨눈다는 뜻으로 쓰여 있지를 않다. 따옴시는 잡을 수 없는 세월을 잡아보기 위한 몸부림을 보여주는 것으로 세월의 덧없음, 삶의 무상감을 드러내고 있다. 이경순의 시에서는 이렇게 전쟁이나 전쟁에 관련되는 용어들이 보편적인 삶의 문제를 드러내는 데 쓰이고 있음이 주목된다. 시 <春夢>을 보면 보편적인 의미의 절망에 이어 허무·무상의 보편적인 서정을 읽을 수 있다.

나비는 봄바람을 따라가고
落葉은 물결에 흘러가다.

눈보라에 휘날린 歲月이
窓틈으로 새어들면
밤마다 길려 온 薔薇의 꿈마저
언 가슴에다 서름의 씨앗만 남겨 놓고
어느 봄 오는 품 안에서 연지 빛 꽃으로 피려느냐!

歲月과 더불어 오고
歲月과 더불어 가는 者
또한 그러리니.

— <春夢> 전문

따옴시는 제목에서부터 무상감을 드러낸다. '春夢'이라는 말은 '一場春夢'의 준말로 한바탕 헛된 봄날의 꿈이라는 뜻으로 환기되기 때문이다. 첫대목의 "나비는 봄바람을 따라가고 / 落葉은 물결에 흘러가다"도 계절의 변환에서 오는 덧없음을 그대로 제시하고 있다. 나비가 봄바람을 따라가는 것을 어떤 청춘이나 낭만적 이미지를 드러내는 것으로 하자만 따라간 다음의 행동이나 이미지가 따라나와 주어야 하는데 그렇지 않다. 곧바로 낙엽이 나오고 이어 그 낙엽이 물결에 떠서 흘러가는 이야기로 연결된다. 그러므로 나비의 '따라감'이 어떤 청춘이나 달콤한 행복, 또는 상승의 이미지로 이어질 수가 없다.

둘째 도막은 무상감을 강조해 드러내는 것으로 읽힌다. 세월이 눈보라에 휘날린 것으로 표현한 것이 덧없음의 형상화이다. 그리고 세월이 장미의 꿈마저 서름의 씨앗만 남겨놓게 한다는 대목으로 이어지는데 '언가슴'과 '서름'으로 환기시키는 분위기는 무상의 극점에 이르고 있다. 셋째도막도 사실은 그 분위기의 동어반복인 셈이다. 자연현상으로부터 사람의 문제로 시선을 이동시킨 데 불과하기 때문이다.

2. 비판과 고발

이경순의 부정정신은 비판과 고발이라는 관념을 드러낸다. 관념이지만 직설로 드러내지는 것이 아니라 아이러니적 수법이나 지적인 시의 장치를 통해서 드러내진다는 것이 이채롭다.

소
소는 몰랐다
어인 일인지 알 리가 없었다.

고삐를 끌기에
꼬리를 흔들며 따라만 갔다.

간 곳은 소장터

그래도 몰랐다.

고삐를 끌기에

꼬리를 흔들며 따라만 갔다.

이제야
소가 들어가는 곳은
들어가는 곳은……

아아! 팔려가는 死刑囚
美學을 배우지 못한 獸族의 슬픔?

지내간 봄 도가리밭 두덕에서
한 떨기 장미를 먹었더니!
　　　　　　　— <薔薇 먹은 死刑囚> 전문

　따옴시는 죽음을 향해 가는 줄도 모르고 꼬리를 흔들며 따라가는
소의 비극을 이야기하고 있다. 그런데 그 비극의원인이 장미를 먹은
데에 있고 미학을 배우지 못한 데에 있음을 제시함으로써 수족의 우직
함, 우둔함을 비판·고발하고 있다. 이 시의 가장 난해한 부분은 마지

막 도막이다. 「지내간 봄 도가리밭 두덕에서 / 한 떨기 장미를 먹었더니!」에서 '장미'가 무엇인가만 풀리면 소가 우직하게 된 원인을 알 수 있게 되는데 장미 그 자체가 가지고 있는 역사적 언어로서의 어떤 내포를 짚어내기가 결코 쉽지 않다. 그러므로 문맥을 통한 유추로써 내포에 접근할 수밖에 없다.

문맥으로 보면 소가 도살장에 팔려가는 데도 그것을 모르게 하는 것이 '장미 먹음'이다. 장미는 거짓으로 꾸며서 달콤하게 환대하는 것 자체이고 그 속에 가시 곧 해악이 있는 것이다. '소'와 '장미'를 놓고 연결해 볼 때 '소' 자체로는 장미가 갖는 내포에 이어지질 않는다. '소'를 의인화 시켜 놓을 때 비로서 내포적 고리는 연결되게 된다. 그럴 때 '소'는 근원적인 의미에서의 인간이거나 외세에 의해 농간당하는 겨레로 읽힐 수 있다. '개화'라는 미명으로 남의 나라와 겨레를 속이고 '독립'이라는 이름으로 거듭 속이고 '문화'라는 이름으로 속살로 착취하기를 거듭했던 일제의 행적이 「도가리밭 두덕에서 / 한떨기 薔薇를 먹었더니」의 '한떨기 薔薇'에 다름 아니다.

이 시는 따라가면 좋은 것이 기다리고 있을 것이라는 기대와 실현 국면에서는 도살장이 기다리고 있다는 절망이 서로 충돌하는 아이러니 상황을 드러냄으로써 약한자(소)에 대한 강한자의 농간과 핍박이 부도덕함을 강렬히 비판하고 있다.

이밖에 <잃어버린 時間>은 신음하는 20세기의 시대고를 고발하고 있고 <아메-바가 B29를 操縱할 때>는 인간들의 지각없는 문명을 비판 고발하고 있음을 볼 수 있다.

3. 원죄의식과 내세적 발상

이경순의 시에는 의외에도 원죄의식이나 내세적 발상의 그리스도교적 교양의 편린이 드러남을 볼 수 있다. 김수돈의 시나 김춘수의 시에

도 이러한 양상이 드러났음을 염두에 둘 때 신자로서의 어떤 지향 위
에 있는 것이 아니라 그리스도를 교양으로 받아들인다고 보는 것이 옳
을성 싶다. 시<昆蟲學>을 보자.

　　　黃昏
　　　저 하늘의 변두리에
　　　오막살이가
　　　灰色 감투를 쓰고

　　　壁 머리에 매달린 時計
　　　춧돌이
　　　時間을 쫓아
　　　時間이 울고 간다.

　　　밤
　　　房바닥에 뛰노는
　　　두 개의 심장이
　　　눈물과 웃음에 交叉할 때
　　　女人의 가슴에는 하이얀
　　　薔薇송이가 피어나고
　　　사내는 荊冠을 어루만지며
　　　'昆蟲學' 페이지를 흘겨 봤다.

　　　새벽
　　　窓틈으로 엿보는
　　　달빛이 차거워....
　　　나비는 오지 않고
　　　벌은 노래를 숨기고
　　　귀뚜라미 서러운 울음에
　　　透明한 두 개의 筋骨이
　　　失樂園의 悲哀를 안았다.

— <昆蟲學> 전문

　　시가 매우 지적이고도 교양적인 측면이 강하다. 제목이 우선 생물학적 내지 과학적인 사고에 의해 쓰여지고 있다. 거기다 '하이얀 薔薇송이'와 '荊冠'이 불러 일으키는 그리스도교에서 말하는 구세사적 의미는 예사로와 보이질 않는다. 마지막 줄 「失樂園의 悲哀를 안았다」에서는 주제를 그대로 말하고 있으면서 장미송이와 형관이 주는 의미를 환기시켜 주고 있다.

　　그러나 둘째 연에서 '女人'은 구세사에서의 마리아를 환기는 시키지만 마리아 자체는 아니고 '사내'는 그리스도를 상기는 시키지만 그리스도 자체는 아니다. 만일 시인이 정통한 그리스도 교인이라면 장미송이와 결부되는 여인과 형관을 쓰고 십자가의 길을 간 그리스도를 두 개의 '근골'로 이어지는 '失樂園'으로 끌어내지 않았을 것이다.

　　어쨌든 시인이 가시관을 쓴 사람의 아들과 장미꽃다발(Rosarium)로 칭송을 받는 성모 마리아를 제시하고 원조 아담과 에와의 비극을 도출해 내는 것은 원죄의식에 젖어 있음을 말해주는 것이 된다.

　　　　　죽음도 슬픈 美化라면
　　　　　낸들
　　　　　옛 사람의 버릇을 본받아
　　　　　멀고 먼 歲月이 흐르는 앞날에
　　　　　그것을 배워 볼 때가 있으리니
　　　　　봄풀이 자라 덮는
　　　　　내 무덤에
　　　　　진달래 피어 있고
　　　　　멧새야 울어 주랴

　　　　　거듭 永劫의 歲月이 지나는 그때
　　　　　億兆蒼生 또

내 버릇을 본받으리

다시
整理된 空間에
聖靈의 子午線이 그어질 때
同一한 圓周안에
그들과 再會의 웃음을 試驗하려
내 이 瞬間을 呻吟하여 사느니.

— <再會> 전문

따옴시는 부제로 '具常[17]兄에게'가 붙어 있음으로써 가톨릭적 세계관에서 쓴 시로 읽힌다. 따옴시는 죽음 다음의 재회를 갈망하는 시로 가톨릭 교리에 의지하여 온전히 이해될 수 있다. 말하자면 내세관이 가톨릭에 근거를 두고 있다는 것이다. 마지막 도막이 그것을 확연히 말해주고 있는데, 「정리된 공간에 / 聖靈의 子午線이 그어질 때 / 同一한 圓周안에」가 공심판 날을 의미하는 것이라든지 「그들과 再會의 웃음을 試驗하려 / 내 이 瞬間을 呻吟하여 사느니」가 구원을 위한 세속적 삶의 과정을 그려보인 것 등이 그러하다.

물론 따옴시는 내세관에 따라 생활하는 삶을 보여주는 것이라 보여지지 않는다. 1연과 2연이 이교인으로서의 무지향이 그대로 드러나 있어 마지막 연의 의미가 실천의 단계로 올라서는 것으로 절대 읽히지 않기 때문이다. 그렇다 하더라도 이경순의 「生命賦」에서 따옴시는 거의 유일한 기독교적 시로 이해할 수 있다는 데서 주목을 요한다 하겠다.

<아메-바가 B29를 操縱할 때>는 원죄의식이 곧이곧대로 드러나 있다. 「에덴 東山에서 / "이브"를 안고 낮잠을 졸던 / "아담"이 爆音에 놀

---

17) 具常 시인은 가톨릭 文友會 회장을 지냈고 문인들 중 가톨릭에 영세 입교하는 많은 사람들의 대부가 되어 준 사실이 널리 알려져 있다.

랬다 / 아담의 젖 만지던 손으로 / 高射砲를 쏘았다」(4연)가 그것으로
비록 교양적 접근이지만 사물과 사물의 관계를 원죄항으로 풀어내고
자 한 것 자체가 이채롭다 아니할 수 없다. <잃어버린 時間>도 성서적
발상이 군데군데 드러나고 있음을 놓쳐 볼 수가 없다.

Ⅳ. 마무리

　이경순의 「生命賦」를 중심으로 한 초기시편에서 시인은 여러 가지
사상이 혼재하는 복잡한 의식세계를 표출하고 있음이 확인되었다. 아
나키즘이 있는가 하면 니힐리즘이 있고 세기말 사상을 잃는가 하면 원
죄의식에 젖어 있어 시인의 참모습을 하나로 드러내기가 어려운 면이
있었다. 시인이 그의 세계를 드러내는 방법은 전반적으로 볼 때 모더
니즘 지향이었음도 확인되었다. 논의 순으로 요약해 보면 다음과 같
다.

1) 시어는 한자어와 한자 관념어가 많았다. 관념은 대체로 부정적인
　성질이거나 본질적인 것이었다. 외국어 내지 외래어를 즐겨 쓰는
　편인데 사상을 드러내는 것과 사물을 드러내는 것으로 갈래지울
　수 있다. 후자의 경우 지적이고 교양적인 성질을 띄었다.
2) 표현의 특징으로는 교양 드러내기, 역동주의, 입체조형과 숫자감
　각, 이질적인 두 사물의 결합 등으로 요약될 수 있었다. 이들은 모
　두 모더니즘적 측면과 잇닿아 있는 것으로 입체파, 미래파, 슈르레
　알리즘의 기법이 혼재하는 양상이었다.
3) 시 세계는 전반적으로 부정정신에 의해 형성되었다. 절망과 허무
　의 세계는 도피·체념·무기력으로 드러나 있으며 이는 인류의 보

편적인 염세관에서 온 것으로 이해된다. 비판과 고발은 아이러니
적 수법이나 지적 장치를 통해 드러나며 시대와 문명에 관계되고
있었다. 원죄의식과 내세적 발상이 드러나 있는데 이는 거의 교양
적 접근이었던 것이 확인되었다.

흐름의 순리와 가족 윤리

我川 崔載浩의 시조는 우리 주변에서 퇴색해 가는 전통 서정을 환기시켜 주고 있다. 제목에서 이 점이 분명해진다. <待春賦>, <初春>, <落花詞>, <歲寒三友圖>, <輓詞> 등이 주는 분위기는 한시를 떠올리기에 충분하다. 한시의 그 자연친화의 서정적 발상이 제목에 집약되어 있기 때문이다.

또 여기에 하나로 어울리는 것으로 옛말, 토속어 등이 있어서 전통 서정을 보다 진하게 드러낸다.

> 화사한 그날다히
> 雨露도 기름진 뜨락
>
> 뚝 뚝 무너져 앉는
> 부귀인가 영화런가
>
> 어즈버 어제이런 듯
> 눈물 마른 하늘이여

— <牧丹> 전문

따옴시조 한 수에 두 개의 옛말이 들어 있다. 이런 말이 쓰여질 때 자칫하면 상투어로 떨어지기 쉬운데 그의 시조는 그렇지 않다.

> 오늘쯤 消息 오려나?
> 映窓 자로 열어라
>
> — <初春>에서

> 몸부림 저 몸부림
> 외오침도 감감하다
>
> — <波濤>에서

> 큰 집이 기울으며
> 바칠 남기 있었으랴
>
> — <님의 희생>에서

옛말이 생경하게 따로 노는 것이 아니라 앞 뒤 소리와 어울리고 있다. '자로'의 '로'가 '오려나'의 '려', '열어라'의 '라'와 어울리고 '외오침'의 '침'이 '몸부림'의 '림'과 '감감하다'의 '감'과 어울리는 것 등이 그러하다.

토속어 내지 전통서정과 유관한 말로는 아래와 같다.

> 채송아, 맨드라미, 깻낱, 진자지, 하마, 柚子등걸, 불꾹, 휘드림, 베짱이, 성그는데, 들보, 淸貧, 忍辱, 雨露, 청기와, 佳人, 귀밑거리, 滄桑, 蛾眉, 短杖, 낙락한, 다래넝쿨, 칡뿌리, 白鳩, 葉錢, 上典, 貞烈, 장지, 老患, 하냥

예를 들자면 이밖에도 더 많이 있다. 시에 쓰인 낱말로도 시인의 감정과 취향을 짚기는 어렵지 않다. 아천의 경우 어느 편이냐 하면 한자

말에서 그의 전통적 서정을 더 잘 짚어낼 수 있다. '淸貧'이나 '短杖', 그리고 '老患'만 가지고도 시 속의 말하는 이의 하고자 하는 바 말의 질이나 깊이를 유추해내기가 결코 어렵지 않기 때문이다.

아천의 전통적 서정은 그의 말의 운용과도 한데 어울린다. 지나친 비약이나 말투가 찾아지지 않는다. 전통적으로 써오는 말에다가 거기에 걸맞는 자연스런 어법에 만족하고 있다.

> 청기와 낡은 골에
> 가을풀 우거지고,
>
> 마루끝 장죽소리
> 끊어진 지 언제인데
>
> — <故鄕>에서

따옴시에서 이점이 분명해진다. '—에 —하고'나 '—(가) —인데'는 '부사어 서술어'와 '주어 서술어'의 구조이다. 이것이 뒤헝클어져 있지 않은 말법이다. 아천은 그러므로 언어의 온건론자인 셈이다.

아천의 시조는 잣수에 있어 정격이다. 한 걸음배기가 3자와 4자에 거의 고정되어 있고 종장의 4구가 곧이곧대로 '3·5·4·3'이다. 배행에 있어서도 1장 2행 배열을 원칙으로 지키고 있다. 그만큼 전통시조에 값하고 있다.

> 조그만 봉지에 넣고
> 흔들어도 보누나
>
> — <待春賦>에서
>
> 바람이 왔다 가듯이
> 흔적마저 없구나
>
> — <봄비>에서

> 생명이 용솟음치고
> 넘쳐나는 샘이여!
>
> — <初夏>에서

> 벗이여! 어서 나오라
> 이런 밤이 몇번이랴
>
> — <月夜頌>에서

> 가녀린 바람 속에도
> 흔들리고 있고녀!
>
> — <들국화>에서

> 彈夜月 가락을 따라
> 날아드는 淸怨이여
>
> — <蘆雁>에서

> 허젓해 찾아온 밤길
> 귀뚜리만 울어라
>
> — <故鄕>에서

　영탄법이나 설의법 또는 의문형은 대체로 감정에 맞닿아 있다고 봄이 옳다. 의미나 행간의 비약이 의도하고 쓰여진 것이 아니라 분위기나 상태의 확인에 잇닿아 있는 것이기 때문이다. 따라서 아천은 제도나 의식, 자연의 질서에 절대 순응하는 쪽으로 보아 틀리지 않는다.

　그러면서도 아천의 시조에는 기존 시조가 닿지 못했던 표현과 감각의 자리를 자기 몫만큼 확보하고 있음이 눈에 띈다.

> 둥글고 까만 씨알
> 깻날보다 작은 속에

진자지 붉은 수술
뜰 하나 오색꽃도

그 고운 깃을 접고서
감쪽같이 숨었네

— <待春賦>에서

말하는 이의 시선이 미세한 데에 이르고 있다. 미세한 것, 미세한 부위, 미세한 자리에 시선을 보내면 일어나는 것은 감각이다. 구체적인 사물에서 오는 '이미지의 떨림'도 아울러 일으켜 주게 된다. '씨알'을 '진자지 붉은 수술'과 '오색 꽃'으로 겹쳐내는 데서 감각이 일어나고, 이것을 다시 봄을 기다리는 전체의 뜻과 어울리게 함으로써 '이미지의 떨림'을 일으켜 주고 있다.

지금까지 말과 표현의 장치들이 전통 서정을 찾는데 이바지하고 있음을 보아왔다. 이제는 아천 시조의 세계를 더듬어 볼 차례다.

아천의 시조는 전통 서정을 바탕으로 두 가지 가닥의 세계를 확보하고 있는 것처럼 보인다. 한 세계는 '흐름의 순리'요 다른 한 세계는 '가족간의 윤리'에 관한 것이다.

꽃보라 휘날리는
옛 江물 굽은 기슭
물만 흐르는가
꿈도 삶도 다 흐른다

끝없이 피고 지는 것
물에 떠서 가는가.

꽃구름 엉긴 속에

사람도 구름일레

아쉬운 너의 젊음
이날다히 화사해도

펄펄펄 아낌이 없는
저 모습을 보아라

　　　　　　　　　　　　　— <落花詞> 전문

　따옴시조는 동양의 자연관을 그대로 보여주고 있다. 無爲自然의 노
장철학 말이다. "끝없이 피고 지는 것/ 물에 떠서 가는가"에서 보여지
듯 존재일체는 반드시 무로 돌아가고, 지금 성하는 것은 반드시 쇠한
다고 하는 인식이 깔려 있다. 이것은 인간의 무력에 대한 체관에서 온
다. 그러므로 시인은 자연에 허심(虛心)으로 따를 뿐인 그런 태도를 보
이는 것이다. 곧 '흐름의 순리'를 바라보고 그 순리에 시인도 함께 놓
이는, 그런 세계를 드러내고 있다.
　'흐름'에 대한 이와 같은 시인의 태도는 자연을 글감으로 한 시조
거의 전편에서 드러난다.

매미 울음소리
태고런 듯 흐르는 곳

　　　　　　　　　　　　　— <初夏>에서

강물도 소리없고
가는 이도 말이 없다.
모란도 한 철이요
桃梨 또한 한 시절을

　　　　　　　　　　— <歲寒三友圖 月夜頌>에서

의로운 강을 따라

붉은 마음 흐르거니

— <義巖>에서

　이런 흐름에 대한 인식은 철저하게 긍정적이다. 따옴 구절 어느 한 대목에서도 부정적인 측면이 드러나지 않는다. 울음소리 흐르는 것이 '태고런듯'하다는 데서, 가는 이가 '말이 없다'는 데서, 강을 따라 흐르는 마음이 '붉다'는 데서 확인되고 있기 때문이다.
　≪我川詩集≫ 제4부에서는 전통적인 가족 윤리를 잘 드러내 보이고 있다. 그만큼 시인이 전통 윤리관에 의해 살고 있음을 보여준 셈이다.

창망이 열린 바다
한 번은 건너야지

그대 櫓를 젓세
나는 돛을 올리리니

— <아내>에서

할버지 老患으로
三年을 계오실 제

한 房은 앓는 시부
또 한 房은 병든 남편

어린 것 상할까 하여
몰래 밤을 지새더니

— <님의 희생>에서

'효우', '정절' 두 글귀는
우리집 가훈인데

한 조각 붉은 마음
목숨인들 바꿀손가

　　　　　　— <님의 정절>에서

　<아내>에서는 부부간의 해야 할 바를 <님의 희생>에서는 시부와 며
느리, 어머니와 자식간의 도리를, <님의 정절>에서는 작은 어머니와
조카 사이의 도리를 읊고 있다. 비단 따옴시에서 뿐만 아니라 제도나
윤리에 대한 순응의식이 제4부 전반에 깔려 있다. 그러나 순응은 단순
히 정해진 틀에 맞추는 정도의 것이 아니다. ‘돛을 올리고’ ‘밤을 지새
고’ ‘목숨을 거는’ 바의 실천적인 순응이다.

　이같은 순응에 가닥을 대고 있는 그의 의식은 ‘清貧’→‘의로움’→‘부
끄러움’→‘가르침’→‘우정’ 등등이 잇닿아 있다. 이는 그의 순응이 틀
에 맞추고, 틀에 안주하는 것이 아님을 보여주는 단적인 증거이다.

　아천의 시조는 이렇게 흐름의 순리와 가족간의 윤리를 두 축으로
하여 실천적인 삶의 영역을 넓게 확보하고 있다.

　이 시대 시조작가로서 그의 몫이 전통에 보다 더 관련되어 있다는
말에 다름 아니다. 그의 말과 표현이 전통 서정을 찾고 그 서정이 이와
같은 영역을 받쳐주고 있음으로써 그의 세계는 보다 확실한 것이 되고
있다. 아무튼 ≪我川詩集≫을 통해 시조의 기능과 몫을 다시 한 번 확
인한 셈이 되었다. 나로서는 끝에다 ≪翡翠斷章≫의 서문에서 밝힌 가
람선생의 말을 붙일 따름이다.

　“대저 民族의 固有한 가락은 孤高하나니, 氏의 時調集으로 하여 지
금 자못 영성한 時調詩壇에 한 줄기 빛으로 보탬이 될 것을 믿는다.”

도시 메카니즘의 비정함
― 문덕수 시집 「水路夫人의 독백」론 ―

Ⅰ. 들머리

문덕수의 초기 시는 모더니즘 시 계열로서 이른바 내면세계를 구축했다. 그러다가 후기로 오면서 문명비평 쪽으로 시의 입지를 바꾸었다. 시집 『水路夫人의 독백』[1]과 그 전에 나온 『그대, 말씀의 안개』[2]가 입지를 바꾼 시의 세계를 잘 드러내 준다.

이 글에서 시집 『水路夫人의 독백』을 소략하게나마 일별해 본다는 데 의미를 두고 비교적 두드러지게 드러나는 양상만을 짚어 보고자 한다.

---

1) 문덕수, 水路夫人의 독백(1991, 詩文學社)
2) ____, 그대 말씀의 안개(1986, 詩文學社)

Ⅱ. 드라이한 언어

　시의 언어는 일상적 용법과는 달리 쓰인다. 지시나 관념 차원의 진술이 아니라 정서와 상상의 효과를 보기 위한 함축에 그 의도가 강하게 주어지게 된다.

　문덕수의 초기 시는 정서와 상상의 효과를 최대로 살리는 선에서 내면의 탐색이 이루어졌다. 그러나 후기에 오면 시어는 지시나 관념 쪽에 훨씬 가까이 다가서 있음이 눈에 띈다.

　　　차에 올라 핸들 잡다가 그는 들켰다
　　　차를 운전하다가 그는 들켰다
　　　핸들을 좌측으로 꺾는 길목에서
　　　고개를 우측으로 돌리다가 그는 들켰다

　　　　　　　　　　　　　　　　　　　　　　— <소멸>에서

　　　버스에 발동이 걸린다
　　　삐걱 소리를 내며 기어를 넣고
　　　엑셀레이터를 밟으니 움직인다
　　　그 순간 문이 덜렁 떨어지고
　　　유리창이 가루로 내려 앉고
　　　한쪽 바퀴가 빠져 버리니
　　　버스는 비스듬히 모로 드러눕는다.

　　　　　　　　　　　　　　　　　　　　　　— <버스>에서

　위 따옴시에서 보면 말로서의 서정적인 용법은 전혀 눈에 띄지 않는다. 일상이 변용을 보이지 않은 채 그대로 드러나 있다. 드라이하다. 「차에 올라 핸들 잡다가 그는 들켰다」에서 보아도 진술적 차원 그대로이고 「버스에 발동이 걸린다」에서 보아도 매한가지다. 이런 시는 말의

서정이나 매끄러운 이미지라든지 순수음악성 같은 요인과는 별개로
쓰여졌다. 일상과 생활이 굴절되지 않은 채로 숨가쁘게 숨쉬고 있는,
그런 현장감을 느끼게 할 뿐이다.

낱말 쪽으로 보아도 사정은 같다. '핸들' '운전' '좌측' '길목' '우측'
'버스' '기어' '엑셀레이터' '바퀴' 등은 서정의 발단이 되어 주기는커
녕 있던 서정도 쫓아 보내는 데 이바지하는 것들이다. 관련 대상을 어
김없이 그리고 정확하게 지시하기를 기하는 말들3)이다.

> 그들은 목소리를 모아 힘껏 외친다
> 마사다 비극은 다시는 없을 것이다!
> Masada Never Again!
> — <마사다에서 유태인 960명이 죽은 方法>에서

> 정치가 외교관 에이즈 환자 매춘부
> 온 세계의 잡종들이 우글거린다
> Don't walk와 walk
> — <뉴욕 인상>에서

> 구호도 외치고 데모도 해 본
> 정의가 아니면 양심이겠지
> 한 때는 I love you
> — <빌딩에 관한 에세이>에서

따옴시들에서는 김수영의 언어 범속화를 보는 듯한 감을 갖게 해
준다. 「힘껏 외친다」 「에이즈 환자 매춘부」 「구호」 「데모」등의 말들에
서 조악하고 길들여지지 아니한 생경함을 보게 된다. 거기다 「Masada
Never Again!」 「Don't walk」 「I love you」등 영어 문장이 튀어나와 생활
의 현장성을 실감있게 드러내 준다. 고전적인 격을 파괴해 버리고 점

---

3) 김용직, 現代詩原論(1988, 學研社), p.19.

잖음, 우아함, 품위 있음의 자리로부터 떠나 있음을 본다. 그만큼 드라이한 언어를 선별없이 쓰고 있는 셈이다. 닦여진 언어를 미학의 측면에서 골라 쓰지 않았다는 것이지 무작위로 낱말을 그냥 갖다 놓았다는 뜻은 아니다.

Ⅲ. '싶다'와 갈증

현대는 삶의 모든 공간이 획일적으로 도시화(urbanism)되고 있다. 산골짜기가 깎인 자리에 아파트나 공장이 들어서고 차량은 도농을 불문하고 같이 막힌다. 도시의 구조원리는 획일성, 규격성, 추상성을 지향한다. 따라서 도시의 구조원리는 반생명, 반인간화의 원리라 할 수 있다.[4] 이 비인간화가 심화되면 될수록 인간은 탈출의 몸부림을 치게 되고 몸부림을 치면서도 탈출이 불가능한 현실 앞에 무한한 갈증의 늪에 빠지게 된다.

> 너는 지금 달리는 열차를
> 획 뛰어서 잡고 싶다고
> 탄환처럼 날아가서 타고 싶다고
>
> — <명령>에서

> 그들은 무엇인가 말을 하고 싶다.
> 두 팔로 무엇인가를 잡고
> 끌어당기고 무엇인가를 만들고 싶다
>
> — <매체>에서

> 벽에 차 한 대가 붙었다

---

4) 문덕수, 현대의 시적 상황, 水路夫人의 독백, p.88.

        길을 막아버린 것이다
        차는 빌딩의 벽을 조금
        밀어내고 싶다

                              ― <투신>에서

        갑자기 차 한 대가 서자
        길이 막힌다
        그는 빠져 나와서
        왼쪽으로 돌고 싶으나

                        ― <혼자 중얼거리면서>에서

  따옴시 <명령>은 인간이 이루어 놓은 문명이 인간의 말을 듣지 않
는 데 대한 아픔을 노래한 시다. 그래서 열차를 휙 뛰어서 잡고 싶고
달리는 열차를 손바닥 위에 놓고 싶은 것이다. 명령을 하기 위해 제작
해 놓은 것들을 명령권자의 손으로 불러모으고자 하는 몸부림은 달리
말하여 갈증이다.
  <해체>에서는 현대인은 물론 모든 살아있는 것들은 서서히 축소되
고 해체되는 위기에 들고 있음을 노래하고 있다. 그리하여 「그들은 무
엇인가 말을 하고」싶다. 무엇인가를 만들고 싶고 쓰고 싶고 달리고 싶
고 외치고 싶고 사랑하고 싶고 데모를 하고 싶은 것이다. 해체된 부품
들이 쓰레기더미에 쓸려 나가기 전에 단말마의 발버둥을 치고 있는 셈
이다.
  <투신>에서는 현대인들이 미로처럼 돌다가 벽 앞에 서서 더 이상
나갈 길을 잃고 창문으로 투신할 수밖에 없다는 줄거리를 담고 있다.
그래서 빌딩의 벽을 밀어내거나 차고 나가고 싶은 심정이 되는 것이
다. <혼자 중얼거리면서>는 <투신>과 동궤에 놓이는 작품으로 빌딩에
막혀 왼쪽으로 돌수가 없고 아파트가 막고 있어서 오른쪽 옆길로 돌
수가 없다는 내용이다. 하고 싶은 대로 도무지 할 수가 없는 도시 공간

이 갈증의 심도를 높여가고 있는 현실을 노래하고 있다.

> 지푸라기가
> 갑자기 지렁이처럼 꿈틀거린다
> 아니 사자처럼 포효하면서 일어선다
> 무엇에 밟힌 것일까
> 구둣발에
> 다이아몬드 반지에
> 아니면 탱크의 캐터필러에
> 어쨌든 밟히면
> 밟혀서 모욕을 당하면
> 한 알의 씨 속엔
> 잠든 地震이 눈을 뜨는 것이다.
> 죽은 호수보다는
> 잔잔한 물살을
> 잔잔한 물살보다는
> 불기둥처럼 솟구치는 激浪을
> 그것이 그립다
> 그것이 그립다
>
> — <지푸라기가> 전문

따옴시는 현대인들의 비극이 무엇인지를 잘 말해 준다. 위기에 처하면 지푸라기라도 잡으려 한다는 이야기에서 발상을 받아 밟히면 지푸라기도 꿈틀거리거나 포효한다는 것으로 이미지의 폭을 넓히고 있다. 그런데 「밟혀서 모욕을 당하면 / 한 알의 씨 속엔 / 잠든 地震이 눈을 뜨는 것이다」고 말하고는 속뜻으로 그 눈뜸이 소중함을 일깨우고 있다. 그 눈뜸이 물살, 아니 솟구치는 격랑이기를 기대하면서 「그것이 그립다」고 노래한다. 현대인은 모욕을 당하면 이제 꿈틀거리기조차도 하지 않는 심한 무기력 증상에 빠져 있음을 경고하고 있는 셈이다. 갈증을 느낄 때가 건강한 것인데 갈증을 갈증으로 받아들이지 않는 그런 시대에 당도해 있는 것이다. 인간사망, 인간부재의 시대에5) 어느덧 접어들고 있음을 경고하면서 화자는 갈증의 증세야말로 그리움 그 자체임을 말하고 있다.

Ⅳ. 황폐함, 그 상식이 끝난 자리

문덕수는 『水路夫人의 독백』말미에 붙인 작가의 산문 <현대의 시적 상황>에서 다음과 같이 말하고 있다.

> 모든 아파트는 층을 이루고 벽으로 둘러싸여 있는 기하학적 추상의 공간임에는 공통적이며 사람들은 그 아파트에 수용된 수인이나 다름이 없다. 오르내리는 계단이나 타고 오르내리는 엘리베이터는 다양한 인간화의 기능이 아니라, 모든 인간적인 것이 축소되거나 거세된 유일한 기능의 원리일 따름이다. 상승과 하강의 순환은 생명의 본연적인 상징이 아니라 도시 메카니즘의 잔인하고도 비정적인 패턴에 지나지 않는다.6)

현대인은 기하학적 추상의 공간에 갇힌 수인이라는 것이다. 인간적인 것이 축소되거나 거세된 도시 메카니즘 속에서 인간은 허우적거리고 있음을 지적해 놓고 있다. 시에서도 이 점을 분명히 밝히고 있음이 주목된다.

> 누가 그렸느냐
> 철조망 같은 획으로
> 나의 초상화에서

---

5) 앞 책, p.90.
6) 앞 책, p.88.

나는 늘 탈출을 시도하지만
늘 그 속에 갇혀 있다
갇혀서 신음하고 있다

그 속에 갇혀서
떨어져 나간 내 팔다리와
눈알과 귀와 발목과
내장과 코와 갈비뼈로
밤마다 돌아와 다시 조립되지만
부딪쳐 박살난 유리조각이다

병원이나 교회나 아파트
모두 수용소다
천국도 지옥도 수용소다
회전문에 밀려
지하도를 거쳐
엘리베이터로 오르내리고
빌딩 속의 미로와 같은 복도를
옮아 다니는 액자 속에서
나는 늘 탈출하지만
늘 갇혀 있다
갇혀서 사랑하고 미워하고
분노하고 신음하고 절망하고

— <나의 초상화> 전문

철조망 같은 획으로 그린 초상화에 갇혀서 신음하는 화자는 말할
것도 없이 현대인이다. 그 초상화는 팔다리, 눈알, 귀, 발목, 내장, 코,
갈비뼈 등이 달아나 버린 기형의 몸체이다. 그나마 담아내고 있는 병
원이나 교회나 아파트는 수용소에 불과하다. 그래서 탈출을 시도하지
만 번번히 회전문에 밀리고 엘리베이터로 오르내리고 미로와 같은 복

도를 지나칠 뿐 갇힘으로부터 벗어나지 못한다. 갇혀서 사랑하고 미워하고 분노하고 신음하고 절망만 할 뿐인 것이다. 도시 메카니즘은 이렇게 사람들을 획일적으로 규제하고 길들이고 있어서 사람들은 점점 소외(alienation)되는 슬픈 초상화로 일그러지게 된다.

> 차에 오르다가 그는 들켰다
> 차에 올라 핸들 잡다가 그는 들켰다
> 차를 운전하다가 그는 들켰다
> 핸들을 좌측으로 꺾는 길목에서
> 고개를 우측으로 돌리다가 그는 들켰다
> 핸들을 우측으로 꺾는 길목에서
> 고개를 좌측으로 돌리다가 그는 들켰다
>
> ― <소멸>에서

> 그들은 조금씩 움직인다
> 두 팔이 어깨에서 빠지고
> 두 귀와 코와 눈이 떨어지고
> 가슴은 가슴대로 머리는 머리대로
> 허리 엉덩이 허벅지 무릎 발가락이
> 부품처럼 해체된다
> 해체된 부품이 얽히더니
> 그대로 쓰레기더미가 된다
>
> ― <해체>에서

<소멸>은 도시 메카니즘의 그 획일성에 의해 규제를 당한 인간의 자유를 이야기하고 있다. 차에 오르다가도 들키고 핸들을 잡다가도 들키고 고개를 돌리다가도 들킨다. 엿보거나 규제로부터 속박당하는 인간들의 아픔을 '들킴'으로 말해 놓고 있음을 본다. 「점점 그리고 빠르게 / 차바퀴처럼 닳고 있는 모습이 들키고 / 소멸되어가고 있는 모습이 들켰다 / 오늘도 이렇게 되풀이하고 / 내일도 그렇게 되풀이하며 들킨

다」라고 문명의 제약을 통렬히 고발한다. 그러는 가운데 인간성이 닳고 소모되고 급기야는 소멸되고 말 것이라는 우려를 드러내 보인다.

<해체>는 <소멸>과 동궤에 놓이는 작품이다. 도시 메카니즘이 인간을 사정없이 축소시키고 해체시켜 쓰레기더미로 내몰고 있다는 통렬한 비판을 보인다. 사람이 제 인격을 펴지 못하고 하찮은 쓰레기로 치부되어 가는 현대를 꼬집고 있는 셈이다. 그래서 인간들은 몸부림을 치고 있다. 「무엇인가 말을 하고 싶다 / 두 팔로 무엇인가를 잡고 / 끌어당기고 무엇인가를 만들고 싶다」고 외치는 그런 제약의 상황에 내몰리고 있는 것이다.

방패도 투구도 없는
내 생에는 알몸이다
보이지 않는
총알이나 파편이
자꾸 박히고
몇 개는 스칠 듯 지나가나
이런 나날의
지워지지 않는 상처
그 고통

숨가쁜 이 계단의
어디쯤 꿇어앉아
나는 눈을 감고
기도해야 하나
상식이 끝난
곳에서의 기도
그러나 지워지지 않는 상처
이 고통
— <常識이 끝난 곳에서>에서

알몸을 내맡긴 채 인간들은 멍들고 닳고 뚫리고 상처를 받고 살아 간다. 상처가 아물 사이 없이 「총알이나 파편이 / 자꾸 박히는」 상식이 끝난 자리가 현대이다. 지워지지 않는 고통을 짊어지고 숨가쁜 계단에 서 어떻게 기도해야 할지 난감한 인간들은 만신창이 그 자체이다. 도 시는 이렇게 인간들을 황폐한 자리로 인도한다. 반생명, 반인간화의 원리 안에 인간들을 끊임없이 편입시켜 나가고 있는 것이다.

Ⅴ. 마무리

문덕수의 시집 『水路夫人의 독백』을 소략하게 살펴온 대로 정리하 면 아래와 같이 된다.

① 저자는 이 시집에서 삶의 현장성을 보여주기 위해 지시나 관념에 접근하는 드라이한 언어를 과감히 썼다.

② 현대인들이 반인간화의 늪을 탈출하기 위해 심한 갈증에 빠져 있 음을 노래했다.

③ 도시 메카니즘은 인간들을 축소·소멸·해체시켜 황폐한 자리에 놓이게 하고 있음을 노래했다.

「햇빛」과 無償의 이미지

시에서 외향 효과 ulterior effects를 생각하지 아니하는 시, 일테면 예술성을 앞자리에 두는 시(시를 위한 시, poetry for poetry's sake)는 I.A. 리처즈에 의해 그 특징이 두 가지로 요약됨을 볼 수 있다. 첫째로 시적 경험은 그 자체가 목적이며 둘째로 그 경험의 시적 사치는 본질적 사치일 뿐이라는 사실이다. 이 판단은 시의 본질이 현실 세계의 일부도 아니며 그 모사도 아니라는 데서 오는 듯하다.

이러한 시는 현실 세계보다는 독자적인 실현의 쪽에 서기 때문에 시 자체가 목적이 되고 따라서 그것이 절대성을 얻는 데서 만족하게 된다. 시는 무상의 이미지를 중심으로 엮어지며 상상적 경험에 의해 외향효과와는 무관한 조형적 구도와 유추를 살려가며 시는 시로서 족할 뿐인 절대의 공간을 구축하는 것이다.

그런데 무상의 이미지를 주로 하는 시일수록 어떻게 표현할 것인가가 문제가 된다. <어떻게>란 곧 시의 정서와 감정을 예술의 형식으로 나타내는 방법을 말하는데, 그 방법은 정서와 감정을 객관적 상관물 objective correlative로 만드는 것을 말한다. 무상의 이미지에 있어서 이미지를 푸는 열쇠는 바로 객관적 상관물에 있다고 볼 수 있다. 이 객관적 상관물의 성격에 따라 시인의 체질, 경향, 취향 또는 시의 세계를 짐작할 수 있는데, 특히 예술성을 앞자리에 두는 시의 경우 그것의 파악은 곧 그 시인의 시의 세계를 파악하는 것과 동질의 자리에 놓임을 유의할 필요가 있다.

60년대에 필요없는 논쟁의 불씨를 던져 주었던「예술파」와「참여파」의 대립내지 논쟁의 부채질은 결코 바람직한 것이 아니었음을, 주장하는 쪽이나 부채질하는 편에서나 모두 자각한 것은 오래 전의 일이다. 그러나 시의 성격상 60년대의 개념으로 보아 보다「예술파」쪽에 가까운 시인이나 시는 여전히 있을 수 있으며 또 시인의 체질이 다양하듯 이는 매우 자연스런 일이라 보아진다.

조영서의 경우 그는 분명 언어로부터 시를 시작하는 시인인듯이 보인다. 시집『햇빛의 修辭學』(일지사, 1975)은 언어에 보다 힘을 준 시편들로 엮어져 있다. 이 말은 곧 <어떻게> 표현할 것인가에 힘을 더 들인 노작들로 엮어져 있음을 뜻한다.

> 曺永瑞씨는 40대 詩人으로서 그동안 쌓아올린 努力이 일단 결실을 보게 된 셈이다. 씨의 개인적인 詩歷에 있어서 뿐 아니라, 우리 詩壇 전체의 水準을 놓고 보더라도 受賞作(現代詩學 作品賞)은 近來의 뜻 있는 秀作들이라고 여겨진다. 우선 그 構圖의 安定感을 들 수 있다. 요컨대 造形能力이 빼어난 作品들이다.
>
> — 김춘수의「現代詩學 作品賞 審査評」에서

김춘수 시인의 평문에서 조영서의「構圖의 安定感」과 작품의「造形能力」을 논하고 있음은 그의 시가 외향 효과와는 별개의 자리에 놓임을 시사해 주는 것이라 볼 수 있다. 언어 자체. 시적 경험의 그 자체에 절대한 힘을 부여하는 시는 이미지도 무상의 것일 밖에 없다. 조영서의 무상의 이미지는 따라서 그의 시를 보다「예술파」쪽으로 밀어 놓고 있는 셈이다. 이것은 전혀 그의 감각과 체질이라 여겨진다. 이러한 천

성적인 시의 취향에 의해 그의 시는 단단한 모습으로 독자 앞에 나선
다. 천성적인 시의 취향은 그의 시작 노우트에서 다음과 같이 드러나
고 있다.

> 문득 靈感이 나를 휘감을 때 난 아찔해 진다. 戰慄한다. 나는 緊張
> 한다. 바로 이 때야말로 祝福받는 순간이다. 나는 이 순간을 기념하
> 기 위하여 管理 작업을 개시한다. 곧 全力投球의 姿勢로 임한다. 天
> 地 울 듯 설레이는 興奮.
>
> —「詩를 찾아서(2)」에서

조영서의 시적 조형 능력에 비할 때 좀 이질적인 것으로 받아들여
지는 이 발언은 그러면서도 그의 시 전편을 통독하고 난 사람에게 긍
정적인 면을 십분 갖게 해 준다.『햇빛의 修辭學』의 거의 2/3에 해당하
는 시속에「햇빛」과「햇살」이라는 시어가 나오고 있음을 특히 주목해
볼 수 있다. 동일한 시인의 시에 동일한 시어의 반복적인 사용은 물론
시인의 성장이나 환경과 무관할 수 없겠지만 필자로서는 그의 시작 노
우트의「영감」이라는 말과 이를 결부해 이해하고자 한다.

「영감」으로 쓰는 시일수록 동일한 시어의 빈도수가 높은 것에 동의
한다면 그의 발언은 당연한 쪽에 놓여지기 때문이다. 그럼에도 불구하
고 조영서 시의 그 무상의 이미지를 풀수 있는 단서로서「햇빛」과「햇
살」이 되고 있음이 특이하다.

> 어린 것들이 햇빛을 몰고 와서 세배를 한다 ①
> 세배하고 일어선 자리에 ②
> 소복한 햇싸라기 ③
> 세坪 방 金빛 숨을 쉰다. ④
> 기지개 켜는 四方壁 —— ⑤
> 올봄 學校 갈 일곱 살 계집애가 ⑥

두 손 가득 받은 빛가루를 ⑦
年賀狀 흰 봉투에 담는다. ⑧
소꿉 같은 손으로 다시 봉투에서 ⑨
꺼낸 ⑩
햇빛을 마신다. ⑪
새삼 빛을 퉁기는 속순, ⑫
어린 눈에서 ⑬
午前의 햇살이 뚝뚝 쏟아지기 시작했다. ⑭

— 「신정」전문(편의상 번호를 붙임)

윗시는 밝고 투명한 감각에 의지하고 있다. 굳이 관념으로 몰아 이해해 갈 필요가 없는 시다. ⑦⑧행과 ⑨⑩행, 그리고 ⑬⑭행을 굳이 관념으로 볼 수도 있으나 시 전체는 그런 것과는 관계 없이 신정(1월 1일)의 한 순간을 붙든 독립된 장면으로 나타난다. 너무나 밝고 투명하여 그 이상의 것을 떠올리기엔 쑥스러워 질 것이 아닌가 할 정도로 자율적인 세계를 보여주고 있다. 방점을 붙인 시어들을 보면 조영서 시의 체질을 짐작케 한다. 「햇빛」「햇싸라기」「금빛」「빛가루」「빛」「햇살」등 빛의 이미지로 시 전체가 이어져 있음을 눈여겨 볼 수 있다. 조영서는 말하자면 정서의 공식이 될 수 있는 일련의 대상과 상황과 사건을 빛이라는 객관적 상관물로 이어 놓고 있는 셈이다.

외양 효과에 힘을 주는 시가 아닐 때 그 시에서 객관적 상관물의 성질은 그 시를 매기는 결정적인 요소가 됨을 앞에서 말했지만, 특히 시의 구도가 안정되고 조형적 평형을 이루는 조영서 시의 경우 빈번히 등장하는 빛의 일련의 시어들은 그의 시의 정서적 기호 이상의 의미를 갖게 된다. 앞의 시 「신정」에서 「햇빛」은 시인의 정서를 환기시켜 주는 구체적 대상물로서 상관물 자체가 되고 있다. 즉 시의 이미지를 형성하는 데 직접적인 작용을 하고 있다. 「신정」①행만을 보면 「어린 것

들이 햇빛을 몰고 와서」와 「세배를 한다」로 나눠질 수 있는데 뒷부분
은 그대로 서술적이나 앞 부분은 뒷부분을 환기시키는 구실을 해주고
있다. 그 중에서도 「햇빛」은 상관물 자체가 되고 있다. 조영서의 시에
는 「햇빛」이나 「햇살」이 이와 같은 상관물 자체로서 드러나는 예가 흔
하다.

　　　　가슴엔 하늘의 깊이.
　　　　살갗 검은 물보다 바람.
　　　　毛細血管 속 출렁인 소금 햇볕.
　　　　빈 손아귀 泡沫 비늘.

　　　　　　　　　　　　　　　　　　— 「바다 抄」일부

　　　　갑자기 鍾路에서 만난
　　　　가을.
　　　　— 그 엷은 햇볕 때문에.
　　　　손수레 위에 빠알간
　　　　감.
　　　　(下學길 歸心 달뜨게 한 紅柿)

　　　　　　　　　　　　　　　　　— 「가을 이미지」일부

　　　　새는 햇살을 굽는다. 빛가루를 굽는다.
　　　　빛을 먹는다. 목청을 뽑는다.
　　　　………(무엇이 놀란 것일까)

　　　　裸木 가지에
　　　　앉은
　　　　겨울

　　　　　　　　　　　— 「겨울 아침 새 한 마리는」일부

　「바다 抄」에서의 <햇볕>은 바다의 속성을 환기해 주는 구체적인 상

관물로 쓰이고 있다. 이런 상관물은 내관의 방법 method of centrospection에 의해 다른 것과는 별개로 고찰될 수 있는 보다 심미적인 내포를 갖는다. 그 만큼 독자적인 세계의 일부를 차지한다.

「가을 이미지」의 <햇볕> 역시 객관적 상관물 자체로서의 구실을 하고 있다. 정서의 분위기나 장면으로서의 우회적이고 간접적인 상관물이 아니라 정서 그 자체를 드러내는 직접적인 상관물로 나타나 있다. 가을의 열매, 그 중에서도 감이 빠알갛게 열려 있음을 환기하려고 <떫은 햇볕>을 제시하는 것 같지만 사실은 그보다도 햇볕 자체가 상관물이 되어서 가을의 이미지라는 한 특수한 덩어리를 짚어 올리게 한다. 그렇게 볼 때 <햇볕>은 매우 직접적인 성질로 드러나 있음이 확인된다.

다음의 시 「겨울 아침 새 한 마리는」에서의 <햇살> 역시 매우 직접적인 상관물로 드러나 있다. 겨울 아침에 새가 움직이고, 생활하고, 또 우리에게 무엇을 지시해 보이는 듯한 새의 동작을 <햇살>이 환기해 주고 있다. 여기서 <햇살>은 바로 감각적 등가물이라 해도 좋을 것이다.

조영서의 시에 있어서 눈에 띄는 수법은 객관적 상관물의 일부가 이와 같은, 거의 고정되어 나타난다는 점이 아닌가 한다. 그럴 경우 시가 드라이하기 쉬울 법한데 그렇지 않은 데 또 주목할 여지가 있다. 그것은 오로지 구도의 안정, 시의 조형적 평형에 그 원인이 있는 것처럼 보인다. 그의 발언도 다른 각도에서 우리를 신뢰케 해 준다.

> 나는 宇宙의 모습을 내 눈으로 듣고, 宇宙의 목소리를 내 귀로 보고 宇宙의 全体를 내 全身으로 느끼면서 心臟에다 印 찍듯 나의 詩를 쓴다.
> 詩는 自己를 집중시키면서 쓰는 것이다.
> ― 「詩를 찾아서 <2>」에서

　조영서의 시에는 <햇볕> <햇빛> <햇살> 등이 객관적 상관물 그 자체로 쓰이는 경우가 많지만 달리는 제목이나 분위기를 위해 쓰이는 경우도 있다. 분위기를 환기시켜 주는 간접적인 작용으로 활용되는 때도 넓게는 상관물로 볼 수도 있다. 이 때도 여전히 시인의 심미적 경험 안에서 무상의 이미지에 보탬이 되고 있기 때문이다.

　　꽃잎을
　　삼킨,
　　봄을
　　쪼개
　　먹은
　　눈.

　　한여름은
　　햇살의 瀑布였다.

— 「林檎은」 일부

　<햇살>의 폭포 자체가 <林檎>이 아닐 때 햇살이 직접적인 상관물로 되진 않는다. 상황이나 장면의 분위기를 위해 설정된 정서의 formula일 뿐이다. <무엇을>이라기 보다 <어떻게>로 이어지는 유추와 이미지인 것으로 보여진다. 무엇을 말해 주는 것이 아니라 어떻게 있는 것인가에 심경을 기울인 결과다. 앞 첫연은 그러기에 얼마나 쌈박한 감각인가. 공간 자체가 절대요 자율의 세계다. 이 절대한 자율의 세계를 어떻게 잘 창조해 내느냐에 따라 시인이 시를 어떻게 잘 비개성화 시켰는가 하는 것에 값하게 된다. 이 논리는 일면 역설적인 것 같기도 하지만 사실은 자율의 세계를 강조한 데 불과하다.

　자율의 세계는 그 자체가 목적이며 본질적 가치를 지니므로 일상적

인 가치에 눈치를 볼 필요가 없다. 시인은 시를 쓰는 과정에서, 독자는 경험의 도중에서 외향 목적을 염두에 둘 필요가 없다. <햇살>이 분위기를 환기해 주는 간접적인 효과를 주면서 그 효과 자체는 내부로부터만 판단될 밖에 없는 것이다.

조영서의 시에서는 또 <햇빛>이 제목으로 바로 이용되기도 한다.

당신은 하얀 손 끝으로 햇빛을 골고루 풀어 놓았습니다.

(내 눈썹 사이 빠져나간 바람)

나는 햇살의 몇 萬分은──을 마시고,
내 피는 그 몇 萬分은──쯤 맑아졌을까.

(새삼 이마를 부비는 주름살 같은 四季)

당신은 숨결을 셈하듯 그 몇 萬의 날, 올로
햇빛 하나하나가 거둬 들이고 있습니다.
─「하얀 손 끝으로 햇빛을」일부

이제는 제목에까지 과감히 <햇빛>이 등장되는데, 이는 매우 모험으로 보이기까지 한다. <햇빛>이 그 많은 소재의 일부로서 선택되어진 뜻에서가 아니라 범용하게 객관적 상관물로 상용하는 시어를 앞 뒤 돌아봄 없이 왜 쓰는가 하는 물음을 만날 수 있기 때문이다.

그러나 그 기우도 참으로 기우에 그치는 것은 제목 자체가 시의 한 구절로 중요한 이미지를 형성해 주고 있음으로서다. 그리고 <햇빛> 자체가 훌륭한 객관적 상관물이 되고 있음에 유의해야 한다.

조영서는 「詩를 찾아서 (3)」에서 "결국 나는 (내 自身)에게 들려 주기 위한 <나>를 쓰는 것이다."고 말하고 있다. 이것은 그의 시의 경험이 심미적 경험에 의한 것임을 드러내 보여 주는 것이 되며 그 경험이 외향 효과와는 절연된 자리에서 <나>를 확실히 하는 방법임을 일깨워 주고 있다.

> 나는 거울 속을 보다. <나>를 겨눈다. 진정 내가 <나>를 겨누나 <나>는 어디쯤 있는 것일까. 알 수가 없다. 아주 보이지 않는 먼 곳에 있는 것 같기도 하고, 어쩌면 손에 잡힐 듯 바로 내 곁에 있는 것 같기도 하다.

이 인용 역시 「詩를 찾아서 (3)」의 일부 내용이다. 거울 속에 비쳐진 <나>를 끊임없이 찾아 들어가며, 분명 잡힐 듯하면서도 잡히지 않는 상태, 그 와중을 맴도는 순간이 시를 붙드는 순간이다. 이 순간은 시 그 자체로만 존재하지 시 그것이 주려고 하는 외향적 의미는 존재하지 않는다. 이 순간은 오로지 정서와 감정이 하나의 창조적 형식에 어울려 있는 것 이외의 의의를 찾을 필요가 없는 순수한 순간이 된다. 그러므로 더욱 객관적 상관물을 열심히 추구하고 또 그 애매성과 불확실성 속에서 <나>자체만을 겨누는 노역을 감당해야만 하는 듯하다. 비개성이 개성적이라는 역설 역시 이 순간의 논리적 해명에 지나지 않는 것이 아닌가.

조영서는 결국 <햇빛>을 중심으로 한 일련의 빛의 이미지로부터 불확실한 자아를 비추는 방법을 얻고 있으며, 애매성을 감추지 못하는 시의 본질로부터 밝고 투명한 이미지의 끈을 말아내는 눈부신 조명을 배워 낸 것이 아닌가. 그래서 그의 시는 아직도 무상의 이미지로 머무는 자리가 마련되는 것이며, 예술을 우선으로 하는 절대 미학이 이루어지는 것이다.

조영서는 <햇빛>과 같은 신의 무상한 은총으로 하여 시 그자체의 무상의 이미지를 짜내는가 하면 <햇빛>과 같은 절대적인 섭리로 하여 시의 체질을 단단히 하는 시인인 것 같다. 시가 축복을 받는 것이라면 이런 뜻에서 받아 마땅한 것이다.

하고 싶은 말, 드러내고 싶은 이미지

梁汪容 시인의 제2시집 『달빛으로 일어서는 강물』이 나왔다. 이 시집을 읽고 찾아지는 문제는 역시 「하고 싶은 말, 드러내고 싶은 이미지」에 관한 것이다.

하고 싶은 말에 힘을 보다 많이 줄 것인가, 부담없는 순수한 빛깔의 이미지에 보다 뜸을 더 들일 것인가 하는 문제는 시인이 시를 써갈 때 부딪치는 가장 기본이 되는 문제 중의 하나다. 물론 양자의 관심을 조화롭게 통합하는 것이 영원한 이상임에 틀림이 없다.

그럼에도 불구하고 시인은 그 이상을 향해 곧바로 나아가지 못하고 서성일 때가 많다. 이는 양자의 통합이 영원한 이상이라 하더라도 시인의 개성을 무너뜨리는 요인이 될 때 어느 한 쪽을 어쩔 수 없이 보다 많이 배제하지 않을 수 없기 때문에 오는 현상인지도 모른다.

梁汪容 시인을 바로 이러한 한 쪽의 <배제>와 관련해서 생각해 볼 수 있다. 시집 「책머리에」에 적힌 글을 보아도 이 점을 알 수 있다.

그 동안의 나의 관심은 주로 문명과 원시 혹은 순수와의 대결이었다. 나는 현실 속에서는 문명이 많이 승리하고 있지만 詩 속에서는 원시들에 의해 비참해지도록 무너질 수 있다고 생각한다. 그러나 이런 관심은 결국 관념이나 사상을 내포하고 있는 것이기에 나는 이들로부터 벗어나기에 고심하였다.

위 따옴글에서 문명과 원시 혹은 순수와의 대결이라는 梁시인의 관심의 표명을 읽을 수 있는가 하면 이런 관심으로부터(관념) 벗어나고자 하는 의도도 읽을 수 있다. 이것은 분명히 예의 그 이상으로 나아가고자 하는 욕심의 표명과 다르지 않다.

그러나 梁시인은 이어서 「幼年詩에서는 철저히 관념을 배제하여 絶對詩의 경지를 추구하고 있는데 그것들은 이번의 이 시집에서는 수록하지 않기로 했다」고 밝히고 있다. 말하자면 관념과 이미지 혹은 의미와 무의미의 어느 한 쪽에의 편향, 곧 어느 한 쪽의 배제에 속하는 절대시의 추구로 기울어지고 있음을 말해 놓았다. 그것이 이미지쪽, 무의미의 쪽이 됨은 물론이다. 梁시인의 이번 시집에서는 그가 말하는 바의 「樹話集·其他」와 「南海書」편에 수록된 시편들이 비교적 관념의 매임으로부터 벗어나고자 하는 의도를 드러내 보여주고 있다. 이런 시편들은 절대시로의 이행을 예언케 하는 것으로 주목된다 하겠다.

그렇게 하더라도 이번 시집에서 梁汪容시인의 시의 모습을 거의 뚜렷하게 제시해 주었다고 볼 수 있는 쪽은 「문명과 원시 혹은 순수와의 대결」로 요약되는 시적 메시지의 측면이다.

아빠는 언제나 엄마편이고
애야,

나에게 시집오지 않을래.
내편도 있어야지.
옷은 색동으로 입고 와야지
고고홀에서 입는

<blockquote>
그것은
색시에게는 어울리지 않아.
우리 집엔 모두 다 있어
칼라 텔레비까지 너와 내거야
엄마는 아빠 나가면
전화 걸고 나가기
姓 다른 누나는 낮잠자기
電話는 내가 받는 걸.
……(줄임)……

애야,
에어콘 바람 더우면
풀장에도 함께 들어갈 수 있어.
너 나에게 시집 오지 않을래.
</blockquote>

— 「都會의 아이들·4」

연작시 「都會의 아이들」은 모두 10편으로서 위 따옴시편만을 보더라도 연작시가 갖는 메시지로서의 강렬함을 쉽게 느껴볼 수가 있다. 문명이나 그 편리함의 구조 속에 인간성이 매몰되어감을 드러내 주고 있는 이 시는 인간 회복의 열망이라는 내포로 읽혀진다.

단순한 문명 비판의 선에 머물지 않고 윤리적 시선까지 견지하고 있음이 주목에 값한다. 梁시인의 이러한 시선은 또한 문명의 그늘에 잠재워진 원시 혹은 자연에의 동경과 하나로 이어진다. 「都會의 아이들·8」의 경우 「개나리 보고 싶어/할머니/병아리떼 물어낸/개나리 보고 싶어」라든지 「봄비도 보고 싶어/종이 우산이나 삿갓 쓰고/볼 수 있는/그 비 보고 싶어」 등의 구절들이 시에서의 말하는 이의 목소리에 매우 어울리게 쓰여져 있다.

말하는 이로서의 마스크가 시의 긴장에 적절한 도움을 주고 있고, 분위기나 장면의 의도적 설정이 독자들의 시선을 끌게 한다. 단지 나로서 욕심을 부린다면 시각과 의식의 일원화라는 측면이 될 것이다. 「都會의 아이들」의 어떤 시편에서는 시각은 어린이의 쪽인데 시적 발상이나 이미지 전개의 축이 되는 의식은 군데군데 어른다운 것으로 드러나 있음을 보게 된다. 연작시 「下端 사람들」도 「都會의 아이들」의 오염 당하고 사멸해 가는 자연에 대한 안타까움을 배면에 거느리고 있다는 점에서 그러하다. 그러나 이 시에서는 번뜩이는 이미지의 구성을 비약의 행간에서 혹은 관념의 감각적 장치에서 즐겁게 집어내며 읽을 수 있어 이채롭다.

여기에 비한다면 「樹話集·其他」와 「南海書」편은 매우 즐기는 것, 장식적인 것으로서의 이미지가 이미지 그것의 몫으로 짜여져 있어 주목을 요한다. 梁시인의 「책머리에」서 밝힌 대로 관념이나 사상을 벗어나기에 고심한 결과가 아닌가 한다. 관념이나 사상의 배제로 이미지로서의 절대성이 어느 정도 살려져 있지만 梁시인의 욕심에까지 이르지는 못한 듯하다.

결국 梁시인은 어느 한쪽에 힘을 더 주어 다른 한 쪽을 배제할 수밖에 없었던 경험을 두루 겪어 본 셈이 된다.

그 배제가 그의 개성에 내밀한 것으로 작용된 시편들이 많이 발견되어 기쁘다. 어느 쪽에 서라, 어떤 시를 써라 하는 말은 삼가기로 한다. 쓰는 일이 더욱 아픈 것으로 아픔 안에서 격려 받길 바랄 뿐이다.

선비 정신이 내는 갈급한 목소리

　신경득 교수가 두 번째 시집 『낮은 데를 채우고야 흐르는 물은』을 낸다. 심상치 않은 느낌이 들었다. 신교수가 쓴 원고라면 적당히 읽어서 될 일이 아니라는 평소의 생각이 뒷받침해 주고 있기 때문이었다. 단숨에 내리 읽고는 과연 신교수답구나, 신교수다운 시를 썼구나 하고 기막힌 독서의 희열에 빠져 있게 되었다. '신교수답다'는 말은 그의 평소의 주장과 논문이 하나의 흐름일 뿐만 아니라 첫 번째 낸 시집 『소백산맥 아래서』와 이번 시집이 모두 그 흐름 위에 놓여 있다는 것에 다름 아니다. 생활과 학문과 문학이 한 흐름에 놓이는 사람의 문학은 무엇인가? 말할 것도 없이 육성을 획득한 문학이 아니겠는가. 그리움과 애환, 의식과 주장이 삶의 복판을 거쳐서 형상화된 문학일 때 육성을 획득했다 할 수 있을 것이다.

　신교수는 상당한 기간 동안 민족문학 이론의 정립에 신명을 바쳐왔다. 한 나라의 문학은 그 나라의 민족 성정에 맞아야 하고 그 나라 문학 원리로 설명되고 비판되어야 한다는 주장 아래 '깨도문학', '푸리문학', '추임문학'이라는 말로 설명되는 민족문학 실천이론을 펼쳐왔다. 그러는 사이 틈틈이 써두었던 시를 묶어 제1시집 『소백산맥 아래서』

(1992, 살림터)를 펴내어 사람들을 놀라게 했었다.

   소설가로 시작한 문단권의 신교수가 평론가를 겸하였던 것으로 알고 있던 터에 느닷없이 시집을 한 권 묶었으니 그럴 수밖에.

> 노을이야 노을이야
> 꼭두서니로 타는 산노을이야
> 새 우는 저녁에 흐르는 물은
> 개꽃에 스러지는 아침이슬이어라
> 퉁소는 울어도 소리가 아닌 것을
> 풀잎은 울어도 바람이 아닌 것을
> 가는 길 지피는 군불인 것을
> 노을이야 노을이야
> 꼭두서니로 타는 산노을이야
>
> —「산노을」 전문

   이렇게 결 고운 서정을 신교수는 유감없이 뽑아내고 있었다. 민족의 산야와 삶이 부드럽고 고운 서정에 안겨 서럽더라도 서럽지만은 않은 한(恨)을 지피고 있었다. 첫 시집에서 신교수는 '한', '저항', '역사'로 이어지는 선굵은 목소리를 드러내 보여주었다. 단재를 찾고 백범을 부르고 매천을 우러러 민족을 위한 절의(節義)를 가다듬으면서도 서정의 올은 여리디여리었다. "솔모루 갈밭머리 찔레꽃 핀다 / 겨울 난리 때 시나브로 날리던 눈송이 / 어린 목숨을 앗아간 갈밭 눈굴헝"(시 「찔레꽃」에서) 같은 대목은 처연하도록 고왔다.

   이번 시집 『낮은 데를 채우고야 흐르는 물은』은 신교수 자신이 담설시집으로 밝힌 것같이 시편 대부분에서 이야기를 담고 있는데, 스스로 '담'에다 '설'을 붙여 기왕의 '담시'보다는 가르침이나 주장에다 힘을 더 준 것으로 읽힌다. 목소리는 더욱 당당하고 거세어졌다. 우리 시 사상 육사나 청마의 것보다 더 갈급한 육성으로 들린다.

가고 싶구나
천마를 타고
안개 흐르는 고구려 옛 땅
광개토대제 영정에 호곡하고 싶구나
지나간 왕국을 찾아서

　　　　　　　　　　　　—「천마」끝 부분

북이여
쇠북이여
울어라 붉은 살점
파르르 떨며 울어라
울어새는 중음신을 위하여
산야를 헤매는 두억시니를 위하여

　　　　　　　　　　　　—「쇠북」첫 부분

　고구려 옛땅을 회복해야겠다는 생각이나 산야를 헤매는 두억시니를
생각하는 대목의 스케일은 범상한 데 있지 않다. 심지어는 보리 베는
할머니 허리를 조선 낫에다 비유함으로써 할머니의 노동이 단순한 데
머물지 않고 겨레 공동체의 현실로까지 내포의 확장을 보인다. 가령
「보은 논배미」같은 시에서

　　보은 사람들은 취할 것은 취하고
　　버릴 것은 버리면서
　　모자라지도 처지지도 않게 산다

라 했을 때 보은 사람들의 삶의 지혜를 말하고 있는데 시의 내포는 우
리 겨레의 삶이나 성정, 내지는 위기를 뛰어넘는 지혜로까지 가닿고
있다.
　이와 같은 신교수의 큰 세계는 그의 선비 정신이 자아내는 것으로
읽힌다. 이를테면 벽초나 백범, 단재나 심산 같은 우리 현대사의 인물

들에 경도되어 있는 일이나 민족의 정기를 바로잡는 데 걸림돌이 되는 것에 대한 질타라든가 대쪽 같은 삶을 오늘 이 시대에서 보여주는 이들에 대한 관심, 그리고 현실 정치에 대한 바로잡기로서의 서릿발 비판을 보이는 것 등이 그의 갖추어진 정신의 소산으로 인정되기 때문이다.

특히 신교수의 시편들에서는 이 시대에 절의나 대의가 무엇인지를 더듬어보게 하고 그것이 결코 글자의 관념으로 묻혀 있어야 될 일이 아님을 담설로 발언하고 있다. 겨레의 핏줄로 이 땅에 태어나 햇볕을 받아 사는 이라면 때로는 무릎치기로 반응하고 때로는 눈깜짝이로 가늠하고 때로는 두 주먹을 불끈 쥐면서 벌떡 일어서게 되는 일들을 놓치지 않고 글감으로 삼았다.

고답적인 시론이나 서정의 올만 따라가다 보면 신교수의 시에는 갑작스런 논두렁이 눈썹에 부딪치고 가파른 능선이 이마를 가로지르게 되기도 한다. 그렇다 하더라도 담설이 내는 된장맛이 있고 담설이 주는 시원한 시래기 국맛이 있음을 놓쳐 보아서는 안 된다. 햄이나 소시지 등 ‘패스트푸드’가 주는 맛과는 그 유가 다른 것을…….

다만 필자로서는 이 글의 끝에다 신교수의 시 「삼락」의 끝련을 적어 음미 한 번 더하고자 한다.

> 나는 그냥 사람인가 보다
> 물 흐르는 소리 언제 들어도 좋다
> 솔바람 소리 무진장 들어도 좋은 걸 보면

신교수 앞에 물 흐르는 소리가 제 소리로 놓이고 솔바람 소리가 제 목청으로 들리게 되는 그런 날이 왔으면 좋겠다. 이러한 우리 염원이 이루어져서 신교수가 다시는 담설시를 쓰지 않고 땡깔 같은 수줍은 서정의 목소리만 골라내는 날이 왔으면 좋겠다.

禪的 초월의 이미지와 짜임새 있는 長詩

I

"시는 시 이외에 아무것도 아니다"라는 말이 있다. 여기에 맞춰"시 쓰는 일은 시 쓰는 일 이외의 아무것도 아니다."라고 말해 볼 수도 있다. 시를 시 이외의 것에서 말하지 않고, 시 쓰는 일을 시 쓰는 일 밖에서 구하지 않는 이가 있다면 그는 믿어서 좋은 시인일 것이다.

시집『농투산이의 노래』를 내놓은 정동주 시인이 바로 그런 사람이다. 오래 참고 기다리며 혼자서 다둑여 저민 한 묶음의 시편들을 어느 날 불쑥 한 권의 시집으로 뭉쳐내 놓았다. 당당하다.

그러나 이 선비는 해맑은 秀才型 기질에 쩔어버린 韓末風의 근성이라고 지적할 수 있는 뜻과 의기를 함께 구겨버린 녹녹한 兒丈夫가 아니다. 그는 일체의 亞流를 거부하면서 한글·현대시의 과제라는 것을 분명하게 의식하고 슬기롭게 인식하면서 자기 자신의 문턱을 닦아 나가고 하여서 오늘에 이른 사람으로 보인다.

―朴喜宣의 <머릿말>에서

자기 자신의 문턱을 닦은 사람. 그의 시의 모습은 어떤 것인가?

II

정동주 시인 시의 모습은 우선 이미지에서 뚜렷하게 잡혀진다.

> 蘭은
> 산비 개인 가을의
> 하늘,
> 하늘에 뿌리 내린
> 노을 둥지에 날아드는 구름
>
> — <蘭> 전문

<蘭>을 '하늘'과 '구름' 두 개의 이미지로 드러내고 있는데, 매우 기이한 맛을 준다. '蘭=하늘' '蘭=구름'의 관계가 바로 성립되기엔 어려움이 있는 데도 이상하게 여겨지질 않는다. 이렇게 만들어진 이미지를 '禪的 초월의 이미지'로 불러 볼 수 있을 듯하다.

> 눈썹달 기울기에 잠든 돌부처
> 바람에 업힌 산은
> 산에서 자고
> 잎 들은 가득 가을로 기운다.
>
> —<草衣스님에게>에서

> 이 숨길 것 하나 없는 아침을 길러다
> 달마와 마주 앉아
> 달이는 茶 한 잔,
>
> 넉넉함이어

넉넉함이어

　　　　　— <달마와 마주 앉아>에서

　禪的 초월의 이미지가 기법상 위의 두 시편에서 서로 달리 나타남을 눈여겨 보면 이 이미지의 맛에 더 깊이 빠져볼 수 있게 된다.<草衣 스님에게>에서는 하나 하나의 독립된 이미지를 같은 조건으로 병렬시키는 데서 얻어지는 것이고, <달마와 마주앉아>에서는 두 개의 사물을 하나로 이어놓는 데서 얻어지는 것이다.

　그러나 그 어떤 경우든 사물과 사물의 결합이 당돌한 것은 사실이다. 중간의 디딤돌 하나씩 접어버리고 건너 뛰는 감이 든다. 그만큼 독자를 긴장시킨다.

　정동주 시인의 시에서는 또 이런 禪的 초월의 이미지에 걸맞게 놓여진 사물의 놓여짐의 이치(理致)에 눈떠 있음을 보게 된다.

　　　물은
　　　제 소리 따라
　　　돌아올 수 없어서
　　　거기
　　　흐르고

　　　逆說을 위해
　　　피어나는
　　　꽃

　　　새야
　　　새야
　　　숲대로
　　　우는 새야

　　　　　　　　　　　—<無> 전문

"돌아올 수 없어서/거기/흐르고"나 "逆說을 위해/피어나는/꽃"이나 "숲대로/우는 새야"등의 구절들이 주는 맛을 찬찬히 보면 놓여짐의 이치에 매우 민감히 눈떠 있을 때라야 얻어질 수 있는 시임이 확인될 것이다.

사물을 뚫어져라 바라보아 겉모습에 한동안 취하고, 다시 놓여짐의 내밀한 속사정을 궁구해 들어가서 들쳐낼 수 있는 조건들을 모두 꺼집어내어 본 사람이라야 말해 볼 수 있는 경지, 바로 그런 경지를 이 시는 보여 주고 있다.

Ⅲ

정동주 시인의 진면목은 장시에서 더 잘 드러나는 것 같다. <상둣군의 노래> <검정 치마폭에 싸여간 어머니의 노래> <농투산이의 노래> 등 3편이 그것으로 3편 모두 매우 견고한 짜임새를 보여주고 있다. 말맛을 자별나게 내는 면에서나 글감을 소화해 내는 면에서나 속뜻을 드러내는 면에서나 어디 한 군데 소홀히 취급한 데가 없다.

특히 <농투산이의 노래>는 역작이다. <序曲><제1장, 징소리><제2장, 봄날은 흐르고><제3장, 다순 피 흐르는 여름중에서><제4장, 가을 그리고><제5장, 겨울이 오면 봄은 가깝고> 등으로 이어지는 이 시는 우선 시의 말이 '상상을 잣는 말'이라는 데에 유의하고 있음이 눈에 띈다.

┌이녁의 춤은
　새를 날게도 하고
　풀뿌리 살찌게도 하고┘

「쪽발이가 피를 말리는 암흙의
잇발 사이에서도
제 노래 부르고 익어온
보리알 밀알인데」

「수수는 익어가고
거친 손바닥 앙금에 숨은
시간의 잔해들이 두런거린다.」

　장시를 쓰게 될 때 흔히 시의 말이 '상상을 잣는 말'임을 도외시하
고 드러내고 싶은 바 뜻에만 매달림을 보게 되는데, 그런 우려를 이 시
는 깨끗이 씻어주고 있다. 드러내고 싶은 바 뜻이 필요이상으로 비대
해지면 얼른 그 뜻을 이미지로 감싸고, 다시 이미지만으로 겉돌면 뜻
을 들추어 드러내는 그런 리듬을 아주 적절히 살리고 있다. 위의 세 도
막도 드러내고 싶은 바 뜻을 이미지로 감싸는 것들이다. 말맛이 난다.
　또 돋보이는 것은 장시의 짜임이다. <序曲> <징소리>에 이어 봄, 여
름, 가을, 겨울의 4계절의 순환에 따라 농투산이 삶의 세계를 폭넓게
그려 놓았는데, <징소리>부분이 정월의 이야기를 하고 있는 것을 머리
에 넣을 때 그 짜임은 한결 치밀한 것으로 여겨진다. 거기다 세절에 맞
는 민요를 삽입한 것은 삶의 상황을 훨씬 생생히 드러내는 데 한몫이
되고 있다.
　그리고 그 무엇보다 분명히 지적되어야 할 점은 정 동주 시인의 현
실에 뿌리박은 삶의 태도이다. 역사나 설화나 민속을 이야기하면서도
그것에서 맴돌지 않고 곧장 현실로 돌아오고, 또 그 현실을 살아 있는
눈으로 꿰뚫어 보는 태도가 견실해 보이기 때문이다.

「산마을엔 늙은 쟁기군 소모는 소리
넓은 들엔 청바지 청년 트랙터 모는 소리

농투산이 가슴엔 뙤약볕 여름날의 숨찬 고뇌
복부인 뱃속엔 부동산 등기 필증.」

「월부대금, 융자돈, 농약값, 비료값,
농지세, 전기세, 검사수수료……
낮술이라도 마셔야지요, 이녁이여」

따옴 도막에서 보듯 오늘의 현실에 시인이 깊이 관여되어 있으면서
그 것을 비판의 눈으로 보고 있음도 놓쳐볼 수 없다. 이런 비판은 "부
풀고 열띈 웅변들의 의미도/寒露 지닌 강가에 오면/식어가는 水石인
것"과 같은, 놓여진 사물의 놓여짐의 이치(理致)에 이어짐으로써 한결
격조를 얻고 있다. 또 禪的 초월의 이미지에 길들여진 정시인의 시의
말 법에서 격조를 얻고 있음도 눈여겨 둘 만하다 하겠다.

Ⅳ

어쨌거나 정 시인은 우리 삶의 구석 구석을 들쳐내기 위해서는 그
어떤 형용, 그 어떤 길이(형식)도 받아들이겠다는 자세로 입심 좋게 써
나가는 사람으로 보인다.

때로는 사물을 체현자의 자리에서 거느려 보기도 하고, 때로는 민중
의 한 서린 삶에 깊숙히 발을 들여놓아 보기도 하고, 때로는 역사의 의
미를 살아 있는 것으로 캐어 보기도 하면서 끝내는 "툭툭 털고 일어서
던 그 눈빛 속"의 지혜로움을 자기 것으로 만들 줄 알기에 이른 것으
로 보아진다.

그의 시는 견실한 자리에 놓여 있다. 한 편 한 편이 뜸들인 자죽으
로 가득해 있다. 다만 나로서는 그 뜸들임이 그가 만들어낸 시의 틀로
부터 더 자유롭기를 기대할 뿐이다.

박수와 기대 아울러 보낸다.

준열한 社會批評의 詩

金美潤과 崔明鶴의 시는 현실 의식이 강하다는 점에서 같은 시각으로 바라볼 수 있다. 두 사람의 시는 社會批評的이라는 데서 한 자리에 놓고 이야기될 수 있는 셈이다. 그렇다고 해서 시의 모든 면들이 유사성을 갖는 것은 아니다. 말의 측면에서의 차이, 글감을 다루는 기법의 차이, 현실이면 현실의 현상을 잡느냐 본질을 잡느냐의 차이 등등 두 사람 삶 사이의 편차는 매우 다양하다.

金美潤 시의 말은 갈고 닦은 데는 있어도 유별난 것은 아니다. 한자말의 관념어가 그대로 쓰이고 일상의 맥락이 그대로 드러나 있는 데가 허다하다.

밑을 건 태몽뿐이라더니
바르게 살려면 어렵고
욕되게 살려면 더욱 어렵고
有識이 無識으로 폭락하는 마당
얼굴을 내세워

義理를 지킨다면 거짓이라 하고
죽지못해 산다면
더더욱 거짓이라 하고
두부에 석회 섞고
콩나물에 비료 뿌리면 돈이야 벌지
良心이야 문드러져도
免罪符면 닐니린가
부처님 손바닥 쯤
안중에도 없는 저 도도함
그러는 게 아니야

　　　　　　　　　　—「그러는 게 아니야」에서

등치고 간 빼어먹는 세상
파수군 없는 밤
꽃도둑질이야
호박에 댓침 놓기지

탈세 한 번 못한 채
뜯겨만 온 살림살이
마침내
본전 생각이 나서
지렁이 울음 삼키고
얌채꽃을 피우려 했겠거니…

마음이사
그렇듯 자위했어도
자꾸만
정말 자꾸만 치솟던
가없은 분노

　　　　　　　　　—「예사롭지 않은 이야기」에서

‘有識’ ‘無識’ ‘폭락’ ‘義理’등의 낱말이 詩에서 그대로 쓰여 있고 일상 대화의 토막들을 잘라다 놓은 듯한 詩行들로 일관되어 있다. “믿을 건 태몽 뿐이라더니”나 “바르게 살려면 어렵고”나 “등치고 간 빼어먹는 세상” 그리고 “본전 생각이 나서”등은 일상의 맥락 그대로이다.

김수영이 보여준 詩의 말의 凡俗化를 다시 보는 듯하다. 이 범속화가 世態에 대한 비판의 고삐를 쥐고 있는 그의 시세계와 잘 調和를 이루고 있어 보인다. 세태를 그대로 반영하는 것이 말이고 그 말로서 그 세태를 드러내는 것이 시이기 때문에 조화를 이룬다고 말할 수 있다.
金美潤시의 比喩는 자주 중층구조를 이룬다. 그렇다고 이해 불가능의 것으로 떨어지지 않는 데서 그의 시의 비밀이 있다.

> 約束은
> 부질없는 바람손길
> 몸겨누운 쑥부쟁이 일으키는
> 造形의 술수라오
>
> 철새꽁지 쫓아
> 고향 언덕배기 오르내리다
> 宗孫댁 툇마루에
> 항시 먼저 와닿는 散髮한 소문
>
> 몰라 약이 되고
> 알아 병이 되고
> 時代의 처방전으로
> 헷갈리는 農心은 피곤하지
>
> ― 「선거철」에서

첫 부분에서 보는 바와 같이 ‘약속’이 <바람손길→쑥부쟁이→造形

의 술수>로 이어지는 비유로 표현되고 있어서 중층을 이룬다. 그만큼 투명도는 낮다. 그런데도 難解의 늪으로 빠지지 않는 것은 시의 전반에서 골고루 드러나고 있는 '일상의 맥락' 때문이다.

그리하여 金美潤의 시는 드라이하다는 말을 들을 수가 있다. 한자말 관념어나 행간에서 보여주는 일상의 맥락이나 비유의 중층구조가 그런 인상을 낳고 있기 때문이다. 그러나 이것들이 그가 다루는 글감의 의도와 맞물려서는 묘한 효과를 내고 있음이 주목된다. 「그러는 게 아니야」에서의 현대 사회가 갖는 정신의 황폐화 문제, 「선거철」에서의 진실이 없는 삶의 문제, 「예사롭지 않은 이야기」에서의 시행착오를 거듭하는 공동생활 속의 문제, <狀況(Ⅲ)>에서의 심각한 離農의 문제 등 시인의 意圖가 시의 말의 범속화와 만나 훨씬 절실한 것으로 드러나 있다.

위와 같은 문제들을 골고루 포함하고 있는 金美潤의 시를, 따라서 사회비평시라 말할 수 있다. 사회에 관한 관심이 나의 삶의 진행과 하나로 포개지는 데서 출발하는 그런 批評的 省察이 그의 시의 돋보이는 점이라고 하겠다. 게다가 그 성찰이 自省으로 이어지는 것일 때 더 크게 열린 것이라 할 수 있는 바, 「世上事 재채기 많고」와 「願」에서 보이는 自己 良心의 확인은 그러므로 간과할 수 없는 단서가 된다 할 것이다.

이밖에 金美潤의 시에는 단아한 서정이 있고 일상의 긍정적인 면을 글감으로 다룬 시가 있으나 그의 주된 목소리는 역시 외부와의 교섭에서 이뤄지는 外向性의 것이 보다 확실해 보인다.

崔明鶴 시의 말은 平易하다. 그리고 토박이말이 많다.

> 뭇 떨거지들 곁을 떠나
> 외롭고 쓸쓸하여라

떨거둥이로 밀린 땅의 끝,
더는 내딛을 수 없는
바닷가에 와서 섰나니
아슬한 물끝 저쪽
통통배나 띄워 손 잡는
섬들도 있거니 떠올리며
때론 손 닿지 않음 서러워
처얼썩 처얼썩 밀물
뭍으로 뭍으로
물어 올리는 사이렌

— 「바닷가」에서

헐벗은 민둥신이 고와라
눈물 겹도록 고와라
땟국물 흐르는 에미의
마른 젖꼭지 물고 자란
이땅의 아들딸들아
시러베 자식들아 고와라
못먹어 배배 꼬인
놋난 얼굴이 고와라

— 「고와라」에서

관념어들이 없고 쉬운 일상어로만 가득차 있음을 본다. 토박이말로
는 '떨거지들' '떨거둥이' '에미' '시러베' 등이 눈에 띄는데 시 전반을
통해 일관되게 쉬운 日常語와 가려 찾은 토박이 말들이 낯설지 않게
제자리를 잡고 있다. 그만큼 시원히 읽힌다.

시의 가락은 1행 2걸음 내지 3걸음 가락이 대종을 이루는 짧은 호흡
인데, 시의 의미지는 그렇다고 단순하질 않다. 이미지의 발전은 끊임
없이 끌어내는 特異한 手法을 써서 행의 걸음이 갖는 단순한 리듬을

단순한 것으로 떨어지지 않게 하는 듯 싶다. 특이한 수법이란 행과 행을 사슬처럼 이어가는 연쇄법, 앞의 말을 적절하게 되풀이하는 반복법, 앞행의 이미지와 뒷행의 이미지를 나란히 배열하는 병치의 기법, 하나의 행 안에 서로 다른 의미나 이미지의 마디를 섞어놓는 기법 등을 말한다. 특히 하나의 행 안에 서로 다른 의미나 이미지의 마디를 섞어 놓는 수법이 돋보인다.

> 누가 날 부르느냐 ∨한 겨울
> 푸르러이 살아있는 대숲이
> 이파리들 거느리고 섰는
> 질긴 댓뿌리 같은 누가
> 날 부르느냐 ∨비어서 곧은
> 가슴 가득 고여 절절한
> 울음의 올 풀어 ∨공허의
> 바람으로 흐르게 하며
> 누가 날 부르느냐 이리
> 단단한 동앗줄로 당기는
> 세찬 힘으로 앞에서
> 누가 날 부르느냐 아아
> 소리치며 손짓하며 누구
> 날 부르느냐 저 앞에서

— 「章山紀行」에서

시의 한 행은 의미, 이미지, 리듬의 세가지 측면에서 만들어진다. 그런데 「章山紀行」은 리듬의 측면과 또 다른 측면에 의해 행이 이뤄짐을 보게 된다. ∨표 친 곳을 눈여겨 보면 의미나 이미지하고는 관계없이 두 마디가 얽혀 있음을 알게 된다. ∨표의 앞 뒤 마디는 의미나 이미지로 볼 때는 서로 밀어내는 관계에 놓이는데 서로 붙여져 있다. 이로써 어떤 다른 효과를 얻고자 한 듯하다. 밀어냄의 긴장, 환기, 어떤 북돋움을 의도한 특이한 기법으로 읽힌다.

崔明鶴 또한 金美潤과 같이 現實意識이 강하다. 최명학이 어떤 면에서 훨씬 방법적으로 무장되어 있다고 할 수 있다. 가락과 말의 기법스런 면에서 그러하다. 崔明鶴이 즐겨 다루는 글감은 못가진 자와 낮은 자를 포함한 소외계층 사람들의 삶이다. 「철수리」에서의 농민들의 진솔한 삶, 「計音받던 날」에서의 뿌리 뽑혀 산 이의 삶, 「밥의 예수」에서의 전태일의 이야기, 「안식일」에서의 어느 여공의 이야기, 「바닷가에서」의 메마른 땅의 사랑이야기, 「바람 불어 눕더라도」에서의 짓눌려 사는 이들의 이야기 등을 통해서 광범위한 소외계층에 대한 사랑이 노래되고 있다. 金美潤과 함께 이런 사랑이 관습적인, 맹목적인 글감으로 머물고 있는 것이 아님을 눈여겨 볼 수 있다. 그의 사랑은 자기 채찍의 不斷한 별과로 드러난 것이기에 실생활의 행동으로까지 이어지는 성질의 것이 아닌가 한다. 「章山紀行」이나 「雜記抄<사랑노래(Ⅱ)>」 「낮술을 마시며」등의 시편이 보여주는 자기 성찰의 준열함이 이를 뒷받침해 주기 때문이다.

金美潤과 崔明鶴은 옳고 바른 사회나 그를 통한 자기 삶의 누림을 돌림내로 하여 끊임없이 노는 시인이다. 더 낳이 놀면서 시 그 자체의 목적에 합당히 나아갈 것이다. 그 중간에 이 二人詩集은 놓인다고 보아진다. 이들 깨어 사는 詩人들이 삶과 시 양면에서 쓰러지지 않고 함께 나아가면서 동시에 성취를 보았으면 한다. 나의 글은 이 시집이 그 밑천으로 두둑함을 확인 해 본 데 불과하다.

禪的 체현과 구조적 이미지

I

박노정의 시는 절간에서 끓여내온 한국차 맛이 난다. 쌍계사나 다솔사에서 마시는 그런 차맛 말이다. 이런 차에는 다섯 가지 맛이 들어 있지만 섣불리 마셔 가지고는 그 맛을 다 음미해 낼 수가 없다. 그냥 무덤덤하거나 미지근하거나 약간의 쌉소롬한 맛을 보아낼 뿐이다.

어쨌거나 박노정의 시는 산사에서 고요히 정좌하여 이름 모를 새나 풀모갱이를 구별해 보려는 여유로 시작하여야 근접할 수 있는 성질의 것이다. 불쑥 달아오른 뜨거움도 없고, 쉽게 제맛을 노출하는 로맨틱한 면이 있는 것도 아니기 때문이다.

II

박노정의 시 세계의 주된 흐름은 선적(禪的) 체현의 세계로 잡힌다.

無, 無念, 無常, 자연과의 눈맞춤 등으로 드러나는 체현의 세계가 그것
이다.

> 저녁답
> 노을이 흔들리면 홀로 나서라
> 책도 아예 덮어 두고
> 멀어져간 사람도
> 다시 올 기쁨도
>
> 한 가닥 상념마저 다 지우고
> 터벅 터벅 오솔길 혼자 걸어라
>
> ― 「序詩」에서

시세계에 대한 집약으로 읽히는 「序詩」는 "책도 덮어두고" "멀어져
간 사람도 지우고" "기쁨도 지우고" "한가닥 상념마저 지우고" 혼자
걷는다는 무념 지향의 세계를 드러낸다. 무념 지향이란 곧 속된 것과
의 결별을 뜻한다. 속된 것과 결별한 자리에는 무욕의 눈뜸이 자리하
게 되고 참된 것과 새로운 만남이 시작된다.
그러나 그런 지향에는 언제나 걸림돌이 놓여 있게 미련이다.

> 몸은 산자락에 뉘어두고
> 마음은 저자거리 신나게 누비고 있네.
>
> ― 「산에 살면서 · 2」에서

> 산에서 생각는 저자
> 아슬아슬 길들여진
> 分別의 하루하루
> 그것은 종잡을 수 없는 일이었다.
>
> ― 「겨울예감 · 4」에서

이승에서 가장 게워내기 힘들었던
절절한 사연 한 구절
여전히 살아 꿈틀거리고 있습니다.
　　　　　　　　　— 「일주문에 들어서면·1」에서

　몸은 산에 있으면서 마음은 저자거리를 누비고 있고 산에서 종잡을
수 없이 저자를 생각하고 있고 이승의 절절한 사연이 여전히 살아 꿈
틀거리고 있는 화자의 안타까움이 드러나 있는데 그러하기 때문에 화
자의 무념 지향은 더 강렬해 질 수밖에 없는 것이다.

산이 나를 불러 세워
부질없는 욕망
이름뿐인 사랑
부끄러워 하라 한다.
　　　　　　　　　— 「산에 살면서·18」에서

후루룩 냉이국 시원스레 마셔두고
話頭 하나 가볍게 챙겨 쥐면
만나야 할 사람
따로 없나니
　　　　　　　　　— 「長谷寺」에서

　"부질없는 욕망"과 "이름뿐인 사랑"을 부끄러워하고 "話頭 하나 챙
겨 쥐면 만나야 할 사람 따로 없다"라는 구절들은 속된 것과의 결별을
애타게 연습하는 몸부림을 보여준다.
　그것은 매우 노숙한 마음 공부에서 해결되는 것임을 시사하고 있다.
"후루룩 냉이국 시원스레 마셔두고"라는 구절이 그런 노숙의 자세를
감지케 한다.

가을 소리 그 하나
못물에 빠져
몸살로 일렁이는 빈 배를 저어가네.
　　　　　　　　　　　— 「가을 시편」에서

여기서는 바람소리에도
불경 몇 마디쯤
다문 다문 섞여 있는 것 같다.
　　　　　　　　　　　— 「七佛寺」에서

따옴시에서는 자연과의 교감이 잘 드러난다. '가을'을 소리로 듣는 일이나 '바람소리'에서 불경 몇 마디를 읽어내는 것이 그렇다. 특히 바람소리를 불경과 연결시키는 비유가 예사롭지 않다.

Ⅲ

박노정 시세계의 다른 가닥은 시대·사회에 대한 비판에서 찾을 수 있다. 그런데 이 비판정신은 난순한 비판이 아니라 박시인 득유의 禪的 체현과 맞물려 있다.

1
가랑잎 하나에도
생명이 번뜩거림 절실하구나
1987년 자고나면 날마다 무슨 날이냐!

민주며 민중이여
노조며 烈士여
왔다 하면 태풍이여

잘난 우리 대통령감들이시여
목소리로 우렁참이여
아 하나도 버리기 아까움이여
그러하여 허망한 것이여

돈이란 갈보
명예란 갈보
권력이란 갈보
이 나라 안방 가득
거리마다 히히덕 거리고 있구나
송곳이빨 갈고 있구나
될 대로 되고 마는 것을 시방 보고 있구나

2
버려요
진실 아닌 것
싹독 잘라버려요
헐벗고 굶주릴 때도
몸서리 치도록 그리움 한 줄기
舍利를 이루며 왔어요
그게 이나라 힘이여요 정신이여요
오천년을 살아낸
슬기로움이여요

— 「1987년 가을의 詩」 전문

  따옴시는 1987년 당시의 매우 어지러운 시국에 대한 비판의 언명이
다. 태풍으로 표현된 상황은 '버리기 아까움'에서 오는 것으로 진단되
어 있다. 그렇기 때문에 상황의 요인들은 모두가 '허망'한 것이 아닌
가. '돈이란 갈보' '명예란 갈보' '권력이란 갈보'로 지칭되는 허망의
실체들은 거리마다 안방마다 히히덕거리고 있고 '송곳이빨'을 갈고 있

고 '될 대로 되고 마는'쪽으로 몰아붙이고 있다.

2절에서 화자는 '진실 아닌 것'들을 싹독 잘라버리라고 힘주어 말한다. 상황을 이루는 요인이 허망한 것들이고 '생명의 번뜩거림'과 반대쪽에 있는 것들이기 때문이다. 말할 것도 없이 박노정의 비판적 언명은 자르고 비우는 무념 지향의 정신에서 나온 것이다. 허망한 것, 속된 것에의 절연으로부터 비롯되는 禪的 체현의 세계가 시대·사회에 대한 비평의 잣대로도 그대로 적용되어 있음을 본다.

> 호시탐탐 나를 노리는 것, 내 꾀에 내가 속는 것
> 빌어먹을 위선일랑 싹독 잘라버려요
> 굴절과 오욕, 편견일랑 아예 떨쳐버려요
> 너무 잘 길들여진 것, 길들여지면서 버섯처럼 돋아난
> 내 속의 못된 버릇들, 단단히 혼내 주기를
> — 「1989년 여름의 詩」에서

따옴시는 「진주…MBC노조 창립 1주년에 부쳐」라는 부제가 달린 시다. 이 시 역시 '위선' '오욕' '편견' '내 속의 못된 버릇들'을 자르고 떨쳐 버릴 것을 주장하고 있다. 사회 개선을 '내 속'으로부터 출발시키는 것으로 보고 있음이 확인된다. 말하자면 무념 지향으로부터 제도나 구조에 붙어 있는 온갖 부조리를 척결해 갈 수 있다는 신념의 피력인 것이다.

이밖에도 「온몸으로 사랑하는 사람만이」, 「우리뜻 우리의 삶」, 「책마을에 불이 붙어」, 「우리누님, 論介」, 「의원님 전상서」, 「편지」, 「철책선을 따라서」등의 시편이 같은 자리에 놓이는 것으로 읽힌다.

IV

박노정 시는 토박이말이나 순국어의 부림에 있어 돋보인다.

> 꽁짝지 벗기면 대여섯 알
> 포로소롬한 낱알의 꽉짜임
> 밤 껍질 벗기면 밤알만한 충족감
> 강강수월래 강강수월래
> 스란치마 끄을며 볼 붉히던 매무새
> 너와 나의 사랑은 빛나는 현재
>
> ── 「겨울예감·1」에서

한자말로는 '현재' '충족감'이 있지만 전반적인 모습은 순국어 중심이다. '포로소롬한' '낱알' '스란치마' '매무새'등의 활용이 매우 의도적인 효과를 드러내기 때문이다. 같은 작품속에 들어 있는 낱말로 '불티' '어스름' '갈무리' '촐랑거리던' '널브러진' '댕댕이 덩굴' '신명난' '싱그런' 등이 눈에 띄는데 이들 낱말들이 박시인의 시를 매우 투명하고도 전통적인 감각의 시로 자리잡히는 데 한 몫 하고 있음을 알 수 있다.

전통적이라는 말은 불교적인 생활전통과 무관하지 않다. '話頭' '영험' '염불' '보살님' '땡초' '법당' 들이 낯설지 않게 이들과 조화를 곳곳에서 이뤄내고 있기 때문이다.

또 박노정 시의 이미지는 매우 섬세하면서도 구조적이다.

> 여기서는 제 품수
> 제 몫의 나름
>
> 墨香으로 한 뼘식 더 자란 칫수의

상수리 나무 굴참나무
上善의 학문에 귀를 쫑긋 세우고

隱樵선생
수십년 달이고 머금으며
넌즈시 뿌리신 작설茶香
비봉산을 촉촉하게 적셔주고 있거니

古書 한 질의 높이만큼
수묵화 한 폭의 넓이만큼
빙그르르 맴돌다가
점 점 점 번지다가

적이 내려다보는 시가지가
눈에 거슬리지 않을 만큼
귀를 닫지 않을 만큼,

한뼘에 한 치를
더한 만큼

— 「비봉루」 전뮤

따옴시의 이미지는 두 개의 축을 지니고 있다. '墨香'의 이미지와 '작설茶香'의 이미지가 그것이다. 이미지가 두 개의 축을 바탕으로 전개되는데 각기 매우 섬세한 진행을 보인다. 그러면서 두 이미지가 시의 의미망에 놓여 아름다우면서 속뜻을 자아내고 있다. 그런데 두 개의 이미지가 결코 따로 노는 것이 아니라 결련에 가서 하나로 만나고 있다. 이미지가 구조를 얻고 있다는 증거이다. 박노정의 시가 단단한 면이 있다는 지적을 할 수 있다면 바로 이미지의 구조를 두고 하는 것임에 유의해야 한다.

그러나 박노정의 시가 모두 찬사의 대상이 된다고 말할 수는 없다.

禪的체현에 걸맞지 않는 진술적 차원의 대목들이 늦은 봄의 지리산 잔설처럼 더러 눈에 띄이기 때문이다. 그럼에도 불구하고 박시인의 시는 우리들의 가능성임에 틀림이 없다. 튼실한 시의 세계와 다향 그윽한 '기교의 절제'가 우리의 주목에 값하리라 믿기 때문이다.

자연, 그리고 삶의 이야기

I

시인이 시를 쓰기 위해 글감을 찾아 나선다면 제일 앞 자리에 와 닿는 것이 자연이 될 것이다. 그 자연이 산이 되었건 물이 되었건 간에 혹은 하늘, 별, 바람이 되었거나 간에 그 속에서 한동안 노닐다가 다시 사람이 속해 있는 생활로 돌아오게 될 것이다 생활은 기쁨과 슬픔, 가난과 쓰라림이 항상 공존해 있음을 알게 되면서 그 속에 놓인 시인 자신의 정체를 다시 꿰뚫어 보기 시작할 것이다. 그리하여 시인 자신의 내면을 들여다 보면서 그 속내의 더러운 데를 닦고 지우고 맑혀 가고자 할 것이다. 그리고는 그 내면에서 걸러지고 이룩된 이상의 세계를 향해 비로소 손짓을 해 보이게 될 것이다. 역사나 자유에 대한 관심이 일테면 그런 이상의 세계에 이어지는 것이 됨에 있다.

시인이 시를 쓰면서 이런 과정을 거친다면 지극히 정석적인 길을 가는 시인으로 평가될 수 있을 것이다. 홍진기 시인이 바로 이런 길 위에 놓이는 것으로 바라 보여지는 바, 그 까닭은 작품 전반에서 이에 합당한 요소들이 고루 얽혀 있는 데 있다. 시차를 두고 그 과정이 이행되는 것은 물론 아니나 그 과정에서 드러나는 그런 요소들이 삶의 양식

의 보편성과 이어지는 것이므로 정석의 길위에 그 요소들을 재배열해
보는 것도 하나의 의미가 있는 것이 아닌가 한다.

Ⅱ

  홍진기 시의 자연은 예찬의 대상이면서 아울러 문명비평의 잣대가
된다. 단순한 예찬의 시로는 <한산도의 봄>을 들 수 있다.

    그
    전진하는 선율
    회복되는 자연의 더운 핏돌
    거륜의 몸부림이다.

    세상의 변죽을
    짚고 선 외로운 섬
    그 한 허리를
    동여 업은 水平에도
    봄의 잔털이 촉각을 세운다.

    천길 깊숙한 바다를 닮아
    고막을 닦은 오랜 고요
    이 大洋의 이정표에
    응혈진 아픔을 덮어주는
    계절의 푸른 한 자락

    한사코
    복리로
    계산을 더하고 있다.
    약동하는 우주의 꿈을

돋우어내고 있다.

— 「한산도의 봄」

이 시에서는 자연이 아직 그대로 남아 있다. 자연이 삶의 문제를 드러내는 것으로 쓰여져 있질 않다. "이 大洋의 이정표에/응혈진 아픔을 덮어주는" 귀절이 삶과의 관계 위에서의 자연이라는 의미를 환기해 주는 듯하나 분위기일 뿐이지 구체적인 뜻으로 이어지질 않고 있다. '한산도의 봄'은 그냥 한산도에 온 봄이지 봄이 와서 시인이 어떻게 되거나 되었다는 이야기를 끌어내지 않고 있다. 단순한 예찬에 머물고 있는 셈이다 이 계열에 드는 시로는 〈思鄕路〉〈을숙도〉 등이 될 것이나 〈한산도의 봄〉에서 처럼 철저히 자연 그대로를 지키고 있는 것으로는 보이지 않는다.

　홍진기의 시에서 자연이 그 자체로 노래된 예는 이렇게 몇 편에서밖에 찾아지지 않는다. 그 대신 자연이 오늘의 우리들의 삶을 간섭하는 것으로 쓰여지기 비롯하는 것이다.

脚光의 선율을 남발하며
등 넓은 신작로가 후벼놓은
利器의 岩穴로
분주한 치장의 무리가
시간을 앞질러 가고, 그 위에
지게의
슬픈 웃음이 무거운 몸짓으로
운명 같은 것을
안고 있다.

— 「지게」후반부

댕기꼬리에 매달린 치맛자락은
이따금

> 떠오르는 그리움의 꽃으로만
> 남을 뿐
> 지겟다리에 피던 가락은
> 통기타의 가쁜 호흡에
> 질겁을 한 지가 오래다.
>
> 산나물 바구니 대신 륙색의 행렬이
> 요란하고 솔바람 소리 대신
> 전신주가 울고 있더라
>
> — 「나뭇길 流情」 후반부

따옴시 두 편에서 보듯이 홍진기의 자연은 어쩌면 전통적인 삶의 방식이라는 말로 바꾸어도 괜찮을 듯하다. 따옴 귀절만 보면 그렇다. 그러나 시 전반을 놓고 보면 '지게'나 '지겟다리에 피던 가락'은 자연의 대유로 쓰여진 글감이나 이미지다. 이런 시들에서 한결같이 지적되고 있는 것이 문명에 밀려난 '자연' 혹은 '전통적인 삶의 방식이다. 그의 시에서의 문명은 '利器의 岩穴'이거나 '잔칼질'이거나 '가쁜 호흡' 혹은 '요란한'것이 된다. 이미 자연은 암혈로 변해 있고, 잔칼질을 당해 있고, 유장하고 그윽한 것이 가쁜 호흡에 질식당해 있고, 요란한 주변으로 고통을 받고 있다.

시인의 입장에서는 그런 자연의 질식이 곧 시인의 질식이 되어 그를 억누르고 있는 것으로 파악할 밖에 없는 것인지도 모른다. 이는 자연을 뚫어져라 바라보고 그 안에 깃들려고 할 때에만 오는 멍에일 것이다. 그러므로 시인은 그런 멍에를 짊어지고 있는 세상살이의 사람들을 아울러 연민으로 바라볼 수가 있고, 그들을 깨우쳐 주고 그들을 불러 일으키고자 몸부림치게 됨에 있다.

Ⅲ

홍진기 시인은 자연에서 얻은 문명비평의 안목을 다시 자기 생활 내지 주변 생활로 돌아와 그 생활 안에서 한숨짓고 그리워 하고 또 질문을 던지고 있다.

눈으로 하고 있었습니다.
가슴으로 듣고 있었습니다.
오금이 저려오는 저녁나절
땀을 뿌리고 있는 석양에
하루는 껍질을 태우고 있었습니다.

몸으로 쓰고 있었습니다.
가슴의 병을
눌러보는
붓끝
오한으로 떨려오는
식은 영상들
삶의 딱지가
울음 우는 눈으로 부어 올랐습니다.

어디까지 쓰고 가야할
이 흔들리는 무게 입니까.
병이 되는 위선의 기압골
詩의
나약한 넋두리입니까.

— 「山河에 묻습니다」 전문

홍진기 시인의 '山河'는 언제나 이상적이고 예찬의 대상이다. 그러므로 '가슴의 병'이 없고 '삶의 딱지'가 생겨나지 않고 '위선의 기압골'

이 번지지 않는 곳이다 「山河에 묻습니다」는 생활 주변에 시선을 던지기 시작한 시인의 삶의 무게에 짓눌리면서 상대적으로 자연에 하소연하는 형식으로 쓰여져 있다. 말하는 이가 시인 자신이면서 듣는 이는 '山河'가 되어 있다. 1연을 듣는 이의 모습으로 2연을 말하는 이의 모습으로 3연을 말하는 이가 듣는 이에게 하소연하는 내용으로 읽을 수 있다. 그런 면에서 짜임이 단단하다. 그만큼 하소연의 힘이 강하다.

그러나 이 시에서는 "어디까지 쓰고 가야 할 /이 흔들리는 무게입니까"에서 보여주는 삶의 무게가 절실하게 다가오면서도 그 무게의 구체스런 면이 찾아지질 않는다. 이는 시가 '山河'에 대칭되는 전반적인 삶을 포괄하고자 한데서 오는 것일 지도 모른다.

이에 비해 「山十八번지」는 훨씬 구체스런 자리로 시인의 눈이 옮겨지고 있음을 보여준다.

> 오장을 활비비로 꼬는
> 고장난 촉수끝에 하루의
> 막이 서툰 연출로 오르면
> 사태지는 군상들
> 잡역과 단역
> 울음과 웃음을 섞어 파는
> 십 팔번지 사람들은
> 보장없는 인생을 뭉개고 있더라
>
> ― 「山十八번지」에서

이 시는 제목에서부터 매우 풍자적임을 알 수 있다. 이상의 소설 「날개」의 첫대목을 떠올려 주는 이 시는 배경 자체를 「날개」의 그것과 일치시켜 놓고 있다. 시인은 그쪽 사람들의 '보장 없는 인생'에 대해 연민을 갖고 바라보고 있는데 이 시에서 시인이 설정한 상황이 매우 의미있게 읽힌다. 자연(山)은 예찬되어야 할 대상이고 이상에 놓이는 자리인데 그 안에 '十八번지'는 없어지고 참으로 '보장 받은 인생'의 마을이 새로 생겨나야 한다는 것을 시인은 열망하고 있다고 보아야 한다. 끝연의 "아무도 모르고 있더라/모두 알고 있더라"가 이를 말해 주고 있는 듯이 보인다. 이 기막힌 삶이 따로 온존하고 있음에 대해 때로는 외면하고 때로는 방치해 온 것이 세상 사람들의 무기력함에 있음을 통렬히 꾸짖고 있는 듯이 보이기 때문이다. 「山十八번지」와 동렬에 놓이는 시로는 「地下村」이 있다. 삶의 주변 어디에서나 찾아볼 수 있는 특정한 장소를 염두에 두지 아니한 점에서는 「山十八번지」와 다르다. 그러나 그늘진 곳, 소외되어 있는 부류들에 대해 노력했다는 점에서 동렬에 놓이는 시인 것이다. 이 시는 강도높은 비유를 통해 '가난', '고리채', '기형아', '날품팔이' 등에 대해 눈길을 보내고 있다. 이 시 역시 제목에서 암시하는 대로 자연(地)에 반하는 '下村'이 있기에 사람들의 비극은 시작되는 것이고 이 비극이 없어지기 위해서는 '下村'이 자연스럽게 '上村'으로 올라서야 하는 것이다. 그러나 그 극복의 길은 너무나 아득하다. "四肢엔 식은 땀이 흘러 달변도 젖고 있다"라는 마지막 연이 이를 말해주고 있기 때문이다.

홍진기 시인은 자기 새활의 현장에도 깊숙히 발을 들여 놓기 시작한다.

> 불종거리를 오르내리면
> 간이 커지고
>
> 장군동 골목시장을 지나가면
> 헐떡거리는 입김이 따라온다.
>
> 창동 뒷길을 몇 번 들락거리면
> 돼지 족발이 침을 삼키며
> 허리띠를 먼저 풀어주고

극장 간판이 명화보다 돋보이는
煽情의 저무는 시간
네온은 이파리로 도처에서 팔락거린다.

한 발을 멈추어 서면
내 몸은 한 치씩 낮아지고
결국
순대국에 피로를 말아
막소주로 하루를 삼키고 나면
생존의 이끼는
허물허물
바람 빠진 발통처럼 벗어진다.

— 「虛虛日」전문

따옴시는 하루를 마감하는 저녁나절의 이야기다. 거리의 갖가지 유혹에 서성대는 것이 3련까지의 내용이고 끝련은 자기 분수에 맞게 "순대국에 피로를 말아/막소주로 하루를"삼킨다는 내용이다. 소시민의 생활공간이 아주 솔직히 드러나 있다. "내 몸은 한 치씩 낮아지고"에 포함되는 의식은 소시민의 그것으로 그야말로 한 치의 오차없는 표현이 아닌가 한다. 하루일과를 마치고 속을 풀기 위해 소주집으로 들어서는 이의 심정이 그대로 포개져 있다. 이 계열에 드는 작품으로 「손톱가시」가 있다.

이 시도 평범한 일상을 노래한 생활시다. 아이들의 극히 일상적인 행동에서 우리들의 굳어 있는 생활의식이나 병폐의 일단을 노래하고 있다.

홍진기의 생활시에서는 그 특유의 '자연'이 외형적으로는 물러나 있다. 그러나 이것도 찬찬히 살피면 그렇지 않음을 알 수 있다. 일체의 수다스런 문화를 '생존의 이끼'로 표현해 놓은 「虛虛日」에서 그의 자연은 '생존'인 것이며, '가시'를 반자연의 것으로 드러낸「손톱가시」에서 그의 자연은 '손톱'이다. 그가 파악한 일체의 문제는 여기서도 자연에 반하는 온갖 것으로부터 옴을 확인할 수 있다.

IV

홍진기 시인은 이제 '자연'을 자신의 거울로 삼고 내면을 확인하고 닦는다.「별과 풀과 돌에」「山에서」「묘지를 내려서며」등이 그런 시다.

　　밤하늘
　　별무리에 쫓겨
　　나는 그만
　　바늘 구멍을 찾고 있었다.

　　우리가 다투머
　　앞서거니 뒤서거니
　　무엇을 아는가
　　쫓고 쫓기는 장난뿐

　　봄마다 돋는 풀잎의
　　가냘픈 역사를
　　밤마다 돋는 어린 별의
　　아득한
　　전설을
　　만지면서

　　나는

열 번을 거듭 태어나도
미치지 못할
나를
채근하고 있었다.

한 알의 돌멩이에도
겸허를 묻고 있었다.

— 「별과 풀과 돌에」 전문

　시인은 자연에 반(反)하는 삶과 사회에 대해 눈길을 보내다가 따옴시에서 처럼 자연에 반하는 '나'를 다시 채근하고 있음을 본다. 자연에 반한 것이 무엇인가는 2련과 5련이 말해주고 있다. 그것은 "우리가 다 투며/앞서거니 뒤서거니/무엇을 아는가/쫓고 쫓기는 장난 뿐"(2련)에서 볼 때 '나' 또는 '우리'의 앎의 가한성이거나 그럼에도 물고 쫓기는 그런 무지함인 것이다. 그리고 "한 알의 돌멩이에도/겸허를 묻고 있었다"(5련)에서 볼 때는 지나친 오만인 것이다.

　시인은 자연을 통해서 이렇게 자신의 '앎의 가한성' 또는 '무지함' 그리고 '지나친 오만'을 딛고 겸허히 일어서려 하고 있는 것이다. 윤동주의 "잎새에 이는 바람에도 나는 괴로워 하였다."고 한 그 자기성찰이 세계에 맞닿고 있다. 「山에서」에서도 자기 성찰은 매우 극명히 드러나고 있다.

나는
계절의 호통을 따갑게 맞으며
과녁보다 정확하게 와서 꽂히는
산의
수없는 돌팔매를 맞으며

오냐, 오냐

그래, 그래
그 큰 치마 한 자락을 내가 감고
그 준엄한 교훈을 내가 지고

내
교만한 지혜에
채찍으로 겨울 바람을
맞으며
시린 바람을 날리며

— 「산에서」후반부

　여기서는 자연(산)이 적극적으로 '나'를 간섭하는 것으로 표현되어 있다. "산의/수없는 돌팔매를 맞으며"라고 한 대로 조용히 눈으로 가슴으로 말하고 듣는 그런 자연에서 돌팔매를 던져 나를 꾸짖어 주는 자연으로 바뀌어 있는 것이다. 이는 성찰의 통렬함에서 오는 것이므로 시 정신의 열도를 시인이 점차로 끌어올리고 있는 것으로 봄이 옳다. 「묘지를 내려서며」에서는 이 성찰이 부끄러움으로 이어지면서 '나'의 삶 전체와 죽음을 하나로 이어 놓고 바라보는 괄목한 만한 경지로 확충되어 나가고 있음을 본다. 다만 이 경지가 삶을 사는 이의 구체스런 행동으로 이어지고 그 행동이 움직일 수 없는 신념에 의지한 것이 되게 더 많은 자기 채찍을 가했으면 하는 필자의 희망은 그대로 남는다.

V

　시인은 마지막으로 '자연'을 통해 역사를 보고 자유에의 관심을 말하고 있음을 볼 수 있다.

그러나
그 심연에 묻어둔
역사를 더위잡은 사연들을
한산은 말하지 않는다.
이따금
몸부림 할 뿐이다.

— 「한산바다」 후반부

따옴시에서는 자연 속에 어려 있는 역사적 사실을 단순히 떠올리고 있다. 역사가 책에 나오는 것 이상의 의미로 환기되지는 못하고 자연에 부가된 하나의 풍경으로 덧붙여져 있을 뿐이다. 아직 역사를, 생활 속에 끌고 들어오지 못한 채로 관념 안에 있는 것만으로 보고 있는 셈이다.

그러나 「산하의 고발」에서는 그 역사가 훨씬 더 생활깊이 파고 들어와 있음을 본다.

송구떡을 치던 날
뛰는 놈은 내 동생과 털을 벗은 강아지뿐
할머니는 골로 팬 주름을 타고
어려운 세상보다 깊게 흐르는
슬픔인 듯 아픔인 듯

공출로 모두 바친
우리 부모 애를 먹고 자란
논과 밭의 새 열매들
그 열매 낱알마다에
열 두 恨이 맺혔더이다.

— 「산하의 고발」 후반부

앞에서 홍진기 시의 자연이 그의 생활을 간섭하고 그의 내면을 참

견하고 있음을 보았는데 여기서는 역사를 증언하며 역사에의 눈뜸을 '고발'로 부추기고 있다.

「산하의 고발」은 우리네 생활을 속속드리 멍들인 일제의 수탈을 '조부모→부모→형제'의 3대에 이르는 생활안으로 투영시켜 보고 있는 시인 바, 한과 시름으로 점철된 생활공간이 지나간 한 페이지의 것이 아니라 아직도 나와 함께 있는 것이 됨에 있다. 이것이 보다 확실하게 드러나는 시로 「忠烈祠의 칼」과 「山河의 독백」을 들 수 있다.

> 새벌의 瑞氣는
> 한려를 돌아 감건만
> 곤룡포에 묻은
> 하얀 질식들은 아직도
> 구천에서 우는
> 바람인 것을…….
>
> — 「忠烈祠의 칼」끝연

> 그들의 칼자국이 아물지 않았고나
> 육백리 휴전선의 핏자국이 멍이 되고
> 금간 상처마다 뜨겁게 원이 탄다.
> 산하여, 내 산하여
> 봄이 불붙는 아, 타는 산하여
> 내 아들아 딸아
>
> — 「山河의 독백」끝련

따옴시 두 편 모두 일본이 우리에게 저지른 역사적 오욕이 아직도 끝나지 않고 우리 생활속에 남아 있음을 노래하고 있다. 다만 「忠烈祠의 칼」이 임진왜란의 사실을 노래한 것인데 비해 「山河의 독백」은 일제 침략 36년의 사실을 노래한 것이 다를 뿐이다. 시인이 그렇게 역사를 동적으로 파악하고 있음이 예사롭지 않다. 역사가 단순히 있었던 사실로 파악될 때 시인이 의식과는 별도로 존재하는 것이 되지만 오늘과 생활에 작용하는 것이 되어 살아 있는, 쓸모 있는 것이 되기 때문이다. 시인은 여기에 고삐를 늦추지 않고 '새빛나는 누리의 자유'도 노래하고 있음을 보게 되는 바, 이는 시인의 눈에 비친 역사가 살아 움직이는 것일 때 얻어지는 상관물이 '자유'라는 점을 확인한다면 매우 자연스런 현상이 아닌가 한다.

VI

홍진기 시인은 지극히 정석적인 길을 걷는 시인이다. 그리고 자연을 통해 주변을 바라보고, 나를 바라보고, 또 역사를 바라보는 시인이다. 그런 면에서 평범한 시인이기도 한다. 그러나 이 평범함에 깃든 삶의 진실이 우리를 뜨겁게 만들어 준다. 뜨거움을 자아내는 것이 자기 생활, 자기 언어로부터 출발한 것일 때 뜨거움에 함께 휩쌓여서 유해할 리가 없다. 그런 쪽에서 볼 때 홍진기 시인이 우리 곁에 환영 받기를 기원하는 뜻도 멀리 다른 데 있지 않다. 늘 있어야 시인 곁에는 독자가 누릴 자리가 항상 보장되어 있기 때문이다.

정일근의 「가을 華嚴」

정일근의 「가을 華嚴」(경남문학 '93 겨울)이 단연 눈에 뚜렷이 들어온다. 「가을 華嚴」은 시로서의 무게, 곧 격이 있음을 보여 준다. 시의 격은 사유의 깊이에서 오기도 하고 서정이 단단한 구조에 놓일 때에 오기도 하고 비유나 이미지가 잘 잡혀진 틀을 만들어 낼 때에도 온다. 「가을 華嚴」의 격은 이런 요건들의 종합에서 온다는 점이 주목된다.

마침내 가을 山門에 당도했구나 病든 몸들아
寒露 찬 이슬에 차가이 씻고 이제는 맨발로 걸어야겠구나

여기까지 따라온 思惟의 뼈들이 달그락거리고
꽉 조인 허리띠 밑의 지친 삶도 슬금슬금 풀어지는 시간
땅에 뿌리 박은 나무의 잎들과 잎들의 뿌리가 마르는구나

부질없이 나를 덮는 잠이여 나는 욕심없이 돌아가려니
기름져 病든 육신 저 華嚴 아궁이 속에 불을 지피고
그 불 밑의 재, 재 밑의 따뜻한 한 줌 온기로 잠들고 싶구나

가을 화엄에 올라 謙虛한 나무의 마음으로 서면
眼盲의 눈으로도 흘러가는 시간을 볼 수 있으려니

내 그리움의 흰 뼈와 그 뼈 속의 붉은 피
붉은 피 속의 輪廻의 遺傳子까지 진실로 나는 보고 싶구나

가을은 깊은 산 속으로 달아나며 깊어지고
너무 쉽게 노래하려 하지 말아라 咽侯여 가을 咽侯여
노래하지 않아도 가을 화엄은 저리 불타고 있으니
오래지 않아 잎지고 차가운 서리 내리려니

—「가을 華嚴」 전문

「가을 華嚴」에서의 사유는 불가적 이해와 교양의 깊이로 드러나 있
다. 시가 보여 주는 불가적 이해는 물론 절대 경전 수준이나 수도승의
실천적 교리 수준이 아니다. 불교가 우리나라에 들어온 이래 겨레의
삶 깊이 들어와, 들어온 부분에 대한 관심의 폭을 적극적으로 넓히고
자 하는 이들의 의식 속에 손쉽게 자리 잡히는 그런 수준의 것이다.

「病든 몸들아/寒露 찬 이슬에 차가이 씻고」(病)나 「나무의 잎들과
잎들의 뿌리가 마르는구나」(死)나 「오래지 않아 잎지고 차가운 서리
내리려니」(老)등의 구절에서 불가의 ‘生老病死’를 보여주는 것이 그러
하고 「부질없이 나를 덮는 잠이여 나는 욕심없이 돌아가려니」에서
‘色’과 ‘空’의 일면을 보여 주는 것이 그러하다. 「기름져 병든 육신 저
華嚴 아궁이 속에 불을 지피고」의 ‘茶毘’의 발상이 그러하고 거기다 「
輪廻의 遺傳子까지 진실로 보고 싶구나」의 무시 무종 삶과 죽음의 되
풀이라는 해탈까지의 과정을 드러내 보여줌도 그러하다.

그러나 이런 불가적 사유가 시의 격을 살려내는 것은 사유 그 자체,
곧 대상과의 친교의 깊이에 그 원인이 있지만 사유를 시의 자리로 데
려다 주는 서정의 단단함에 그 원인이 있음도 지나쳐 볼 수 없다. 가령

마지막 연을 본다고 할 때 서정이 메시지를 액자처럼 감싸안고 있는 것이 바로 그 점이다. '서정→메시지→서정'의 구조에서 끝련 1행 「가을은 깊은 산 속으로 달아나며 깊어지고」가 서정이 되고 2, 3행 「너무 쉽게 노래하려 하지 말아라 咽侯여 가을 咽侯여/노래하지 않아도 가을 화엄은 저리 불타고 있으니」가 메시지이며 4행 「오래지 않아 잎 지고 차가운 서리 내리리니」가 다시 서정이 된다.

그리고 「가을 華嚴」에서 이미지와 비유의 결합이 매끄럽게 되고 있음을 본다. 「여기까지 따라온 思惟의 뼈들이 달그락거리고」(2연 1행)와 「꽉조인 허리띠 밑의 지친 삶도 슬금슬금 풀어지는 시간」(2연 2행)에서 보여 주는 이미지의 진행 속에 비유를 끼워 넣는 솜씨라든가 「화엄 아궁이 속에 불을 지피고/그 불밑의 재, 재 밑의 따뜻한 한 줌 온기로」(3연 2·3행)와 「내 그리움의 흰 뼈와 그 뼈 속의 붉은 피/붉은 피 속의 윤회의 유전자까지」(4연 3·4행)에서 보여주는 이미지와 비유의 함께 가는 속도를 주목할 수 있다. 거기다 이뤄지는 이미지와 비유가 지나간 것들에서 취재된 것이 아니라 낯설게 하기의 노력에 의해 형성된 것임이 드러나 있다.

끝으로 지적될 수 있는 격 받치기는 시적 서술과 감탄호격의 견고 트는 관계이다. 다섯번 쓰인 '구나', '-아', '-여', '-아라' 등의 호격 종지와 명령형 종지 등이 서술식 흐름과 그것의 멈춤이라는 긴장을 만들어 내고 있다. 감탄형에 준하는 '-려니', '-으니'의 쓰임도 예사로 보아넘길 일이 아니다. 모두 긴장을 잣는 몫을 하고 있기 때문이다.

정일근은 「가을 華嚴」에서 이렇게 시의 격을 드러내는 장치들을 십분 활용해 내고 있는데, 다만 한자말 쓰기의 묘미 쪽으로 더 밀착해 들어가지 않았으면 하는 마음이 인다. 나이가 들수록 관념만 살고 서정이 바래져 가는 수순을 밟기 마련이므로 그 수순을 언제나 거부하는 시적 갈증으로 타올랐으면 하는 바람 때문이다.

진실의 말, 양심의 소리

I

서정홍의 시집 「58년 개띠」는 시에서 쓰는 낱말이 낯익고 글이 쉽다. 그래서 쉽게 읽을 수가 있고 읽자마자 금세 친해진다. 쉽다고 하면 얼핏 너무 일상적이라고 느낄 수가 있으나 서 시인의 경우는 그렇지도 않다. 서 시인은 쉽게 쓰면서도 삶의 한가운데를 꿰뚫어 본다.

우리 어머니
아직도
그 편지 한 장 버리지 않았다.

찢어지게 가난한 시집살이
떨쳐 버리고 싶다고 보내온
큰 누님의 편지 한 장

우리 어머니
눈물로 얼룩진 편지를 보고
"똥 잘 누는 년이

무어 고되다고 야단이냐"더니
밤새 뒤척이셨다.

우리 어머니
십년 지난 지금도
그 편지 한 장 버리지 않았다.
— 「편지 한 장」 전문

「편지 한 장」은 글도 쉽고 내용도 낯익다. 그렇지만 눈시울과 애간장을 건드리는 시인의 체험이 담겨 있어서 쉽게 넘어갈 수가 없는 시다. 3연의 「우리 어머니/눈물로 얼룩진 편지를 보고/"똥 잘 누는 년이/무어 고되다고 야단이냐"더니/밤새 뒤척이셨다」같은 대목은 어머니 삶의 한가운데를 꿰뚫은 말이므로 독자의 눈시울과 애간장을 건드린다. 오늘날 우리 문학은 풍요롭다고 평가하기도 하지만 '삶의 한가운데'를 꿰뚫은 글은 형편없이 부족한 게 사실이다. 형식은 그럴싸해도 알맹이가 없는 시들을 읽느라고 우리는 너무 지쳤다. 이런 때에 서 시인의 '삶의 한가운데' 드러내기는 큰 힘으로 독자 앞에 나선다. '삶의 한가운데' 드러내기는 펄펄 뛰는 체험과 현실로 더욱 진실을 빛낸다.

입던 옷 깨끗이 빨아
새옷처럼 갈아입고
신혼여행 떠날 때
늘 입던 옷이 편하다며
오히려 나를 위로하던
마음 넉넉한 사람아
— 「장가 가던 날」에서

숨기고 감추고 비켜가지 않을 때 말은 진실을 드러낸다. 장가가는 날에 겪은 체험이 이렇게 솔직할 수가 없고 이렇게 눈물겨울 수가 없다. 그러면서도 의연하다. 가난은 부끄러운 게 아니라 불편할 뿐이라고 누군가가 한 말이 떠오를 정도로 의젓하다. 이것이야 말로 진실을 드러내는 시의 힘이다. 서 시인의 시가 다른 시인의 시와 뚜렷하게 구별되는 점을 찾는다면 바로 이 소박한 말에 실리는 삶의 진실에 있지 않을까?

Ⅱ

서 시인의 시는 양심으로 사는 삶의 세계를 보인다. 이웃을 두고, 가진 자를 두고, 친구를 두고, 아내와 아들을 두고, 말을 두고, 자신을 두고 양심을 기준으로 끊임없이 반성하고 채근하고 다짐하고 있다.

새벽 네시
자다가 겨우 일어나
연탄을 갈면서
'언제 기름보일러로 바꾸나'
생각했다.

옆방에 사는
수정이 아빠도
연탄 갈면서
나와 똑 같은 생각을 할까
다
자기 집
기름보일러 바꿀 생각만 할까
— 「못난이 철학 · 2」 전문

「못난이 철학 · 2」를 읽는 독자는 섬칫 놀라기 십상이다. 자기집 연

탄을 갈면서 기름보일러의 편리함을 생각하다가 이보다 못한 이웃을
생각하는 그런 사랑이 독자들의 양심에 잠들어 있는 사랑을 불현듯 일
깨워주고 있기 때문이다. 문학은 무어라 이름할 수 없는 독자들의 체
험에다 이름을 붙여주는 것이라고 할 때 「못난이 철학·2」에서 서 시
인은 우리가 놓치고 지나가는 일상생활 속의 이웃사랑을 일깨워 준다.
서 시인의 시는 일반 독자들이 체험한 내용에다 이름을 붙여주는 자리
에서 한없이 당당하다. 언제나 생활에서 일어나는 움직임을 양심이라
는 살아 있는 잣대로 바라보고 잣대에 차고 모자람으로 이름을 붙이기
때문이다.

① 나는 시인인가
　가난한 이웃들 가슴에
　반쯤 타다가 꺼져버린
　연탄재라도 한 번 되기나 했는가
　　　　　　　　　　—「나는 시인인가」에서

② 그대 곁에서
　늘 허수아비로 살아왔네
　참새 새끼 한 마리 쫓지 못하는
　못난 허수아비로
　살을 섞고 살아왔네
　　　　　　　　　　—「아내의 손·3」에서

③ 아들아
　돈으로 행복을 사고 파는 세상에
　남들만큼 행복을 사주지 못한
　아비의 빈 손으로 너를 보면
　고된 땀의 대가도 없이
　몸살을 앓는다.
　　　　　　　　　　—「아들에게·1」에서

①에서는 가난한 이웃에게 타다가 꺼져버린 연탄재라도 한 번 되어주었는지 반성을 하고 있고, ②에서는 아내에 대해 허수아비로 살아온 남편으로서 하는 반성을, ③에서는 아들에게 가난을 안겨주고 있는 데 대한 뼈저린 아픔을 각각 드러내고 있다. '연탄재', '허수아비', '아비의 빈손'이라는 이름을 걸어놓고 한시도 양심의 눈금에서 눈을 떼지 않는 서 시인의 깨어있음은 독자에게 참으로 당당한 행동의 지침일 수가 있다.

　그 지침은 때로는 모든 이웃에게 따가운 화살이 될 때도 있다. 「옆집에 누가 사는지도/모르는 사람들이/할아버지가 되고/할머니가 되고/아버지가 되고/어머니가 되고/아들이　되고/딸이 되고…」(「이 시대를 사는 사람들」)에서 공동체의 삶, 곧 이웃에 대한 관심과 사랑이 없는 이들이 할아버지, 할머니, 아버지, 어머니, 아들, 딸이 될 수 없다고 주장하고 있다. 독자를 빳빳이 일으켜 세우고도 남는 힘이 솟아나고 있음을 본다.

Ⅲ

　서 시인의 시가 독자를 흔들어 놓는 까닭 가운데 또 한 가닥은 일의 가치와 신성함을 부단히 일깨워주는 점이다. 특히 아들에게 그 신성함을 가르치기를 게을리하지 않는다는 점에서 흔들리지 않는 실천의 의지를 보여준다.

　　아들아
　　네가 자라 어른이 되면
　　일하지 않고는 밥먹지 말아라
　　이것까지 이 애비를 닮으면

다 닮는 것이란다

　　　　　　　　　― 「아버지와 아들」에서

조카야
이제 하나 남은 네 손을 잡고
기죽지 말고 떳떳이 살아야 한다는 말을
엷은 웃음으로 전하고 돌아서 나오니
겨울이 허물어지고
봄비에 솟아나는 들풀들이
기지개를 켜면서 일어선다.

　　　　　　　　　― 「산업재해」에서

　일하지 않고 밥을 먹지 말라는 당부를, 땀의 소중함을 배우고 가르치기를, 산업재해로 하나밖에 남지 않은 손으로 오히려 떳떳이 일해야 한다는 약속을 아들과 조카에게 한다는 것은 하늘을 우러러 부끄럼이 없는 것이라 아니할 수가 없다. 자신의 피붙이에게는 꼭 진실하거나 좋은 것, 떳떳한 일을 하게 한다는 부성을 우리가 염두에 둘 때 그렇다. 그런 만큼 서 시인의 시에는 땀흘려 일하는 것이 최고의 덕목으로 자리해 있음을 알 수 있다.

말이 씨가 되어
나는 지금 출세하여
잘 살고 있다.
이 세상 황금을 다 준다 해도
맞바꿀 수 없는
노동자가 되어
땀흘리며 살고 있다.

　　　　　　　　　― 「58년 개띠」에서

　노동자의 삶을 「출세하여 잘 살고 있는」삶으로 노래하고 있다. 그것도「황금을 준 다고 해도」바꿀 수 없는 삶이요 가치이다. 이는 일반적이고도 세속적인 가치관을 뒤엎는 것인데 뒤엎는 발언이 너무나 확고하다. 세속적인 가치관을 비판하는 까닭은「땀흘리며」사는 삶을 중요하게 여기기 때문이다. 땀흘리며 살지 않으면서 불로소득이나 꿈꾸고, 일확천금을 노리고, 되지 못한 명예나 지위를 노리는 양심의 소리를 듣지 않는 그 어떤 행위도 가치가 없다는 신념에서 나오는 발언이다. 이 발언을 반박할 수 있는 논리나 근거가 달리 있을 수가 있을까? 그렇지만 불행하게도 우리는 그런 발언을 쉽게 들을 수 없는 사회 속에서 살고 있다. 서 시인은 가난하고 보잘것 없어 보이는 노동일을 한다고 하더라도 그 불행을 불행으로 받아안고 살지 않겠다는 뜨거운 정신, 침범할 수 없는 뚜렷한 의지를 시로 보여 주고 있다.

IV

서 시인은 시를 유언하는 심정으로 쓰고 있다.

> 내가 당신보다 먼저
> 젊은 나이에 죽게 되더라도
> 나를 위해 울지 마오
> 어린 자식놈들과 힘겹게 살아야 할
> 당신의 삶을 위해
> 눈물을 아껴두오
>
> —「유언」에서

「유언」은 아내를 향해 하는 유언의 형식을 빌고 있는데 비장한 의지가 엿보인다. 죽는다는 것은 삶의 마감을 말하므로 삶에 대한 정리나 평가를 전제로 생각하는 것이다. 그러므로 말하는 이는 가족 걱정,

친구(동지)걱정, 유품이야기, 자식들에게 남기는 교훈들을 정말 죽음에 임하는 처지가 되어 말한다. 유언은 삶의 무게를 담는 것이고 진실을 바탕으로 하므로 유언의 정신으로 사는 삶은 당연히 진실한 삶이다. 또 <뒷날 자식놈들 자라서/못난 이 아비의 삶을 묻거들랑/내가 뿌린 말의 부피만큼/내가 남긴 글의 무게만큼/정직하게 살기 위해 애썼다고 말해 주오>(4련)는 진실하게 산 삶을 후손에게 떳떳하게 가르치고 있다.

이렇게 볼 때 서 시인은 시집 『58년 개띠』를 순간순간 생을 마감하는 처지에서 창작한 것으로 봐도 좋겠다.

다만 이 글을 마무리하면서, 서 시인이 시집 『58년 개띠』를 펴내고 나서 더욱 정신적 깊이가 더해지고 그 깊이에 걸맞게 말의 기능도 더욱더 살아나는 쪽으로 발전하기를 바란다. 서 시인은 이를 잘 감당해 내리라 믿는다.

이은일의 수필세계

I

이은일의 수필은 할말 중심의 언어로 전개된다. 서정의 치장을 초두에 각별히 하는 법도 없고 지나친 수사로 감추기와 상징의 탑을 쌓아 올리지도 않는다.

- ・미주의 주립대학에서 대학원을 다닐 때 일이다.
  —「나의 룸메이트 바이니」
- ・1964년도 덴마크 유학시절의 일이다.
  —「고추장」
- ・둘째 조카의 결혼식이다.
  —「가난속의 부유함」
- ・1965년 코펜하겐 유학시절이었다
  —「사랑의 저울」
- ・다른 나라에 여행을 가면 우선 여장을 푼 뒤 제일 먼저 찾아가는 곳이 미술관이다.
  —「미술관에서의 일화」

거의 대부분 첫문장에서 글감이 무엇인지를 그대로 보여준다. 빙빙 둘려 우회하거나 뒤집거나 섞어놓거나 반전의 방식을 택하지 않는다. 그만큼 글감이나 주제가 당당해 보인다.

그리고 비유로 말하거나 상징적 배경이라는 장치를 마련하는 경우라도 과도한 힘주기를 하지 않는다.

> • 나는 들꽃을 볼 때마다 작은 딸아이의 모습이 떠오른다. 아주 가냘프면서도 이지적이고, 이지적이면서도 마음이 따뜻한, 그런가 하면 냉철한 판단을 가진 딸애는 가을 햇볕에 잘 그을린 한 송이 아리따운 들꽃처럼 생각된다.
>
> — 「들꽃같은 여자」

> • 육척이 넘는 큰 키에 머리카락은 목덜미까지 흘러내리고, 머리결은 항상 윤기가 흐르던 분, 머리결이 곱슬거려 약간은 안으로 굽어드는 부드러운 느낌을 주면서도……중략……
> 온세상이 자기로부터 뒤돌아 섰을 때 다만 홀로 남겨진 자의 고독을 누가 이해할 수 있었을까?
>
> — 「뒷모습」

앞 따옴글은 들꽃을 작은 딸아이에 비유하여 설명한 내용이다. '들꽃이다'로 끝나버린다면 시적 이미지로 더듬어 딸아이의 모습을 떠올리겠지만 여기서는 들꽃에 비유한 내용을 의도대로 덧붙이고 있기 때문에 '의도'의 깊이로 독자는 자연 이끌리게 되어 있다.

뒷 따옴글은 사람이 누구라는 것을 말하지 않고 묘사·설명의 장치를 통해 비교적 극적인 접근을 보여준다. 그러면서도 다음에 이어지는 대목이 이미지의 발전이나 의미 진전의 가속을 보이는 것이 아니라 실상 설명으로 오기 때문에 이 역시 '의도'의 깊이로 독자를 인도한다.

그만큼 이은일은 수필을 통해 정직한 삶이나 진실을 드러내는 데 적극적이다. 할말 중심의 언어 경영은 그러므로 머뭇거림이나 유예의

미정 상태가 아니다. 참됨과 그릇됨, 좋은 것이거나 나쁜 것, 아름다움
과 아름답지 않은 것을 갈라놓는 데에 유용하다.

Ⅱ

이은일은 재미교포 한국인이다. 그의 수필은 가족에 대한 따뜻한 사
랑과 조국에 대한 애정으로 가득차 있다. 가족에 대한 사랑은 작가 자
신의 생래적인 것이겠지만 미국 사람들의 가족사랑 분위기와 기독교
사상이 결합되어 나타난 것으로 이해된다.

들꽃을 보면서 작은 딸아이를 생각하고 국화꽃을 보면서 어머니를
생각해낸다. 어머니날에 딸아이와 함께 양로원을 방문하는가 하면 정
원에 날아오는 새들을 챙기는 사이, 가족들은 그에게 새모이통을 선물
한다.

> 순간 나는 지긋이 눈을 감고 말았다. 가족의 사랑이 가슴속을 가
> 득 메우는 빛으로 내게 왔던 것이다. 새 이름들을 알기 위해 책을 뒤
> 적이는 나를 보고 아이들이 어머니날의 선물로 사온 것이다. 그러고
> 보니 며칠 전의 일이 떠오른다. 새들이 노니는 것을 바라보고 있는데
> 내게 산드라가 한사코 골프하러 보내려 성화를 부린 일이다. 나를 내
> 보낸 뒤 그이가 아이들과 함께 뒤 페디오 곁에 새모이통을 세웠나
> 보다. 페디오로 나갔더니 50파운드 짜리 모이 포대가 나를 기다리고
> 있었다. 그 포대에 'Happy Mother's Day'라고 쓰고 온 가족이 싸인을
> 해두었다.
>
> — 「선물」에서

작가의 정원에는 언치새, 박새, 굴뚝새, 따까치, 쥐바퀴부리검은새,
풍금조, 홍관조 등이 날아와 우짖는다. 이런 새무리들을 보면서 그는

동족애를 느끼는가.

'우리 인간이 가지고 있는 질투와 시기 따위는 어느 곳에서도 느낄 수 없는 평화의 모습'을 찾아낸다. 여러 마리의 홍관조가 날아오는 날 남편은 '여보, 여보, 당신이 좋아하는 것 왔어!'하고 외친다. 자연에 섞인 채 가족이 한데 얼려 행복을 나누며 있는 모습이 참으로 아름답다.

작가는 이렇게 가족 안에서 성을 쌓아 깃발을 올리는 일이 나라 사랑의 기초라는 생각을 지니고 산다.

> 누군가가 내 곁에서 고향에 관한 시를 읊고 있으면 옷깃을 여미고 그 시를 경청하고 싶어진다. 또 무슨 행사때 애국가만 부르면 코끝이 찡해서 새삼 내가 한국인이라는 것을 느끼곤 한다. 그러나 이러한 느낌만으로는 나라를 사랑한다고 할 수 없다. 여기서 내가 디디고 설 땅을 찾아 동그라미를 그리고, 나의 성을 쌓아 깃발을 세우고, 내 이웃들과 어깨를 겨루며 잘 살아가는 것, 그것이 바로 나라를 사랑하는 길이다. 시집 간 딸이 잘 살아 주는 것이 부모에게 효도하는 것과 같은 이치일 것이다.
>
> ― 「나는 한국사람」에서

시집 긴 딸이 잘 살아주는 것이 곧 효도하는 일인 것처럼 타국땅에서 그냥 잘 살아가는 것이 조국을 사랑하는 일임을 작가는 인식하고 있다. 가족 안에서 행복하고 이웃과 오손도손 나누며 사는 삶이 곧 조국애의 실천임을 깨닫고 있다는 말이다. 그래서 큰 딸애가 귀국하여 연세대 한국어학당에서 한국말을 배우는 중에 보낸 편지는 결코 우연한 것이 아님을 확인하게 된다.

> "미국에서 온 저희들은 'Korean'이라 하구요, 한국에 있는 학생들은 'Korean―Korean'이라 부릅니다. After all, I am korean, I love you, mom."

다음으로 이은일 수필의 가닥은 행복을 누리며 넓혀가는 이야기이다. 작은 일상의 세계에서 행복을 느끼고 가족과 함께 평범하게 사는 일 가운데서 무한한 행복을 발견한다. 파리의 가로수 마로니에가 서울 한복판에 있음에도 뿌듯한 행복감에 젖어들고 작은 딸아이와 둘만의 시간을 통해 무한한 행복에 당도한다. 작가는 '행복이란 멀리 있는 것이 아니라 가까운 곳에서 마음만 비우면 순간 순간 쉽게 얻어질 수 있는 것이라는 사실이 나를 행복하게 해 주었다.' (「들꽃같은 여자」)고 고백한다.

작가의 마음 비우기에 대한 덕목은 어디로부터 온 것일까? 물론 기독교의 실천 덕목에서 온 것이라 봄이 옳다. 마음이 가난한 자, 슬퍼하는 자는 행복하다는 성서 구절이 아니더라도 벗이 되려고 세상에 난 예수의 생애가 전적으로 뒷받침해 주는 것이 이 덕목이 아니던가? 작가는 기독교 국가인 미국에 사는 사람 대부분이 '시간의 궁핍 속에서 누리는 마음의 부유함'을 지니고 산다고 지적한다. 그러나 작가는 대체로 예수나 성서, 교회나 교회에 속한 이야기를 하는 편이 아니다. 그런 정신을 상황 깊숙히 들여 놓았기 때문에 실천적인 일상의 항목에 매달리면서 사는 것이다.

> 툭―, 감 떨어지는 소리에 옛일을 툭툭 털고 자리에서 일어났다. 한여름 뜨거운 햇빛 아래서 골프를 쳤을 때보다도 더 까맣게 그을린 내 모습을 두고 누가 뭐라고 해도 나는 상관하지 않겠다. 내 스스로의 행복이기 때문이다.
>
> ― 「그건 너무 외로운 것 같아」에서

자기 스스로의 일에서 행복을 느끼는 것은 남의 이목이나 남이 내놓은 기준으로 만족하는 데서 오는 것이 아니다. 스스로 마음을 비운 상태에서 소박한 땀 흘리기로부터 오는 것이다.

  이은일 수필의 세 번째 가닥은 아름답고 선한 이들의 이야기이다. 아름답고 선한 것은 이 또한 먼 데서 찾아지는 것이 아니다. 남을 위한 조그만 배려나 친절에서 찾아지기도 하고 지칠 줄 모르는 사랑으로 입양아들을 데려다 키우는 이의 이야기를 통해서도 실현된다.

  「아름다운 사람들」에는 세 토막의 이야기가 담겨 있다. 첫 번째는 화자(작가)의 말을 알아듣고 재빨리 생각을 바꾸는 운전기사의 이야기이고 두 번째와 세 번째는 남을 위해 배려를 하는 아름다운 이야기다. 택시를 타고 가는데 앞서가는 차가 길을 잃은 듯 천천히 가는 것을 보고 소리를 지르며 욕을 퍼부었다. 화자는 "아저씨 뭘그러세요? 그럴 수도 있지 않아요? 저 사람 인천에서 왔나봐요!" 그러자 기사가 의외로 입을 다문다. 이어 기사가 "아주머니 운전할 줄 아세요?"라고 묻고 "네, 좀 오래 되었어요." 라는 화자의 대답을 듣고는 기사는 생각을 바꾼다. "오늘은 아주머니가 저의 하루를 굉장히 기분 좋은 날로 만들어 주셨습니다."하며 차비를 덥석 깎아 주더라는 미담이다. 세상이 각박해지고 이기주의가 극에 달하면서 귀를 닫고 사는 이들이 많은데 남의 옳은 말이 옳은 것으로 판단될 때 재빨리 그 옳은 쪽으로 방향을 선회하는 일은 어쩌면 용기에 속할는지 모른다. 작가는 그 방향 선회를 시대, 사회를 바로잡는 계기나 힘으로 파악하고 있이 보인다. 기독교의 참회나 회개의 의미가 생활 속에서 육화되어 드러난 사례로 인정된다는 이야기다.

  두 번째 이야기는 큰딸이 집으로 운전해 오던 중 트럭과 있었던 이야기다. 어느 지점에 이르러서는 그 트럭이 속도를 줄이고 천천히 운전을 했다. 큰딸이 갈길이 바빠 차선을 바꾸어 추월하려 하자 이제는 그 트럭도 차선을 바꾸었다. 그렇게 하기를 몇 번에 고개를 넘는데 대형사고가 나 있는 현장을 보게 되었다는 것이다. 위험 지역을 알았던 트럭 기사가 딸애의 안전을 위해 유도 운전을 해 주었다는 이야기다.

  세 번째 이야기는 개를 데리고 등산하는 이의 이야기다. 그는 등산

할 때 반드시 신문지를 준비해 가지고 가는데 적당한 장소에서 신문지를 깔고 개가 거기에 변을 누도록 한다는 것이다. 공중도덕이라는 말이나 사례를 얻어 듣기가 어려워진 사회에 귀감이 될 만한 일이라는 것이다. 작품의 끝에서 작가는 '나는 그 날 만난 아름다운 사람들처럼 살고 싶다.'고 술회함을 잊지 않았다.

기쁘게 사는 일은 기쁨을 만드는 이들의 몫이다. 자기 몸뚱이만을 생각하는 데서 기쁨이 깃들지 않음을 물론이다. 자기 몸뚱이로부터 벗어날 때 기쁨은 비롯하는 것.

작가 이은일의 네 번째 세계의 가닥은 잘못된 것들에 대한 비판의 이야기다. 물론 작가의 작품 전편에 사회 비평 내지 문명 비평적인 성격이 있지만 대개는 본질에 관한 것이다. 여기서 언급하는 것들은 생활 실천의 문제로 지적되는 사안이고 직접성이 두드러진 것이다. 「한국인이어서 슬플 때」, 「미술관에서의 일화」, 「사랑한다는 것은」, 「고요한 나라를 꿈꾸며」, 「엘리트의 자존심」 등이 이에 속한다.

「한국인이어서 슬플 때」에서는 고압적인 언어와 불쾌한 행동들에서 받은 슬픔을 이야기했고, 「미술관에서의 일화」에서는 미술작품을 함부로 대하는 자원 봉사자들의 무지를 이야기했고, 「사랑한다는 것은」에서는 문화유산을 소중히 간직하지 못하는 것에 대해 이야기했다. 비판의 강도가 높은 만큼 '우리'로서의 자리매김이 확고한 것으로 이해가 된다.

Ⅲ

지금까지 이은일의 작품세계를 일별해 보았는데 그의 세계는 스케일이 매우 큰 편이다. 시야가 전방위로 열려 있고 착목의 지점이 세계적이기 때문이다. 그러므로 수필의 언어가 할말 중심의 언어로 올곧게

가고 있다.

　머뭇거리거나 유예하지 않은 문체는 작가의 정직성에 기인하면서 그것 나름의 힘을 확보하고 있어 보인다. 우리가 '수필은 체험이다'라는 말에 동의할 때 이은일의 수필은 하나의 교과서가 된다. 이 지적은 도덕 일변도의 무거움을 덜어주고도 남는 힘이 그의 수필에 있다는 말에 다름 아니다.

제 2 부

한국 현대시와 정치
― 70년대 이래 민중시의 가능성을 중심으로

I

한국 현대시는 정치의 영향을 많이 받으면서 형성·전개되어 왔다. 그것은 현대시의 형성·개화기가 일본 제국주의의 마수에 의해 나라가 뭉개지고 사회가 옥죄어 있었던 데 그 까닭이 있다. 또한 광복 공간의 사상적인 대립과 6·25 전란, 분단고착과 군사정권의 연속이 정치에 좌우되는 사회, 정치에 영향을 받는 삶을 만들어 놓았던 데도 그 까닭이 있다.

정치란 권력의 획득·유지를 둘러싼 투쟁 및 권력을 행사하는 활동을 말한다. 좀 구체적으로 말하여 「인격의 유지 발전에 필요한 모든 정신적 물질적 생활가치의 거의 전부에 대하여 그 배분상태를 결정할 수 있는 국가권력을 에워싼 투쟁과 그것을 행사하는 것」이 된다. 이 뜻넓이에 따라 한국 현대시 전개에서 정치시에 포함시킬 수 있는 시로는 1920년대에 출발하는 카프 계열의 시, 일제 저항시, 광복 공간의 광복찬양의 시와 계급주의 시, 6·25 전쟁 체험의 시, 60년대 이후의 참여시, 70년대 이후의 민중시 등을 꼽을 수 있다.

이들 넓은 의미에서의 정치시에 대해 1920년대 이래 약점들이 간단 없이 지적되었는데 대체로 다음 3가지로 요약될 수 있다. ① 이념이나 관념이 생경하게 드러나 있다. ②내심의 소리가 부족하다. ③ 표현이 아닌 구호나 진술에 보다 많이 기대고 있다.

II

바우라(Bowra, Cecil Maurice 1898 ~)는 「시와 정치(Poetry and Politics)」에서 정치시의 본질을 ① 다수의 인간과 관계가 있고 ② 직접적인 개인적 체험으로서가 아니라 주로 풍문에 의해서 알려지며 ③ 흔히는 추상적인 형식으로 표현되는 사건들을 다루는 데 있다고 보았다. 따라서 정치시는 자아의 특수한 개인적 활동과 내면세계에 초점을 맞추는 시와는 대립항의 관계에 선다. 그러면서 그는 20세기 정치시가 극복해야 할 두 가지 장애는 ① 비개성적이고 대중적인 관심에의 함몰과 ② 일상적 관심사에 사로잡히는 것이라고 지적했다. 바우라는 일상적 관심사로부터 벗어나는 길은 시의 예언성의 회복이라 보았다. 결론으로서 그는 정치시가 정치적 배경에 대한 단순한 반사작용은 아니며 정치시가 다른 분야의 시보다 열등한 것도 아니라는 명제를 내놓았다.

정치시는 풍문에 관련되고 추상적인 형식으로 표현되는 사건들을 다룸으로써 시인의 내면과는 거리가 있다는 지적은 1920년대 이래 우리의 이데올로기 시편들이나 참여시 전반에 고루 적용될 수 있는 지적이다. 그리하여 비개성적이고 대중적인 관심에의 함몰로부터 벗어나는 것이 정치를 다룬 시의 과제임을 밝혀 주고 있는 셈이다. 이 과제는 말할 것도 없이 시에서 이념이나 관념이 생경하게 드러나게 하지 않는 것이나 내심의 소리를 드러내어야 한다는 것, 그리고 어떤 경우에도 표현의 장치를 통과해야 한다는 것에 하나로 포개진다.

나로서는 소재로서의 정치가 시에 옳게 자리잡히게 하자면 시인이 두 가지 조건을 충족시킬 수 있어야 한다고 본다. 하나는 정치가 시인의 개인적 삶의 심층을 통과해야 한다는 점이고 다른 하나는 정치를 소재로 다룬 시가 「상상을 잣는 말」의 틀을 통과해야 한다는 점이 된다. 시인의 개인적 삶의 한 복판에서 걸러낸 소재라면 그것이 정치가 되었건 철학이 되었건 아무 상관이 없다. 그것이 이데올로기가 되었건 전쟁이 되었건 관계가 없다. 시적 주제로서의 삶은 그것의 완성을 보여주는 데 있는 것이 아니라 간단없는 순례와 이행의 중심을 드러내 보여주는 것이기 때문이다.

Ⅲ

1970년대 이래 우리나라 정치시는 이른바 민중시가 전면을 메우고 있음을 본다. 민중이란 말은 1920년대 프롤레타리아 문인들이 자신들의 문학을 계급문학·무산문학·프로문학 등과 더불어 민중문학이라 불렀던 데서 비롯된다. 1970년대의 민중문학은 현실참여문학·민족문학·제3세계문학 등과 동의어·상위개념·유사개념, 또는 발전된 개념으로 사용되고 있다. 민중문학을 뜻매김해 놓은 예를 보자.

 (1) 민중문학이란 민족의 주체적 생존권과 인간적 발전이 요구되는 문학으로서 구체적으로 반식민지, 반봉건, 달리 말해 민주 회복과 민족 해방을 위해 투쟁하는 문학이다.(백락청, 「민족문학의 개념 정립을 위해」)
 (2) 역사적 진실을 생활하는 민중 쪽에 서서 민중을 대상으로 하여, 주어진 사회적 상황에서 발현되는 삶과 고뇌와 인간적 욕구를 감성적인 일상적 표현에서 추구하고 역사에서 민중의 사회적 실천에의 요구에 답한 것(박현채, 「민중과 문학」)

⑶ 민중 자신이 생산 주체로서 일상성에 기반을 둔 생활문학운동에 입각한 실천문학(김도연, 「장르 확산을 위하여」)

따옴글을 볼 때 민중문학은 정치문학임이 분명하다. '반식민지 반봉건'이나 '민족해방' '민중을 대상으로' 등의 구절들만 연결해도 민중문학은 「인격의 유지 발전에 필요한 모든 정신적 물질적 생활가치의 거의 전부에 대해 그 배분상태를 결정할 수 있는 국가권력을 에워싼 투쟁」의 행위에 닿고 있기 때문이다. 그러므로 민중문학으로서의 민중시 또한 비개성적이고 대중적인 관심에의 함몰에 이어질 것임을 물론이고 풍문에 관련되고 추상적인 형식으로 표현되는 사건들을 당연히 포함할 것으로 보인다. 그럼에도 불구하고 1970년대 이전의 일련의 정치시들과는 구별되는 점들을 구체적인 작품을 읽는 과정에서 쉽게 확인할 수 있음이 주목된다. 가령 따옴글을 두고도 조금만 신경을 써 읽으면 그러한 단서를 찾을 수 있다. 「생활하는 민중 쪽에 서서」나 「사회적 상황에서 발현되는 삶과 고뇌와 인간적 욕구를」이나 「생산주체로서 일상성에 기반을 둔 생활문학운동」등과 같은 구절들은 민중문학이 비록 민주주의 실현과 민족해방이라는 이념, 또 이를 실천하기 위해서 민중의식을 일깨워주는 기능을 강조하면서도 그 이전의 정치시에서 간과했던 시인 자신의 내면적 갈등과 실천적 생활이 시인의 체험의 무게에 실리고 있음을 드러내 보여 준다.

1970년대 이후의 민중시 가운데서 시인의 개인적 삶의 심층을 통과했거나 상상을 잣는 말이라는 틀에 얹혀진 경우 시로서의 확고한 진전을 보인 것으로 읽힌다. 진전된 것의 특징을 중심으로 갈래 지우면 ① 상황의 제시, ② 삶의 한가운데 드러내기, ③ 이행의 탄력·속도, ④ 공동체와 그 말에 깃들기 등으로 집약된다.

상황의 제시가 시인의 삶의 심층에 포개지는 것일 때 시의 공감대는 증폭되어 나타난다. 김지하의 <어둠 속에서>, 김남주의 <바람에 지

는 풀잎으로 오월을....>이 그 예에 속한다.

> ①
> 저 어둠 속에서
> 누가 나를 부른다
> 건너편 獄舍 철창 너머에 녹슬은
> 시뻘건 어둠
> 어둠 속에 웅크린 부릅뜬 두 눈
> 아 저 침묵이 부른다
> 가래 끓는 숨소리가 나를 부른다
> ②
> 노래하지 말아라 오월을
> 바람에 지는 풀잎으로 바람은
> 학살의 야만과 야수의 발톱에는 어울리지 않는 말이다
> 노래하지 말아라 오월을
> 바람에 일어나는 풀잎으로 풀잎은
> 피의 전투와 죽음의 저항에는 어울리지 않는 말이다

　①은 김지하의 <어둠 속에서> 앞부분이고 ②는 김남주의 <바람에
지는 풀잎으로 오월을……>뒷부분이다. ①은 화자가 감옥에 있으면서
건너편 옥사에 갇혀 있는 이의 침묵으로부터 '어떤 거짓도 거절하라'
는 메시지를 받는다는 상황을 설정해 놓고 있다. 감옥 설정도 긴장을
요구하지만 그보다도 진실에 꺾여서는 안된다는 화자 스스로의 다짐
이 처절하리 만큼 간절히 드러나 있음이 주목된다. 비유라는 장치를
통과하면서 살아있는 진실에 목숨을 거는 이의 숨소리가 담겨 있어서
시대상황을 노래하면서도 그 상황이 화자의 심층을 울려낸 것에 잇닿
아 있음을 확인케 해 준다.

　②는 광주민주화운동을 상황으로 제시하면서 그 상황이 얼마나 긴
박하고 살벌한 것인가를 말해주고 있다. 「바람에 지는 풀잎으로/ 오월

을 노래하지 말아라/ 오월은 바람처럼 그렇게/ 오월은 풀잎처럼 그렇
게/ 서정적으로 오지는 않았다」로 시작되는 시는 오월을 「비수를 품은
밤」「발톱」「기관총」「미친개의 이빨」「대검의 병사」「총알처럼」「능
지처참의 학살로」온 것으로 증언하면서 이를 맞받아 「육탄」「망치」「
낫」「만인의 주먹」으로 일어선 것임을 말하고 있다. 상황의 제시가 서
정의 언어와 상황의 언어로 되풀이되는 가운데 끝연에서는 서정과 상
황이 결합됨으로써 시적 긴장의 틀을 갖게 된다. 시의 말이 현장으로
내려가거나 현장성의 고삐를 쥐게 되면 시의 틀에서 내려오거나 시인
체험의 덩치를 비켜서기 일쑤이다. 그러나 이 시는 전체를 통어하는
시각으로 상황의 전반을 드러내 보여준다. 내면의 심층을 울려서 그
울림 안에 상황을 다시 붙들어 세운 까닭일 터이다.

　삶의 한가운데 드러내기로서 공감의 진폭을 보여주는 시인들은 대
개 노동시를 쓰는 이들이다. 농사를 짓는 이가 농사 짓는 삶을 노래하
고 노동하는 이들이 노동의 애환을 노래하는 것은 매우 자연스런 일이
다. 그 노래가 제 자리에 제 값으로 대우받는 일 또한 이상할 것이 없
다.

①
낫질을 한다. 우두둑거리는 뼈마디 세우며
천날만날 빚과 허기에 지친 우리 농사꾼
슬픔도 노염도 일으키며 낫질을 한다
베는 게 나락만이 아닌 이 독한 그리움으로
날랜 낫질도 날렵히 나락베는 날
앞산 뒷산 사방의 단풍드는 나뭇잎들은
저 노랗고 붉은 박수갈채를 끝없이 쳐대고

②
드르륵 득득

미싱을 타고, 꿈결같은 미싱을 타고
두 알의 타이밍으로 철야를 버티는
시다의 언 손으로
장미빛 꿈을 잘라
이룰 수 없는 헛된 꿈을 싹뚝 잘라
피 흐르는 가죽본을 미싱대에 올린다
끝도 없이 올린다

①은 고재종의 <낫질> 일부 ②는 박노해의 <시다의 꿈> 일부이다. ①은 화자가 농사꾼으로서 나락 베는 날을 글감으로 하여 그 현장의 생생한 느낌을 말하고 있다. 화자는 현장에 속해 있는 이로서의 처지를 담담히 말하고 있음으로써 독자로 하여금 현장의 일원답다는 느낌을 갖게 해 준다. 중요한 것은 농사꾼의 애환을 노래하면서도 그 천직에서 오는 보람에 초점이 잡혀 있다는 점이다. 영농자금 상환서나 공납금 때문에 걱정이 태산같지만 가을볕으로 「하늘도 천년으로 시퍼렇다」는 것은 농촌의 삶을 지탱해 온 농사꾼들의 끈끈한 근성같은 것을 환기시켜 준다.

②는 공장 노동자 '시다'의 일상을 글감으로 쓰여진 작품이다. 미싱대에 올라 따스한 옷을 만들고 싶은 것이 꿈인 '시다'의 싫은 미싱대 하나에 집중되어 있다. 미싱을 타고 찢겨진 살림을 깁고 미싱을 타고 「갈라진 세상 모오든 것들을/하나로 연결하고」싶다는 것이다. 그러므로 화자는 삶의 현장에서 한 발짝도 비켜 서 있지 않다. 현장을 그대로 안고 「찬바람 치는 공단거리를/ 허청이며 내달린」다. 박노해는 <시다의 꿈> 말고도 <노동의 새벽> <지문을 부른다> <손무덤> 등의 문제작들을 내놓았는데 모두가 열악한 노동현실에서 인간답지 못하게 사는 노동자들의 삶에 대해 같은 숨소리로 추적해 나간 이른바 노동시편이다. 현장의 살아 있는 삶의 숨결을 제소리로 건져 올리다 보니 표현의 틀에서 벗어나는 예가 많지만 삶의 심층 울리기 쪽에서 볼 때 결코 간

과할 수 없는 몫을 지니고 있다 하겠다.

이행의 탄력·속도를 보여주는 것 또한 대체로 민중시가 갖는 속성의 하나이다. 삶의 한복판을 가로지르는 체험일수록 숨가쁜 이행의 목소리를 들려주게 마련이다. 1960년대에 김수영이 온몸의 이행이란 말을 했는데, 그의 시에는 ① 할 말+맴도는 말, ② 맴도는 말+할 말, ③ '할 말+맴도는 말'의 되풀이 ④ '맴도는 말'의 되풀이라는 4개의 틀이 있었다. 맴도는 말은 메시지와는 무관하게 중언부언하는, 싸움을 거는 이의 밀어붙이는 말과 같은 속도감을 준다. 반드시 그렇게 될 수밖에 없고 그렇게 되어야만 하는 실천적인 어떤 이행의 사정이 폭포수처럼 강렬하게 짚히는 그런 화술에 다름 아니다.

> 그대들의 늙은 노모와   한치도 틀림이 없는,
> 그대들의 형제 혹은 아들, 딸과 한치도 틀림이 없는,
> 그대들의 사랑스런 아내와 한치도 틀림이 없는,
> 그들은 어디로 사라졌는가,
> 그들은 대지의 어디쯤에, 지난 시간의 어디쯤에 묻혀 있는가.
>   — 이영진의 <꽃을 꽃이라 부르고 싶다>에서

따옴시의 말의 전개에서 밀어붙이기의 신념이 읽힌다. 신념이 읽히는 자리에서 특유의 에너지가 솟아오른다. 이 에너지가, 삶의 복판이 갖는 숨길 수 없는 형용이다. 고은의 <금남로>, 김지하의 시편들, 고정희의 <눈물의 주먹밥>에서 형용과 시혼이 잘 살아 어울리는 것으로 보인다.

끝으로 공동체와 그 말에 깃들기의 경우를 보자. 바우라가 말한 대로 정치시가 정치적 배경에 대한 단순한 반사작용이 아니라 볼 때 공동체로 함께 가기로서의 주제는 매우 가치 있는 정치시의 덕목이 아닐 수 없다.

> 저승 사자들도 눈물 흘린 주먹밥
> 형제자매 뜨겁게 오열하던 주먹밥
> 광주의 주먹밥 먹어 보았나
> 삼키면 불기둥 일어서는 주먹밥
> 나누면 영산강 굽이치는 주먹밥
> —고정희의 <눈물의 주먹밥>에서

따옴시는 광주민주화운동 당시의 공동체를 일으키는 의식으로서의 주먹밥을 노래하고 있다. 주먹밥이 대상 그 자체로 쓰여진 것이 아니라 공동체로 함께 가는 이의 대유로 쓰여져 있다. 그리고 그것이 관념만을 불러일으키는 것에 머물지 않고 화자 특유의 구체적인 체험의 바닥을 훑어서 나온 것임에 주목을 요한다. 「학동 시장 바닥에서… / 양동 복개 상가에서… / 어머니의 피눈물로 버무린 주먹밥」같은 구절이 이를 환기시켜 주고 있다.

공동체로 가기의 노래에는 공동체가 이룩한 가락이 잘 어울리는데 그 가락을 찾아 옷으로 입히는 시인들의 노력이 예사롭지 않다.

> ①
> 한 번 속고 쌈부기
> 두 번 속아 깜부기
> 건너 마을 오리발
> 또랑 건너 쥐새끼

> ②
> 하늘은 날더러 구름이 되라 하고
> 땅은 날더러 바람이 되라 하네
> 청룡 흑룡 흩어져 비개인 나루
> 잡초나 일깨우는 잔바람이 되라 하네

①은 정희성의 <쉬불> 머리에서 ②는 신경림의 <목계장터> 머리에서 각각 따왔다. ①은 4음절 2음보의 민요조, ②는 2·3·4음절에 의한 4음보 민요조를 보인다. ①은 농촌살이의 고됨을 '쉬불'이라는 민속적 행위를 소재로 4·3·2음보의 단순한 가락을 이용하여 드러내고 있다. 주제가 단순하면 가락도 단순한 것이 제 격을 버티게 해줌을 알 수 있다. ②는 시인의 역사의식에 문제가 제기되지만 삶의 한을 안정감 있는 4음보 민요조로 살려내 주고 있다. 4음보로 운영하되 시인은 전체 시행의 총잣수를 12에서 13자로 고르게 하여 기둥으로 삼고 11, 14, 15자의 예외를 두어 파격을 삼고 있다. 거기다 「되라 하네」의 반복이 시의 진정성을 고무해 주고 있음도 눈여겨 둘 만하다. 이밖에도 공동체로 가는 삶의 서정에 깃드는 가락, 일테면 장형의 서사민요, 서사무가, 판소리 그리고 탈춤의 대사류 등의 실험적 접근을 시도하는 이들이 생겨나고 있다. 여기에도 문제는 있다. 공공의 내용에 겉도는 형식으로 가락이 떨어지면 계몽기의 가사가 주는 메시지에도 미치지 못하는 시 아닌 시가 나오게 됨을 경계해야 한다.

Ⅳ

우리의 정치시는 정치시이기 때문에 제대로의 대접을 받지 못한 면이 없지 않다. 정치시가 정치 배경에 대한 단순한 반사작용이 아닌 한, 개인적 삶의 심층을 통과하고서 이루어진 시인 한, 시가 갖는 '상상을 잣는 말'이라는 틀을 세워 갖고 있는 한 그 대접은 온당치 못한 것이 된다. 우리나라 정치시는 1970년대 이래 민중시에서 삶의 심층이라는 시인의 내면과 부분적으로나마 결합되면서 진전된 결실이 이루어지고 있음을 간과해서는 안된다. 그 결합은 앞에서 살핀 대로 상황에서, 삶의 한가운데서, 이행의 탄력·속도에서, 공동체와 그 말에 깃들기에서 상당한 가능성을 보여주고 있다.

이를 외면할 때 우리는 뜻을 어떤 쪽으로 썼든 김수영의 다음과 같은 지적에서 자유로울 수가 없을 것이다. 「무서운 것은 문화를 정치사회의 이데올로기와 동일시하는 것이 아니라, 문화를 단 하나의 이데올로기와 동일시하는 것이다.」

1980년대 한국시의 모습

I. 들머리

한국시가 80년대에 들어 민중시 운동의 영향으로 크게 읽히는 쪽으로, 그리고 목적성을 드러내는 쪽으로 선 굵은 모습을 드러내 보였다. 그러면서도 종래의 서정시는 서정시대로 감각과 지성의 조화를 보이면서 발전되었고 부정정신에 의한 실험시도 새로운 양상을 보이면서 전개되었다.

본고에서는 이와 같은 80년대의 양상을 80년대에 활동한 젊은 시인들의 시를 대상으로 「개인적 서정의 시」와 「공동체적 삶의 시」로 대별해 놓고 살펴보고자 한다. 「개인적 서정의 시」에서는 감각적인 전통적 서정시와 도시파의 시를 살펴보고자 하고 「공동체적 삶의 시」에서는 현실이나 역사에 관심을 가진 일군의 시인들의 시와 민중시를 주로해서 살펴보고자 한다.

Ⅱ. 개인적 서정의 시

예나 지금이나 개인적인 서정은 자연을 글감으로 한 인간의 보편적인 감정에 연원되고 있다. 그리움, 슬픔, 추억, 고독의 감정이 그런 서정의 항목들이다.

이를 바탕으로 작품을 쓴 시인으로 김선굉, 박상천, 신승근, 이상호, 김용범, 이언빈 등을 들 수 있다. 김선굉의 「추억에서」[1]를 먼저 보자.

> 지천으로 가을꽃이 피어 있었다.
> 자욱한 들국의 안개에 발목을 묻으며
> 들길을 건너 산으로
> 계곡을 헤매며 어름이며 깨금이며 아가위 머루 다래
> 산똘배 가지를 흔들었었다.
> 운이 좋으면 한두 개의 山桃를 딸 수도 있었다.
> 유난히 하늘은 푸르러 슬펐고
> 배가 고팠다.
> 나의 덫에는 토끼 한 마리 걸리지 않았다.
> 빈 들판을 건너는 작은 가슴으로
> 늦가을의 바람은 어둠을 몰고 황량히 몰려왔고
> 들국화는 슬픈 자줏빛
> 먹을 수 없는 꽃이었다.

따옴시는 배고픔과 슬픔의 정서로 남아있는 유년체험을 떠올리고 있다. 시어나 표현이 드물게 감각적이다. '여름' '깨금', '아가위', '머루', '다래' 같은 열매가 그러하고 "들국의 안개에 발목을 묻으며"라든가 "빈 들판을 건너는 작은 가슴", "늦가을의 바람은 어둠을 몰고"같은

---

1) 김선굉: 추억에서, 韓國詩大事典(1988, 乙支出版社) p.283

구절들이 그러하다. 그러면서 "나의 덫에는 토끼 한 마리 걸리지 않았다"라는 시적 진술이 체험의 구체성을 드러내면서 배고픔의 실상을 환기해 주고 있다.

　　김선굉의 시적 정서는 철저한 형상화를 통해 드러나고 있음도 주목된다. 작품 「孤獨」2)을 보자.

> 바람이 나를 스쳐만 간다.
> 내 가슴은 불어주지 않고
> 건드려도 아프지 않은
> 머리칼이나 여름옷 따위
> 내 가슴은 불어 주지 않고
> 푸른 들판을 구비구비
> 어루만지듯 불고 있다.

　　시에서 '고독'이라는 말이 나오지 않고 쓰여진 사물들 속에 숨겨져 있다. 종래의 전통적 서정시와 다른 면이 바로 여기에 있다. 말하자면 독자는 사물의 외형들에 접할 뿐이지 시인의 속사정이나 하고 싶은 바 말을 직접 만나지 않는다. 사물의 구체성을 시가 획득하고 있으므로 시는 그만큼 감각적이고 이미지 중심이 된다. 따옴시는 고독함의 아픔을 노래하고 있는데 바람이 "내 가슴을 불어 주지 않고"라는 구절에서 이 뜻이 잡힌다.

　　이상호의 「안개」도 형상화의 과정을 거쳐 하고 싶은 바 말과 정서가 드러나는 시다.

> 짙은 안개 속에 앞이 보이지 않으므로
> 안개 저편에 길이 있을 것이다.
> 보이지 않으므로 보이지 않으므로

---

2) 김선굉 : 같은 책 같은 면

　　강물 위를 맨발로 걸을 수 있을 것이다.
　　보이지 않으므로
　　부드러운 강물 속에 녹아서
　　끝없는 목숨의 물결로 흐를 것이다.
　　과거도 보이지 않고 정말
　　미래도 보이지 않으므로
　　안개 뒤편에 하느님 앉아 있을 것이다.
　　　　　　　　　　　　　　— 「안개」3) 전문

　따옴시는 신의 존재와 영원한 삶에 대한 확신을 노래하고 있지만 그것이 곧바로 서술되어 있지 않다. 시의 흐름이 성서적이지만 '안개' 라는 대상을 통해 매우 감각적으로 포장되어 있다. 시 전체의 구조는 역설이다. 보이지 않기 때문에 강물 위를 걸을 수 있다는 것이나 과거, 미래가 보이지 않기 때문에 안개 뒤편에 하느님이 있을 것이라는 등의 표현이 그렇다.

　이런 계열에 드는 시인들을 전통적 서정시 그룹으로 볼 수 있는데 이와는 달리 개인적 서정에 머물면서 대도시적 삶을 배경으로 상상력의 자유로움을 실험하는 일군의 시인들이4) 있음을 주목할 수 있다. 최승호, 원희석, 남진우, 박녁규 등이 그들이다. 그들은 도시적 서정의 구가를 통해 도시 문명과 산업사회 속에서의 비인간화를 경계하고 있다.

　　바퀴 달린 기계들이 질주하는 아스팔트다.
　　작은 차들이 큰 차에 대해 공포를 느끼는 아스팔트다.
　　인간이 쥐처럼 벌벌 떤다.
　　불어나고 우글쩍거리고
　　충돌하며 인간의 피를 먹는 기계들

---

3) 이상호 : 같은 책 p.1292.
4) 김재홍 : 현대시의 새 경향, 제 6회 한국시문학회 학술발표대회 주제발표 자료집(1990, 한국시문학회) p.5

전파상의 로큰롤, 자동차의 경적
귀는 먹먹해지고
소음이 땡삐처럼 들끓는 거리가 붕붕거린다
붕붕거리는 소리를 쫓아 뒤질세라 떼지어 붕붕거리며
중고차 시장으로 폐차장으로
고철을 향하여 질주하는 욕망의 바퀴들이다.
— 「붕붕거리는 풍경」5) 전문

개인의 서정은 자연에 매일 수도 있지만 나아가 생활의 장에 매일 수도 있다. 도시적 삶에서 그것의 역기능 또는 부정적인 측면에 부단한 회의를 느끼게 될 때 이를 대상으로 노래하는 것은 자연스런 일이다. 최승호는 기계가 또는 그 문명이 인간을 쥐처럼 벌벌 떨게 만들고 인간의 피를 먹는 것으로 파악하고 있다. 이런 생활 속에서의 시적 화자는 ‘공포’, ‘귀 먹먹해짐’, ‘질주하는 욕망’에 가위눌려 있는 것으로 드러나 있다.

그러므로 물량주의, 편의주의에 멍들고 병들어가는 삶이 표현된 「붕붕거리는 풍경」은 인간성 가학의 도시적 삶의 단면을 드러내 보여준 셈이다. 최승호의 「자동판매기」도 동궤에 놓이는 작품이다.

오렌지 쥬스를 마신다는게
커피가 쏟아지는 버튼을 눌러버렸다.
습관의 무서움이다.

무서운 습관이 나를 끌고 다닌다.
최면술사 같은 습관이
몽유병자 같은 나를
습관 또 습관의 안개나라로 끌고 다닌다.
— 「자동판매기」6)에서

---

5) 최동호편 : 80년대 젊은 시인들(1990, 시민문학사) p.119

따옴시는 기계 작동에 따른 행동을 이야기해 놓고 있다. 인간이 주체가 아니라 기계가 주체가 되는 어처구니없는 도시적 삶의 한 단면을 그리고 있다. 기계를 만든 인간이 오히려 기계에 편입되고 예속되는 부조리를 노래하여 기계 문명으로 인한 반인간화를 경계하고 있다.

Ⅲ. 공동체적 삶의 시

시인이 개인적 서정에서 벗어나 공동체적 삶의 방향을 잡을 때 역사나 현실, 그리고 민중적 가치에 접근하게 된다. 80년대의 한국시는 시대의 특성에 따라 민중적 가치에 특히 폭발적인 지향을 갖게 되었다.

먼저 역사나 현실의식을 서정에 접합시키는 일군의 시인들을 만나게 된다. 최두석, 안도현, 정일근, 윤승천, 최영철 등이 그들이다. 최두석의 「아카시아」[7]를 보자.

아카시아여, 어린 날 가위바위보로 잎따기 하며 십 리 학교 길을 걸었던 향기로운 꽃나무여. 추억과는 무관한 내력을 말하자면, 이 땅에 네가 맨 처음 심겨진 곳은 용산 일본군 병영의 울타리였다. 그리고 아무데나 뿌리 내려 무섭게 자라는 너의 생명력이 부럽기는 하지만, 소나무나 잣나무를 죽이고 숲을 이루는 너의 번식력이 어떻든 부럽지만, 아카시아 사방공사가 묘하게도 해방전후로 일관된 정책이었음을 안다. 너무 타산적이라고 욕하겠지만, 꿀맛만 슬쩍 보여주는 너는 우리 경제에 거의 쓸모없는 나무라는 걸 안다. 노임을 우리가 정할 수 없으니 쌀 값도 우리가 정하는 게 아닌 이 나라 경제에, 너의

---

6) 최동호편 : 같은책 p.120
7) 5月 詩 4집 「시는 절망을 노래할 수 없다」(1984, 靑史) p.15

악착스런 뿌리의 환착력을 우리는 다만 부러워할 건가 아니면 두려
워할 건가 증오할 건가 어지러운, 향기로운 꽃나무 아카시아여.

따옴시는 정책에 의해 세워지는 아카시아 나무를 통해 일제 식민정
책과 광복후의 대국의 입김을 노래하고 있다. 아카시아를 보면서 아카
시아를 단순한 식물로 보지 않고 그것이 심겨진 내력을 캐고 있다. 이
른바 역사의식으로 아카시아를 노래하고 있는 작품이다. 뿌리의 활착
력이 강한 그만큼 우리의 사회·경제 구조가 취약하다는 것을 풍자하
고 있다. 자연을 대상으로 하면서도 개인적 서정에 머물거나 매이지
않는 예를 보여주고 있는 시라 하겠다.

눈 내리는 萬頃들 건너 가네
해진 짚신에 상투 하나 떠 가네
가는 길 그리운 이 아무도 없네
녹두꽃 자지러지게 피면 돌아올거나
울며 울지 않으며 가는
우리 琫準이
풀잎들이 북향하여 일제히 성긴 머리를 푸네

그 누가 알기나 하리
처음에는 우리 모두 이름 없는 들꽃이었더니
들꽃 중에서도 저 하늘 보기 두려워
그늘 깊은 땅 속으로 젖은 발 내리고 싶어하던
잔뿌리였더니
그대 떠나기 전에 우리는
목 쉰 그대의 칼집도 찾아 주지 못하고
조선 호랑이처럼 모여 울어 주지도 못하였네
그보다는 더운 국밥 한 그릇 말아주지 못하였네
못다한 그 사랑 원망이라도 하듯
속절없이 눈발은 그치지 않고

한 자 세 치 눈 쌓이는 소리까지 들려오나니

그 누가 알기나 하리
겨울이라 꽁꽁 숨어 우는 우리나라 풀뿌리들이
입춘 경칩 지나 수군거리며 봄바람 찾아오면
수천 개의 푸른 기상나팔을 불어제낄 것을
지금은 손발 묶인 저 얼음장 강줄기가
옥빛 대님을 홀연 풀어헤치고
서해로 출렁거리며 쳐들어 갈 것을

우리 聖上 계옵신 곳 가까이 가서
녹두알 같은 눈물 흘리며 한목숨 타오르겠네
琫準이 이 사람아
그대 갈 때 누군가 찍은 한 장 사진속에서
기억하라고 타는 눈빛으로 건네던 말
오늘 나는 알겠네

들꽃들아
그날이 오면 닭 울 때
흰무명띠 머리에 두르고 동진강 어귀에 모여
척왜척화 척왜척화 물결소리에
귀를 기울이라
　　　　　　　—안도현의 「서울로 가는 全琫準」[8] 전문

　따옴시는 역사상 인물인 전봉준을 테마로 노래하고 있다. 고종 31년
(1894)에 고부 군수 조병갑이 백성의 고혈을 짜는 실정을 보고 분기하
여 동학란을 일으킨 일명 녹두장군 전봉준을 사실에 근거하여 노래하
면서 따옴시는 역사적 사실을 뛰어넘고 있다. 오늘의 현실을 바라보는
눈과 목소리가 숨어 있다는 말이다. '척왜척화'라는 명제가 그것으로

---

8) 韓國詩大事典, p.1033

이는 지나간 역사의 그늘로 묻혀 있는 문제가 아니라 민족의 역사 위에서 언제나 극복의 과제로 올려져 있다. 그러므로 주변대국의 사슬로부터 벗어나고자 하는 민족 자존 지향의 의식이 이 작품의 바탕에 깔려 있다고 봄이 옳다.

역사나 현실을 취재한 따옴시 같은 류의 작품들은 서정적 평형을 유지하고 있음이 눈에 띈다. "녹두꽃 자지러지게 피면 돌아올거나" "그늘 깊은 땅속으로 젖은 발 내리고 싶어하던/잔뿌리" "속절없이 눈발은 그치지 않고/한 자 세치 눈 쌓이는 소리" "겨울이라 꽁꽁 숨어우는 우리나라 풀뿌리들이/입춘 경칩 지나 수근거리며 봄바람 찾아보면" "옥빛 대님을 홀연 풀어 헤치고" 등의 귀절들에서 보이는 서정적 이미지들이 역사적 관념을 형상화의 자리로 올려 놓으면서 그것과 평형을 유지하고 있다.

공동체적 누림의 지평 위에 뚜렷한 봉우리로 떠오르는 시 계열이 이른바 민중시 계열이다. 80년대는 광주의 5월이 동인이 되어 시의 사회적 기능 확대 일변도로 치달아 왔다고 볼 수 있다. 채광석, 김정환, 김남주, 김사인, 박몽구, 박영근, 정규화 등과 노동자 시인 박노해가 이 계열에 속한다.

박노해의 「바겐세일」9)을 보자.

오늘도 공단거리 찾아 헤맨다마는
검붉은 노을이 서울 하늘 뒤덮을 때까지
찾아 헤맨다마는
없구나 없구나
스물일곱 이 한 목숨
밥벌 자리 하나 없구나
토큰 한 개 달랑, 포장마차 막소주잔에 가슴 적시고
뿌리 없는 웃음 흐르는 아스팔트 위를

---

9) 최동호편 : 앞의 책 pp.79~80

> 반짝이는 조명불빛 사이로
> 허청 허청
> 실업자로 걷는구나
> 10년 걸려 목메인 기름밥에
> 나의 노동은 일당 4,000원
> 오색영롱한 쇼윈도엔 온통 바겐세일 나붙고
> 지하도 옷장수 500원짜리 쉰 목청이 잦아들고
> 내 손목 이끄는 밤꽃의 하이얀 미소도
> 50% 바겐세일이구나
>
> 에라 씨팔,
> 나도 바겐세일이다.
> 3,500원도 좋고 3,000원도 좋으니 팔려가라
> 바겐세일로 바겐세일로
> 다만,
> 내 이 슬픔도 절망도 분노까지 함께 사야 돼!

따옴시는 처절한 삶이 육성으로 드러나 있다. 표현의 굴절을 거쳐 이룩되는 전통적인 시학과는 거리가 멀다. 일당 4,000원밖에 안되는 그것도 일자리를 못 얻어 밤거리를 헤매는 노동자의 슬픔과 절망이 곧 이곧대로 다가온다. 박노해가 성취한 것은 일상어의 과감한 수용이라는 측면, 삶을 깎이지 않게 드러낸 측면이 될 것이다. 시일 수 있는 점은 리듬의 적절한 사용과 적정한 행갈이에 있다. 다른 작품「시다의 꿈」10)에도 이점 잘 드러난다.

> 드르륵 득득
> 미싱을 타고, 꿈결같은 미싱을 타고
> 두 알의 타이밍으로 철야를 버티는

---

10) 같은 책 p.80

> 시다의 언 손으로
> 장미빛 꿈을 잘라
> 이룰 수 없는 헛된 꿈을 싹뚝 잘라
> 피흐르는 가죽본을 미싱대에 올린다.
> 끝도 없이 올린다.
>
> — 「시다의 꿈」둘째 대목

행갈이의 요령과 반복의 미가 최대한 살려져 있음을 본다. '미싱을 타고'나 '올린다'의 반복이 돋보이고 '드르륵 득득'을 한 행 처리한 것이나 끝줄을 제외한 문장이 전부 한 문장인데 이를 적절히 행갈이 한 요령이 돋보인다.

이와 같은 민중시들은 80년대의 한국적 현실과 맞물려 상당한 설득력을 갖고 읽히는 시로서의 자리를 잡은 것은 사실이나 전반적으로 볼 때 시의 미학에 문제를 던지는 것만은 부인할 수가 없다.

이밖에 민중시적인 성향을 깔면서 기존시의 형식과 방법을 깨는11) 실험시가 등장한 것을 볼 수 가 있다. 70년대 말의 황지우, 박남철을 비롯한 기형도, 김영승, 장정일, 윤성근 등이 실험시파에 속한다. 이들은 '낯설게 하기'를 통해 '일상성·산문성'의 도입을 통해 실험시를 추구하는데 박남철의 「독자놈들 길들이기」12)를 보면 이들의 의식의 단면을 엿볼 수 있다.

> 내 詩에 대하여 의아해하는 구시대의 놈들에게→차렷, 열중쉬엇,
> 차렷
>
> 이 좆만한 놈들이……
> 차렷, 열중쉬엇, 차렷, 열중쉬엇, 정신차렷, 차렷, ○○, 차렷, 헤쳐

---

11) 김재홍 : 앞의 자료 같은 면
12) 최동호편 : 앞의 책 p.93

모엿!
　이 좆만한 놈들이……
　헤쳐모엿,

　(야 이 좆만한 놈들아, 느네들 정말 그 따위로들밖에 정신 못 차리
겠어, 엉?)

　차렷, 열중쉬엇, 차렷, 열중쉬엇, 차렷……
　　　　　　　　　　　　　— 「독자놈들 길들이기」 전문

따옴시는 실험시에 대한 계몽적 성질을 띠고 있다. 그러면서도 실험
시의 성격을 잘 드러내고 있어 주목된다. 욕설을 그대로 쓰는 것이나
서정성이 배제되고 있는 것 등은 기존 시법과는 상치된다. 형식과 서
정과 점잖음의 파괴를 본다. 다만 이런 시들의 부정정신이 민중적 삶
의 내질과 어떻게 만나는가 하는 데 문제가 있고 서정의 확보를 어떻
게 실현하느냐에 앞으로의 과제가 놓여 있다 하겠다.

Ⅳ. 마무리

이상에서 1980년대의 한국시 모습을 소략하게나마 살펴보았다. 이
를 정리해 보면 다음과 같이 된다.
　1) 개인적 서정의 시로는 감각과 철저한 형상화를 꾀한 전통적 서정
시가 있었고 대개는 과거의 수준을 뛰어넘은 작품들이었다.
　2) 개인적 서정의 시로 대도시적 삶을 배경으로 개인적 상상력의 자
유로움을 펼쳐 보인 이른바 도시파 시를 꼽을 수 있었다.
　3) 공동체적 삶의 시로는 역사·현실을 서정에 접합시킨 작품들이
드러났다.

4) 공동체적 삶의 시로 두드러진 것은 민중시 계열의 시인데, 민중적 삶을 일상어와 행갈이, 반복의 묘를 통해 드러낸 작품들이 많았다.

5) 공동체적 삶의 시로 칠 수 있는 다른 계열의 시로 실험시를 꼽을 수 있었는데 이들 시는 민중의식을 바탕에 둔 부정정신으로 기존의 방법을 파괴하고 있었다.

경남 문학 연구의 현황과 과제

Ⅰ. 들머리

경남문학 연구의 현황과 과제를 살펴보기 위해서는 이에 앞서 경남 문학의 범위를 확정짓는 일이 필요하다. 우선 고대의 경남문학이 있을 수 있고 현대의 경남문학이 있을 수 있다. 또 경남 출신 문인들이 타지에서 창작해 낸 경남문학이 있을 수 있고 경남에 거주하면서 경남지역의 출판 기관을 통해서 발표된 경남문학이 있을 수 있다.

여기서는 경남에서 태어난 작가가 경남에 상당기간 거주하면서 창작활동을 시작한 사람의 작품을 원칙적으로 경남 문학에 드는 것으로 한정하고자 한다. 그리고 이른바 신문학이래 현대문학이라 칭하는 1910년대 이후의 문학을 그 범위로 잡아 경남 문학이라 하고자 한다. 경남에서 태어났다 하더라도 외지에 가서 창작활동을 한 사람의 문학은 그러므로 경남 문학이라 하기 어렵고 경남과 관련된 고전 작품들 또한 여기서의 논의와는 별개의 것임을 일러두고자 한다. 본고는 연구의 현황을 먼저 파악하고 여기에 따른 과제를 추출해 내는 순서로 진행해 볼까 한다.

Ⅱ. 현황

경남문학 연구의 현황을 살피는 순서는 자료 발굴의 현황, 작가 연구의 현황, 동인지 연구의 현황, 문학사 연구의 현황 등으로 이어지는 것이 옳다. 연구에 필수적인 것이 자료이다. 원본의 확정을 기하기 위해서는 관련 문헌류를 모두 찾아서 체계화할 필요가 있다. 뚜렷이 드러나 있는 작가의 작품집은 물론이고 발표된 지(誌)·지(紙)를 챙기는 것도 중요하다.

그러고 난 뒤에는 작가 연구와 동인지 연구로 들어서야 한다. 개별 작가의 활동은 문학 활동의 기초에 해당되므로 작가 연구는 문학 연구의 기층에 속한다. 동인지 활동은 개별 작가 활동의 연장선상에 놓이는데 단순한 연장이 아니라 작가 의식이나 문단 성질을 가늠할 수 있다는 면에서 볼 때 문단 흐름의 풍향계 구실을 한다고 볼 수 있다.

이어서 문학사 연구를 최종으로 살펴야 한다. 개별 작품이 이루는 성과와 문학운동 차원의 동인지 성격이 모여서 일정한 시대의 양상을 이루고 그런 양상들이 다시 흐름을 형성해 가고 있음을 조망하는 것이 문학사일 터이다.

1. 자료 발굴

경남 문학 연구 자료로서의 가치를 지닌 것으로 제일 먼저 발굴된 시지는 「新詩壇」이다. 1974년 국학자료를 영인하는 원문사가 「한국시잡지전집」전 5권을 내놓았는데 제 1 권에 「장미촌」「금성」과 더불어 「新詩壇」이 실려 있다.

이 시지는 1928년 8월에 진주에서 나온 것으로, 국판 54면에 발행인은 신명균이고 인쇄는 진주의 진양당 인쇄소(강주수)에서 했으며 서울

총판매는 한성도서주식회사에서 하고 지방주문은 진주의 송남서관에서 한다고 밝혔다. 안표지에다 창간호로 밝히면서 제1권 제2호로 한 것은 창간호가 일제의 검열을 통과하지 못했기 때문이다. 편집후기에서 「창간호가 不許可된 것은 큰 遺感이다. 우리 文壇에 詩雜誌가 처음 되는 것만치 反應이 相當이 컷다」고 밝힌 것이 이를 뒷받침해 준다. 「시잡지가 처음되는 것」이라는 말에 유의할 필요가 있다. 「신시단」이 전에 나온 장미촌1)과 금성2)을 동인지로 볼 때 시전문 잡지로 출발한 것은 「신시단」이 효시임을 말해 놓은 것이라 해석되기 때문이다.

차례를 보면 「詩歌」란에 시봉, 고로, 유도순, 진우촌, 우이동인, 늘샘, 김병호 등의 작품이 실렸고 「新詩硏究」에 이성로, 「新詩」란에 이찬, 리성묵, 변추풍, 이근파, 소용수 등의 작품이 실렸으며 「童謠」란에 정태이, 이구월, 「수필」란에 김찬성(삭제), 엄성주, 「新詩篇」란에 김종식, 정창원, 안종언, 이정구, 김철, 「感想」란에 민병휘, 김상우 등의 작품이 실렸다. 편집은 김병호, 김찬성, 엄홍섭 세 사람이 맡았다.

시조 동인지 「참새」3)는 1993년 통영의 「물푸레 동인지」11집에서 임선묵 교수가 <참새지 연구>라는 제목의 논문을 발표하면서 알려진 자료이다. 「참새」는 1926년 8월 통영 출신의 김후호(玉峰 金後鎬), 김성두(松鴻 金性斗), 고두동(봄뫼 高斗東), 이찬근(참뫼 李瓚根), 이부근(흰매 李富根), 이영환(白坡 李英煥), 양기수(흰물 梁基守), 정순종(새벽놀 鄭順鍾), 유석순(돌뫼 劉碩順), 박익모(曙山 朴益模), 탁상수(늘샘 卓相銖) 등과 외지의 김기택, 김남주, 김원주, 이현우, 이기선 등이 참여하

---

1) 우리나라 근대의 최초 시 동인지(1921.5.24) 4 · 6판 20여면, 통권 1호편집겸 발행인은 황석우, 변영서(미국인 선교사 필링스)이며 황석우의 <장미촌의 향연>, 변영로의 <장미촌> 등이 실려 있다. 동인으로 노자영, 박종화, 박영희, 정태신 등이 참가했다.
2) 일본 와세다 대학 한국 유학생들이 중심이 되어 창간한(1923.11) 시 동인지로서 1924년 1월 통권 3호로 그침. 동인은 양주동, 백기만, 유엽, 손진태, 이상백, 이장희 등이다.
3) 김상옥 시인의 보관본이 통영시인 최정규에게 전해져 현재에 이른다.

여 창간호를 내었다. 창간호에는 서시와 61수의 동인작품 외에 <送鐵
山之逢來>를 특집으로 싣고 2집(1926.9)에는 고시조 2수, 동인작품 62
수에 공동제 <귀뚜라미>에 따른 작품들을 담았으며 3집(1926. 10)에는
고시조 2수 동인작품 55수를 담고 있는가 하면 4집에 해당하는 「제2호
1권」(1927. 새해 증대호)에는 고시조 2수 동인작품 81수 외에 유치진의
희곡 <墓墳淸淨>과 한시 9수를 곁들이고 있다.4)

　판형은 15.8㎝×24.2㎝이며 지질은 갱지에 가깝고 1호는 34면(엽), 2
호는 62면, 3호는 52면, 제 2권 제 1호는 92면의 프린트판이다. 1,2호
편집은 산만한 감이 있고 3호부터는 상자 안에 중간선을 넣어 종 2단
의 가지런한 편집을 도모했다.5)

　그 다음에 경남문학 자료집으로 나온 것으로 경상남도 발행의 『경
남문예총람』을 들 수 있다. 1993년 6월 경남문예총람편찬위원회 편집
으로 나왔는데 편찬위원장에 시인 이광석이, 위원에 평론가 신상철이,
간사에 수필가 정목일이 참여했다. 차례를 보면 예총 경남도지회, 경
남의 문학, 경남의 음악, 경남의 미술, 경남의 국악, 경남의 무용, 경남
의 연극, 경남의 사진, 경남의 연예, 경남의 민속, 경남의 출판, 부록(단
체 조직 등), 인명록(문학 등 9개 분야) 순으로 되어 있다.

　<경남의 문학>편의 차례6)는 다음과 같다.

1. 경남문학의 개요
　　1) 광복 직후의 경남문학
　　2) 1950년대의 경남문학
　　3) 1960년대의 경남문학
　　4) 1970년대의 경남문학

---

4) 신상철, 광복이전의 문학 개관, 경남 문학사(1995, 경남문인협회), p.16
5) 임선묵, 참새지 연구, 물푸레 동인지(1993,세종출판) 참조
6) p.101에서 p.144까지 참조

5) 1980년대의 경남문학
6) 1990년대의 경남문학

2. 각 지역 文協의 활동
  • 馬山 문협
  • 晋州 문협
  • 蔚山 문협
  • 昌原 문협
  • 忠武 문협
  • 鎭海 문협
  • 三千浦 문협
  • 固城 문협
  • 密陽 문협
  • 巨濟 문협
  • 金海 문협
  • 昌寧 문협
  • 咸安 문협
  • 咸陽 문협

<경남문학의 개요>는 문학사로 쓰여진 글인데 주로 연대별 창작집 소개 중심으로 기술되어 있어 자료적 가치는 충분히 있지 않은가 한다.

통영문화협회에 참여한 문인으로는 柳致環 이외에 金相沃, 金春洙, 金溶益, 許昌言 등을 들 수 있다. 시 「호화스런 권속들」을 「白民」 (1947. 2)에 발표한 柳致環은 1947년 6월에 두 번째 시집 「생명의 서」를 행문사에서 간행하게 된다. 1948년 조선청년문학가협회 회장이 된

그는 반공민족문학의 선두에 서서 문학운동을 전개하면서 시집 「울릉도」(행문사. 1948. 9. 1)와 「청령일기」(행문사, 1949. 5. 15)를 연이어 간행하는 정력적인 활동을 보여준다.[7]

이 때에 나온 중요 시집으로는 그 전반기에 全基洙의 「봄편지」(현대문학사, 1971), 姜熙根의 「演技 및 日記」(삼애사, 1971), 崔容鎬·姜熙根 공저의 「風景抄」(현대문학사, 1972), 李善寬의 「人間宣言」(계성출판사, 1973), 「毒水帶」(윤성출판사 1977), 姜桂淳의 「강계순 시집」(문학사, 1974), 金皙圭의 「풀잎」(현대문학사, 1974), 「닭은 언제 우는가」(새빛사, 1976), 「백성의 흰 옷」(신라출판사, 1976), 「남강 하류에서」(시문학사, 1978), 李光碩의 「겨울 나무들」(동양서림, 1974)등을 들 수 있고,[8]

따옴글에서 보는 대로 문단적 활동이나 작품집 나열에 열중하고 있어서 문학의 미학이나 시대적 특질을 고려한 문학사 본령이 잡혀 있지 않다. 그럼에도 불구하고 경남문학의 광복이후 기초적 자료 구실을 해낼 수 있지 않은가 한다.

2. 작가연구

경남 출신 작가에 대한 연구 현황을 살피기 위해서는 출신작가를 먼저 찾는 것이 순서다. 경남문인협회가 펴낸 「慶南文學史」(1995)와 경상남도가 펴낸 「경남문예총람」(1993)을 참고로 하여 연구 대상 작가를 정리하면 다음과 같다.

• 1920년대 출신
　　이은상(마산, 시조)

---

7) 앞 책, p.101
8) 앞 책 p.105

고두동(통영, 시조)
이원수(창원, 아동문학)
서덕출(울산, 아동문학)
김병호(진주, 시)
이주홍(합천, 소설)
김달진(진해, 시)

• 1930년대 출신
유치환(통영, 시)
김용호(마산, 시)
김상옥(통영, 시조)
김수돈(마산, 시)
권 환(창원, 시)
유치진(통영, 희곡)
조연현(함안, 평론)

• 1940년대 전반 출신
장응두(충무, 시조)
지하연(마산, 소설)

• 광복 공간 출신
설창수(창원, 시)
이경순(진주, 시)
조 향(사천, 시)
오영수(울주, 소설)
김춘수(통영, 시)

• 1950년대 출신
　김태홍(창원, 시)
　최계락(진주, 아동문학)
　이형기(진주, 시)
　이　석(함안, 시)
　문덕수(함안, 시)
　박경리(통영, 소설)
　주　평(진해, 희곡)
　김기호(거제, 시조)
　최재호(고성, 시조)
　전기수(거창, 시)
　송기동(통영, 소설)

　1950년대 출신까지를 제한한 것은 작가의 활동이 대개는 한 세대에 걸치는 시기를 넘겨야 한 작가로서의 세계를 형성할 수 있다고 보기 때문이다. 이들 시인, 작가들에 대한 연구상황9)을 개인별로 보면 아래와 같다.

• 이은상
　김윤식, 이은상론, 현대시학, 70. 3.
　김우정, 이은상론, 현대시학, 73
　구인환, 노산의 문제고, 민족문화논총, 73.
　김해성, 노산의 인간과 문학, 월간문학, 82. 11.
　백　철, 노산이 남긴 기원, 소설문학, 82. 11.

---

9) 권영민, 한국근대문인대사전(90, 아세아문화사) p.932 참조

조병춘, 이은상 문학론, 월간문학, 82. 11.
황희영, 노산 이은상의 인간상, 예술원보, 83. 12.

• 이원수 :
박경용, 이원수의 문학, 월간문학, 71. 8.

• 이주홍 :
안춘근, 이주홍론, 횃불, 69.
손동인, 이주홍론 - 향파 동화의 빛깔, 아동문학평론, 83. 3.

• 유치환 :
김춘수, 청마론 문예, 53.
문덕수, 생명과 허무의 의지, 현대문학, 57. 11~58. 5.
김종길, 비정의 철학, 세대, 64. 10.
이형기, 유치환론, 문학춘추, 65. 2.
정재완, 유치환의 시세계, 문학시대 66. 4.
김춘수, 청마의 시와 미당의 시, 현대문학, 67. 5.
김성욱, 청마의 죽음과 그 주변, 현대문학, 67. 5.
김양수, 유치환론, 월간문학, 69. 6.
김우정, 유치환론, 현대시학, 70. 9~10.
김윤식, 청마론, 현대시학, 70. 10.
오규원, 색채의 미학 - 이상, 유치환, 서정주를 중심으로, 시문학,
    71. 12.
정태용, 유치환론, 시문학, 72. 12.
홍신선, 유치환의 시, 현대시학, 73. 4.
권도현, 고독과 니힐의 부정, 현대문학, 73. 10.
김윤식, 시와 전통의 맥락, 심상, 74. 4.

김종길, 청마 유치환론, 창작과 비평, 74. 여름.

문덕수, 유치환의 시 연구, 홍대논총, 78. 2.

박철석, 유치환론, 현대시학, 80. 4.

오탁번, 청마 유치환론, 어문논집, 80. 4.

조동민, 순수의지의 세계, 건대문화, 81. 5

곽동훈, 청마의 시적 변용, 배달말, 81. 12.

이해웅, 청마의 낙원상실과 동일성의 회복, 어문학교육, 81. 12.

김복순, 현실도피로서의 「생명의 서」, 한양여전논문집, 82. 3

문덕수, 유치환의 「깃발」, 시문학, 82. 4

김춘수, 짧은 교분으로 엿본 청마의 시관, 현대문학, 88. 6.

신협, 유치환의 시 정신 연구, 심상, 88. 12.

• 김용호 :

윤곤강, 김용호 시집 「향연」을 읽고, 매일신보, 41. 7. 10.

장만영, 김용호의 안과 밖, 문학춘추, 64. 5

정태용, 김용호론, 현대문학, 70. 12.

송하섭, 말기의 김용호 - 유시집 「混線」을 중심으로, 단국문학, 83.
        5.

이성교, 김용호론, 단국문학, 83. 5.

문덕수, 김용호 시 연구, 시문학, 84. 4.

민병욱, 김용호의 서사적 세계와 갈래체계, 현대시학 84. 4.

이헌석, 한국현대 서사시의 새지평, 월간문학, 84. 12.

김희철, 시대적 감각과 생활지혜의 조화미학연구, 서울여대 인문
        과학논총, 87. 12.

• 김상옥 :

김동리, 「초적(草笛)」의 악보, 민중일보, 47. 8. 20

문덕수, 목련의 자세 - 「목석의 노래」에서 본 김상옥, 현대문학,
　　　56. 7.
신용대, 김상옥 시조의 연구, 충북대논문집, 82. 6.

• 김수돈 :
강희근, 여성이미지와 그리스도교적 교양, 경남문학, 89. 12
신상철, 김수돈의 시세계, 경남문학, 89. 12.
전문수, 우수의 황제, 경남문학, 89. 12.

• 권　환 :
신유인, 문학창작의 고정화에 항(抗)하여, 중앙일보, 31. 12. 1~8.
임　화, 1931년간의 카프예술, 중앙일보, 31. 12. 7~13.
임　화, 1932년을 당하여 조선문학운동의 신단계, 중앙일보, 31. 1.
　　　1-28.
박승주, 최근의 창작평 - 권환의 시편들, 조선일보, 33. 10. 4.
김팔봉, 시집 권환 저 「자화상」, 매일신보, 43. 9. 11~12.
윤곤강, 「자화상」의 인상, 조광, 43. 10.
고형진, 카프 문학관 그리고 대상의 소묘화, 현대시학, 89. 1.
조동민, 소박한 서정과 향수의 세계, 시문학, 89. 7.

• 유치진 :
이광래, 유치진론, 풍림, 37. 3.
임　화, 극작가 유치진론, 동아일보, 38. 3. 1~2.
홍효민, 유치진론, 영화연극, 40. 1.
김　송, 유치진씨의 「소」를 읽고, 백민, 48. 1.
구　상, 고투와 관조의 적멸, 백민, 49. 2.
유민영, 유치진 연구, 서울대 석사논문, 64.

서연호, 저항적 면에서 본 한국 희곡, 고대문학, 66.
정형상, 유치진 연구, 전남대 석사논문, 71.
유민영, 동랑 유치진-그의 생애와 사상 작품, 예술원보, 77.

• 지하연 :
정영진, 비운의 여류작가 지하연 - 남편 임화의 분신으로 파멸한 미
        완의 문학 일생, 현대공론, 89. 5.

• 조연현 :
홍구범, 평론가 조연현, 영문, 49. 11.
이헌구, 조연현 저「문학과 사상」, 주간 서울, 50. 1.
김양수, 창조적 비평의 선구, 월간문학, 82. 1.
김시태, 조연현 평론의 세계, 현대문학, 86. 11.

• 설창수 :
최광열, 설창수 문학과 그 세계, 시문학, 86. 5.

• 오영수 :
김동리, 온정과 선의의 세계, 신문예, 59. 1.
문덕수, 서정의 온상, 현대문학, 59. 3.
천승준, 인간의 긍정, 현대문학, 59. 9.
이형기, 오영수, 문학춘추, 64. 8.
김병걸, 오영수의 양의성(兩義性), 현대문학, 67. 8.
이화형, 인정과 긍정의 미학, 고려대 어문논집 14, 73.
염무웅, 노작가의 향수, 문학과 지성, 77. 3.
김병걸, 한국적인 정서 속의 애환, 문예중앙, 79. 6.
김동리, 오영수 형에 대하여, 한국문학, 79. 7.

신경득, 공동사회의 불꽃 - 오영수론, 현대문학, 79. 9.

조건상, 난계 오영수론 서설, 계명대 대동문화연구(14). 81.

김교선, 원초적인 삶의 의지 - 오영수의 「갯마을」의 구조, 전북대
    국어문학 25, 85. 8.

김영화, 문학과 친근감, 제주대 국문학보 8, 86. 12.

이호종, 오영수론, 문학과 현실 Ⅰ, 89. 10.

• 김춘수 :

김성욱, 김춘수의 「인인(隣人)」론, 문예 20, 54. 1.

김 현, 존재의 탐구로서의 언어 - 김춘수론, 세대14, 64. 7.

김용직, 아네모네와 실험의식, 시문학 9, 72. 4.

김 현, 시와 시인을 찾아서, 심상5, 74. 2.

이승훈, 존재에의 해명, 현대시학 62, 74. 5.

김영태, 포즈의 매력, 심상 12, 74. 9.

장윤익, 비현실의 현실과 무한의 변증법, 시문학 69, 77. 4.

이승훈, 두 시인의 변모, 문학과 지성 28, 77. 6.

황동규, 감상의 제어와 방임, 창작과 비평 45, 77. 9.

이승훈, 김춘수론 - 시적 인식의 문제, 현대문학 275, 77. 11.

김주연, 김춘수와 고은, 세계의 문학 8, 78. 6.

이태수, 김춘수의 근작·기타, 현대시학 113, 78. 8.

김 현, 김춘수의 유년시절 시, 현대문학 301, 80. 1.

김 현, 김춘수론, 문예중앙 11, 80. 12.

박철석, 김춘수론, 현대시학 145, 81. 4.

문덕수, 김춘수론, 현대문학 333, 82. 9.

이승훈, 김춘수의 시와 시론 - 김춘수 전집 Ⅰ·Ⅱ, 현대시학 164,
    82. 11.

권영민, 인식으로서의 시와 시에 대한 인식, 세계의 문학 26, 82.

12.
김 현, 김춘수에 대한 몇 개의 단상, 현대문학 336, 82. 12.
김혜순, 시와 시간 의식, 언어의 세계 2, 83. 11.
이승훈, 김춘수의 「꽃」, 문학사상 142. 84. 8.
조남익, 김춘수의 절정 언어, 현대시학 205, 86. 4.
권영진, 김춘수 시 연구 - 「처용」시편을 중심으로, 숭전대 숭실어
        문3, 86. 6.
김용태, 김춘수의 무의미 시에 대한 존재론적 구명, 어문학교육9,
        86. 12.
이동하, 순수문학과 독재정권, 서울시립대 대학문화, 89. 2.

• 이형기 :
김윤식, 미(美), 그 자멸에의 충동, 심상31, 76. 4.
이수익, 이형기 평론집, 심상90, 81. 3.
유한근, 단독자의 사상 혹은 허무화, 월간문학169, 83. 3.

• 이 석 :
김광림, 인식에의 접근 - 이석 시집 「花魂集」을 읽고, 시문학 121,
        81. 8.

• 문덕수 :
권도현, 황홀과 추상적인 이미지, 시문학 42, 75. 1.
김시태, 문덕수론 - 자유에의 의지, 시문학 102, 80. 1.

• 박경리 :
조연현, 「태양의 계곡」과 「표류도」, 현대문학61, 60. 1.
임중빈, 삶 그리고 긍정의 모험, 문학춘추24, 66. 12.

송재영, 삶의 좌절과 초극, 문학과 지성15, 74. 3.
김형국, 소설 「토지」의 인물들과 오늘의 도시생활, 뿌리 깊은 나무
        52, 80. 6. 7.
송재영, 성장하는 민족 이미지, 문학과 지성40, 80. 6.
김병걸, 원차(怨嗟)의 세계 「토지」, 세계의 문학16, 80. 6.
서정미, 「토지」의 한과 삶, 창작과 비평56, 80. 6.
강만길, 문학과 역사, 세계의 문학18, 80. 12.
김치수, 「토지」의 세계, 문학사상101, 81. 3.
김치수, 한과 허무의 강, 문학사상103, 81. 5.
송재영, 민족사와 드라마의 형식, 정경문화220, 83. 6.
홍정운, 「토지」의 시간 구조, 월간문화177, 83. 11.
이재선, 숨은 역사·인간 사슬·욕망의 서사시, 현대문학414, 89. 6.
정호웅, 박경리의 「토지」론, 동서문학185, 89. 12.

아세아 문화사의 「韓國近代文人大事典」과 「韓國現代文人大事典」에 실리지 않은, 경남 거주 연구가들의 작가론으로는 아래 자료들이 찾아진다.

• 김달진 :
신상철, 김달진의 시세계, 現代詩의 研究와 批評, 경남대 출판부,
        96. 8.

• 이은상 :
신상철, 노산의 사향문학, 現代詩의 研究와 批評, 경남대 출판부,
        96. 8.
신상철, 김용호의 시세계와 그 변모, 현대시의 연구와 비평, 경남대
        출판부, 96. 8.

신상철, 김용호의 思鄕詩, 현대시의 연구와 비평, 경남대 출판부, 96. 8.

• 유치환 :
신상철, 유치환의 시세계와 그 변모, 현대시의 연구와 비평, 경남대 출판부, 96. 8.
신상철, 유치환 시에 나타난 현실의식, 현대시의 연구와 비평, 경남대 출판부, 96. 8.

• 정진업 :
신상철, 정진업의 시 세계, 현대시의 연구와 비평, 경남대 출판부, 96. 8.

• 김춘수 :
신상철, 김춘수의 시 세계와 그 변모, 현대시의 연구와 비평, 경남대 출판부, 96. 8.

• 이경순 :
강희근, 자유의지와 오성의 미학-이경순론, 월간문학 80, 75. 10.
강희근, 이경순 시 연구, 배달말 19, 94.12.

• 문덕수 :
강희근, 도시 메카니즘의 비정함, 문예정신20, 96. 여름.

• 최재호 :
강희근, 흐름의 순리와 가족 윤리, 我川文集, 경상대 경남문화연구소, 93. 10.

김석규, 고유의 전통성에 접맥된 정서, 我川文集, 경상대 경남문화
　　연구소, 93. 10.
박재두, 풍류 깃든 민족 교육의 수범, 我川文集, 경상대 경남문화연
　　구소, 93. 10.
최문석, 아버님의 人間과 文學, 我川文集, 경상대 경남문화연구소,
　　93. 10.

　경남 거주의 연구가들에 의해 쓰여진 작가들의 작품론은 대개 의
미·해석 비평의 범위에 든다. 신상철의 논문들이나 필자의 논문들을
포함한 일련의 결과물들이 그러하다. 신상철의 <柳致環의 詩世界와 그
변모>를 보면 이점이 뚜렷이 드러난다. 우선 목차를 보자.

　1. 서론
　2. 靑馬詩의 변모 양상
　　1) 일제시대의 시
　　2) 정부 수립 전후
　　3) 6.25 이후
　3. 결론

　유치환 시의 변모란 형식·율격 면에서의 미학적인 것도 아니고 문
학 밖의 사상사적 검토나 문화 측면의 방법론에 의한 조명과 관련되어
있지 않다. 일제시대, 광복 공간, 50년대 등의 상식적인 시대구분에 따
른 시적 의미의 집합을 고려하고 있을 뿐이다. 참고 삼아<결론>의 「1)
일제시대의 시」부분을 보면 아래와 같다.

　　이 시대의 靑馬詩는 그 정서적 반응이 가장 강렬하던 때라 할 수
　　있다. 첫째, 이성에의 그리움을 읊은 시들은 '그리움', '그리우면' 등

에서 보듯 이들 시들은 평이한 모국어의 미감을 최대한 살리면서 결
이 곱고 애상적인 정감을 보여준다.

　둘째, 생명에의 열애를 읊은 시가 이 시기의 주조를 이루고 있는
것 같이 보인다. 「목숨」, 「生命의 書」, 「日月」 등에서 보듯 생명의 본
연한 자태를 배우기 위해 '백골을 쪼이리라'할 만큼 비장하고도 처절
한 의지를 보여준다. 관념어가 불어나면서 그의 시가 철학적 사유의
깊이에서 연유되고 있음을 보게 된다.10)

시의 주제나 의미론적 측면의 분석을 통해 유치환이 갖는 연대별
세계를 구축하는 데 목표가 주어져 있음을 쉽게 알아차릴 수 있다.

3. 동인지 연구

경남의 동인지에 대한 연구는 필자의 <新詩壇 연구>와 임선묵의
<「참새」지 연구>가 있다. 앞 장 <자료 발굴>에서 살펴본 대로 「新詩
壇」은 1928년 8월 진주에서 발행된 전국 최초의 종합 시지(詩誌)를 표
방하고 나와 창간호는 일제에 압수당하고 제 2호가 창간호를 대신하
여 나왔으며 곧 바로 종간이 되어버린 월간 시지이고, 「참새」는 1926
년 8월 통영에서 창간된 시조 동인지로서 4집까지 나온 프린트판이다.
　필자는 「新詩壇 연구」11)에서 아래의 차례대로 「신시단」을 살펴 보
았다.

1. 들머리
2. 체재나 편집 태도는 어떠했나?
3. 이루고자 했던 일들은 무엇이었나?
4. 어떤 시를 실었나?

---

10) 신상철, 現代詩의 硏究와 批評(1996, 경남대 출판부), p.40.
11) 강희근, 우리 詩文學 硏究(1985, 예지각), pp.207-223.

5. 마무리

찾아진 자료를 일별해 보는 수준의 논문임을 차례로서 알 수 있다. 서지적 접근이 기본이라는 말에 다름 아니다. 마무리로 5항을 제시했는데 내용은 아래와 같다.

⑴ 「신시단」은 1926년 진주에서 발행된 「시단」과 더불어 지방 문예 운동의 전위로서 선구적인 역할을 했다.

⑵ 작품은 <시가>, <시론>, <신시>, <동요>, <수필>, <감상> 등의 항목으로 갈래지워 싣고 있는데, 이는 1920년대의 다른 시 전문 동인지가 시와 시론 중심으로 편집된 것과는 구별된다. 이를 부정적인 것으로 받아들여 편집자들의 시 장르에 대한 전문적인 이해의 결여에서 온 것으로 볼 수 있다.

⑶ 「신시단」이 비록 제 1권 2호(실제 창간호)에 머물고 말았으나 월간 시지를 표방하고 필진이 전국에 미친 점, 신인 작품을 발굴하고자 했던 점, 문학의 해외 교류를 표방한 점에 있어서는 주목에 값한다.

⑷ 문예지 가운데 처음으로 일제에 의해 창간호가 압수 되었음은 물론 검열에 의해 전문이 삭제될 때는 제목과 필자를 밝히고, 부분 삭제일 때는 남은 부분을 그대로 실음으로써 독자에게 검열의 형편을 알려 주어 저항감을 돋웠다.

⑸ 프로 문학이 주조를 이루고 있다는 일부의 평가는 잘못된 것임이 확인되며, 실린 시의 내용은 대체로 1920년대 전반의 병적 감상주의의 한계를 벗어나지 못하고 있고, 순수 서정과 시국에 대한 비애와 절망의 두 갈래로 드러나 있다.

마무리를 놓고 볼 때 ⑴은 성격, ⑵는 체계, ⑶은 기능, ⑷는 민족운동의 일환, ⑸는 내용 등으로 되어 있다. ⑸자체도 대강의 정리라고 보면 논문이 전반적으로 서지적인 접근에 머물고 있음이 확인된다.
임선묵의 <참새지 연구>의 차례는 아래와 같다.

1. 머리말
   1) 연구의 경위
   2) 통영문화의 성립
   3) 간략한 서지

2. 참새지의 의미구조
   1) 시조, 전통적 보편성
   2) 절의와 자연친화
   3) 선(禪)적인 기상
   4) 시대성의 논리

3. 참새지의 형태구조
   1) 삼장의식과 율조의 운용
   2) 조선시조 관습의 수용
   3) 용어와 문법의 검토

4. 참새 모임과 참새지의 성격
   1) 동인과 동호인
   2) 지하문학론의 이해

5. 맺음말

차례를 훑어보면 이 연구는 「참새」지의 서지 사항, 동인들의 시조
작품 의미구조와 형태구조를 살폈고 이어 동인회의 성격을 살폈다.

<「신시단」연구>에 비해 미학적 접근을 시도하는 등 비교적 종합적인 접근의 시도를 보이려 했다는 점에서 눈여겨 볼 만하다. 결론을 요약하면「전통적 시조 인식을 확립하고 시조다움을 추구했다는 데서 그들의 시조관은 온당했다. 통영이라는 지역성으로 미루어 대, 갓, 자개 등의 공예를 서정적 상관물로 한 것과 해양시조의 개척이 없었다. 결론적으로 일관된 보편성은 있었으되 통영적 특수성은 없었다」가 된다. 다만 활자 인쇄물이 아니라 프린트 판으로 나온 동인지의 위상에 관한 설정이 되어 있지 않다는 점이 지적될 수 있을 것이다.

4. 문학사 연구

경남의 문학사 연구는 경남문인협회가 광복 50주년 기념으로 내놓은「慶南文學史」[12]가 거의 전부라 볼 수 있다. 시·군별로 나오는 시사(市史)나 군사(郡史)의 한 부분으로 문학사 기술이 되었거나 지역별 문학 기관지에서 시·군 문학사가 기술된 것이 있긴 하지만 학술적 차원의 연구라 보기에는 어렵기 때문에 이「慶南文學史」는 경남의 문학사 연구의 시발점이 된다고 볼 수 있다. 발간사 일부를 보면 의욕을 짐작해 볼 수 있다.

이번에 광복 50주년 기념「慶南文學史」를 발간하는 뜻도 문학의 정리를 통해 일제가 준 상처를 확인하면서 이를 딛고 통일 지향의 목표로 나아가는 우리의 입지를 자리매김하는 데 있습니다. 아시다시피 경남의 문학은 신문학 이래 한국문학에 그대로 포개지는 위상을 보여 줍니다. 한국문학의 별들이 경남문학의 별들이고 이들의 상처난 자국의 표현이 결국은 한국문학의 상처임을 우리는 쉽게 알아낼 수

---

12) 경상남도의 재정지원에 힘입어 필자가 편찬위원장이 되어 1995년 12월 10일자로 발행했음. 필진은 신상철, 전문수, 하길남 등으로 장르별로 책임 집필하였다.

있습니다. 그러므로 경남문학사 기술의 시각이 일제로부터 자유로워 지면서 온전한 통일로 가는 데다 두는 일은 참으로 마땅함을 얻고 있다 할 것입니다.[13]

발간사에서 볼 때 경남문학사를 발간하고자 할 때의 의욕이 넘쳤음을 알게 된다. 경상남도의 재정지원을 받은 데다 광복 50년 기념사업에 걸맞는 문학사를 의도하지 않을 수 없었기 때문일 터이다. 「문학의 정리를 통해 일제가 준 상처를 확인하면서 이를 딛고 통일지향의 목표로 나아가는 우리의 입지를 자리매김하는」데다 초점을 잡았다는 것은 문학을 시대·역사와 따로 있는 것으로 파악한 것이 아니라 시대·역사의 통괄적인 조망 아래서 문학에 접근하고자 했음을 의미한다.

그러므로 경남문학사를 광복 50주년에다 맞추게 될 때 분단시대 문학이라는 시대성을 전제로 미학적 관점을 통합시킨다는 문학사 기술의 보편적인 원칙을 세울 수밖에 없는 것이다. 그러나 실제로 「慶南文學史」는 그 원칙대로 기술되어 있지 않음을 차례[14]에서 먼저 알아차릴 수가 있다.

제1편 개 관

Ⅰ. 광복 이전의 문학 개관

  1. 1910년대의 경남문학

  2. 1920년대의 경남문학

  3. 1930년대의 경남문학

  4. 1940년대의 경남문학

Ⅱ. 광복 후의 경남문학 개관

---

13) 경남문학사, p.3.
14) 같은책 pp.8-12.

차례만 가지고 보더라도 시대성을 전제로 미학적 관점을 통합시키는 목표에는 근접하지 못하고 있음을 알 수 있다. <제1편 개관>은 연대기적 자료사에서 만족하는 듯하고 <제2편 갈래별 흐름>에서 제1장 (시)은 비교적 시대·역사의 흐름과 작품 미학의 결합을 시도해 본 듯하다. 그밖에 시조, 소설, 희곡, 수필, 아동문학 등의 갈래별 접근은 크게 보아 의욕에 값하지 못하고 있다. 이는 경남문학 전반의 작품 자체에 대한 개별적인 본질 연구가 수행되지 못한 터에 역사적 관점의 통합을 시도하기가 결코 쉽지 않음을 보여 주는 것이 된다. 어떤 장은 역사·시대의 특징을 제목으로 정해 놓고 실제 작품 적용은 전혀 별개로 전개한 경우가 있음도 예사로 볼 성질이 아니다.

Ⅲ. 과제

경남문학 연구의 과제 또한 자료 발굴, 작가 연구, 동인지 연구, 문학사 연구 순으로 살피고자 한다. 현황에서 드러난 취약점과 미진한 점을 지적해 보는 것이 합당하기 때문이다.

자료 발굴에서는 1926년의 「참새」지(프린트판)와 1928년의 「新詩壇」지(인쇄판)가 앞자리에 선다. 「新詩壇」의 경우 영인본이긴 하나 전국권을 표방한 우리나라 최초의 월간 시지였다는 점에서 큰 의의를 지닌다. 「참새」지가 4집까지 나오고 뒤를 잇지 못하자 「土聲」이 한 호를 보태어 5집을 기록했다[15] 하는 바 이 「土聲」이 발굴되어야 「참새」지의 연구가 완성될 수 있을 것이다. 「土聲」의 동인으로는 박명국, 유치진, 장춘식, 고두동, 유치환, 최상기 등으로 알려져 있다.

1930년대의 동인지로는 「生理」지가 아직 미발굴 상태로 있다. 5집까지 통영 사람 중심으로 동인이 짜여져 있고, 부산시 부평동 일정목(一丁目) 42번지를 발행지로 했다고 전해진다. 이 동인지는 유치환이 중심 멤버인 만큼 유치환의 생명 구경의 탐색이 어떤 흔적으로 동인들의 호흡에 에꼴화 되고 있는지가 관심의 대상이 될 수가 있다. 광복 공간에서는 조향이 마산에서 「노만파」를 5집까지 발간했는데[16] 조향의 실험의식이 어떻게 발아되고 있었는지가 관심의 대상으로 꼽힌다.

---

15) 같은 책, p.16.
16) 같은책, p.26.

개인 작가별 자료로는 1920년대에 활동했던 시인·작가의 흩어져 있는 작품이나 작품집의 발굴이 시급하다. '아동문학가로는 <봄편지>의 서덕출, 신시단 멤버의 김병호(시), 소용수(시) 등의 작품 발굴이 긴요하다.

서덕출[17](1906. 1. 24~1940. 1. 12)은 동요작가로 울산에서 태어났으며 다리불구로 가정에서 독학했다. 결혼 후(1934) 1년간 신경통으로 고생하다가 34세에 타계했다. 「어린이」지의 애독자로 동요를 쓰기 시작하여 동요<봄편지> (1925.10)로 「어린이」를 통해 데뷔했다. 이후 70여 편의 동요를 발표했으나 불구로 인한 일신의 불우는 그의 작품 세계에까지 미쳐 초기 작품의 참신성이 후기로 가면서 차츰 감상적인 경향으로 흘렀다고 전해진다. 발굴 대상 자료는 동요집 「봄편지」(1951, 유고선집, 자유민보사)가 된다.

김병호[18](1909~1961)는 경남출신으로 호는 계림(鷄林). 고려대학교에 수업했고 「현대조선시인선집」에 <여수>를 발표했다. 「嶺文」의 문인들과 친했으며 30여 년을 여기 저기 벽촌의 초등학교 교사와 교장을 지냈다. 어려운 수사를 거부하고 솔직한 생명을 절규하는 것이 시의 특징으로 전해진다. 발굴 대상 자료로 시집 「荒野의 叫喚」(1949, 평화당인쇄사)이 있다.

소용수는 1928년에 나온 「新詩壇」의 멤버로 「신시단」에 시 <小品二篇>을 발표했다. 그리고 이보다 앞서 나온 「습작시대」에 <이 무슨 설음인고>, 1929년에는 「조선시단」(29. 4월 5호)에 <失題>를 각각 발표했다.[19] 각종 지·지(誌·紙)에 산재한 그의 작품들이 발굴의 대상이 된다.

1940년대의 작가로 지하연[20](본명 이현도)을 주목할 필요가 있다.

---

17) 문덕수 편저, 세계문예대사전(1975, 성문각), p.1038
18) 같은 책, p.258.
19) 강희근, 「新詩壇 연구」, 우리 詩文學연구(1985, 예지각), p.216.

1941년 신병 치료차 고향 마산에 머문 동안의 생활과 사색을 담은 소설 <滯鄕抄>를 「문장」지에 발표하고 41년 11월엔 단편 <가을>을 「조광」에 발표하기도 했다. 임화의 아내로 유명했던 지하연은 광복 후 첫 작품인 <道程>을 「문학」창간호에 발표했으며 48년 12월에는 첫 창작집 「道程」을 서울 백양당에서 발행했다. 자료 발굴 대상으로 「道程」을 꼽을 만하지 않은가 한다.

작가 연구의 경우 현황에서 살핀 대로 만족할 만큼 연구가 진행돼 있다고 말할 수 없다. 비교적 연구가 잘 이루어진 사람은 이은상, 유치환, 김용호, 유치진, 권환, 오영수, 김춘수, 박경리 등 인기 시인이나 작가들이었다. 연구가 잘 돼 있으리라 보였던 이원수, 이주홍이 의외로 저조했는데 서덕출과 함께 아동문학가라는 공통점이 있었다. 아동문학 비평이 시나 소설에 비해 상대적으로 활발하지 않은 문단적 기류가 그대로 연구에도 적용되고 있음이 확인된다.

자료 발굴 대상이었던 서덕출과 김병호, 소용수, 지하연 등의 연구가 필수적으로 이루어져야 하고 연구에 개척지나 다름없는 장응두, 설창수, 최계락, 조향 등의 작품들에 대해서도 심층적 접근이 이루어져야 할 필요를 느낀다.

동인지에 대한 연구는 기왕의 「新詩壇」「참새」지의 연구에 이어 「生理」「魯漫派」「등불·嶺文」지의 연구가 나와야 경남 문학의 조류를 연대기적으로 파악할 수 있게 된다. 「生理」지는 유치환, 김기섭, 장응두 등이 1930년대에 5집까지 내었고 「魯漫派」는 광복 직후 조향 등이 마산에서 5집까지 내었고 「등불·영문」은 48년 이후 60년에 이르기까지 18집을 설창수, 이경순 등이 내었다. 이들 동인지가 제대로 연구되면 1920년대 동인지 문단시대의 한 각을 받쳐 주었던 경남의 문단이 1960년에 이르는 40여년의 문학상의 특징적 양상에 있어 그 굴곡과

---

20) 慶南文學史, p.27.

심천을 드러내 보일 것이다.

문학사 연구는 경남문인협회가 광복 50주년을 기념하여 「慶南文學史」를 낸 것이 출발의 신호로 보아 좋을 것이다. <개관>과 <갈래별 흐름>체제로 기술했는데 장르별로 시대구분이 들쭉날쭉하다는 점, 역사적 관점과 문학 본질의 입지가 대체로 통합을 이루지 못했다는 점 등이 지적될 수 있다. 그런 의미에서 이제부터 연구가들에 의해 구체적인 문학사 연구가 활발히 이루어져야 함은 물론이다. 주변 훑기로서 문학사가 아니라 중심 테마로서의 문학사가 제 자리에 잡힐 때라야 제 모습으로서의 문학이 온당히 설 수 있기 때문이다.

Ⅳ. 마무리

경남 문학 연구의 현황을 살펴 본 대로 전반적인 연구는 매우 미진한 형편이다. 자료 발굴 면에서도 그러하고 작가 연구 부면에서도 그러하다. 이은상, 유치환, 김용호, 유치진, 김춘수, 오영수, 박경리 등의 작품론은 양·질간에 상당한 진경을 보인 반면 여타의 시인·작가에 대한 연구는 초보단계이거나 매우 저조하다. 동인지 연구도 일관된 관점에서 두루 살펴보는 작업에 이르자면 마땅한 연구가를 만나야 가능하리라 본다. 문학사 연구는 본격적인 시도를 「경남문학사」를 통해 시도했지만 의욕이 넘친 반면 집필진의 시각의 조정이 제대로 이뤄지지 않았던 것이 아쉬움으로 남는다. 그러나 이제 경남문학 연구는 윤곽이 잡히는 단계를 보여 줌으로써 지역 문화의 정체성 확보라는 기운에 힘입어 상당한 가능성을 제시하고 있어 보인다. 과제가 가닥이 잡히고 한 걸음 한 걸음 연구의 실천이 있었으면 한다.

수필 이론의 잘못 들어선 점에 대하여

Ⅰ. 들머리

　우리나라의 이른바 신문학사에서 문학 갈래로 수필을 제대로 올려 놓기 시작한 것은 1970년대 중반 이후가 아닌가 한다. 이렇게 보는 까닭은 두 가지다. 이때부터 수필만을 전문으로 쓰는 수필가가 생겨난 것이 그 하나가 되고 각종 문예지의 신인 등용문에 수필 분야를 첨가한 것이 그 두 번째 까닭이 된다. 이런 쪽에서 본다 하더라도 우리나라 수필 갈래는 아직 본격 문학으로서 제자리를 잡지 못하고 있는 형편임을 알 수 있다 하겠다.

　이론 쪽의 경우 몇몇 이론서가 나와 있고 대학에서 교재로 쓰여지고 있는『문학개론』에서 수필 갈래 편이 쓰여져 있어 그런 대로 앞으로 확립될 소지는 있다 하겠으나 여러 가지 면에서 바로 잡아야 할 내용이 많은 것은 부인할 수 없는 실정이다.

　이 글에서는 우선 급한 대로 두드러지게 눈에 띄는 '잘못 들어선 점'을 붙들어 놓고 논의해 보고자 한다. 그러므로 이 글은 개선의 방향을 잡아 보는 한 시론에 불과하겠으나 이를 밑천으로 우리 수필이 온당히 제자리를 잡아 나가고 그 자리 잡는데 터전이 될 온당한 이론의 수립에도 도움의 끄나풀이 되길 희망하면서 쓰여질 것이다.

Ⅱ. 「붓가는 대로 써지는 글」인가

오늘 갈래 이름으로 쓰고 있는 「수필」에 대해 뜻매김하고 있는 사전 속 내용을 보면 아래와 같다.

어떠한 주의가 없이 생각나는 대로 쓴 글(만필·상화)1)

그때 그때 본 대로 들은 대로 느낀 대로를 붓가는 대로 적어낸 글, 또한 그러한 글투의 작품,..(相華), 엣세이.2)

어떤 양식에도 해당되지 아니하는 散文文學의 한 부분, 人生이나 自然에 대한 隨想, 隨感, 斷想, 論考, 雜記가 포함되며, 생각나는 대로, 붓가는 대로 形式이 없이 보통 1~2페이지 또는 30페이지 가량 되게 쓴 個性的 觀照的 또는 人間性이 내포되게 위트, 유우머, 예지, 기지로써 표현됨.3)(이상 윗점은 필자가 찍은 것임)

따옴글들을 보면 수필이 "주의가 없이 생각나는 대로" "붓가는 대로" 쓴 글임을 밝히고 있다. 잘 생각해 보면 '주의가 없이' 쓴 글이 있을 수 있는가에 이르게 되고 '붓가는 대로' 쓴 글이 될 수 있는가에 이르게 된다. 완결된 인생관이나 주장을 드러내는 글이 아니라는 점에서

---

1) 우리말 큰 사전.
2) 국어 새 사전.
3) 국어 대사전.

그런 말로 수필을 매기고 있다고 여겨지긴 하나 어떤 글이든 중심 생각이 없이 붓에 이끌리어 쓰여지는 글이 있을 수 없다는 쪽에서 볼 때 오해를 살 여지가 충분히 있는 뜻매김이다.

이런 오해를 줄 수 있는 뜻매김은 중국 남송 때의 홍매(1123∼1202)의 말에 줄을 대고는 비판 없이 그대로 쓰여지고 있는 것이 아닌가 한다. 그는 『용재수필』 서문에서

予習懶 讀書不多 意之所之 隨卽記錄 因其後先 無復詮次 故目曰 隨筆4)

라고 수필을 책이름으로 쓰게 된 까닭을 밝혀 놓았는데 이때의 '隨'는 기존 문학의 틀로부터 자유로운 것으로 읽는 것이 옳을 듯하다. 앞뒤의 차례를 가려 챙길 것도 없이 바로 바로 적어 놓았다는 겉뜻만에 매이게 되면 '붓가는 대로' '주의도 없이 생각나는 대로'가 되지만 속뜻을 잘 읽으면 자기 겸양의 뜻이 포함되어 있음을 짚을 수 있고, 이미 있어 온 여러 문학의 고정적인 틀에서 벗어난 글을 썼다는 내용을 눈치챌 수 있을 것이다.

그럼에도 불구하고 수필을 논할 때는 서두에다 거의가 다 "붓나가는 대로, 마음 내키는 대로"라는 말을 금과옥조처럼 놓고 있는 것5)이 실정이다. 이렇게 시작되는 이론들은 대개 '붓가는 대로' 쓰는 글이 아닌 것으로 수필을 설명하는 쪽으로 가긴 하나 서두를 이렇게 잡아 나가기 때문에 수필 갈래에 대한 인상을 처음부터 어지럽히는 꼴이 되고 마는데 문제가 놓여 있다.

---

4) 韓國隨筆文學硏究(1980, 正音社), p.12 재인용.
5) 이에 대한 자료는 아래와 같다.
　　隨筆文學論(1973, 開文社), p.9, 文藝創作法新講(1976, 장학출판사), p.221.
　　韓國隨筆文學硏究(1980, 正音社), p.11, 文學槪論(1974, 松園文化史), p.219.
　　文學槪論(1976, 三英社), p.286, 文學槪論(1981, 博英社), p.215.

지금껏 말해 온 것을 줄거리로 잡아 보면 "수필이란 말을 홍 매가 썼고, 사전을 엮은이들이 낱말의 겉뜻에만 매이고 홍 매가 쓴 말의 속뜻을 짚지 못함으로써 뜻매김을 잘못해 놓았고, 수필 이론을 세우는 이들은 이 사전을 좇아 온당치 못한 데로부터 출발을 했던 것이다"가 된다. 여기서 받은 교훈은 앞으로 이론을 세우려 하는 이들이 '수필'의 뜻매김을 이 갈래가 갖고 있는 문학으로서의 글이라는 그 특성에 좇아서 해 나아야지 글자가 갖고 있는 겉뜻에서 시작해서는 안된다는 것이 됨에 있다.

Ⅲ. 특성이 「개성의 문학」인가?

수필의 특성을 이야기할 때 대개의 이론서들이 '개성의 문학'임을 강조하고 있다.

> 文學의 어느 장르도 作家의 個性이 풍기지 않은 것이 없지만, 隨筆처럼 강력하게 個性의 香氣가 풍기고 露出되는 것은 없다. 詩는 情緒를 승화시키는 메타포의 技法속에 個性이 融合되고 小說이나 戲曲은 表現의 뒤에 個性의 눈초리와 무드가 있지만, 隨筆은 作者의 赤裸裸한 心的裸像이 그대로 露出될 뿐 아니라, 個性이나 趣味·知識·人生觀 등이 그대로 나타나게 된다.
>
> — 「隨筆의 特生」중 「⑴ 個性의 文學」6)에서

隨筆은 쓰는 사람 자신이 드러나 있는 글이다. 김광섭이 "수필은 다른 文學보다 더 個性的이며 心境的이며 經驗的이다"고 한 것도 수필이 지닌 個性의 露出性에서 얻어진 結論이다.

---

6) 隨筆文學論, pp.41~42.

—「隨筆의 特質考」중 「(2) 個性의 露出性」[7]에서

Winchester가 든 文學의 要素인 情緒와 想像, 思想, 形式이 가장 個性的으로 구사되는 것이 수필이라 할 것이다.
—「隨筆의 特性」중 「(1) 隨筆은 個性의 文學」[8]

隨筆은 어느 문학의 장르보다도 가장 個性的이다. (줄임) 수필처럼 자기를 고백하는 文學形態는 없을 것이다. 그래서 수필은 告白文學의 스타일이라고도 하며, 이런 연유로 해서 자칫 잘못하면 身邊雜記가 될 가능성도 가장 많은 文學의 형태이다.
—「隨筆의 形式」중 「(1) 個性的인 文學」[9]에서
(이상 윗점은 필자가 붙였음)

따옴글에서 보듯 이론가들이 입을 모아 수필의 특성을 '개성의 문학'으로 말하고 있다. '특성'이란 다른 것에서 볼 수 없는 성질을 말할 때 쓰이는 말이라고 본다면 수필 갈래만이 '개성'있는 것이 되어야 이 말들이 합당히 쓰인 것이 된다. 그러나 시·소설·희곡 등 다른 갈래들에서 개성이 드러나지 않아야 하는데 그렇지 않은 데서 문제가 있다.

시의 경우 얼른 보아도 금방 누구의 작품인가를 알아낼 수 있는 작품이 많고, 소설도 알려진 작가 작품인 경우 문맥만을 보고도 금방 누구의 글인가를 헤아릴 수 있으며 희곡도 대화의 호흡이나 맥락을 통해 특정 작가의 작품임을 대게는 알아차릴 수가 있다. 이는 각 갈래의 작품이 그것을 이루는 요소인 문체나 짜임, 그리고 주제가 독창적인 것일 때 문학의 자릴 잡는 바 이로부터 오는 결과가 아닌가 한다. 이때의

---

7) 韓國隨筆文學硏究, P.26.
8) 文學槪論(1976, 三英社), p.303.
9) 文學創作法新講, pp.242~243.

독창적인 면은 바로 작가의 개성에서 비롯되는 것이다. 그러므로 수필만이 유독 개성이 강하게 드러난다고 볼 수도 없거니와 이 갈래에서만이 작가가 개성을 강하게 드러내기에 용이하다고 말할 수는 없는 일이다.

그런데도 굳이 이론가들이 수필을 '개성의 문학'으로 말한 까닭은 어디 있을까? 따옴글 가운데 윗점 친 데를 주의해 읽으면 이점이 바로 풀린다. "作者의 赤裸裸한 心的 裸像이 그대로 露出"되는 문학이고 "쓰는 사람 자신이 드러나 있는"문학이고 "자기를 고백하는 형태"의 문학이라는 것이 그 까닭임이 짚힌다. 말하자면 작가의 생활이 숨김없이 드러나는 글이기 때문에 개성의 문학이 된다는 것이다.

그렇게 보면 용어를 잘못 쓴 것이 된다. "삶이 그대로 드러나는 문학"이거나 "고백의 문학"이 되어야 옳다. '개성'이라는 말을 쓰면 삶이 꼭 그대로 드러나지 않는 것도 이에 포함될 수 있고 고백의 성질이 아닌 것도 아닌 것대로 이에 포함될 수 있기 때문이다.

모든 문학의 갈래가 개성의 문학이 되어야 하는 데도 오직 수필만이 '개성의 문학'이어야 한다고 계속해 말해 나간다면 우스꽝스런 일이 될 뿐만 아니라 수필 갈래 자체를 무성격한 것으로 떨어지게 하는 네만 도움을 줄 섯이나. 이론이 허술하면 여기 영향아래 놓이는 그 갈래의 문학은 마찬가지로 허술한 작품만 양산되는 그런 이치이다. 이론의 용어는 그러므로 한 치도 어긋나는 자리에 놓여서는 안된다. 한 자리가 논리에 어긋나면 이를 맥으로 이뤄지는 논의는 모두가 어긋나는 것이 되기 때문이다.

IV. 특성이 「무형식의 문학」인가?

그 다음으로 꼭 따져 보아야 할 문제는 수필의 특성이 '무형식의 문학'이라는 데 있다. 이론서 곳곳에 '무형식'이라는 말이 들어 박혀 있어서 형식 없는 글이 있는 양 오도되고 있는 일은 한시 바삐 고쳐져야 할 일이다. 눈에 띄는 대로 옮겨 보면 아래와 같다.

　수필은 무형식을 형식의 특징으로 삼고 있는 문학이라고 할 수 있다. 시나 소설은 일정한 형식에 의해 여러 가지 制裁를 받고 있지만, 隨筆은 그런 제재를 받고 있지 않고 자유롭게 씌어지고 있기 때문이다. 그저 자유로운 形式에 의해 생각하는 대로 씌어지고 있기 때문이다. 그래서 우리는 수필 문학의 특징을 규정지을 때 수필은 붓가는 대로 그저 자유롭게 씌어진 문학이라고 했고, 또한 그렇게 結論을 지었다.
　　　　　— 「隨筆의 形式」중 「⑶무형식의 문학」10)에서

　隨筆은 어느 문학 양식보다도 자유자재로운 散文이다. 따라서 詩·小說·戲曲·批評이 지닌 形式上의 제한이 없는 그리하여 無形式이 그 形式的 特徵이라 하겠다.
　　　　　— 「隨筆의 特質考」중 「⑴形式의 自由性」11)에서

　隨筆은 詩나 小說, 戲曲 등 文學의 어느 장르보다 제약이 없는 無形式의 文學이다. 詩나 小說 등은 그것이 갖추어야 할 形式에 題材를 여과시켜 主題를 形象化하는데 比해 隨筆은 無形式을 그 形式的 特徵으로 하기 때문에 붓을 들어 思惟에 비치는 모든 것을 表現하면 그만이다.
　　　　　— 「隨筆의 特性」중 「⑶無形式의 文學」12)에서

　隨筆은 詩나 小說, 戲曲 어느 文學의 장르보다 제약이 없는 形式

---

10) 文藝創作法新講, pp.243~244.
11) 韓國隨筆文學研究, P.24.
12) 文學槪論(1976, 三英社), P.306.

이 自由로운 文學이다. 詩나 小說 등은 그것이 갖추어야 할 여러 가지
形式에 題材를 여과 시켜서 主題를 形象化해야 하는데 비해, 隨筆은
無形式을 그 形式的 特徵으로 하기 때문에 붓을 들어 思惟에 비치는
모든 것을 표현하면 그만이다. 여기에 內容의 多樣性과 形式의 自由
로 이뤄지는 隨筆의 本質이 있는 것이다.

— 「隨筆의 特性」중 「(3) 無形式의 文學」13)에서

(윗점은 필자가 찍었음)

 따옴글들에서 보면 수필은 '무형식을 형식의 특징으로 삼고 있는 문
학'이고 '제약이 없는 無形式의 문학'이고 그러기 때문에 '붓을 들어
思惟에 비치는 모든 것을 表現하면 그만인' 문학으로 된다. 그러나, 과
연 그러한가? 과연 그렇게 해도 문학이 될 수 있는가? 반문하지 않을
수 없다. 형식이 없는 글이 있다면 그것은 글이 아니라 낱말을 잡다히
모아놓은 벌글일 뿐이며 형식안에 놓이질 않는 문학이 있다면 그것은
문학이 아니라 잡문에 불과할 것이기 때문이다. 다만 이렇게 말할 수
있다. "형식이 하나로 고정된 것이 없어서 형식을 만드는 데는 자유로
움이 주어지는 문학이다"라고 말이다. 그러나 여기에도 짚고 넘어가야
할 데가 있음을 알아야 한다. 어떤 갈래의 문학이든 편편마다 형식을
새로운 것으로 만들어 내지 못할 때 그것이 '창작'이 될 수 있는가 하
는 쪽에서 대답을 만들어 갖고 있어야 한다는 점이다. 그러기에 '無形
式의 문학'이니 '제약이 없느니' '형식이 자유롭다'느니 하는 말을 예
사롭게 해서는 수필 갈래를 갈래 이전으로 끌고 가거나 이미 이뤄진
갈래의 자리를 깨부수는 결과를 가져오기 십상인 것이다.

 수필은 인생과 자연에 대한 생각이나 느낌을 시험 삼아(시도함) 말
해보는 글이기 때문에 여기에는 분명 작가의 한 시각을 필요로 하고
그 시각을 표현하는 자리로 올리기 위해서는 걸맞는 형식을 만들지 않

---

13) 隨筆文學論, p.50.

으면 안되는 것이다. 마치 시가 상상을 잣는 말로 드러내지는 데서 형식이 주어지고 소설이 알맞은 이야기로 드러내지는 데서 형식이 주어지고 희곡이 대화글로 드러내지는 데서 형식이 주어지는 것과 같은 것이다. 그리하여 어떤 이는 아래와 같이 말해 본 것이 아닌가 한다.

> 抒情詩的 情緒나 感興을 가지면서 抒情詩가 아니고 小說의 구성을 가지되 小說이 아니고 戱曲的 요소를 가지면서도 戱曲도 批評도 아닌데 隨筆의 獨自的인 樣式이 있다.[14]

따옴글은 시·소설·희곡·비평 갈래가 갖는 요소들을 두루 받아들일 수 있는 것이 수필이라는 매우 모호한 입장을 보이고 있지만 수필이 '독자적인 양식'을 갖고 있다고 지적한 적은 눈여겨 둘 만하다 하겠다.

어쨌거나 수필은 그것이 문학인 한 형식이 있는 글임에 틀림이 없다. 다만 그 형식이 어떤 것인지를 찾아내지 못하였을 뿐이다. 앞으로 이론가들은 수필 특성이 「무형식의 문학」이라고 매김하지 말아야 하고, 그 다음으로는 보편성 있는 틀을 눈썰미 있게 찾아내어야 한다. 여기 참고 될 만한 점 두가지를 아래에 덧붙여 두고자 한다.

① 수필은 모든 갈래의 문학과 마찬가지로 시작과 중간과 끝의 짜임을 갖는다.

② 대우성[15]을 많이 드러낸다.

---

14) 文學槪論(1969, 語文閣), p.196.
15) 待遇性, Antithetic.

V. 마무리

앞에서 논의한 것 외에도 엄밀히 보아 따질 것이 얼마든지 더 있다. 「비평 정신의 문학」이니 「제재가 다양한 문학」이니 하는 말들이 과연 제자리에 놓인 말들인지 세심히 살펴볼 여지가 남아 있는 것이다.

여기서는 이 정도로 멈추면서 수필 이론가들에게 아래 4가지 부탁의 말을 올리며 마무리할까 한다.

① '수필'의 '隨'에 매달리지 말자.

② 수필이 글예술이라는 점에서 벗어나지 말자.

③ 이론 용어를 꼭 들어 맞게 쓰자.

④ 수필이 독사스런 살래임이 분명하므로 독자스런 틀이 있어야 함에 대해 외면하지 말자.

작가는 무엇하는 사람인가
— 상업주의 문학을 비판한다

I

지난 70년대에서부터 문학의 상업주의에 대한 논의가 활발해지기 시작했는데 이는 대중전달 매체의 급속한 발전으로 예술작품 전반의 대중화 내지 통속화 현상을 가져오게 됨으로부터 비롯된 현상의 하나라 하겠다.

발표 기관의 늘어남과 인쇄매체의 산업화 현상은 문학을 수요와 공급의 원리 위에 놓이는 상품의 위치로 바꿔놓기에 이른 것이다.

문학 작품집도 이제 민화나 사진 등과 같이 대량으로 찍어 내어 상품으로서의 가치를 지니기에 이르렀고 보다 많이 팔리는 것이 되기 위해서는 여타의 제조품처럼 구매력을 동원하는 조건을 갖춰야 되게 되었다.

이때 작가는 두 군데로부터 압력을 받거나, 아예 그쪽의 취향을 먼저 맞추어 주는 쪽으로 서기도 하는 경우가 생기기 때문에 상업주의 논란이 일게 되는 것이라 보겠다. 하나는 독자쪽이고 다른 하나는 출판기관 쪽이다. 출판기관이 노리는 독자는 어느 특수 집단이 될 수는 없고 다수의 무리인 대중이 될 수밖에 없다. 대중은 정치가나 학자들

뿐만 아니라 하루 벌어 하루 먹고 사는 일반 서민들까지도 대중인 것이다. 출판기관 쪽에서 바라는 바는 대중 전반이 모두 원하고 그리는 내용물을 활자화해서 상품적 가치로 끌어올리는 일이다.

문제는 대중 전반이 모두 원하고 그리는 내용이 무엇인가에 있다.

비교적 훈련된 독자로 볼 수 있는 모파상의 독자들이 모파상에게 요구한 것을 보면 독자들의 취향을 맞추기가 얼마나 어려운가를 실감하게 된다.

"① 나를 즐겁게 해 달라 ②나를 슬프게 해 달라 ③ 나를 감동 시켜 달라 ④ 나에게 공상을 불러 일으켜 달라 ⑤ 나를 위로해 달라 ⑥ 나를 전율케 해 달라 ⑦ 나를 사색하게 해 달라" (『보봐리 부인』서문에서)등이 그것으로 작품을 향해 서 있는 독자들 마음이 어떤 것인가를 보여주는 예가 된다.

그런데 이런 정선된 소수의 독자가 아닌 일반 대중을 독서 인구의 범위로 잡을 때 그런 대중은 어떤 무리들인지 어네스트 반 덴 하아그의 말을 들어 볼 필요가 있다.

대중이란 학습하는 것이나 예술이란 것을 과거부터 좋아하지 않았으며 지금도 싫어한다 대중은 인간의 삶을 밝혀 버리려 하기보다는 오히려 일상의 어려운 삶을 잊게 하는 것을 찾는다. 다시 말하면 대중은 새롭고 낯설은 문화현상에 의해 충격을 받기를 피하려 하고 그보다는 익숙한 전통적인 놀이의 표현(행복하고 감상적인 놀이의 표현)에 의해 편안히 쉽게 즐기고자 한다. 사실 대중은 아슬아슬한 스릴을 원하기는 한다. 그러나 대중이 원하는 스릴은 비이성적인 폭력이나 천박한 것으로 얻어지는 것이며, 이러한 것을 통해 감정을 해소하려 할 뿐이다. 마찬가지로 달콤한 감상적인 것을 좋아하며 이를 통해 현실도피를 하려 한다.

— 『우리가 예측할 수 없는 행복과 절망』에서

대중은 학습이나 예술을 싫어하고, 비이성적인 폭력이나 천박한 놀이를 통해 현실을 도피하려는 경향이 있음을 말해 놓고 있다. 작가들이 이러한 대중에 맞장구를 치게 될 때 문제가 생기는 것이라 봄이 옳다.

II

작가가 대중의 취향에 맞장구를 쳐서 만들어낸 작품은 독자 대중에게 쉽게 읽히는 것이 되며, 읽히는 만큼 출판기관의 영리에 보탬이 된다. 그렇게 되면 이와 유사한 다른 작품들이 다른 출판기관에 의해 재빨리 찍혀 나오고, 신문광고란에 과대 광고가 실리게 되면 독자들은 쉽게 현혹되어 판매고를 올리는데 한몫을 담당하게 된다.

이런 일이 계속되면 작품의 그레샴법칙이 적용되게 된다. 화폐의 유통에서처럼 문화 일반의 유통에 있어서도 악화가 양화를 구축한다. 이런 상황을 설명해 주는 작가들의 발언이 주목된다.

> 우려하고 경계했던 탈문화의 횡포들이 터진 붓물처럼 밀려오는 문화 창조에 뜻을 둔 몇몇 사람들은 아예 발붙일 땅마저 잃게 된 상황 아래서 우리들의 의지와 열의는 많은 시련에 부딪치고 있는 게 사실이다. 극단적인 비관의 눈초리로 바라보자면 이제 우리들이 이상으로 삼았던 문화, 진실한 인간 구제의 길이라고 믿었던 문학, 그것은 한낱 허상에 지나지 않게 되었는지도 모른다.
>
> ― 「作家 3」의 머리말에서

탈문화의 횡포에 대한 경계는 다름아닌 상업주의 문학에 대한 경계인 것이다. 매우 비관적으로 오늘의 문단을 고발하고 있는데 이 경우 소설의 상업화에 대한 경고로 읽어야 한다.

문학 작품에서 양화를 구축하고 나면 대중문화가 모든 이질적인 문화내용들을 섞어버리는 것처럼 작품의 동질화라 할까, 판에 박은 작품 유형의 남발이랄까, 어쨌거나 그런 바람직하지 못한 쪽으로 문학이 흘러가게 됨에 있다. 드와이트 맥도날드는 문화의 동질화 현상을 크림방울들이 우유 위에 따로 둥둥 떠있게 하지 않고 전 우유에 크림의 작은 기포들이 골고루 퍼져들어가는 것과 같은 것이라 설명하고, 이를 가치의 파괴 현상으로 보았다.

작품의 동질화 현상은 비단 우리나라의 오늘에만 있는 것이 아닌 듯하다. 대체로 오늘을 사는 작가들은 좌절감이나 불안정함 그리고 말세감과 선정적인 데로 깊이 빠져드는 것처럼 보인다. 누가 먼저랄 것도 없이 인간의 추악한 면을 들추어내는 것이, 인간의 가장 비참한 약점을 골고루 찾아내는 것이, 그리하여 더 이상 나쁜 점을 드러낼래야 드러낼 수 없는 지경에 이르는 것이 가장 작가다운 작가의 사명으로 알고 또 열심히 실행하고자 하는 듯하다.

이렇게 해서 쓰여진 작품들은 파멸로 가는 사회를 제시하여 이를 딛고 오를 수 있는 구원의 어떤 세계를 보여주는 것이 못되고 있다.

그렇기 때문에 가치의 파괴 현상으로 보아 마땅하다.

Ⅲ

우리 소설의 경우 상품화 경향은 1900년대의 신문 연재소설에서 비롯된다. 오늘의 현실 역시 신문소설이 상업주의를 주도하고 있다고 해도 과언이 아니다.

김우종은 상업주의 소설의 특징을 "특수한 남녀의 애정관계, 폭력적 사건, 얄팍한 감상적인 문장이나 야비하고 저속하며 매우 자극적인 문장"등으로 보고 있다. 반 덴 하아그가 말한 대중의 속성을 참으로 잘 꿰뚫어 보고 작품을 쓴 것이 아닌가 착각할 정도로 작가들이 대중 취향에 편승하고 있음을 확인해 준 설명이다. 학습이나 예술을 싫어하고 비이성적인 폭력이나 놀이를 통해 현실을 도피하려는 대중이 만나는 것은 선정적이고 성적인 센세이셔널리즘이다.

　비평가와 작가들이 신문소설에 대해서 말한 부분을 찾아 적어보면 이러한 형편을 더 잘 알아차리게 될 것이다.

　　재미란 어디까지나 감동이어야 하고, 그 감동은 작가쪽의 진정과 독자쪽의 진정이 함께 만나는 공간에서 자연스럽게 이루어지는 바람직한 정서로서의 감동이어야 한다.

　　　　　　　　　　— 「동아일보, 1978년 12월 29일자」

　　무자정 독자의 취향에 맞추려 하고 편승하다 보면 처음 얼마 동안은 호응을 얻을지 몰라도 그러다 보면 독자가 먼저 간파하고 작품을 멀리해요. 그런 점에서 최근 일어났던 상업주의 논쟁은 당연히 일어나야 할 논쟁이었다는 생각이 들고 우리 작가들이 반성해야 할 것도 바로 그 점이 아닌가 여겨집니다.

　　　　　　　　　　— 「조선일보, 1979. 1. 13」

　　신문소설에서는 벗겨야 한다고 잘못 아는 작가들도 있는 것 같아요. 실제로 독자들이 원하는 건 그런게 아닙니다. 그런 이야기는 순간적으로 독자를 끌지는 모르나 독자들의 근본적인 문학에의 사랑과는 연결되지 않아요. 그것을 잘못 알고 있는 작가의 작품이라면 상업주의로 지탄받아 마땅하지요.

　　　　　　　　　　— 「조선일보, 1979. 1. 13」

　　작가 자신이 지나치게 엄격한 윤리 정신을 작품 전면에 제시하는 것도 찬성할 수 없는 일이지만 윤리 정신을 완전히 망각하고 작품을 쓰는 일은 더욱 더 찬성할 수 없다.

　　　　　　　　　　— 「부산일보, 1979. 1. 14」

실리적인 감각이 우세한 우리들이 기미년엔 보다 도의적이고 윤리
적인 감각과 성향으로 전환되었으면 하는 것이다.
— 「신아일보, 1979. 1. 11」

이처럼 작가와 비평가들이 신문 연재소설의 그 상업성에 대한 비판
과 반성의 논의가 활발해지고 있는 것은 반가운 일이다. 스스로 반성
하여 '근본적인 문학에의 사랑'이나 '윤리 정신'의 회복을 기하는 일은
아무리 강조되어도 지나치지 않기 때문이다.

신문윤리위원회에서 문제 삼은 작품들을 보면 거의가 선정적인 묘
사나 음담패설의 나열이다. 이런 묘사나 이야기의 폭력적인 전개를
'개인들이 뒤섞여 사는 사회를 자세히 관찰함으로써 그 사회의 모순점
을 발견'케 하는 사실주의의 수법과는 구별해 보아야 한다.

대부분의 선정적이고 노골적인 묘사들은 전체의 맥락 안에서 주어
지는 의미도 없고, 단지 묘사를 묘사 그것만으로 즐기는 쪽이 되어 있
어서 지나친 묘사들이 오히려 복선과　필연으로 이어지는 소설의 짜임
새를 망가뜨리고 있다.

문제된 소설의 제목과 빌표된 지면을 대충 직어 보이면 아래와 같
다.

「夫婦」(전북신문), 「偶像의 손」(매일신문), 「海東春」(부산일보), 「靑
山에 살어리랐다」(경기신문), 「天國의 階段」(충청일보), 「떠도는 偶像」
(부산일보), 「바다 위를 걷다」(국제신문), 「焦土」(경향신문), 「이브의
건넌방」(신아일보), 「뜨거운 강물」(신아일보), 「바람과 구름과 비」(조
선일보), 「새벽의 하얀 무늬」(충청일보), 「별과 꽃과의 향연」(대전일
보)

위의 문제된 작품들에서는 좋은 소설에서 얻어지는 감명을 받을 수

가 없다. 이는, 예의 상업주의에 영합한 감정 소비의 단색적인 장면에만 맴돌고 있기 때문이다. 최소한의 인간 생명의 밑바닥에 놓여지는 비의를 건드려 드러내어야 할텐데 그렇지 못한 데 문제가 있다.

이런 작품들을 읽게 되면 이만한 정도의 노골적인 표현들이 아니면 덤덤해서 더 읽을 수 없게 되는 타성을 가지게 된다. 뿐만 아니라 이런 작품 속에서 성실한 삶을 살고자 하는 대부분의 독자로 하여금 인간에 대한 싫증이나 염증을 갖게 하는 해독이 들어 있다.

한편 상업주의 소설을 말할 때 지나쳐 버릴 수 없는 것 중의 하나가 소시민 내지 하층민들의 삶을 파헤치는 문제다. 천편일률적인 소재에다 드러내는 의미 또한 사회의 책임으로 집약된다. 그렇게 되면 개인이 할 일이 없어져 개인으로 보면 온당하게 생각될지 모르나 그 속에는 함정이 있음을 알아야 한다. 개인이 할 일을 못하고 자기 일을 찾지 못하더라도 사회는 그것대로 독립해서 정돈되고 발전되어 가는 것이라 생각하면 그것은 분명 오산이 아닐 수 없다.

여기서 문제가 되는 것은 소재의 동질화와 주제의 동질화다. 예술에 있어서의 동질화는 가치 파괴의 현상 그 이상도 그 이하도 아니다.

IV

시에서 상업주의 현상을 볼 수 있는가? 있다면 그것은 어떤 모습으로 드러나고 있는가? 이 물음을 제기한 사람은 아직 아무도 없다. 그러면 시집이 출판되었을 때 팔리지 않기 때문에 이런 논의가 유보되고 있을 뿐이지 시집이 소설작품처럼 잘 팔린다고 가정할 때 상업주의와 이어져 있는 작품에 대해 논의할 여지는 충분히 있다.

우선, 70년대 이후 시단의 한 모퉁이에서 끊임없이 제기되어 오고 있는 '쉬운 시 쓰기' 문제부터 생각해 보기로 하자.

이들의 주장은 독자가 읽고 쉽게 알 수 있는 시를 써야 한다는 것이고 일하는 농부라도 읽어서 맛볼 수 있는 시를 써야 한다는 것이다. 문학의 권좌를 소설에 빼앗긴 시가 제자리로 올라서는 길은 오직 쉽게 푸는 길밖에 없다는 주장이다.

이 주장을 잘 짚어보면 터무니없이 쉽게 쓰자는 것이 아니라 시인의 체험을 내면화하는 한에서 가장 쉬운 방법으로 형상화 해보자는 매우 조심스러운 속뜻이 들어 있다. 이런 속뜻을 제쳐버리고 시를 쓰면 독자 대중의 편리함에만 기울어져 쓰나마나한 시를 양산하는 길로 들어서게 되는데, 이런 시를 종종 만날 수 있음을 지나쳐 보아서는 안된다.

다음으로는 유행에 민감한 시를 들어볼 수 있다. 유행에 민감한 것이라 해서 모두 좋은 작품이 아닌 것은 물론 아니다. 유행을 따르더라도 자기 영혼의 심층을 울려낸 시를 창작해 내면 문제가 되지 않는다.

유행을 따르는 시를 두 가지로 나누어 볼 수 있다. 하나는 말에 관한 것이고 다른 하나는 삶의 태도에 관한 것이다. 말맛을 자별나게 잘 내는 시인이 간드러지게 시를 써서 좋은 평을 들으면 재빨리 그 말맛 내는 길을 따리 들어서는 경우를 자주 접할 수 있다.

> 맨발로 바다를 밟고 간 사람은
> 새가 되었다고 한다.
> 발바닥만 젖어 있었다고 한다.
>
> —'7' 시인의 「눈물」일부

이런 시가 한 편 쓰여지면 '바다'와 '사람'을 이어 놓는 시들이 금세 나타나고 '되었다고 한다'와 '있었다고 한다'의 되풀이에서 오는 리듬도 금세 살려내는 시들이 나타난다. 어떤 때는 본보기로 삼은 시보다 더 말맛을 잘 내는 경우까지도 생기게 된다. 1966년의 모일간지 신춘

문예 당선시 「밀림의 이야기」가 표절이라 하여 말썽을 일으킨 바 있는데 이 작품이 그 예가 된다. 본보기로 알려진 1964년 신인예술상 문학부 수상작 「노래여 노래여」보다 이 「밀림의 이야기」가 말의 쓰임이나 리듬에서 내는 분위기가 훨씬 뛰어나다.

삶의 태도에 관한 유행병도 이에 못지않게 심한 경우를 볼 수 있다. 70년대 이후 한 쪽에서 도시 서민들의 삶의 애환을 그려 평판을 얻게 되자 재빨리 또 그 쪽을 기웃거리는 시인들이 나타나게 되었고, 다른 한 쪽에서 농촌 농민들의 어려운 삶을 그려 자칫 놓치기 쉬운 소외된 사람들의 삶을 조명했다는 평가를 얻자 그쪽으로 나서는 시인들도 이어 나타났다.

이 경우도 절대 그렇게 할 수 없다는 뜻에서 예를 드는 것이 아니다. 도시 서민들의 삶의 애환을 그리려면 그들의 삶이 시인 스스로의 체험의 중심에 와 있어야 한다. 농촌 농민들의 삶을 그리는 것도 마찬가지가 되어야 한다. 그렇지 못할 경우 시인 영혼의 심층과 무관한 가화와 같은 시가 만들어질 뿐이기 때문이다. 가화와 같을 때 작품은 창조된 것이 아니라 제조된 것의 의미를 띨 뿐이다. 상업주의와 결탁된 소설작품들이 '그 소재에 그 주제'라는 말을 들으면서 문화의 동질화 현상에서 오는 가치의 파괴로 비판을 받는다면 아직 상업주의에 손잡은 듯이 눈에 뚜렷이 드러나지 않았다는 구실로 시만이 치외법권의 자리에 놓일 수는 없는 것이다.

말맛을 따라내는 일이나 삶의 태도마저 흉내내는 일은 소설의 동질화 추세에 조금도 뒤지지 않는 상업화에의 추파라 아니 할 수 없다.

V

우리는 무조건 잘 팔리는 것과 상업주의를 혼동해서는 안된다. 오히려 상업적 가치를 가지면서 문학적 가치를 가진다면 이 이상 이상적일 수가 없다. 상업성이 있는 작품 가운데서 상업주의 문학을 가려내자면 실증적 차원에서 먼저 따져 보아야 하고 이어 작품에 대한 풀이가 잇따라야 한다.

영리적 동기에 의해 작품이 쓰여지는 경우라 하더라도 작가의 자유 정신(창조 정신)이 발휘될 때 작품은 제조품이 아닌 창조품이 될 수 있기 때문이다.

한편 생각해 볼 수 있는 것은 상업주의 문학에 대한 일방적인 비판이 수용자(독자)보다는 작가 방어 내지 옹호 쪽에만 서 있는 것은 아닌지 검토해 볼 필요가 있다. 하버트 J.갠스는 「대중문화 비판론의 근거와 역사적 편견」이라는 글에서 다음과 같이 말한다.

> 고급문화는 창작자 지향적 문화라 할 수 있으며, 고급문화의 심미적인 판단이나 비평적 기준은 이 창작자 지향성에 근거하고 있다. 창작자의 의도만이 결정적인 것이고, 수용자의 가치는 거의 관계 없다고 보는 창작 지향의 비평은 수용자들의 압력으로부터 창작자들을 보호하는 기능을 수행하고 있으며, 예술가들의 창조 작업을 더 용이하게 해주기는 하지만, 그러나 이는 모든 예술 창조자들이 어느 정도는 그들의 수용자들에게 반응하면서 창작 작업을 하고 있다는 현실을 너무 간과함이 없지 않다.
> —강현두 편 『대중문화의 이론』 p.90

눈여겨 살펴면 상업주의 문학에 대한 비판이 '창작자 방어의 이데올로기'에 머물러서는 안되고 오히려 수용자 지향적 관점에서 볼 수도 있어야 함을 가르치고 있는 듯하다.

그리하여 말할 수 있는 점은 대중취향 일변도라야 대중을 위한 것이 아니라는 사실과 대중의 삶의 중심에서 대중의 바람직한 삶의 통로를 열어주는 작가가 돼야 한다는 사실이다.

그렇다. 작가는 어떤 경우라도 인간 내면의 성숙을 위한 단련의 기회를 제공해 주고, 단련의 방법을 제시해 주고, 단련의 힘을 공급해 주는 공급원으로서의 자리를 지켜야 마땅하다.

출판기관도 이제 그러한 문화의식을 가지고 제자리로 돌아갈 때가 되었다. 비평을 하는 사람도 예외일 수가 없다. 위기가 왔을 때 이를 감시하고, 견제하고 치유해 주는 자로서의 본령을 지켜야 하기 때문이다.

오늘 우리 문학의 지평

I

　문학의 몫은 본질적으로 아름다워야 하고 속성적으로는 진실해야
한다. 말하자면 독자에게 즐거움과 감동을 주고 우회적으로 인생의 진
리를 깨우쳐 주는 것이 문학의 몫인 것이다. 문학이 생겨난 이래 이 몫
은 변질되지 않고 있지만 시대나 지역에 따라 몫의 양극이 어느 쪽으
로 기울어지는가, 기울어짐의 모습이 어떤 것인가에 따라 그 질과 흐
름이 결정되어 왔다.

　웰렉과 워어린은 이 몫을 한 마디로 '미적인 엄숙성'이라 하여 양극
곧 '美'와 '엄숙성'의 변증법적 통일을 강조하고 있다. 오늘날 우리 문
학이 안고 있는 문제를 여러 군데서 접근해 볼 수 있지만 '엄숙성'에
다 초점을 맞추어 접근해 보면 유용한 결과가 나오지 않을까 한다. 이
렇게 함으로써 '美'의 문제까지도 동시에 해결하는 일석이조의 결과를
얻을 수 있다는 믿음이 있기 때문이다.

Ⅱ

　'美'는 쾌락에 관련되고 '엄숙성'은 효용에 관련된다. 웰렉과 워어린은 문학의 효용을 '엄숙성과 교육적인 점'으로 풀고는 이는 수행해야만 될, 또는 배워야만 될 엄숙성이 아니라 하였다. 수행해야만 될 것도 아니고 배워야만 될 것도 아니라면 그 엄숙성은 무엇인가? 이 물음에 대한 답을 '삶의 심층을 드러내는 것'이라 해놓고 이야기를 풀어나갈까 한다. 삶의 표층을 드러내거나 모사하는 것으로 엄숙성을 보여줄 수는 없다. 또 삶의 심층을 비켜서 그것의 의미만을 매기며 전달하고자 하는 것도 엄숙성과는 무관하다. 엄숙성은 단 한 번밖에 없는 자기 삶의 되풀이되지 않는 현장이 자아내는 것이지, 그것을 통과하지 않는 어떤 것으로도 드러내지지 않는다.

　인생의 진실이나 삶의 진리는 삶의 무게가 실리는 자리, 곧 삶의 심층에 있다. 그것을 캐고 보여주는 것이 문학이고 문학의 몫이다. 삶의 무게가 실리는 것은 그것 자체가 흉내낼 수 없는 절대성을 갖고 있어서 '윤리적이다' '비도덕적이다' '추하다' '선하다'등으로 등급이 매겨지는 것은 아니다. 윤동주의 「서시」는 무게가 실리는 자리가 선하고 도덕적이다. "죽는 날까지 하늘을 우러러 한 점 부끄럼이 없기를"이 그러하고 "별을 노래하는 마음으로 모든 죽어가는 것을 사랑해야지"가 그러하다. 이에 비하여 신경숙의 단편 「풍금이 있던 자리」는 무게가 실리는 자리가 비윤리적이고 불행하다. '사랑하는 당신'에게 보내는 편지 형식으로 되어 있는 이 작품은 나의 사랑이 미학적 승화를 이룩해 가는 심리적 과정을 그려주고 있으나 그 사랑의 단초는 불행한 것이다. 반윤리라는 자리로 쏠리는 운명과 불행을 작품은 그대로 수용해 놓고 있는데 사람이 맞이하고 감내하는, 그리하여 피할 수 없고 흉내 낼 수 없는 심층을 피해가지 않는다는 데서 우리는 삶의 한 진실을 보게 된다.

Ⅲ

　문학에서 얻는 감동은 형식으로 오기도 하고 내용에서 오기도 한다. 사실은 그 둘이 합일되어 이루는 상승작용에서 온다고 보아야 한다. 그러나 끝까지 남아서 오랜 동안 독자의 삶과 함께 가는 것은 내용이다. 이른바 엄숙성에서 얻는 감동의 질이 문학의 최종적인 값을 결정해 주는 것이다.

　오늘의 문학에 감동이 있는가? 라는 질문을 던지는 이가 많다. 시는 대체로 지적 유희나 사고의 편향이나 난해에 떨어져 있고 소설은 정신의 공백지대에서 새로운 허무를 앓고 있다. 감동을 주는 작품이 드물다는 이야기다. 작품으로 감동을 주지 못하는 것은 작가가 자기 삶의 무게를 피해 있다는 증거이다. 아무도 체험을 똑같이 할 수 없는 자기 삶의 무게를 무게로 감당하는 자가 참다운 작가일 수 있다. 그런 삶의 무게에서 사람들은 감동을 받지, 그것을 피하여 어떤 무엇을 드러내는 작품에서, 설령 그것이 별난 방법을 획득한 것이더라도 감동을 받지 못한다.

　1930년대의 서정주 시에서 우리는 피해갈 수 없는 생명의 조건에 맞부딪치고 고뇌하는 육신의 목소리를 듣는다. 그것이 독자를 한없이 감동시켰던 반면 ‘신라’를 소재로 한 작품들에서는 그만한 감동을 불러 일으켜 주지 못한다. ‘신라’는 서정주 삶의 심층을 통과하여 드러내진 것이 아니라 신라 사람들이 이룩해낸 신라 사람들의 삶이기 때문이다. 김광균의 1930년대 시에서 우리는 주지파 시의 한 양상을 읽어 낼 수 있지만 방법과 형식에 기울어진 작품들에서 오랜 시간을 더불어 가는 감동을 얻지 못한다. 반면 그의 최근의 시에서 오히려 담담한 삶의 무게와 무늬를 확인하는 즐거움을 얻을 수 있다.

　이청준의 「서편제」에서 우리들은 감동을 어디서 받는가? 비우고 비워내도 돋아나는 우리들 삶의 한, 그 한을 바라보게 하는 데서 받는다. 작가는 한의 거창한 의미나 극복의 유별난 처방을 섣불리 말하지 않는다. 다만 화자와 가장 가까운 거리에서 애정어린 눈으로 한의 순례에 동참하고 있을 뿐이다. 그것이 결국은 초월로 가고 사람으로 가는 길임을 독자는 오랜 묵상 끝에 얻어낼 수 있는 것이다.

IV

우리 문학이 갖는 결핍 가운데 제일 큰 것이 철학이라고들 한다. 철학이 없는 시, 철학이 없는 소설, 철학이 없는 시조, 철학이 없는 수필이 무성하여 마치 문학이 향기가 없는 꽃과 같다는 것이다. 특히 시에서의 철학 결핍이 우심하다는 지적이 있다. 그러나 이 지적은 작가가 삶의 심층으로 들어가라는 주문으로 돌려 볼 수 있다. 철학을 어떤 이는 존재를 탐구하는 것으로, 어떤 이는 죽음의 연습으로, 어떤 이는 신과 같아지는 것으로, 어떤 이는 아는 힘을 비판하는 것으로 이해하고 있음을 본다. 그 어떤 것으로, 이해하든 철학은 자기 삶의 심층으로부터 비롯되거나 체험되는 것이다. 이것을 피한 자리로부터 얻어지는 철학은 문학으로 수용되어 질 것이 아니라 철학 그 자체의 사색에 머물 성질의 것이다. 철학 그 자체의 사색은 형식이나 미학에 어울리지 않을 뿐더러 설사 작품으로 쓰여졌다 하더라도 사색은 생경한 채로 따로 놀고 번지 수가 다른 미학은 미학대로 놀게 된다. 정지용의 가톨릭시가 실패했다고들 하는데 만약 실패했다면 그 원인은 시인이 가톨릭이라는 삶의 무게를 제대로 받아내지 못한 데에서 찾아야 할 것이 아닌가 한다.

민중문학의 문제도 그렇다. 이 문제는 철학의 결핍 문제와는 상대적인 자리에 놓인다. 민중문학은 인간다운 삶을 향한 민중들의 염원이 사회구조의 모순에 의해 어떻게 솟아오르는지를 드러내 보이고자 하는데 그것 나름의 실천적 측면의 드러냄이 돋보이는 바 있다. 그렇다 하더라도 우리가 주목하고자 하는 점은 인간다운 삶을 지향하는 데 있다. 인간다운 삶의 지향은 바깥 구조를 통해서도 실천되어야 하지만 삶이 개별적으로 만들어내는 관심과 정서에도 이어져 있음을 간과해서는 안된다. 민중문학 가운데서 실패한 작품들은 작가가 스스로의 삶, 그 심층으로 내려가지 않고 바깥 구조나 모순에 전적으로 기댄 채 이루어낸 것이 아닌가 한다. 경향을 드러내는 것일수록 작가가 경향과 경향으로 사는 삶의 무게를 받아 낼 수 있어야 한다. 말하자면 철학을 문학으로 받아들이려거든, 이념을 문학으로 받아들이려거든 그것들이 작가의 삶의 무게에 체험의 중량으로 실릴 때라야 가능하다는 것이다.

V

오늘날 산업화는 가속화되고 있다. 거기에 따라 인간의 소외현상도 점차 가중되고 있다. 기계로부터의 소외, 정치로부터의 소외, 사회구조로부터의 소외 등 인산이 이룩한 것이 늘어날수록 소외도 정비례로 늘어나고 있는 것이다. 작가는 이 소외를 자기 삶의 심층에서 만나는 것일 때 그 소외와 더불어 가야 하는 것임을 인정해야 한다. 이를 피하고 비켜가면 갈수록 소외는 점점 늘어나게 되어 끝내는 감당을 못하는 지경에까지 이를지 모르기 때문이다.

그리고 작가는 소외를 형식으로 실험으로 받아들여서는 곤란하다. 소외를 극복하는 길을 형식의 실험에서 구하면 그 길은 점점 미궁으로 들어가게 될 것이다. 자기 삶의 심층에서 찾아낸 소외는 실험의 대상이 아니라 되풀이되지 않는 일회성의 체험 그것으로 존재하기 때문이다. 그러고 보면 문학의 형식이라는 것도 일회성의 체험이 공고할 때

바늘에 실따라 오듯이 그냥 따라오는 것임이 인정된다.

　삶의 심층 드러내기, 그러므로 이것은 문학의 보편적인 몫을 챙겨주는 것이 되고 오늘 문학의 지평을 새롭게 열어주는 단초가 된다. 이런 면으로도 이 말에는 엄숙성이 포함되어 있다 할 것이다.

우리 문학 어떻게 맛볼 것인가?

　문학을 감상한다는 것은 즐거운 일이다. 그러나 문학을 즐기는 대상으로 여기는 쪽보다는 부담을 갖는 대상으로 여기는 쪽이 많은 것이 현실로 보인다. 뭔가 이것은 잘못된 일이다.　문학을 통해 국민정서를 윤택하게 하고 삶의 내질을 풍요롭게 다지는 것이 필요한데 그렇지 못한 형편이 되고 있기 때문이다.

　이를 타개하기 위한 방안을 4가지로 나눠 제시해 볼까 한다.

Ⅰ. 작품을 늘 가까이 하여 작품과 친해져야

　작품을 감상하는 첫 번째 길은 작품과 친해지는 것이다. 이는 친구의 얼굴을 보면 금방 무엇을 원하는지 어떤 감정에 놓여 있는지를 알아내기 쉬운 것과 마찬가지다.

　음식도 늘 먹는 것을 사람들은 잘 먹게 마련이다. 바닷가에 사는 사람들이 회를 좋아하며 그들은 그 중에도 어떤 고기가 더 맛이 있으며 어느 철엔 어떤 고기가 일품인지를 환히 알고 있다. 반대로 산골 사람

들은 회를 잘 먹지 않으며 그들은 산나물을 좋아하며 맛깔의 다양함에
대해 잘 알고 있는 것이다. 작품과 친해지면 현실의 재구성에서 비롯
되는 형식·구조에 대해 낯익게 된다.

　시조를 예들어 보자.

```
3. 4. 4(3). 4
3. 4. 4(3). 4
3. 5. 4.    3
```

　위 음수율을 보면 초장·중장은 변화 없이 그대로 이어지고 종장은
통괄하며 종결하는 변화의 모습을 알아차릴 수 있다. 종장의 둘째 걸
음이 파격적으로 길어져 긴장과 굴절의 호흡을 보여주는 맛에 길들여
져야 시조의 제맛을 보게 되는데 사실 이 맛에 길들여진 독자는 그리
많지 않은 것이다.

　시의 경우, 짧게 말하고 뜻은 간절하게 드러내기 위해 여러 가지 장
치를 시인은 한 편의 시에다 마련하게 된다. 비유, 이미지, 상징, 역설
등의 장치가 그것들이다. 일상 회화체에 길들여진 사람들은 그 깊이와
정서에 깃들일 수가 없다. 그리하여 '무슨 말인지 도통 모르겠어'하고
는 읽기를 포기하고 마는 것을 볼 수 있다.

　소설도 늘 가까이 하는 사람이라야 긴 호흡이 따라 생겨서 긴 시간
을 견디며 읽어낼 수 있게 된다. 자주 소설을 맛보는 사람은 길이를 보
상해주는 즐거움이 어디에 있는지를 확실히 안다. 그렇기 때문에 별
부담 느끼지 않고 소설책을 가벼히 접근하게 되는 것이다.

Ⅱ. 일상적 리듬에 가까운 갈래부터 맛보아야

시, 소설, 수필 등의 문학 갈래 가운데서 일상적 리듬에 가까운 갈래부터 맛보는 것이 순리일 것이다. 즉 수필을 가까이 하고 다음엔 소설을, 또 그 다음엔 시를 가까이 하라는 말이다. 수필은 대개 소재를 일상생활에서 취재하고 자기 고백적인 성질을 띄므로 일상의 리듬이 거의 그대로 드러나는 갈래이다. 따라서 주제의 노출이 문학 갈래 가운데서 가장 두드러져서 독자가 친근감을 쉽게 가질 수 있는 갈래이다.

소설은 소재를 일상생활 가운데서 취재하되 리얼리티를 살리는 이야기로 꾸며내기 때문에 가공화하는 그 만큼 일상적 리듬이 굴절된다. 주제도 수필보다는 훨씬 안으로 숨어 있어서 의미를 캐는 독자에게 부담을 줄 수 있는 갈래이다. 그렇다 하더라도 소설은 이야기이므로 갈래 그 자체가 갖는 친근감이 있어서 시보다는 부담이 덜한 것이 사실이다. 시는 정서적 언어, 또는 내포적 언어로 이뤄지는 갈래이어서 수필이나 소설을 읽듯이 읽어서는 정서적인 반응이나 뜻의 깊이를 헤아릴 수가 없다. 비유나 이미지나 내재율에 반응하는 감수성의 훈련이 필요하다.

그러므로 문학작품을 접하려는 이는 수필, 소설, 시 등의 순으로 접근하는 것이 좋을 것이다. 천하의 난해시인인 이상(김해경)의 예를 들어보면 이점 쉽게 수긍이 갈 것이다. 이상의 수필을 읽으면 일단 무슨 소리를 하고 있는지 헤아려 볼 수 있다. 소설은 주제를 안으로 숨기는 픽션인 데다 심리주의적인 특수기법이나 상황 설정으로 역시 난해하다. 시는 말할 것도 없이 난해하다.

어찌 됐건 이상의 수필을 읽으면 산문의 그 전달기능이 살아 있어서 존재함으로부터 오는 권태나 남녀관계에 있어서의 진보적인 의식 성향을 짚어 낼 수 있다. 그리하여 소설 「날개」, 「종생기」, 「봉별기」와 같은 상황의 전개나 의미 파악에 도움을 얻을 수 있게 된다. 시 또한 그런 수순으로 짚어 들어가면 정서적인 접근이 어느 정도는 가능해지게 된다.

Ⅲ. 일상적 리듬에 가까운 시·소설을 찾아야

일상적 리듬에 가까운 작품들을 찾아 읽으면 쉽게 문학과 친해질 수가 있다. 시의 경우 우선 생활이 굴절없이 취재된 작품을 찾아 읽을 필요가 있다.

강인한의 「냉장고를 노래함」을 보자.

> 삼년 전 월부로 사들인 냉장고
> 아래층에 달걀 한 줄과
> 김치 한 단지,
> 곯아버릴 수도 없고 시어버릴 수도 없이
> 억지로 억지로 싱싱한 체함.
> 이층에는 오십원짜리
> 싸구려 아이스크림 세 개
> 학교에서 돌아올 우리 아이들을
> 조용히 기다리고 있음.
> 내가 마실 오렌지쥬스는
> 처음부터 부재중
> 아내와 나는 이 대형 냉장고 곁에
> 쪼그리고 앉아 미소 지으며
> 사진 찍기를 좋아함.
> 문을 열면
> 짜고, 매운 한국의 냄새뿐이지만
> 그러나 문을 닫고

> 잠자리에 누워서도 하염없이
> 냉장고를 사랑함.
> 열려라 냉장고, 열려라 냉장고
> 아이들은 열렬히 마술의 문에 매달려
> 꿈꾸며 노래함.

소시민 내지 서민생활의 단면이 그대로 찍혀 있는 작품이다. 이런 시를 통해 독자는 생활 그 자체를 그대로 받아들이게 된다. 그리고 내가 느끼고 생각한 것들에 대한 이름 붙이기로서의 문학을 전폭 수용하는 계기를 갖게 되는 것이다.

다음에 보편적인 정서를 노래한 시편들도 일상적 리듬에 포개지는 작품이므로 찾아서 읽을 필요가 있다. 유치환의 「행복」, 서정주의 「가시내」, 「푸르른 날」 등을 꼽을 수 있다. 그렇다고 감상 일변도로 떨어진 작품들을 찾아 읽으라는 것은 아니다. 보편적 정서인 그리움, 애닲음, 서러움, 환희로움 등을 글감으로 하되 삶의 의미를 드러내고 삶의 격을 살려주는 작품들을 찾아 읽으라는 말이다.

소설의 경우 특히 '자기 체험'을 대변한 작품에 관심을 가질 필요가 있다. 자기 체험의 장소(고향), 관심사, 관심주제를 드러낸 작품은 그만큼 눈길을 끌 만한 친근감을 지니고 있기 때문이다. 6·25를 산청이나 거창, 또는 지리산 발치에서 보낸 사람은 김원일의 「겨울 골짜기」를 특별한 관심으로 대할 것이며 이 태의 「남부군」도 유다른 관심으로 대할 것이다.

Ⅳ. 음식 맛보듯이 맛보기 해야

문학 감상은 문학에 대한 맛보기이다. 형식이나 구성 따위의 차원이 아니라 전체가 동시에 들어오는 맛보기인 것이다. 간장이나 된장맛을 우리는 제각금의 입맛에 따라 '짜다', '싱겁다'하고 잘, 그리고 분명히 맛볼 줄 안다. 문학도 이렇게 직관의 원리에 따라 손쉽게 맛보기 해야 한다.

대개 사람들은 시 맛보기를 꺼려한다. 일상적 리듬과의 거리감 때문이 아닌가 한다. 시 맛보기를 술마시기로 바꾸어 생각해 보자. 술을 둘이 앉아 마시는데 한 쪽에서 '술맛이 어떠냐'고 물었다. 이 때 다른 한쪽에서 대답할 경우 두 가지 예를 생각해 볼 수 있다.

① "아! 상큼하다", "향기롭다", "달착지근하다"

② "누룩과 술과 물은 술의 3요소다. 3요소의 비율이 3:3:4로 되어야 하고 100% 발효가 안될 경우 수인성 전염병이 극성을 부릴 염려가 있고 H20로 말하자면 알칼리성이 산성보다는 배분율이 높아야 하며, 그럴 경우 술맛은 제 본래의 맛을 낼 거야. 그런데 이 술은 그 맛이 나는 건지 잘 모르겠어."

①과 ② 어느 것이 물음에 합당한가? 물론 ①이다. ②의 경우 묻는 사람의 뜻에도 어긋날 뿐만 아니라 술맛을 달아나게 할 염려도 있다. '누룩' '쌀' '물'은 술의 삼요소라고 알아야 할 사람은 정작 술을 만드는 양조장 사람이다. 술을 마시는 사람은 그것이 누룩으로 되었건 쌀로 되었건 관계없이 맛만 보며 즐기면 되는 것이다. 맛은 양조되어 있는 술 자체의 맛을 말한다.

시 맛보기 문제로 다시 돌아와서 생각해 보자. 소재, 내용, 구성, 주제, 리듬, 배경, 문법 등으로 잘라내어 맛보기 해서는 안된다. 시는 도막이 도막대로 노는 산만한 것이 아니다. 매우 오묘한 유기체인 것이다. 유기체는 유기체 그대로 독자적인 것이고 새로운 것이다. 그리하여 다음 몇가지를 헤아리며 맛보기 하면 좋을 것이다.

① 마음을 비운다.

② 지은이 이름에 먼저 빨려 들어가지 않는다.

③ 한꺼번에 들어오는 맛, 느낌을 중시한다.

④ 마음이 머무는 자리를 곰곰히 새겨본다.

⑤ 모르는 면이 있으면 그 이유를 따진다.

소설도 예외없이 전체의 맛을 놓쳐서는 안된다. 다만 장편같은 것은 길어서 전체를 하나의 맛으로 통일되게 본다는 것이 어려울 뿐이다. 그렇더라도 부분과 부분을 따로 노는 것으로 이해하거나 맛보기해서는 안된다.

취향에 따라 소설에 접근하는 몇 가지 길을 찾아낼 수 있다.

①줄거리를 따라 읽는다.

이 경우 줄거리에서 맛을 누리더라도 부분에만 매달리면 문제가 생긴다. 필화사건들이 대개 여기서 발생하기 때문이다.

②작품을 이루는 배경(역사, 지리……)에서 맛을 느낀다.

③문체에서 맛을 느낀다.

문체는 작품의 주제, 호흡, 정서와 그대로 이어지므로 이를 잘 감안하면서 맛보아야 한다.

④인생의 의미를 캔다.

작품을 읽는 행위의 마지막 도달점이 이것이지만 이것이 전부가 되어서는 의무감이 생겨 작품을 읽는데 장애가 된다. 이 결과는 그냥 읽다가 덤으로 오는 것이 되어야 한다.

즐거움을 주는 두 편의 수필
─ 김열규와 문신수의 경우

I

　좋은 수필을 읽는다는 것은 즐거운 일이다. 소설이나 시의 보다 고전적인 틀 안에서 즐거움을 누리는 일도 물론 즐거운 일일 것이다. 그러나 때로는 고전적인 틀을 의식하지 않은 데서 만나는 한 편의 틀에서 우리는 의외의 감동과 즐거움을 얻는 것인지도 모른다.

　김열규의 수필 「어느 길동무의 뒷걸음질 얘기」[1]와 문신수의 수필 「굽은 싸리채」[2]는 문학적 격(格)을 살려낸 작품으로 읽히면서 아울러 독자에게 응분의 즐거움을 준다. 「어느 길동무의 뒷걸음질 얘기」는 손자를 보내놓고 간절히 보고 싶어 하는 마음을 형상화한 작품이고, 「굽은 싸리채」는 매는 조심스레 들어야 하고 자기 경계용으로 활용하는 것이 좋다는 요지의 중후한 체험수필이다.

---

1) 固城文學 10호(1994, 고성문인협회), pp.14-17
2) 남해문학 4호(1995, 남해문학회), pp.125-131

II

　김열규 수필은 묘사가 뛰어나다. 한 편의 수필에서 묘사가 차지하는 부분이 거의 반에 속한다.

　　한데도, 지난 여름비는 두 달 넘게 절룸댔다. 하늘에는 줄곧 검정 구름이 걸레덩이처럼 너덜댔다. 그런 경황에도 걸레 고랑새로 발을 헛디딘 햇발이 들판 모퉁이, 언덕 건너 밭머리 그리고 더러 인적이 끊긴 길가에도 버둥대며 내리서는 때가 없지도 않았다.

　따옴글은 「어느 길동무의 뒷걸음질 얘기」서두 부분의 묘사인데 여름 장마기의 한때를 드러내 보여준다. 묘사란 대개 비유로 이루어지는 데 따옴글도 예외가 아니다. 「검정구름이 걸레덩이처럼 너덜댔다」라는 구절이 매우 감각적이나, 그 뒷부분의 비유도 햇발이 간간히 내리 비치는 모습을 그린 것인데 감각에 바탕을 두었으면서도 상상을 잣게 한다. 관계사만 제거하고 줄 배치를 적절히 하면 그대로 시가 될 법한 문장이다.

　묘사는 일정량의 되풀이로 계속되고 있어 반짝거리는 별처럼 눈여겨 쳐다보기만 하면 아름답게 독자들의 가슴으로 들어온다. 「노상 편하게 누워서만 지나던 내해의 물살들이라 지칠 대로 지쳐도 새삼 등을 기댈 곳이 없었다」나 「포구로 돌아오는 배들이 허둥대는 소리 사이를 풀벌레 울음이 가르고 지나다녔다」나 「하지만 남녘 수국의 장마에 누기는 짙어서 바람은 질적대는 세자락에 발목이 감겨서 흐느적대고 더불어서 먼 불빛이 눈을 제대로 뜨지 못했다」같은 대목을 읽다 보면 이것이 시의 중간을 가로지르는 중인지 소설의 자별난 묘사대목을 스쳐가고 있는지 분간하기 어렵게 한다.

　이러한 문장이 이루는 묘사 대목은 그렇다고 한결같이 이어지는 것이 아니다. 이야기 전개의 마디 사이에 놓여서 이야기를 훨씬 암시적이고도 상상의 음영을 던지게 해주는 몫을 한다. 즉 「이야기→묘사→이야기→묘사→이야기」라는 형식을 갖게 되면서 이야기의 드러냄이 상상과 내포의 물결을 띄게 만든다. 음악에서 말하는 론도우 형식3)의 한 변형인 셈인데 주제를 효과적으로 드러내는 한 장치를 묘사의 되풀이가 담당한다고 보면 된다. 최근 이 형식으로 효과를 드러내고 있는 이로 정목일을 들 수가 있는데 이야기 (진술)를 A로, 묘사를 B라 할 때 「어느 길동무의 뒷걸음질 얘기」는 아래와 같은 진행을 보인다.

A^1(첫날의……원수)
B^1(한데도……않았다)
A^2(그런 한때……성급했다)
B^2(자란만은……다녔다)
A^3(바다가……숨이 찼다)
B^3(물 건너……것인가)
A^4(이번에……맞추었다)
B^4(비는……노래했다)
A^5(하지만…… 때문이다)
B^5(그러나……젖었다)

이야기와 묘사가 정확히도 각 5회로 안배되어 있음을 본다. 이야기 부분인 A^3가 제일로 단락길이가 길고 A^4가 그 다음 길고 A^1이 제일 짧다. A^1이 짧은 것은 서두를 암시적 기능으로 배치한데 그 까닭이 있을 것이다. A^3이 긴 것은 이야기 진행의 무게가 중간에 놓여야 한다는데 그 이유가 있지 않은가 한다.

---

3) Rondo form : A-B-A-C-A-B처럼 주제(A)가 세 번 반복되고 보통   Coda로 끝나는 기악곡의 한 형식

　마지막 단락(B⁵)이 묘사인 것은 서정과 여운의 묘를 살리기 위한 배치로 읽힌다. 이야기 대목과 묘사 부분이 어찌 이렇게도 한치 어긋남이 없는 이빨과 잇몸의 사이로 놓여 있는가? 우리가 이를 두고 놀랍다고 말한다면 그 말에는 작가의 창작적 의도가 매우 세밀히 작품 속에 반영되어 있다는 점을 확인하는 뜻이 포함된다. 위에서 본대로 A와 B가 나란히 평행선을 긋고 나가면서 겯고 트는 가운데 드러나는 것은 정서와 상상의 효과, 그리고 작가의 하고 싶은 바 말이다.

　작가의 의도에 힘을 주면서 바라볼 때 이 수필은 매우 구조적임을 알 수 있다. A와 B의 되풀이도 그 구조의 한 각임이 분명하다. 그리고 이 수필의 배경으로 깔려있는 '비'가 예사롭게 지나칠 그런 성질이 아니다. 서두에서 「첫날의 비는 서정이고 둘째날의 비는 짜증이고 세째날이 되면 원수」라 하여 '비'를 주제의 의미있는 상관물로 내세웠고 끝단락에서 「나흘, 닷새 내 아장걸음이 비를 맞고, 세상이 끊긴 자란만 물깃을 따라서 난 노랑줄이 내내 비에 젖었다」라 하여 '비'로써 끝을 맺었다. 그럴 뿐만 아니라 이야기 진행에 '물기', '물 건너' 등을 활용하고 김소월의 시를 인용하여 그리움을 자아내는 사물로서 유기적인 활력을 얻게 해놓고 있다.

　손자의 상정(長征)과 뒷걸음질의 내비도 이야기가 의도된 구조물임을 실감하게 한다. 손자가 노랑줄을 따라 '주파'해 갔다고 한 것이나 황금길을 개척해 나갔다는 것은 '장정'에 포함되는 말이고 한 발자국 한 발자국 뒷걸음 쳤다는 것이나 후진 걸음이 이전삼기, 삼전사기 했을 때라 한 것은 뒷걸음질에 관련된다. 인간 삶의 행로에서 벅찬 장정을 시작하는 손자가 떳떳이 대로를 걸어 나가기를 바라고 그것도 마땅함(중간선)을 지켜 나가기를 바라고 있으면서 때로는 뒷걸음질(후진)도 필요한 것임을 일깨워 주는 것으로 읽힌다. 뒷걸음질을 하기 전에 화자는 먼저 「집에 가자」라고 한 것에 유의할 필요가 있다. 「집에 가자」는 귀향·귀소의 의미로 이어놓을 수 있고 근본이나 본원으로 돌

아가자라는 내포로 읽을 수 있다. 「황금길」의 대장정에도 한결같이 본
원이나 근본을 망각하지 말라는 당부가 담겨 있고 「선구자의 길은 이
내 끝이 났다」하더라도 근본에서 다시 시작하라는 격려가 담겨 있다
하겠다. 화자의 입장에서는 「뒷걸음질」에다 손자에게로 돌아간다는
의미, 유년의 청정세계로 회귀한다는 뜻을 규정하고 있을 수도 있다.
시에만 다의성이 있는 것이 아니라 수필에도 다의성이 있음을 보여주
는 예가 되지 않는가.

Ⅲ

문신수의 수필 「굽은 싸리채」는 김열규의 수필에 비해 훨씬 서술적
이다. 흥분하거나 열정적이거나 사물에 대한 감동을 드러내 보이지 않
는다. 무던한 거리감, 사물에 대해 일정한 거리를 두고 요모조모를 설
명해 가는 평형감이 들뜨지 않는 문체를 만들어 놓고 있다.

> 정월 초하룻날, 모처럼 산소를 참배하고 내려오다가 싸리나무 덤
> 불을 보니 그 속에 쪽쪽 곧게 자라난 싸리채가 몇 개 보였다. 회초리
> 로서는 안성맞춤이었다. 이것을 보자 퍼뜩 머리에 떠오르는 것이 있
> 었다.
> 요걸 쪄다가 내 스스로를 채찍질하는 매로 삼으면 어떨까? 교육을
> 한다는 입장에서 어린 이들을 꾸짖어도 보고 때려도 보았지만 내 손
> 으로 나 자신을 매질하며 훈계해 본 적이 없었다. 자신을 매질해 본
> 적이 없는 자가 어찌 남을 때릴 수 있겠는가. 문제는 여기서부터 시
> 작된 것이다.

따옴글은 「굽은 싸리채」서두 대목이다. 서술의 내용이 엄정한 자성,
폄훼할 수 없는 일정량의 체험을 담고 있어서 내용이 형식을 지배하고
있는 느낌을 받는다. 개개의 문장에서 승부를 거는 쪽이 아니라 개개

문장에서는 느긋한 자세로 임하면서 그 문장이 받쳐주는 어떤 격(格)을 살리는데 의도를 두고 있다고 보면 좋을 것이다. 물론 격이라는 것이 문장 그 자체에서만 생겨나는 것은 아니다. 문장에 담긴 인생의 깊이, 삶의 진실이라는 내질이 길어 올려주는 데서 생겨난다. 그렇다 하더라도 문신수의 경우 소설가로서 다져진 문장의 그 헤프지 않으면서도 속기가 가신 듯한 질량을 감지해 내기란 어렵지 않다.

전체 단락은 모두 12개로 잡을 수 있는데 단락 이어짐의 성질을 따져보면 「굽은 싸리채」나름의 론도우 변형을 읽을 수 있다. 바탕 이야기와 삽화들이 톱니바퀴 맞물리듯이 맞물려 가고 있음을 보는데 신상철의 수필에서 음영은 다르지만 우리는 최근 기법적인 성취를 일부 확인할 수 있다. 단락은 숫자로, 바탕이야기는 A로, 삽화는 B로 표시할 때 「굽은 싸리채」는 아래와 같은 진행을 보인다.

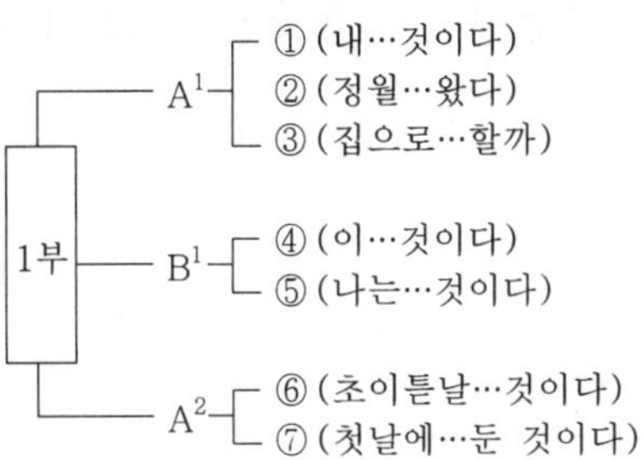

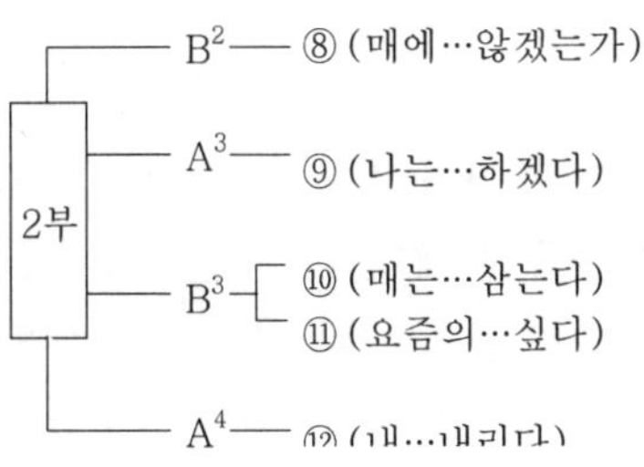

삽화가 바탕 이야기 안에 산발적으로 끼이는 수가 있지만 대체로 위와 같은 전개를 보여준다. 싸리나무로 매를 만들어내는 과정이 이야기가 되고 매에 얽힌 갖가지 삽화들이 이야기 중간에 뛰어들어 이야기를 때로는 품격높게, 때로는 구성지게 해준다. 이 수필의 전체 구성을 2부로 나누고 있음도 눈에 띄는 대목이다. 1부는 대체로 개인사적, 자성적인 내용을 담고 있고 2부는 교육전반 사회문제를 다루고 있다. 그러니까 개인으로부터 사회로 확산되는 점층의 방식을 채택하고 있는 셈이다.

어쨌거나 김열규의 「어느 길동무의 뒷걸음질 얘기」에서의 A, B와는 달리 문신수의 경우 의식의 고양과 상상의 효과, 그리고 작가의 하고 싶은 바 말이 A와 B의 견고 트는 나름대로의 긴장을 통해 비교적 기능적으로 살아나고 있음이 주목된다. 이런 수필은 어느날 그냥 저절로 쓰여지는 것이 절대 아니다. 문장 수련의 기나긴 강을 건너서 체험 고르기의 그 허실을 손바닥으로 감각해 내는 오랜 과정을 겪어서 이루어낼 수 있는 그런 성질의 것이다.

IV

하고 싶은 바의 말을 하고서도 문학으로 세워지고 문학으로 세워지면서도 독자의 심층 깊숙히 내려갔다가 되울려 나오기란 그리 쉽지가 않다. 그런 수필을 우리는 원한다. 한국 수필이 문학이라는 들판으로 치달아 오르는 지난한 몸부림을 이미 보이기 비롯했다는 말을 자주 듣는다. 김열규의 「어느 길동무의 뒷걸음질 얘기」나 문신수의 「굽은 싸리채」같은 작품이 우리 주변에 있다는 것은 그런 의미에서 분명 즐거운 일에 속한다. 즐거운 일을 보면서 즐거운 일을 보태는 확대재생산의 작업이 우리 주변에서 일로 번창해 나갔으면 한다.

시와 삶의 등가

I

　문학의 뜻매김은 뜻매김하는 사람에 따라 편차가 있겠지만 어떤 경우이든 인간 삶의 표현이라는 큰 테두리는 벗어나지 않는다. 그렇기 때문에 삶이 표현이라는 장치를 통과하되 최대한 큰 덩치로 통과하는 것이 바람직하다. 작가에게는 자기의 삶을 되도록 상처내지 않고 예술적 표현의 터널을 통과시키는 것이 지상과제이다. 그 욕심 때문에 때로는 삶을 아예 표현의 터널 입구를 살짝 피하게 하거나 통과시킨다 하더라도 터널의 훈기를 맡을 여유도 없이 대충 지나치게 하는 수가 있다. 이럴 때 문학은 메시지나 관념, 또는 이데올로기 그 자체로 기울어져 온전한 제기능을 갖춘 것이 되지 못한다.

II

　문학은 그 자체가 삶의 등가를 이룰 때 감동을 준다. 아무리 읽어봐야 무슨 소리인지 알 수가 없거나 무슨 소리인 줄 알기는 하겠으나 아무런 감동을 주지 않는 작품이 우리 주변에 얼마나 많은가. 삶의 등가를 이룬다는 것은 작품이 형식적 긴장을 지닌다는 뜻을 포함한다. 그러면서 삶의 중심이 그만한 무게로 작품에 실리는 것을 의미한다. 윤동주의 「序詩」는 삶의 등가를 이룬 작품의 한 전형으로 꼽을 만하다.

> 죽는 날까지 하늘을 우러러
> 한 점 부끄럼이 없기를
> 잎새에 이는 바람에도
> 나는 괴로워했다
> 별을 노래하는 마음으로
> 모든 죽어가는 것을 사랑해야지
> 그리고 나한테 주어진 길을
> 걸어가야겠다
>
> 오늘 밤에도 별이 바람에 스치운다

　「序詩」는 많은 사람들의 입에 오르내리는 작품으로 윤동주의 대표시가 되고 있다. 그 까닭이 어디 있을까? 말할 것도 없이 시가 삶의 등가를 이루고 있다는 데 있다. 부끄러움과 사랑이라는 삶의 하중이 가감없이 실려 있고, 거기에다 「잎새에 이는 바람에도」, 「별을 노래하는 마음으로」, 「오늘 밤에도 별이 바람에 스치운다」와 같은 구상적 이미지라는 장치를 통해 형식적 긴장을 획득하고 있다.

　「序詩」의 매력은 어느 쪽이냐 하면 삶의 진실이라는 무게에 더 많이 실려 있음을 부인할 수가 없다. 진실은 문학 이전의 가치에 관련된다. 그렇다고 하여 가치가 문학인가 하고 묻는다면 단연코 아니라고 말할 수밖에 없다. 문학은 문학 자체로서의 절대성과 또 다른 가치를 지니는 것이기 때문이다. 그렇다 하더라도 그 대답을 보충해 말할 수

는 있다. 진실이 그것의 속성에 걸맞는 자연스러운 최소한의 형식에
부가될 때에 독자들의 감동의 폭도 그만큼 넓혀지는 것이라고.

Ⅲ

　최근에 나온 이재금의 시집 『말똥 굴러가는 날』(1994, 창작과 비평
사)은 삶의 등가로서의 문학이라는 우리들의 과제에 대한 가능성을 시
사해 준다. 가능성이라는 말을 붙일 수 있는 시로 「사랑하고 싶으면」
을 들어 볼 수 있다.

　　　슬픔 일면 밭이랑 선다
　　　기쁨 일어도 밭이랑 선다
　　　포근한 가슴 풀어
　　　냉이 씀바귀 조뱅이 바랭이 소롯이
　　　깨끗한 꿈으로 자라게 하는
　　　닛은 빝이렁에 시면
　　　슬픔도 아름다운 사랑인 것을

　　　휘파람 불며 밭으로 간다

　시집의 「序詩」로 읽히는 시다. 시집에는 네 번째로 실려 있지만 나
로서는 서시로 읽힌다. 농촌의 삶을 분복으로 받아들이는 자세를 보여
주고 있는 소박한 시다. 농촌의 삶이 우리들의 몫인 것을, 우리들의 꿈
이고 우리들의 사랑인 것을 그 분복스런 조용함과 소박함을 시의 형식
그 자체가 드러내 보여주고 있다. 특별한 비약이나 놀랄 만한 긴장의
장치를 시원히 보여주는 문제작은 아니나 그것대로 우리들의 마음을
조용히 가라앉혀 주는 잔잔함이 있다. 삶의 등가를 나름대로 실현시키

고 있다고 보아지는 작품이다.

시의 장치로는 「포근한 가슴 풀어/냉이 씀바귀 조뱅이 바랭이 소롯이」나 「휘파람 불며 밭으로 간다」와 같은 이미지가 될 터이다. 그러면서도 「序詩」가 주는 가슴에 기둥으로 세워지는 감동같은 것이 오지 않는다. 왜 그럴까? 까닭은 작품을 이루는 삶 자체에 있지 않은가 한다. 슬픔이 일면 그 슬픔이 어디로부터 오는 것인지, 기쁨이 일면 그 기쁨이 어디로부터 오는 것인지 삶의 내질이 구체성을 띠고 있지를 않다. 형식이 구체성을 지녀야 좋은 형식이 되는 것처럼 그 형식을 불러내는 내용인 시인의 삶이 구체성을 확보하고 있어야 진실이 거기 놓이게 된다.

「序詩」의 구체성은 「죽는 날까지 하늘을 우러러/한 점 부끄럼이 없기를」이나 「모든 죽어가는 것을 사랑해야지」에 있다. 단순하고 보편성을 띤 부끄러움이나 사랑이 아니라 죽는 날까지 하늘을 우러러 하자 없는 행동을 하겠다는 데서 나오는 부끄러움이고 모든 죽어가는 것을 하나같이 사랑해야 한다는 데서 나오는 실천적인 사랑이다. 이러한 삶의 구체성은 이를 표현하는 이의 삶의 복판에 놓여지는 성질의 것이다. 복판을 드러내고 중심을 드러낼 때 독자는 이를 외면하거나 피해갈 수가 없다. 부득불 그 복판에 놓여 화자의 삶의 멍에나 조건에 무조건 동참하여 함께 나아갈 수밖에 없는 것이다. 함께 나아가는 것이 감동이다.

삶의 구체성을 드러내는 이재금의 시로는 「소금집」을 들 수 있다.

오릿골에 소금소줏집이 있다
산비탈 언덕배기 높은 언저리
미수(米壽)의 할아버지가
돌부처로 홀로 졸고 있는 집
그 집 양지밭 대평상에 앉으면
두홉들이 소주 한 병에 값 오백원

소금종지 달랑 공짜로 나온다
한 사발 부어 단숨에 마시고
소금 집어 입안에 떨면
당산나무 꼭대기에 까치가 울고
…할아버지 날씨 참 좋네요
…간밤에 서릿발 섰지 그래
도타운 볕살에 술기운이 돌아
문풍지 소리 노래로 들리는
오릿골에 소금소줏집 있다

　　　　　　　　　　　　—「소금집」 전문

　따옴시는 삶의 한 단면을 사진 찍듯이 찍어 놓았다. 삶의 등가를 이루
어낸 것으로 시인은 소금소줏집의 소박하지만 평화롭고 안락한 풍경을
부담없이 노래하고 있다. 「미수의 할아버지가 홀로 졸고 있는 집」에서
삶의 어떤 비의(秘義)를 드러내고 「당산나무 꼭대기에 까치가 울고」에
서 전통적인 생활구조나 민속적인 의미를 환기시켜 주고 있다. 양지발
대평상, 날씨 참 좋네요, 도타운 볕살, 문풍지 소리 등이 이루어 내는
분위기는 술 한잔의 멋과 하나로 이어지는 밝은 서정이다. 비록 소금
으로 안주를 할 수 밖에 없는 가난이지만 문풍지 소리를 노래로 듣는
자족의 생활에 걸림돌이 되지 않는다.

　「소금집」에서 삶의 등가를 이루어 내는 형식적 긴장은 세걸음배기
중심의 가락과 몇 구절 소박한 형상에 있다. 「돌부처로 홀로 졸고 있
는 집」, 「당산나무 꼭대기에 까치가 울고」, 「도타운 볕살에 술기운이
돌아」, 「문풍지소리 노래로 들리는」등이 소박한 형상들이다. 시의 전
반을 이루는 삶의 모습이 소박한 것이기에 형상이나 장치도 유별난 것
이 될 수가 없다. 유별난 것이 된다면 시는 형식과 내용의 각기 콤파스
가 안맞아 파산이 되고 말 것이다. 삶이 제 삶의 온전한 덩치로 시에서
살아나기란 결코 쉽지가 않다. 그 삶에 그 형식적 긴장 내지 미학적 장

치가 따라와 주어야 하는 것이기 때문이다. 그런 면에서 볼 때 이재금의 「소금집」은 비교적 성공한 작품에 속한다.

IV

　황선하의 「용지못에서」— 암 투병기 4, 되살아남 ② (경남문학 '94 봄호)도 삶의 등가를 이루고 있다. 암을 이겨낸 처절한 투병 다음에 오는 새 생명에의 환희를 노래하고 있다. 하나밖에 없는 목숨을 목숨으로 걸기 시작하고서부터 인간은 절망의 늪에서 허우적거리기 마련인데 이로부터 삶을 새롭게 열기 시작한다면 그 환희는 얼마나 크고 깊은 것이겠는가? 거기 따른 형식적 긴장은 산문화의 누림이라는 쪽으로 느긋해져 있다. 삶의 내질을 다지고 다진 다음에 오는 형식은 이렇게 느긋한 산문지향이 되는 것임을 보여주는 하나의 전범이라 할 만하다.

　들머리에서 작가에게는 자기의 삶을 되도록 상처내지 않고 예술적 표현의 터널을 통과시키는 것이 지상과제임을 밝힌 바 있다. 황선하의 「용지못에서」를 읽고 나서는 그 과제를 다르게 표현할 수 있음을 알게 되었다. 작가가 자기의 삶을 잘 다진 다음에 그것을 문학에서 등가로 올려놓기 위해서는 삶으로 하여금 표현의 터널을 통과하게 하는 것이 아니라 절실함과 진실함의 삶의 한 단면이 그 단면만한 둘레와 넓이와 깊이의 표현을 함께 가지고 가게 내버려 두는 것이 오히려 작가의 과제가 된다는 것임을 알게 되었다는 말이다.

　거듭 말하거니와 문학은 그 자체가 삶의 등가를 이룰 때 감동을 준다. 감동이 없는 시, 감동을 안 주는 소설, 감동을 피해가는 수필, 감동을 멀찍이 외면해 있는 희곡이나 아동문학이 우리 주변에 얼마나 많은가? 모두 자기 작품을 포함하여 감동을 기준으로 주는 것과 주지 않는 것에 분별해 세울 필요가 있으리라. 비록 감동을 주지 않는 줄에 자기 작품이 놓인다 하더라도 그는 그 줄 세우기로 이미 좋은 작가의 대열에 들고 있는 셈이 된다. 그것만 해도 얼마나 큰 축복인가?

깃들이기와 일깨우기

I

사람은 마주하는 대상에 대해 화합하는 자세를 취하기도 하고 불화와 적대하는 자세를 취하기도 한다. 문학의 경우 화합하는 자세가 될 때 깃들이기의 문학이 되고 불화의 자세가 될 때는 일깨우기의 문학이 된다. 김소월의 「紫朱구름」을 보면 대상과의 화합이 이루어내는 아름다움이 극명히 드러나 있다.

물 고흔 자주구름
하늘은 개여 오네
밤중에 몰래 온 눈
솔숲에 꽃피였네

아침별 빛나는데
알알이 뛰노는 눈
밤새에 지난 일은……
다 잊고 바라보네

        움직어리는 자주구름

                        ―「紫朱구름」 전문

　 따옴시의 말하는 이는 간밤에 내린 눈에서 더할 수 없는 청명함과
환희로움에 젖어 있다. 그 감정이 행복감에 잇닿아 있음을 보여주는
구절로 「물고흔 자주구름」「개여 오네」「솔숲에 꽃피였네」「아침별
빛나는데」「알알이 뛰노는 눈」등을 들 수 있다. 그 감각은 매우 신선
하기도 하다. 마지막 도막을 보면 한 줄로서 한 개의 도막을 이루고 있
는데 결사 부분 치고는 참으로 감각적인 쪽이다. 「움직어리는 자주구
름」이 그것인데 움직임과 시각 이미지의 결합이 순박한 눈의 어떤 평
면성을 흔들어 놓고 있다는 점에서 음미할 만하다. 정지용의 어떤 구
절 같기도 하고 김광균의 어떤 구절이 아니면 문덕수의 「線에 관한 素
描」의 편모에 방불하다. 그만큼 말하는 이는 대상과 화해로운 상태를
유지하면서 그 일에 깃들이고 있는 것이다.
　 정지용의 시 「뉘우침」은 '죄'라는 대상과의 불화를 드러내고 있다는
점에서 기억된다.

        뉘우침이야 진정
        거룩한 恩惠로구야
        깁실가튼 봄벼치
        골에 구든 어름을 쪽이고
        바늘가치 쓰라림에
        소사 동그는 눈물,
        귀미테 아른거리는
        妖艶한 地獄불을 끄다
        懇曲한 한숨이 뉘게로
        사모치느뇨?
        窒息한 영혼에 다시
        사랑이 이슬나리도다

幸福스런 아픔이어니!

— 「뉘우침」 전문

 따옴시는 '죄'라는 대상에 대한 심각한 불화의 국면에서 뉘우침이라는 단계로 접어든 상태를 노래하고 있다. 뉘우친다는 것은 죄를 끊어 버리고 참다운 삶의 자세로 돌아선다는 의미를 지닌다. 그 돌아섬이 말하는 이의 뜻대로 완성되는 것이 아니라 신의 도움으로 이루어지는 것이기에 거룩한 은혜가 된다. 죄의 상태는 '골에 구든 어름'이요 '窒息한 영혼'이므로 지옥불로 이어지는 어둠의 상태이다. 이와는 반대쪽에 서는 것이 '깁실같은 봄볕'이요 '사랑이 이슬나림'의 상태이다.

 결국 말하는 이는 뉘우침은 아픔이지만 행복이요 은혜임을 일깨워 주고 있는 셈이다. 뉘우침은 죄로부터 해방되는 길목이요, 신과 화해하여 하나가 되는 길목이므로 은혜라 할 수 있는데 이런 체험은 형이상학의 세계에 속한다. 그럼에도 불구하고 정지용은 특유의 언어적 감각으로 형상화의 솜씨를 놀랍게 보여주고 있다. '어름을 쪽이고' '소사 동그는 눈물' '귀미테 아른거리는/妖艶한 지옥불을 끄다' 등에서 보여주는 감각 언어의 활용과 관념에 입히는 옷으로서의 이미지 활용이 눈부시다.

 소설에서도 대상에 대한 순응이나 화합을 보이는 것이 있는가 하면 불화와 반목을 보이는 것이 있다. 이효석의 「메밀꽃 필 무렵」은 삶이나 세계에 대한 순응으로서의 세계를 보여주므로 깃들이기의 문학에 속한다. 왼손잽이요 얼금뱅이인 허생원을 비롯하여 조선달, 동이 셋은 봉평, 대화 등의 장터로 돌아 다니는 장돌뱅이들인데 한 번도 자기가 처해진 형편이나 삶에 대한 회의를 하거나 개선해 보려거나 뛰쳐나고 싶다는 생각을 하지 않는 순응주의자들이다. 그러므로 소설 속의 행동을 통해 무엇인가를 일깨워 주지 않는다. 강원도 자연을 배경으로 한 짙은 향토색, 소금을 뿌려 놓은 듯한 산골의 하얀 메밀꽃의 생생한 정경 등이 자아내는 낭만적 색채가 두드러질 뿐 적극적인 의미의 일깨움을 주지 않는다. 정을 확인하거나 일관되게 추억 속으로 들어가는 허생원의 삶은 바로 깃들이기 자체이자 순응의 표본이 된다. 「옛 처녀나 만나면 같이 살까……난 거꾸러질 때까지 이 길 걷고 저 달 볼테야」의 철저한 깃듦인 것이다.

이와는 달리 가령 이병주의 중편 「마술사」를 예들어 보면 주인공이 인도의 독립운동가 크란파니로 대표되는 대상(세계)과의 불화 관계를 드러내 보임을 알 수 있다. 주인공 송인규는 일제 때 학병에 징집이 되어 버마에 배치가 되는데 거기서 일본군에 잡혀온 인도의 독립운동가 크란파니를 만나 감명을 받게 되고 그를 탈출시키는 데 성공한다. 버마 북부 산간지대에 있는 크란파니의 집에서 인도의 마술을 배우는 가운데 크란파니의 예비 아내 인례를 사랑하게 되나 인례와 헤어져 일본에 와 흥행을 하게 되는데 크란파니와의 약속을 어기고 인례 이외의 여자와 하룻밤 지내게 됨으로써 파멸하게 된다는 이야기이다. 이 소설은 재주만 믿고 정신을 돌보지 않을 때 파멸을 가져오고 만다는 사실을 일깨워 준다. 곧 작가는 불화에서 좌절을 가져오게 만들고 그 좌절로 하여 삶에서 바닥이 나서는 안 되는 정신의 깊이 또는 삶의 가치라는 부분을 환기시켜 준다.

서정의 손바닥에서 한 번도 벗어나 본 일이 없는 전기수는 신작 5편(경남문학 통권 27호. p.105)을 통해 자연과의 화합을 유감없이 보여준다.

간밤에 내린 눈이
상사목 돌밭에서 희끗희끗 얼비치어
실개울 물소리 사분거리며
소나무 푸른 빛은 아슴푸레 눈을 뜨고
살구꽃 봉오리 볼그무레 입술 열면
산새는 마른 나뭇가지에서

> 그 언제 봄볕이 찾아들겠느냐고
> 그 언제야 봄날이 돌아오겠느냐고
> 애달프게 애달프게 울어대었다.
>
>   ─「꽃샘하는 날」 전문

따옴시에서 말하는 이는 꽃샘추위 그 자체의 분위기에 깃들이고 있음을 본다. 말하자면 꽃샘추위가 어서 물러가고 따뜻한 봄날이 한사코 빨리 돌아와 주기를 고대하고 있는 것이 아니라는 말이다. 간밤에 눈이 내려 돌밭에서 희끗거리는 것이 좋고 그것 때문에 물소리가 사분거리는 것이 마냥 좋다는 것이다. 소나무가 아슴푸레 눈을 뜨는 장면이나 살구꽃 봉오리가 앙증스레 입술을 벌리는 것이 결코 싫지 않는 것이다. 다만 산새가 봄날을 기다려 애달프게 울고 있다는 것은 산새의 울음을 확인하는 수사 차원의 표현으로 봄이 옳다. 말하는 이로서의 꽃샘추위의 그 은근한 분위기도 좋고 봄볕이 찾아드는 따뜻한 봄날씨도 마다할 까닭이 없다. 봄날을 기다려 목청 돋워 울어대는 산새가 또한 귀엽기 한량없는 것이다.

물아일체라든가 자연몰입이라든가 하는 말이 이러한 자연친화의 경지를 두고 일컬어지는데 이런 경지의 장점은 군더더기 없는 서정과 탈속적 아취에서 이루어지는 어떤 격에 있을 것이다.

시인은 「시작노트」에서 다음과 같이 말하고 있다.

> 그리움은 人間에게 있어서 어느 空間, 어떤 事物에서도 싹트는 것으로서, 머나먼 밤하늘의 星座, 異國의 海洋이나 森林에서도 그것은 돋아나고, 가까이는 우리 國土의 自然景觀, 아름답고 착한 사람의 눈빛에서도 생길 수가 있는 것이다. 나는 그 그리움을 우리 國土의 自然에서 오늘토록 찾아보았었다. 나의 변변치 못한 몇 권의 詩集은 그 그리움의 씨앗들을 모은 것에 다름 아니다. 그 그리움을 人間의 집단에서는 찾지를 아니하였다.

시인은 그리움을 자연에서 찾는다는 요지의 글이다. 소재는 자연에서 취재하고 담는 뜻은 그리움이라는 것인데 그리움이 인간의 보편 정서에 해당하는 것이므로 그야말로 전기수 시인은 자연지향의 시인임이 분명하다. 자연지향을 다른 말로 바꾸면 '자연에 깃들이기'가 되는데 깃들이는 정서는 자연스레 그리움으로 드러나게 된다.

기다리며 반길 이라도 있는 양
돌길 걸어 山 속으로 山 속으로 들어가면
풀숲 새어나와 덤불을 헤쳐
바위 틈 감돌아 흐르는 물,
불어난 개울물 소리에 나직한 메아리.
— 「봄비 개어」에서

따옴시를 보면 산 속으로 들어가는 까닭이 「기다리며 반길 이라도 있는 양」에 있음을 알 수 있다. 자연에 깃들이는 까닭이 반길이를 만나보려는 막연한 감정과 겹쳐 있지만 사실은 그 자체가 목적이 아니다. 자연 속의 모든 것들이 마냥 좋아서 깃들이는 것이고 그 깃들임은 보편적인 정서를 낳고 있다. 그러니까 자연과 그리움은 동전 안팎처럼 맞물려 있는 셈이다.

전기수 시인과는 달리 무엇에 깃들이는 것이 아니라 무엇으로 말하는, 말하자면 일깨우기에 공을 들이는 시인이 있다. 정규화 시인이 바로 그런 자리에 놓이는데 세계에 대한 어떤 확실한 불화로부터 시의 축을 세워 나감을 알 수 있다.

한에 사무친 세월은
흘러가는 게 아니라 흘러오는 것이다

해마다 흘러온 제주도에

> 한송이씩 피어나는 4월,
> 유채꽃 무리지어 함성이 되는 줄 언제 알았을까
>
> 아아, 제주도
> 노오란 4월의 유채꽃 무더기에 묻힌 채
> 하늘은 너무 높고
> 백두는 너무 멀다
> 외로움은 저렇게 한라의 몫으로 남겨둔 채
>
> ──「유채꽃」 전문

따옴시(경남문학 통권 27호, p.119)에서 말하는 이는 한에 사무쳐 있는, 대상에 대한 불화의 극점에 놓여 있음을 본다. 그 불화는 대상과의 화해 내지 극복의 거리를 '너무 높고' '너무 멀고'로 드러냄으로써 사무침이 대단함을 보여주고 있다. 그것은 곧 「유채꽃 무리지어 함성이 되는」정도이다. 우리가 제주도나 유채꽃에 깃들이게 될 때는 보편 정서인 그리움에 맴돌게 될 터이다. 거기 오는 바람도 감미롭고 바다 짙푸른 빛깔도 안락한 이미지를 주고 해녀의 그 생활 현장도 낭만적인 것이 될 터이다. 산굼부리의 신비스런 웅덩이를 보면서도 가까운 사람과의 만남에서 감응적 완성이 이룩되는 대상이 되고 유채꽃 화안한 언덕은 신혼여행의 길목으로서의 꿈과 설레임 자체가 될 터이다.

그러나 시 「유채꽃」에서는 그렇지 않다. 한의 사무친 세월이 흘러오는 제주도에는 새로운 함성이 솟아나고 있고 그 함성에 묻힌 제주도에서는 하늘이 너무 아득히 높고 백두산이 아득히 먼 곳으로 여겨질 뿐이다. 시인은 한을 과거 속의 것이 아니라 현실 위의 것으로 파악하고 있으며 지나간 남의 이야기에 묻혀 있는 것이 아니라 앞으로 거듭거듭 우리에게 다가올 우리 자신의 것으로 파악하고 있다. 결국 시인은 역사를 동적으로 파악하면서 역사가 남겨 준 것을 통해 민중적 차원의 의지 결집이 요긴함을 일깨워 주고 있다.

시가 일깨우기의 욕심 때문에 둔감해지기 쉬운 부분이 때로는 잠언적인 짜임이 주는 활력으로 때로는 유채꽃이 던지는 서정의 질감으로 잘 살아나 있음이 주목된다. 그런 면에서 정규화의 다른 작품 중 「파랑새」와 「길」이 매우 돋보이는 반면에 「개구락지」와 「개」는 상대적으로 덜 인상적이다. 후자 두 편에서는 일깨우기의 의도가 너무 강하게 시에 걸려 일깨움을 얻어 갖게 하는 시작걸개라는 장치가 약간은 느슨해 있기 때문이다. 정시인은 「시작노트」에서 「일상의 도시적인 삶의 틀을 벗어난다는 것은 자유인만이 느낄 수 있는 환희다」라 하고 있으나 도시를 떠나서 만나는 것들에 마냥 깃들이고 있을 수가 없다는 데에 그의 비극이 있다. 그 비극은 그의 말마따나 '이 시대의 삶'과 관련된다.

임신행의 동화 「소중한 사건」(경남문학 27호, pp.271- 285) 역시 일깨우기에 성실한 접근을 보인 작품으로 읽힌다. 그만큼 주인공 '산이스랏'이 갖는 불화의 국면은 심각한 것이라 할 만하다. '산이스랏'은 하늘의 별 시시리우스가 하늘이 싫어서 지구촌에 내려와 마삭줄꽃 이슬이를 친구로 삼고 살고 있는데 '산이스랏'으로 산 지 100일 째 되는 날 하늘나라로 놀아가고 싶다는 생각을 갖게 된다는 내용이다. 불화의 국면은 첫째로 자신과의 불화이고 둘째로 별니리의 이비지에 대한 불화이고 셋째로 지구촌에서 벌어지는 인간들의 부정적인 삶에 대한 불화로 각각 드러난다. 그 불화에 의해 별로서의 시시리우스가 산이스랏이 되고 이어 하늘나라로 되돌아 가고 싶다는 심정이 되는 단계를 밟게 된다.

「소중한 사건」은 욕심이 아니라 진정한 성찰을 통해 자기에게로 돌아가야 함을 일깨워 주고 있는 동화이지만 사실은 원숙한 인생 이야기라 하리만치 내용의 중후함을 맛보게 한다. 풍부한 서정이라든지 마르지 않는 상상력, 비유의 현란함이라든지 일깨우기의 간단없음이 중후함을 맛보게 하는 항목들이다. 비유의 현란함이라 했지만 이 동화의 문장은 시에 가까운 산문이다. 정목일의 수필이 동화에서 단련된 시적 감성과 비유들이라는 점, 한수연의 수필이 동화적인 정서와 삶의 미묘함을 시적인 분위기로 일으켜 내는 점 등은 임신행이 만들어내는 시적 산문의 근거를 확인해 준다.

이 동화에서의 '일깨우기의 간단없음'은 다음의 구절들이 일으켜 내는 교훈적 단서들이 뒷받침하고 있다.

—"세상의 일은 쉬운 일이 없어"
—"자기가 잘못한 것은 작게 보이고 남이 잘못한 것은 크게 보이는"
—"은혜를 꼭 입은 사람에게 갚아야 하니? 네가 입은 것을 준 사람이
    아니 다른 사람에게는 갚는 것 아니니?"
—"아무 것도 보이지 않는다고 해서 믿지 않으면 안 되지…"
—"자기 이름을 남 앞에 더 크게 불러 달라고 돈이라는 걸 퍼다가 주
    고서 이름내기에 열심히 하지. 사람들이란"
—"자기가 밉다는 것을 아는 것은 좋은 일이지. 자기가 밉다는 것은
    자기를 어느 정도 들여다 본다는 말이거든"

이런 단서들은 그것대로 따로 노는 것이 아니라 이야기의 진행 안에서 대체로 필연을 얻고 있다. 그러므로 일깨우기가 문학의 틀안에서 빚어지는 것이지 틀 위에 그것과 무관하게 주장되는 것이 아니다. 그렇다 하더라도 「소중한 사건」에 지적될 수 있는 한 대목이 있다면 주인공이 갖는 세계에 대한 불화의 심도가 너무 깊은 데 있을 수 있을 것이다. 그것이 깊을수록 말하는 이의 침착함이 훼손될 수 있다는 점을 이 동화는 나름대로 시사하고 있음을 놓쳐 보아서는 안된다.

사랑함의 문제·기타

삶에 대한 사랑을 기준으로 하여 시에 접근해 볼 수 있을 듯하다. 시인의 삶이 보다 적극성을 띄고 시에 드러날 때 표현의 문제를 제기하게 되고, 삶 그것보다는 미적 감수성을 앞자리에 놓을 때 세계와의 관계 위에서는 시인의 삶의 문제가 제기된다.

시에서 삶이 보다 적극성을 띄고 드러난다는 말을 나로서는 삶의 성실함이나 진솔함의 차원으로 받아들이지 않고 시에 의해 삶의 가치와 방향, 그것에 따른 강렬한 충동과 사랑의 움직임을 낳게 하는 것으로 파악하고자 한다. 한 마디로 사랑함의 문제나. 이 달의 시에는 朴斗鎭의 시를 눈여겨보고자 하는 것도 이 사랑함의 문제와 이어지기 때문이다.

눈보라 진 눈깨비
벌판이었었네.

무너지는 돌사닥
가시엉서리
동 남 서, 서 남 북,
어디가 어딘지 몰랐었네.

살점 마구 찢기고
피 철철 흘렸었네,
울음 우는 맹수
울음 우는 밤의 새
가도 가도 끝이 없는 벌판이었었네.

왜 밤이 어두운지,
왜 펑펑 눈 오는지,
맹수들이 왜 우는지,
왜 춥고 배고픈지도 알지 못했었네.

우항 우항 울음 울며
네발 굴렀었네.
얘
짓눌리는 등의 짐,
후려치는 채찍,
조여드는 재갈,
그 말꾼
그 도둑도
어디의 누군지를 몰랐었네.
　　　　—「抱擁無限·20, 한 마리 당나귀로서」(『현대시학』1월호)에서

　연재되고 있는 연작시 <抱擁無限>은 이번 달 작품만으로 한정해 읽을 때 시인의 삶의 모습을 사랑의 것으로 극명히 드러내 준다. 「抱擁無限」이란 곧 자기를 비우고 죽인 자리에 남을 이웃을 세우는 봉사의 뜻을 내포로 갖는 사랑 그것의 다른 이름으로 읽힌다.
　「짓눌리는 등의 짐」「후려치는 채찍」「조여드는 재갈」을 그대로 참아 견디는 것은 결코 우직해서만도 아니고 견딜 만한 죄를 저지른 것도 아닌 데 사랑의 의미가 주어진다. 앞에 제대로 다 옮겨 놓진 못했지

만 「가고 가면 저 하늘 끝에 별이 뜨겠지」라든가 「언젠가는 쏟아져 올
/아침 햇살 만세」를 비춰 보면 시인의 사랑이 미래 지향적임을 알게
된다. 미래지향적임은 시인이 현실의 그와는 다른 「되고자 하는 자아」
에 깊이 몰두해 있음을 가리키는 것이 된다. 「되고자 하는 자아」는 달
리 「꼭 있어야 하는 것」으로 파악되는 바, 이럴 때 시에서 시인은 시적
자아(Poetic self)라는 마스크를 쓰게 된다. 곧 「나=당나귀」라는 등식은
「당나귀」뒤에 숨겨진 「나」의 뜻이 되면서 「당나귀」가 갖는 속성대로
살고자 하는 강렬한 욕망을 포함한다.
  「되고자 하는 자아」가 보다 철저하게 시적 자아로 환기되고 있는
시가 같은 제목 아래 쓰여지고 있는 「22, 빛살 속의 너」다.

        먼, 햇살의 나라에서 온 사람이여,
        너여.

        높디 높은 하늘 푸르름의 날에서 온 사람이여.
        네 눈의 눈빛,
        푸르고 맑고
        깊디 깊은 네 영혼의 수호,
        자꾸만 내가 빠져 들어가게 하는 서늘어움이어. 출렁거림이어.

        푸르고 야들야들한 잎새의 나무숲
        가지에서 가지를 포롱대는
        오만하고 화사한 꾀꼴새의 노래와,
        끊어진 하늘
        죄그만 조롱 속에 갇히운 채
        청 돋궈 노래 뽑는
        카나리아의 열정과,
        깊은 산속
        호로로 호로로 휘파람 부는

        휘파람의 호젓함과,
        쩌르렁 쩌러렁
        구만리 푸른 장천 하얀 날개 학
        천년을 길게 뽑는 학의 울음
        청아를,
        한데 빚어 울려내는
        황홀한 네 음성,

        나로 하여금
        이 세상과 저 세상
        저 세상과 이 세상이 하나가 되게,
        꿈과 의식, 행동과 그 정지,
        생명의 그 새로움과
        죽고 싶은 허무,
        살고 싶은 영원으로
        마음 달리게 하는
        너 음성 아름다움 기가 막힘이어,
              ― 「抱擁無限 · 22 빛살 속의 너」『현대시학』1월호에서

　　이 시에서 「되고자 하는 자아」는 「너」다. 「너」는 「햇살의 나라」「하늘 푸르름의 나라」에서 온 절대자인 듯 싶다. 위 셋째 연을 보면 「너」 곧 절대자임이 확연해진다. 「나로 하여금/이 세상과 저 세상/저 세상과 이 세상이 하나가 되게」하는 권능의 모습으로 온 절대자로 읽힌다. 이 절대자의 아름다운 음성은 「나로 하여금」 「살고 싶은 영원으로 달리게」해 주는 무한한 사랑의 음성이다. 「되고자 하는 자아」는 「너」를 마스크로 해 현실의 「나」를 극렬히 어떤 도달점으로 끌어 올려주고자 한다. 여기서 실질적 자아와 시적 자아가 서로 달리 드러나 있다는 점에서 몰개성론(沒個性論)적 시론에 적용시킬 수 있을 듯하다. 그 만큼 「되고자 하는 자아」에 강점을 두고 있는 시다. 이 시적 자아는 「당신

마련하신 빛살 속의 너」의 위상을 보임으로 창조적 주체로 매겨지고 있음을 유의해 볼 필요가 있다. 창조적 주체이기 때문에 「빛살 속의 만남/빛살 속의 살음」을 가능케 해 준다. 「빛살」이 갖는 내포를 환기해 주는 8련을 보자.

　　　　땅에 쓰는 하늘의 시가 하늘 나라 사랑이게,
　　　　하늘에 쓰는 땅의 시가 땅의 나라 사랑이게,

　결국 「사랑」이 출발되는 데로부터 「빛살」의 의미망이 높여지는 것으로 보여진다. 「빛살」이 창조적 주체에 의해 만들어 졌고 그것 속에 「너」가 있는 한 사랑은 하늘과 땅에 고루 고루 실현되어야 한다. 이 시가 주는 사랑함의 문제는 「빛살 속의 만남」처럼 빛이 가는 곳 어디에든 이뤄져야 하고, 땅의 끝간 데 어디에든 이뤄져야 하는 항구히 「펼쳐 나가는 것」으로서 확인된다. 펼쳐 나가기 위해서는 「짓눌리는 등의 짐」「후려지는 채찍」「조여드는 재갈」도 수락해야 한다. 무조건적으로 수락하면서 가는 길이다. 朴斗鎭의 시는 이렇게 「되고자 하는 자아」의 열망이 강렬한 만큼의 감동의 폭을 갖고 있다. 감동의 폭이라 말한 것은 단순한 서정적 감동을 뛰어넘는 감동이기 때문이다. 시에 의해 삶의 가치나 방향, 그것에 따른 강렬한 충동과 사랑의 움직임을 뒤따르게 하는 시의 본보기를 보여 주는 듯하다. 朴斗鎭의 사랑의 크기는 일종의 소명의식을 뒷받침으로 이해해야 할 것 같다.

　　　　당신은 나를 강으로 오라고 하셨어요.
　　　　푸른 강 물살 위에 글씨를 쓰라고 하셨어요.
　　　　시를 쓰라고 하셨어요.
　　　　혼자서 쓰라고 하셨어요.
　　　　　　— 「抱擁無限·19 강물에 쓰는 글씨」『현대시학』1월호에서

「나」를 강으로 오라고 한 것은 「당신」이다. 이 시를 전반적으로 읽으면 평범한 자연 친화의 것이 아닌 초자연적 질서를 찾아낼 수 있으며, 현실적 자아가 「抱擁無限」 곧 사랑을 위해 불림을 받은 것으로 파악된다. 소명의식과 「되어야 하는 자아」가 하나로 이어질 때 시인의 삶은 보다 일의적으로 드러난다. 감동의 폭도 이럴 때 맞추어 드러남을 본다.

金光林의 「쥐」는 시의 사랑함의 문제를 다른 각도에서 제기해 주고 있다.

하나님
어쩌자고 이런 것도
만드셨지요
夜陰을 타고
살살 파괴하고
잽싸게 약탈하고
…………
웬 쥐가
이리 많습니까
사방에서
갉아대는 소리가 들립니다
연신 헐뜯고
야단치는 소란이 만발해 있습니다.
남을 괴롭히는 것이
즐거운 세상을
살고 싶도록 죽고 싶어
죽고 살도록 살고 싶어
이러다간
나도 모르는
어느 사이에
狡猾한 잇발과

얄미운 눈깔을 한
쥐가 되어 가겠지요
하나님
정말입니다.

— 「쥐」『현대시학』1월호 전문

삶을 일의적으로 수용하는 면에서는 朴斗鎭의 「抱擁無限」과 같은 자리에 놓인다. 삶이 일의적이 되리만큼 삶의 가치나 정의의 편에 서고 있는 듯 싶다. 그러나 朴斗鎭의 시가 독자로 하여금 사랑함의 열도로 끓게 하여 행동 쪽으로 움직여 나가도록 작용하는 데 비해 이 시는 삶의 부조리나 추악한 면을 가식없이 파헤쳐 놓고 있다. 보다 냉소적이다. 그런 면에서 金光林을 리얼리스트로 볼 수 있게 한다. 이 시의 경우 「되고자 하는 자아」는 「하나님」이다. 창조주 「하나님」이다. 창조주 「하나님」이 만들어 놓은 「쥐」와 대비되는 짜임을 이 시는 보이고 있지만 「하나님」 자체가 Playing act로서의 시적 마스크를 쓰고 있지 않게 때문에 자칫하면 시가 트리비얼리즘에 빠질 가능성이 있다. 따라서 준열한 시정신에 비해서는 감동의 폭이 반감되는 위험을 부담해야 한다.

결국 朴斗鎭과는 사랑함의 각도를 달리 해 보인 셈이 된다. 이런 시도 얼마든지 더 있어야 하고, 막다른 골목까지 드러내 보일만 하는 것이 시인의 임무다.

삶을 일의적으로 받아들이지 않는 시들도 이달에는 유난히 빛난다. 丘在期의 「千房山 아이」의 7편(『현대시학』1월호), 安洙環의 「애기메꽃」의 5편(『시문학』1월호), 李在行의 「三更」(『현대문학』1월호) 등이 그러하다.

丘在期는 토속적 분위기와 제재를 그 특유의 묘사력으로 소화해 놓고 있다. 재래적 삶의 방식이 다부진 목소리와 어울려 특이한 비의(秘義)를 되살려 내는 듯하다.

安洙環의 「애기메꽃」은 일련의 허무의식을 드러내 주는 듯 싶지만 삶의 움직임을 전폭적으로 따라 가 주는 시로 읽히진 않는다. 그러면서도 그의 언어, 그의 감수성은 참으로 참신한 시적 자아를 옷 입혀 주는 데 이바지하고 있다. 즐겁게 읽히는 시를 그는 보여 주고 있다.

李在行의 「三更」역시 앞의 두 사람의 시와 같은 성질로 파악된다. 그의 밀도 있는 상상력과 서정적 변용은 시를 하나의 의식(儀式)으로 볼 수 있게까지 한다. 시가 하나의 의식의 차원이든 사랑함의 문제를 제기해 주는 차원이든 시는 먼저 시여야 한다. 어느 누가 어떤 시론을 확충하든 이 자리에서 한 걸음도 빗나갈 수는 없다. 이 달에도 우수한 작품들이 지면 밖으로 밀려 나간다.

밖으로 열림과 안으로 닫힘

　시가 외계와 능동적으로 교섭하고 있는 경우도 있지만 개인적 서정의 한계 안에서 외계와는 거리를 유지하고 있는 경우도 있다. 외계와 교섭하는 가운데 있을 때 시는 「밖으로—열림의 세계」를 보여주고, 그 반대일 경우 「안으로—닫힘의 세계」를 보여 준다.

　「밖으로—열림의 세계」를 보일 경우 나-너, 나-사물(바깥) 사이는 경험적 걸림 위에 놓이며 시인은 즉아적(卽我的) 태도로 서게 된다. 이 달의 시에서 金鍾海의 작품이 이런 점에서 두드러지게 돋보인다.

　　　눈 내린 날 아침
　　　굴뚝 소제부의 징소리를 처음 들었다
　　　사나이의 징소리가 골목길에서 멀리 멀리 사라지고
　　　그가 남긴 발자욱이 눈발 위에 지워져도
　　　아침에 들었던 굴뚝 소제부의 징소리는
　　　몇 날 몇일 동안 가슴에서 울려 퍼졌다(①)
　　　우리집 연통이 막힌 이유를 생각하고
　　　아궁이에서 헛지피는 불길이 자꾸 꺼지는 이유를 생각하고
　　　이웃과 통화가 되지 않는 우리의 다이얼
　　　세상과 나를 잇는 연통의 저 그을음덩이

> 꽉 막힌 우리 시대의 연통을 두드리며(②)
> 눈내린 날 아침
> 징소리를 울리며 지나간 그 사나이를 찾아 나선다(③)
> ───「굴뚝 소제부」(『심상』) 전문

  편의상 번호를 붙여 보았는데, 이는 이 시의 의미구조로서의 세 토막이다. 「굴뚝소제부의 징소리 들려옴」(①)→「우리 시대의 연통이 막힘을 깨달음」(②)→「지나간 소제부를 찾아나섬」(③)으로 이어지는 짜임은 나↔이웃, 나↔세상, 나↔시대 사이의 경험적인 걸림을 극명히 보여 주는 데 효과를 얻고 있다. 金鍾海의 눈은 외계로 향해 있으며 그것은 능동적인 교섭의 방향으로 적극성을 띄며 움직이고 있다. 「아침에 들었던 굴뚝 소제부의 징소리는/몇날 며칠동안 가슴에서」울려 퍼지는 데로부터 그의 눈은 움직이기 시작하여 「연통」을 매개로 이웃, 세상, 시대로 이어지는 하나의 상황에 와 고정되고 있다. 그러나 그의 상황이 「지피는 불길」로 받아들여지지 않고 타오를 수 없는 데에 놓여져 있음을 눈여겨보아야 한다. 그럴 때 시의 셋째 토막에 이르러 「소제부」를 찾아 나서게 되는 그 행동 의지의 강렬함이 읽혀지게 된다. 그러면서도 그의 시는 매우 차분하다. 나와 외계와의 경험적 걸림 위에서 행동 의지로 나아갈 때 시는 때때로 생경해지기 일쑤인데 그의 목소리는 시대를 담은 예지의 빛깔로 갈앉아 있다. 같은 지면에 실려 있는『겨울 잠자기』에서도 외계와의 능동적 교섭이 그의 열려 있는 시의 지평 위에서 그대로 이루어지고 있음을 보게 된다. 「눈을 감고 귀를 막고/아가야, 우리는 행복한 시대의 요람 속에 지낸다./눈 내리는 날/우리는 낙원과 우리의 희망/아가야, 우리는 슬픈 얼굴을 해서도 안되고/우수의 하늘을 찢어서도 안된다」에서 얼핏 보아 낙관적이고 긍정적인 삶의 구조적 양식에 머무는 듯하지만 전혀 그렇지 않다. 「행복한 시대의 요람」이 역설로 읽히면서 여전히 그의 도달되고자 하는 지점이 「우리의 낙원」과 「우리의 희망」에 머물어 있기 때문이다. 그러나 그는 근엄하다. 행동 의지가 시의 짜임 안에서 승화되어 있기에 그러하다.

> 눈내리는 날
> 우리의 슬픔과 우리의 잠
> 매화 매운 향내를 그리며
> 아가야, 이 겨울에 우리는 또 한 번 잠자고……
> — 「겨울잠자기」(『심상』)에서

「우리의 슬픔」「우리의 잠」은 필연적으로 낙원과 희망에 맞서 있는 외계에의 극복 의지로 이끌어지고 있다. 「매화 매운 향내」에서 강한 그리움은 그러므로 나↔우리 사이를 이어주고 「나」를 시대의 요람으로 내어놓게 하는 힘이 되고 있다. 金鍾海의 이 「내어 놓음」이 항용 그의 눈을 밖으로 열어 외계와의 경험적 교섭 가운데 시를 있게 하는 까닭이 됨을 주목해 두어야 한다.

> 다시 4월은 가고
> 한 쌍의 錦華鳥, 조롱 속에서
> 날개를 파닥이는 낮 한때,
> 창가에 매달려 파닥이다가
> 울었어요.어깨로만,
> 黃砂 몰려오고
> 바람에 묻어 어른대는 얼굴, 얼굴들.
> 빈 의자 모서리엔 그때의 그 뜨거운 꽃봉오리들이
> 남아 술렁이었어요-①

> 白晝에도 사나운 승냥이처럼
> 웅크리고 앉은 어둠이 있다.

白晝에는
어둠이 사라졌다고
착각하는 사람들 속에서
승냥이는 슬금슬금 기어다니면서
그들을 비웃는다.
우리는 하나의 가냘픈 빛 때문에
열 개의 어둠을 놓치고 있다.
열 마리의 不幸한 승냥이를 위하여
한 개비의 상냥불도 당기지 못하고 있다-②

①은 李太洙의 『다시 4월은 가고』(『심상』)의 전반부이며, ②는 金圭泰의 『승냥이의 不幸』(『현대시학』) 전6련 중 앞 3련이다.

①이 보다 구체적인 현실 쪽으로 반응하고 있는데 비해 ②는 외계를 하나의 단위로 하는, 전반적인 부조리에 대해 반응하고 있는데, ①보다 ②가 우의적이며 풍자적인 쪽에 가깝다. 그러나 다같이 부정적인 시의 빛깔을 보이고 있음은 金鍾海의 경우와 같다. ①의 「조롱 속」 「울었어요」, 「黃砂 몰려오고」등이 어울려 내는 빛깔들은 어둡다. 이 빛깔들이 「나」의 개인적 서정의 빛깔이 아니라 「공화적 감수성」과 맞물려 있는 빛깔임에 유의해야 한다. 이는 나와 너, 나와 이웃을 경험적 관계 위에 놓아 부단히 일깨워 가고자 하는 행동 의지 그것의 드러냄에 다름 아니다. 눈은 깨어 항상 밖으로 열려 있어 어리석고 힘없는 「우리」를 받아들이고 있다. 머리에 규정해 본 대로 이런 시들을 「밖으로-열림의 세계」로 묶어 볼 수 있는데, 이 달의 시에는 그 반대의 쪽에서 관심을 끄는 작품도 적지 않았다.

나는 낳는다
슬픔의 대포알
치욕의 대포알을
나는 낳는다

킬킬대는 밤
표류하고 익사하는 밤
떡과 고기인 밤을
혹은 피인 밤을
나는 낳는다
피가 만드는 밤을
나는 낳는다

이렇게 단순하고
커다란 머리인 밤을
루비처럼 빠알간 밤을
형님처럼 창백한 밤을
　　　　— 李昇薰 「내가 낳은 밤」(『현대시학』)에서

　李昇薰의 시선은 밖으로 열려 있기보다는 안쪽으로 향해져 있다. 그
렇다고 「안으로─닫힘의 세계」가 드러내는 개인적 서정의 누림이라는
차원에 머무는 것도 아니다. 李昇薰의 안으로 닫힘은 존재론적 보편성
에 의해 그 닫힘의 한계를 벗어나고 있어 보인다. 「나는 낳는다/슬픔의
대포알/치욕의 대포알을」(1련)에서 「슬픔」「치욕」이 나로부터 벗어나
있을 수 없는 절대적인 것으로 읽힌다. 그래서 시인은 도리어 그러한
조건들을 스스로 「낳는다」고 말해 회피할 수 없는 조건들을 내포로 하
는 「밤」에의 철저한 인식을 꾀하고 있다. 시인이 여러 조건들을 회피
할 수 없다고 자인해 보인 「떡과 고기」와 「피」라는 상징어는 인간의
육체적 조건이 된다는 사실을 눈여겨보아야 한다. 나와 조금도 유리해
있을 수 없는 나의 구성 요건인 「떡과 피」의 그리스도교적 비의(秘義)
를 떠올려 주면서 시인은 그런 한계상황을 끝내 사랑해야 하는 것으로
이끌고 있다. 李昇薰의 시가 드라이하면서도 읽히는 것은 외계와 맞서
는 안쪽의 세계를 노래하면서도 안으로 닫힘의 서정적 누림에서 부단
히 벗어나려는 몸짓이 있기 때문이다. 또한 그 몸짓이 보편적 상황에

놓여 우리와 친밀하게 보이기 때문이다. 관심이 외계에 있지 않고 안쪽에 있으면서 내면적 취향의 풍경시를 쓰는 시인이 朴哲石이다.

하오 일곱시
빈 뜨락에
램프의 심지가
어둠을 태우고 있다.
소금물에 절인
女人의 끈끈한 엽서,
카스피海를 건너온
저녁 안개,
온종일
흰 뼈가루가 되어
죽어간 바다,

귀뚜라미는
눈을 감고 울고 있다.

— 「海雲臺」(『현대시학』)에서

朴哲石의 풍경은 외계의 것 그대로가 아니다. 다시 말해서 사진을 찍듯 그대로 그려낸 풍경이 아니라는 말이다. 그의 풍경은 그의 개인적 서정의 넓힘과 누림의 한 도구일 뿐이다. 「램프의 심지」란 말이 있지만 이것은 수사적 차원에 머물고 있다. 「女人의 끈끈한 엽서」「카스피海를 건너온 안개」도 마찬가지다. 외계가 안으로 들어와 안쪽의 관심이나 의식환경에 의해 굴절되어 있다. 시는 묘사적 기능에 의해 선연한 분위기로 화하는 바, 그 분위기가 곧 시인의 내면적 상사물(相似物)인 것이다.

「안으로—닫힘의 세계」를 李昇薰이나 朴哲石과 같이 보여 주지만 비유의 보편성을 얻음으로써 시적인 감동을 갖게 하는 시인이 李秀翼

이다.

> 뜨거운 불이 흘러간다. 밤하늘로
> 푸른 毒의 뱀이 달린다. 소리도 없이
> (그대 있는 곳으로 가는 외길 누구도
> 가로막지 마세요, 저를 건드렸다간
> 금방 타서 죽을꺼예요.)
> 불꽃으로 질주하는 눈먼 痴情.
> ―「고압선」(『현대시학』) 전문

「고압선」이라는 자칫 실패하기 쉬운 딱딱한 소재를 비유적 이미지로 살려내는 솜씨가 뛰어나다. 「뜨거운 불」→「痴情」으로 이어지는 전체 이미지의 단단한 짜임도 짜임이지만 앞뒤의 소통과 관능의 환기라는 측면에서도 주목할 만하다.

결국 시는 안으로 닫힘과 밖으로 열림의 그 어느 쪽의 세계를 선택하든 넓게 보아, 나와 외계와의 관계, 또 삶의 보편화에서 벗어나지 않는다. 관계와 보편화 위에서 한국의 시는 화대와 개화를 맞을 것이다.

비평적 시에 관해

리이드(Herbert Read)는, 시의 과정이 첫째 직관을 완전히 지키는 데 있으며 그 다음에는 직관을 언어로 표현하는데 있다고 보았다.

이 직관의 표현에 있어서 보다 方法에 힘을 줄 때 言語批評的인 시가 되고 보다 내용에 힘을 주게 될 때 인생비평적인 시가 쓰여지는 것이 아닌가 한다. 시가 언어 비평적일 경우 언어 자체로서의 도구적 기능은 배제되기 쉽다. 그 대신 언어는 시인이 아닌 사물쪽의 방식이나 분위기에 가 어울린다. 우리가 살고 있는 시대의 언어라는 것은 추상적이고 일반적이고 비개성적이며 부정확하다. 시의 언어는 이러한 세속적 언어의 극복 위에 놓이는데, 시가 방법이 우선할 경우 이 극복은 매우 심각한 비평적 차원에서 이루어진다.

그리고 시가 인생비평의 입장에 서게 되면 윤리적인 면과 관련을 갖게 된다. 그만큼 삶의 문제, 살아감의 문제에 적극성을 띄게 되며, 역사나 문명에 눈을 돌리게 된다.

이달의 시를 읽고, 이런 두 개의 서로 다른 관심으로부터 쓰여지는 시들에 대해 이야기 하고 싶은 충동을 느꼈다. 이런 점에서 金善英씨의 「봄」(심상 5월호)이 읽힌다.

개나리 가지에는
金의 낱말이
몇 개 걸려 있다가
바람이 불면
몇 개의 子母가 떨어지고
홀로 뻗은 가지가
지난 겨울을 가리키고 있다.

풀밭에서 한 사람이 종이에 싼
몇알의 미래를 꺼내어 입에 문다.
몇알의 미래는 혀에서 녹다가
기침을 일으키고
심한 기침이
죽은 땅을 흔들고 있다.

경사진 풀밭에는
버리고 간 휴지들이
「탈」처럼 햇빛을 쓰고 반짝거리다가
호들갑스럽게 날아서 날개를 달고
銀빛 비둘기틈에 끼어서
비둘기 흉내를 내며 날아가고 있다.

— 「봄」 전문

이 시는 언어비평적인 성질을 띠고 있다. 말하자면 관심이 삶의 문제(倫理學)에 있기보다는 미학쪽에 있다. 그러므로 1연에서부터 시가 이미지 중심으로 구축되어 나간다. 1연의 「金의 낱말」이 이 시의 첫 번째로 보이는 객관적 상관물이다. 개나리 가지에 붙어 있는 「꽃잎」의 파악이 유다른 감각을 보여준다. 이어 꽃잎은 다시 「子母」로 환치되고 상관물의 전이를 보임으로써 이미지의 특질인 구체성을 드러낸다. 이런 전이는 이미지의 구체성뿐만 아니라 형상화의 수법에 있어 강력한 개성이 되기도 한다. 2연의 『풀밭에서 한 사람이 종이에 싼/몇 알의 미래를 꺼내어 입에 문다』에서 「몇알의 미래」가 관념이 되고 있지만 그 뒷부분의 이미지의 발전을 통해 관념은 불순해지지 않는다. 이 말은 언어 자체의 전개에 뒤덮여 일상적 차원의 전달적 기능이 약화되고 있다는 뜻과 다르지 않다. 3연의 경우는 이미지 그대로만 아름답게 살아서 『휴지들이 날아가고 있다』로 요약되는 하나의 문장이 「말의 無償」을 누리고 있다.

그러나 金善英씨의 「봄」이 다른 작품들에 비해 언어 비평적인 시라고 할 수 있다는 것이지 인생비평적인 요소가 전혀 배제되고 있다는 것은 아니다. 「子母」가 떨어져 나간 「개나리」가 「겨울」을 가리키고 있다는 표현은 죽음 혹은 비극적 의미의 내포를 갖는 것이라 볼 수 있다. 그리고 그 죽음 혹은 비극적 의미의 내포는 다음 연의 「몇 알의 미래」에 의해서 재생의 절차로 이해되지만 「죽은 땅」에 이르러 그 죽음이나 비극이 확인되면서 재생의 어려움을 일깨우는 듯하다. 프라이(Frye, Northrop)에 의하면 문학의 상상체계가 춘하추동 4계절의 순환에 원형을 두고 있는 바, 金善英씨의 「봄」역시 이 원형과 다르지 않는 데서 출발하는 것 같다. 시를 분석해 보면 이 같은 인생비평적 요소가 뚜렷해 보이나 작품 전체를 읽으면 독자는 그 언어의 깨끗한 감각과 구축적 이미지의 질서 위에서 관념에 시선을 보낼 틈을 잃게 된다. 이런 시의 비밀을 다른 작품 「파란꽃」(『心象』 5월호)이 그대로 대변해 준다.

> 슬픔을 반짝반짝 닦고 내다보는 날
> 별의 딸처럼 홀로 핀 파란꽃 한 점.
> 바람에 쓰러지는 봄을 일으키며
> 언덕을 넘어가는 두 母子가 보인다.
>
> 저쪽에 나무 두 그루가 작년에도 올해도
> 사이를 두고 토라져 있는 것처럼

> 나의 기쁨과 슬픔은 그렇게 떨어져서
> 껴안지 않고 서먹해 있다.
>
> 뼈를 흔드는 나뭇잎 소리가 가끔
> 깊은 데서 안경알 밖을 내다보고 있다.
>
> 나의 꿈과 나의 苦惱가
> 섭섭하게 웃으며 헤어지는 풀밭엔
> 별의 딸처럼 홀로 지는
> 파란꽃 한 점.
>
> ― 「파란꽃」 전문

이 시에서 제목 「파란꽃」은 그 자체의 적극적인 의미는 없는 듯하다. 단지 시에서의 소도구에 불과한 것처럼 보인다. 그러나 그런 점에서 인생비평적인 것과 거리를 갖는 것은 아니다. 『슬픔을 반짝 반짝 닦고 내다보는 날/별의 딸처럼 홀로 핀 파란꽃 한 점』에서의 「슬픔」을 주목해 보자. 그 구절에서는 슬픔이 슬픔 자체의 內包를 떠올려 주기보다는 감각에 의해 떠올려지는 것이 방해되고 있다. 2연에서 「기쁨」과 「슬픔」이 의인화되고 4연에서 「꿈」과 「苦惱」가 또한 의인화되어 있다. 그러므로 의인화의 과정에서 이미 치밀한 이미지의 직조는 이루어지고 위에 적은 4개의 관념은 外延에 머문다.(작품 鑑想의 落差가 큰 것으로 이해할 것)이 시는 결국 「파란꽃 한 점」이 환기해 주는 삶의 근원적인 방식 혹은 그 분위기로 파악된다. 그러나 앞에 제시한 4개의 관념 곧 「기쁨」과 「슬픔」, 「꿈」과 「苦惱」가 각각 상반하면서 채워지는 인생의 현장은 이 시의 경우 현장적 의미로서는 살아있지 못하고 있다. 바꾸어 말하면 그 4개의 관념이 환상적 감각으로 파악될 뿐더러 작자 중심의 의미의 개별성이 강해져 독자는 문면의 이미지만을 즐기게 된다. 이 점이 金善英씨 시의 언어비평적 성질이 되고 또한 남의 시와 다를 수 있는 비밀이 되는 것으로 파악된다. 시의 인생비평적 입장에 놓이는 것으로 朴贊善씨의 「尙州Ⅱ」『현대시학』 6월호를 들 수 있다.

> 唱德歌 한 구절에서 ①
> 싱싱한 풀잎의 음성을 듣는다. ②
> 아픔의 빛을 품고 ③
> 어둡고 머언 山河를 넘어온 사내여 ④
> 오늘 우리는 가슴이 막혀 ⑤
> 剝製가 된 피에로. ⑥
> 말해다오. ⑦
> 북더기 같은 거친 손에서 ⑧
> 깨끗한 피의 불꽃이 밝혀짐을 ⑨
> 짓밟혀 온 가슴에서 ⑩
> 빛의 뿌리는 더욱 튼튼해 짐을 ⑪
> 쓴 益母草 짙은 물이라도 벌컥벌컥 마시고 ⑫
> 여름을 나야 하는 ⑬
> 그래서 박쥐의 거짓을 알려야 하는 ⑭
> 接神의 땅 ⑮
> 尙州郡 銀尺面 千其里 ⑯
> 팔매질하는 아이들의 손바람에 이는 ⑰
> 하늘 가르는 풀잎소리를 듣는다. ⑱
> ── 「尙州 Ⅱ」全文(번호는 편의상 붙임)

이 작품은 「東學」이라는 부제를 달고 있다. 따라서 「尙州」라는 지명의 파악도 동학의 역사적 상관물이라는 전제 위에서 가능하다. 이 시는 민속으로 연장되는 동학의 사적 문맥을 보여준다. ②행의 「풀잎의 음성」에서 「풀잎」의 비유적 발상은 金善英씨의 「풀잎」(「봄」에서)이나 「파란꽃」(「파란꽃」에서)과의 근원적인 일치를 보인다고 볼 수 있지만 朴贊善씨의 경우가 보다 민중적이다. ④행의 「사내」가 史的 의미망에

놓이므로 ③④행과 ⑤⑥행과의 대비는 현실적 상황의 깊이를 뚜렷이
해주는 구실을 한다. ⑧행에서 ⑪행까지가 역사적 교훈을 제시함으로
써 ⑫~⑯행에서의 사명의 형상화가 필연성을 띠게 된다. 「팔매질하는
아이들의 손바람에 이는/하늘 가르는 풀잎소리를 듣는다」(⑰ ⑱행)의
끝부분에서는 「풀잎소리」가 여전히 들리는 상황으로 설정되고 있다.
살아있는 역사의 감각적 이해라고나 할까. 아무튼 하늘 가르는 풀잎소
리로 표현된 그 감각적인 깨달음은 시의 사명을 정서적 차원으로 밝혀
주면서 시 전체의 미학적 요소에 부가되고 있다.

　이 시의 의미구조는 윤동주의 「序詩」와 흡사한 데가 있다. 「序詩」를
시간성에 의해 3단으로 나눌 수 있는데, 「죽는 날까지 하늘을 우러러/
한 점 부끄럼이 없기를 /잎새에 이는 바람에도 나는 괴로워 했다」가 1
단으로 과거의 시간성을 나타내며, 「별을 노래하는 마음으로/모든 죽
어가는 것을 사랑해야지/그리고 나한테 주어진 길을/걸어가야 겠다」가
2단으로 미래의 시간성을 「오늘 밤에도 별이 바람이 스치운다」가 3단
으로 현재의 시간성을 나타내는 것이 그것이다. 「序詩」를 도식화하면
다음과 같이 된다.

　①은 과거, ②는 미래, ③은 현재로 표시되는데 ①의 과거의 참회가
깊으면 깊을수록 ②의 미래의 사명감은 반사적으로 깊어지게 되는데,
①과 ②의 힘이 서로 화살표 쪽으로 역작용을 일으킬 때 ③의 공간은
한없이 넓혀질 수 있다. 이럴 경우 ③은 수치감의 폭으로 이해된다. 박
찬선씨의 「尙州 Ⅱ」는 「序詩」보다 복잡한 과정에 의해 의미구조를 세
우고 있지만 기본적인 뼈대는 큰 차이가 없다. 「序詩」가 <過去의 참회
> (1단)→ <使命> (2단)→ 〈現在의 狀況〉 (3단)으로 감각적 깨달음을
보이는데 「尙州 Ⅱ」는 「歷史的 狀況인식」(①행~⑪)→ 「使命」(⑫행~

⑯행)→「現在의 狀況」(⑰행~⑱행)의 연결로 이루어 짐으로 앞의 도식의 역작용도 동시에 가능해진다. 사명은 朴贊善씨의 경우「쓴 益母草 짙은 물이라도 벌컥벌컥 마시고/여름을 나야 하는」귀절에서 매우 적극성을 띤다. 이런 데서 민중적 호흡을 갖게 되며 金善英씨의 의미의 개별성과 궤를 달리하는 차이점이 나타난다. ⑬행의「여름」이 金씨의「봄」의 계절에 비해 적극성을 띄는 것 역시 프라이의 상상체계와 무관하지 않은 듯하다.

  이와 같이「尙州 Ⅱ」는 역사나 민중의 삶의 리듬을 밟기 때문에 미학적인 면은 약해질 수밖에 없다. 여기에서 인생비평적인 시의 한계를 본다. 그리고 또 하나 간과할 수 없는 것은 朴贊善씨의 시가 적절한 상관물에 의해 구축되어 있다 하더라도 간접경험의 형상화 곧 민속으로 연장되는 동학의 파악이므로 보다 감각에 의지하고 있다는 사실이다. 이와는 달리 같은 인생비평적인 시의 범주에 들면서도 시인의 직접경험의 형상화를 보이는 것으로 李昌大씨의「音樂에게」『現代詩學』(6월호)를 들 수 있다. 이 시는 전쟁세대의 비감을 표현하고 있다. 시「尙州 Ⅱ」가 마찬가지로「詩의 無償」을 누릴 수 없는 작품이다.「尙州 Ⅱ」와 간접경험의 형상화를 보이므로 감각에 더 많이 의지하는데 비해「音樂에게는」직접경험의 형상화를 보이므로 보다 심정에 더 의지하는 듯하다. 심정에 힘을 주는 시일수록 미학과는 거리를 유지하게 된다. 앞의 두 개의 방법이 좀더 근원적인 점에서 하나로 만날 때 자기구원의 궁극적인 해결이 이루어진다고 볼 수 있다. 그러나 이것은 이상에 가까우리만큼 어려운 일이다.

사실의 말과 想像의 말

　문학은 사실에서 출발하지만 사실 그대로를 드러내지 않는다. 어찌 보면 사실이 더 진실하고 감동을 자아내는 것인 듯하지만 그렇지 않다. 사실은 산만하고 우연한 요소가 많이 섞여 있어서 여기에 기대서는 보편성을 얻을 수도 없고 문학의 그 창조성도 이룩할 수가 없다. 말로서 볼 때 문학은 사실의 말과 상상의 말이 평형을 이룰 때 작품이 된다고 보아야 한다. 특히 시의 말이 그렇다.

　오늘의 상당한 시들이 사실의 말쪽에 더 기울어지고 있는 듯이 보이는데, 이는 일난 지적되어야 마땅하다. 시내나 현실의 조건들에 따르는 당연한 것이라고 보거나 어떤 서사적 신념이 앞설 경우 더욱 어찌할 수 없는 것으로 받아들이는 그런 입장이라면 매우 소박한 단순시각이 아닐 수 없다. 문제는 그런 조건이나 신념이 소재의 덩어리로 그대로 남아 있는데도 불구하고 조건과 신념의 유행성에만 반응하는 일부의 시인 작가 비평가가 있다는 데 있다.

　5월에 읽은 신찬식의 시집 「목공예수」는 그런 점에서 시사를 던지는 바가 있다.　신찬식의 시는 대체로 사실의 말에서 출발하고 있는데 그렇다고 사실이 그대로 익지 않은 채 엉겨져 있거나 사실에서 보여주는 어떤 서사적 신념에 바로 이어져 있질 않다.

왜 그런가? 이 물음에 대한 답은 두가지 측면에서 해 볼 수 있다. 신찬식의 시는 사실의 말에서 출발하지만 편편이 상황이 설정되어 있어서 그 상황 안에서 사실의 말이 전체를 한묶음으로 상상의 말로 올라서고 있다.

이것이 그 첫 번째 대답이 된다. 또 하나의 대답은 연작시 「노동수첩」5편이나 「목공예수」13편이 모두 노동하는 이들의 이야기면서 서사적 신념의 큰 덩어리로부터 출발한 것이 아니라 인간적 교감의 한 작은 단서를 제공하고 있을 뿐이다. 이 점이 그의 시를 부담없이 읽게 해 준다. 그러면서도 집단의식이나 보다 큰 쪽의 사회적 관심을 상상으로 펼쳐나가게 하고 있다.

말하자면 신찬식의 시는 소재주의와는 별개의 관심에서 읽힐 수 있다는 점에서 돋보인다. 「노동수첩 · 2」「노동수첩 · 3」이 특히 그러하다. 「떠나가는 타그보트 선상에서/동료 노동자가 건네주는/사과 하나 깨물다가/빨갛고 예쁜 사과 한 알 깨물어 먹다가/뉘 몰래 가만히 꺼내서 선글라스 끼네./잇무늬 묻어나는 감미롭고 하얀 속살속에/우리 딸아이의 소망 담긴 까만 눈동자/씨방을 지켜 오롯이 여물었음을…」(「노동수첩 · 3」에서)와 같은 대목은 매우 아름답다. 소재는 하나의 힌트, 혹은 계기가 되어 있다.

아름다운 상상으로 가게 해 주는 출발신호라고나 할까? 「목공예수」연작시에서의 「노동」도 이웃에서 예수 그리스도를 보는 성서적 발상을 이끌어내는 데 이바지하고 있지 노동 자체의 절대의미를 캐기 위해 쓰인 것이 아니다.

나로서는 신찬식의 시에 욕심을 부려서 두 가지를 제시할 수 있다. 말을 반복으로 잘게 끊는 대목이 이미지의 확충으로 대치되어야 한다는 점이 그 하나이고, 「목공예수」연작시의 경우 시의 말하는 이가 바라보는 입장에서 활동하는 입장으로 바뀌었으면 하는 것이 그 두 번째이다.

『현대시학』에 실린 김석규의 시 4편 가운데 「청마 시비 앞에서」가 같은 관심에서 읽힌다. 김석규의 시는 윤동주의 시처럼 한 편의 시 안에서 사실의 말과 상상의 말이 확연히 구별되고 있다. 그만큼 할말이 구체적이고도 생활속에서 걸러져 나온 것이라 할 수 있다. 근년에 보기 드문, 삶의 성찰이 준열한 것으로 읽힌다.

사실 김석규의 시처럼 「사는 대로의 삶의 시화」에 철저한 것도 우리 시단에는 드물다. 그만큼 시화의 조건이나 서사적 신념에 잇닿아 있는 셈이지만 그는 그런 것들을 소재의 개별성으로 녹여 버리는 데 능하다. 그리고 사실의 말과 상상의 말을 한 편 속에 평형을 이루게 하는 데도 기민한 셈이다.

제 3 부

김소월의 〈접동새〉

접동
접동
아우래비 접동

津頭江 가람가에 살던 누나는
津頭江 앞 마을에
와서 웁니다.

옛날, 우리 나라
먼 뒤쪽의
津頭江 가람가에 살던 누나는
의붓어미 시샘에 죽었습니다.

누나라고 불러 보랴
오오 불설워
시새움에 몸이 죽은 우리 누나는
죽어서 접동새가 되었습니다.

아홉이나 남아 되던 오랩동생을

죽어서도 못 잊어 차마 못 잊어
夜三更 남 다 자는 밤이 깊으면
이 山 저 山 옮아가며 슬피 웁니다.

① **맛** : 구슬프다.

② **느낌** : 접동새 피울음으로 살아남은 몸이 죽은 누나가 원한에 차서 우는 것보다는 이승에 두고 간 오랩동생을 걱정하여 밤이 깊어 잠드는 시간에도 잠 못 이루고 울고 있다는 느낌이다.

먼저 돌아간 어머니를 대신하여 살아있는 오랩동생들의 끼니와 빨래, 의붓어머니의 시샘을 걱정하여 우는 양이 우리들 동기간의 누나라 여겨지게 한다.

③ **맛깔 더듬기** : 이 시는 전래되는 민담을 시로 만든 작품이다. 지지리도 자식을 많이 낳고 오래 살지 못하고 아내가 죽어 버리자 새 부인을 맞아들인 남편은 세상일에 바빠 밖으로 나도는 사이 새 부인은 의붓어미로서 온갖 시샘과 학대를 전처 자식들에게 가했다.

사내 아이들은 그래도 밖에 나가 노는 동안은 시샘과 학대를 피할 수 있었으나 여식아이(누나)는 영락없이 집안에 묻혀 의붓어미의 온갖 박대를 혼자 안아 견뎌 내어야 했다. 밥하고 빨래하고 설거지하고 물기르고 나면 어느새 저녁해가 서산에 기울었다. 몸으로 때우는 일로 피곤하여 괴롭지는 않았다.

의붓어미의 눈총과 질책, 칼날 같은 결점 꼬집기와 온갖 흠집 내기에 끝내는 못견뎌 여식 아이는 죽었다. 죽어서 피울음을 우는 접동새가 되어 진두강 앞마을에 밤 깊으면 날아와 기막히게도 구슬프게 울었다.

제 몸이 죽어 이승을 떠난 것이 구슬픈 것이 아니라 제대로 못먹고 구박만 받으며 눈물로 살고 있는 동기간들이 불쌍해서 밤마다 와서 우는 것이다.

그것도 한 자리에서 마음놓고 우는 것이 아니라 너무 불쌍한 마음, 너무나 안타까운 마음으로 이 산에서 접동, 저 산에서 접동하며 옮겨가며 우는 것이다.

이런 슬픈 이야기를 시로 써 놓으니까 읽어내리는 동안 우리는 남의 이야기로 불구경하듯 바라만 보게 되는 것이 아니라 어느새 내 이야기요 내 서러움이 되어서 "누나라고 불러보랴."라고 말하는 작품 속 말하는 이의 심정이 되어버린다.

민담을 시로 써서 김소월을 민요조의 시인이라 하는 것만은 아니다.

그것은 구체적으로 가락에서 드러나는 것으로 보인다. 흔히들 7.5조라 하는 음수율을 잘 쓰는 시인이 소월인데 이 시에서도 7.5조 기본의 음수율을 보이고 있다. 그러나 7.5조는 3.4(또는 4.3)5의 세 걸음 가락으로 읽을 수 있는데 세 걸음가락을 민요조라 할 수 없다. 민요조는 대개 네 걸음 가락으로 드러나기 때문이다.

"형님오네/형님오네/분고개로/형님오네"를 보면 분명 네걸음 가락이다. 김대행 교수는 「접동새」를 네 걸음 가락을 바탕으로 행갈이 해 놓은 것으로 파악하여 민요조와 접맥시켰다. "津頭江/가람가에/살던/누나는"으로 읽으면 된다는 이야기이고 또 그렇게 읽힌다는 것이다. 들어볼 만한 견해다.

그리고는 짜임면에서도 민요의 짜임을 그대로 따르고 있다고 보았다. 일테면 "형님오네(a)/형님오네(a)/분고개로(b)/형님오네(a)"의 aaba형을 시 「접동새」도 그대로 밟고 있다는 것인데 첫도막을 보면 "접동(a)/접동(a)/아우래비(b)/접동(a)"으로 이어져서 aaba형을 보인다는 지적이다.

뿐만 아니라 둘째 도막에서 다섯째 도막으로 이어지는 짜임을 보아도 이 지적은 그대로 유효함을 알 수 있다.

둘째(a) 셋째(a) 다섯째(a) 도막은 민담의 서사적 줄거리이고 넷째 도막(b)은 작품 속 말하는 이의 감정이 들어 있기에 aaba형의 짜임이 되는 것이다. 왜 이 시가 우리의 숨결에 그대로 포개지는지를 이런 데서 그 까닭을 찾을 수 있게 된다. 또 첫 도막을 빼고 나면 둘째 도막부터 끝 도막까지 기·승·전·결로 이어짐도 눈여겨 볼 수 있다. 그 만큼 짜임이 자연스럽고 완벽함을 알 수 있는 것이다. 소월이 쓴 말도 민요의 그 토속성에 연결되어 있음을 놓쳐 볼 수 없다. '아우래비'는 '아우+오래비'의 복합어가 아니면 '아홉 오래비'의 복합어일 터이다. 그리고 소리로서 접동새 울음을 환기시키고 있음도 간과할 수 없고 소리의 활음조(유포니)현상을 보이고 있음에도 유의할 필요가 있다. 오라버니와 동생을 '오랩동생'이라 한 것은 글자수에 맞추기 위한 것으로 읽히고 종결어미를 경어체로 한 것은 서러움의 간절함에 보탬이 되는 것으로 인정된다.

④ **뒷 그림자** : 하나밖에 없는 시집 간 우리누나, 이불을 서로 안 갤려고 다투다가 끝내는 양보하여 빗자루를 들고 방청소 하던 우리 누나, 아이들에게 맞고 집으로 돌아올 때면 울먹이며 다독거려 주던 우리 누나, 큰 집 누나 시집가는 날 둘이서 합의하여 결석을 결행했던 뜻이 잘 맞던 우리 누나, 서울로 공부하러 갔다가 돌아오면 밤새워 서울 일을 들어주며 동김치와 배추뿌리를 밤참으로 내어놓던 우리 누나, 걸인들이 오면 밥 한 그릇 듬뿍 담아 정성으로 대접해 주고 동청의 경순이 어머니를 그리도 불쌍히 여겨 남들이 다 하대를 해도 깍듯이 인사하고 모시기를 극진히 하던 우리 누나, 아버지 어머니 말씀이면 대꾸를 하지 않고 그대로 따르는 것이라고 언제나 타일러 주던 우리 누나, 시집갈 때는 눈물이 앞을 가려 대문을 제대로 못나서며 몸이 성치 않은 어머니를 붙들고 울음을 속으로 다스리던 참기를 잘하던 우리 누나, 그런 우리누나 생각이 머리를 채우고 가슴에 불서러움을 댕겨 주고 있다.

한용운의 〈복종〉

남들은 자유를 사랑한다 하지마는, 나는 복종을 좋아해요.
자유를 모르는 것은 아니지만, 당신에게는 복종만 하고 싶어요.
복종하고 싶은데 복종하는 것은 아름다운 자유보다도 달콤합니다.
그것이 나의 행복입니다.
그러나, 당신이 나더러 다른 사람을 복종하라면 그것만은 복종할
수 없습니다.
다른 사람을 복종하려면 당신에게 복종할 수 없는 까닭입니다.

① **맛** : 달콤하다.

② **느낌** : 사랑은 참으로 주는 것임을 느끼게 한다. 주는 것의 절정
이 복종임을, 복종에서 자유보다 더한 기쁨을 얻는다는 것을 깨닫고
느끼게 한다. 여인의 일부종사(한 지아비만을 섬기는 일)와 인종의 미
덕이 되살아나 우리나라 여인들의 아름다움이 '이것이다'고 말해 주는
듯하다.

③ **맛깔 더듬기** : 이 시는 복종의 아름다움을 힘주어 말하고 있다.
메시지 중심의 시다. 말하자면 내용 중심의 관념시인 것이다. 뜻이 속
으로 숨어 있는 것이 아니라 밖으로 드러나 있다. 표현보다는 진술적

흐름으로 시가 쓰여져 있다. 그러므로 설명이 따로 필요없는, 그 뜻을 금방 알아차릴 수 있는 시다. 다만 자유보다 더 달콤하고 그래서 더 좋아 할 수밖에 없는 복종이기에 복종하는 대상이 누구인가가 문제가 될 뿐이다. 사랑하는 연인인가. 아니면 흔히들 말하는 조국인가 부처인가? 또는 두리뭉수리로 말해 절대 진리인가?

나는 이 시가 실려 있는 시집『님의 침묵』을 다 읽고 도달한 판단은 단순한 연인인 이성이 아니라는 데 있었다.

그렇다고 한용운이 스님이라 하여 부처님이라거나 조국광복을 위해 투쟁한 독립운동가라 하여 조국이라고 단정하기에는 매우 어려운 구석이 있었다. 그리하여 그 대상을 잠정적으로 <큰님>이라 이름 붙였다. 연인으로서의 이성보다는 뭔가 큰 대상이긴 한데 그렇다고 확실히 승복할 수 있는 근거를 제시하기 힘들었기 때문이다. 하나의 대상을 그렇게 절절히 못잊어 하고 그렇게 절절히 놓치지 않으려 하고 그렇게 절절히 회복시켜야 할 것으로 노래한 시인은 아마 이 지구상에서는 매우 찾아 내기 어렵지 않을까 한다. 대상이 단순한 사람이라면 체념이 따르기도 하고 증오에 몸부림치기도 하고 실존적인 고뇌나 우수에 젖기도 할 터인데 전혀 그렇지가 않음에 나는 우선 놀라지 않을 수 없었다.

이야기를 돌려보자. 시「복종」의 말하는 이 <화자>는 한용운이 아니다. 시인은 여자의 탈을 쓰고 있다. 문장의 종결어미가 여성운(韻)을 이루고 있어서 여성적인 정서의 지배를 받고 있다. ‘해요’ ‘어요’ ‘합니다’가 그것으로 이들이 ‘복종’이라는 한국적 인종의 미덕에 어우러지면서 효과를 훨씬 절절히 내고 있다. 남자가 복종을 한다고 말하는 쪽이 되면 상하관계나 군대의 계급관계를 연상하게 될 것이다. 그렇게 될 때 복종이라는 정서의 보편성을 찾을 수 없게 되고 말 터인데 시인은 이 점을 잘 간파한 듯하다.

한용운은『님의 침묵』시집 전편의 시에서 대체로 여자의 탈을 쓴 시를 선보였다. 독립운동가로 불퇴전의 용기와 추진력을 가졌던 사람으로는 기이하다 싶게 여성적 정서 중심으로 시를 썼다. 시의 효과와 시의 어조가 하나로 어울리는 것임을 잘 알았던 듯 싶다.

그리고 시 「복종」을 시이게 하는 근거로는 세 가지를 집어낼 수 있다. 가락과 댓구와 핵심어 중심의 시상전개가 그것이다. 가락은 세 걸음(3음보)과 네 걸음이 얼섞여 있는데 세 걸음 중심으로 흐르고 있다.

첫줄에서 "남들은/자유를/사랑한다/하지마는"은 네 걸음이고 "나는/복종을/좋아해요"는 세 걸음이다. 둘째줄도 흐름이 꼭같다. 그런데 세째줄은 다르게 세 걸음의 세 번 반복으로 되어 있다. 그 뒤는 네 걸음과 세 걸음의 교차로 이어지고 있는데, 이러한 가락 모습은 매우 전통적이다. 신라 노래나 고려노래 등에서 보여준 전통적인 시가의 가락이 세 걸음에서부터 네 걸음으로 이어져 있기 때문이다. 현대시의 가락도 대체로 그 내재적인 가락이 이런 세 걸음과 네 걸음의 교차 반복으로 이룩되기 마련인데 이 시도 그런 정석을 보여주고 있다.

이 시의 댓구는 하나의 줄에서 이루어지고 있음을 볼 수 있다. "남들은 자유를 사랑한다 하지마는↔당신에게는 복종만 하고 싶어요"에서도 앞과 뒤를 댓구로 연결시켰다. 이로써 댓구의 환기, 대조, 힘주기의 기능을 살려 시석 흥취를 돋워내고 있다.

시상의 전개는 또 '복종'을 중심으로 일관되게 이루어지고 있어 시로서의 응축이 성취됨을 볼 수 있다. "복종이 좋다→당신에게만 복종하고 싶다→복종은 자유보다 더 달콤하다→다른이에게는 복종할 수 없다"로 이어져서 글감 밖으로 상이 분산되지 않는다. 이로써 시가 갖는 '함축성' '응축' '상징' '내포'등의 기능이 살아나 있음에 유의할 수 있다.

④ **뒷 그림자** : 복종할 대상이 있다는 것은 행복하다. 한용운 스님은 그런 면에서 행복한 분이다. 설악산 신흥사에서 목탁을 치는 스님의 눈시울이 크게 다가온다. 서울 한 구석 심우장이나 선원에서 가부좌해

있는 스님의 목덜미도 크게 다가온다. 쓸쓸한 시대에 살아도 쓸쓸한 구석이 없이 해맑았던 스님의 모든 것이 그대로 다가온다.

시베리아 횡단을 목표로 바랑짐 짊어지고 압록강을 넘던 스님의 팔이 매우 잽싸다. 질타와 호통을 아끼지 않았으면서도 이리 착하고 고운 심성으로 복종할 수 있는 스님. 눈에는 언제나 삼천리 강산이 하나의 초점으로 잡혔던 스님, 그런 분의 '당신'은 삼천리 강산에 맞먹는 그런 존재가 아니었을까?

주요한의 〈빗소리〉

비가 옵니다.
밤은 고요히 깃을 벌리고
비는 뜰 위에 속삭입니다.
몰래 지껄이는 병아리 같이

이즈러진 달이 실낱 같고
별에서도 봄이 흐를 듯이
따뜻한 바람이 불더니
오늘은 이 어두운 밤비가 옵니다.

비가 옵니다.
다정한 손님같이 비가 옵니다.
창을 열고 맞으려 하여도
보이지 않게 속삭이며 비가 옵니다.

비가 옵니다.
뜰 위에 창밖에 지붕에
남 모를 기쁜 소식을
나의 가슴에 전하는 비가 옵니다

① **맛** : 한없이 아늑하다.

② **느낌** : 금방이라도 너무 간절히 그리워서 잊어버리고 지내던 그리운 이가 성큼 문을 열고 들어설 것 같다. 다정히 손을 붙들고 그냥 지나간 사연을 눈으로 말하면서 그 눈으로 눈물 두어 줄기 뿜어내며 그 동안의 무소식을 용서 청하기라도 할 것 같다.

③ **맛깔 더듬기** : 이 시는 보기 드물게 매끈한 서정시다. 1920년대 이전의 우리나라 시가 가락 중심의 서정시가로 볼 수 있는데 이 시는 1920년대 들머리의 시로서는 기법도 제법 갖추고 이미지 구사도 곁들여서 서정을 보다 심도있게 풀어내고 있다.

작가 주요한은 사물을 보는 눈이 아주 긍정적이다. 밤비를 대상으로 쓰면서 칙칙하거나 절망적이거나 우울한 것으로 노래하지 않고 다정하고 따뜻하고 희망적인 것으로, 그리하여 '남 모를 기쁜 소식'의 전령사로 노래하고 있다. 그리고 밤을 고요히 깃을 벌리고 새끼(병아리)를 품는 모성에 비겨 노래하고 있음이 이채롭다.

이 시의 말은 일상어 그대로이다. 관념어 투성이의 계몽조도 아니고 기교중심의 조어도 보이지 않는다. 그저 생활속에 잘 녹아 있는 낯익은 말들로 꽉 채워져 있다. 문장의 끝처리도 경어체 '습니다'를 놓으므로써 아늑한 분위기를 만들고 있다. 거기다 '고요히' '속삭이고' '따뜻한' '다정한' '기쁨'등의 낱말들이 깍지끼듯 이어지게 되면서 아늑함이 한결 돋워지게 됨을 본다. 그리고 작품 속의 소도구로 등장하는 '뜰' '달' '바람' '창' '지붕' 등은 참으로 낯익은 것들로 어머니의 태에서 나와 이 땅을 딛고 선 이래 한결같이 접해왔던 고향 공간의 이미지들이다.

가락은 세 걸음 기본으로 되어 있는데 1, 3, 4연의 첫줄만 두 걸음으로 파격이다. 세 걸음이 네 걸음보다는 가벼워서 기다림의 설레임에 잘 어울려 시의 전반적인 정조가 격(格)을 얻는데 이바지하고 있다.

'비가 옵니다'의 되풀이도 시의 가락에 일조를 하고 있는데 그 배치를 보면 변화의 묘를 살렸다.

　1연에 <비가 옵니다> 한번 쓰임 : 앞쪽에

　2연에 <비가 옵니다> 한번 쓰임 : 뒤쪽에

　3연에 <비가 옵니다> 세번 쓰임 : 앞·중간·뒤쪽에

　4연에 <비가 옵니다> 두번 쓰임 : 앞·뒤쪽에

　1연엔 앞쪽, 2연에 뒤쪽 그리고 3연에 세 번 쓰이면서 앞쪽, 중간쪽, 뒤쪽에 놓였고 4연엔 두 번 쓰이면서 앞쪽과 뒤쪽에 놓였다. '비가 옵니다'의 배치만 놓고 보아도 시의 기·승·전·결의 전개를 감지할 수 있다.

　비유로는 주로 직유와 의인화를 썼는데 인간의 기본 서정과 잘 맞아 떨어지고 있음을 본다. '병아리같이' '흐를 듯이' '손님같이' '실낱같고' 등의 직유는 매우 소박하고 '속삭입니다'는 비를 다정하고 아늑한 분위기를 자아내는 한 인격체로 세우는 데 효과적임이 드러난다.

　짜임을 보면 네 도막(연)으로 안정감을 주고 있으며 각 도막도 똑같이 넉 줄로 되어 있어서 4·4기본틀을 보인다. 시 전체의 분위기와 정조를 적절히 통제하는 특성을 갖고 있는 셈이다. 이는 낭만파 시인들의 시가 감정 방출이 무절제하기 십상인데 비해 그점 안심해도 좋은 최소한 장치로 이해된다.

　④ **뒷 그림자** : 비가 내리고 칠흑 같은 밤으로 속박되는 시대에 우리는 어찌 살아야 하는가? 밤비 주럭주럭 내리는 소외와 갇힘의 상황에서 우리는 어떻게 대처하며 살아야 하는가? 이런 조금은 당돌한 질문 앞에 서게 된다. 어떤 이는 팔을 걷어 부치고 밖으로 돌진해 나가야 한다고 할 것이고 어떤 이는 무던히 기다리며 내면을 가꾸며 꿈을 포기하지 않는 것이 옳다고 할 터이다.

　주요한은 뒤쪽의 길에 서 있다. 달이 우리 고향의 달이듯이 뜰도 우리 고향의 뜰이듯이 밤비 또한 우리들의 것이다. 그 밤비를 조용히 받아들이면서 밤비가 밤비이기 때문에 새벽을 두드리는 초병의 역할을 거뜬히 해주리라는 긍정적인 시각을 가질 수 있다. 그래서 그는 남모를 기쁜 소식으로 비를 대하며 그 전령사로 기꺼이 치켜 세워 놓고 있지 않은가.

김안서의 〈오다가다〉

오다 가다 길에서
만난 이라고
그저 보고 그대로
갈 줄 아는가

뒷산은 청춘
풀잎사귀 푸르고
앞바단 중중
흰 거품 빌려 논다.

산새는 죄죄
제 흥을 노래하고
바단엔 흰돛
옛길을 찾노란다.

자다깨다 꿈에서
만난 이라고
그만 잊고 그대로
갈 줄 아는가

십리 포구 산 너먼
그대 사는 곳
송이 송이 살구꽃
바람과 논다.

수로 천리 먼먼 길
왜 온 줄 아나.
예전 놀던 그대를
못잊어 왔네

① **맛** : 한없이 정겹다.

② **느낌** : 세상 모든 이들에 대한 뜨거운 정이 느껴진다. 한 사람 한 사람이 예사롭지 않고 그 자리에 꼭 있어야 할 사람으로 보이며 누구나 제 몫으로 제 자리에 있어 보인다. 비단 '그대'가 아니라 익명의 다수에게라도 다정히 손을 잡고 오래 만나지 못했던 사정을 이야기하며 도란도란 시간을 보내고 싶어진다.

③ **맛깔 더듬기** : 이 시는 낙천적인 인정미가 넘치는 민요풍의 서정시다. 김소월의 시라고 해도 그냥 그렇게 알아 들을 만하다. 사실은 작자 안서 김억은 김소월의 스승인데 제자가 너무 이름이 나서 오히려 묻히는 감이 없지 않다.

가락에서 우선 김소월과 흡사하다. 대체로 7 · 5조 내지 4 · 3 · 5(3 · 4 · 5) 세 걸음배기를 적당히 줄 바꾸기 한다는 점에서 그러하다. 그러나 이 시는 세 걸음배기의 두 줄 처리로 보기보단 전통민요조의 네 걸음배기의 두 줄 처리로 보는 것이 옳을 성 싶다. 왜냐하면 그렇게 읽히기 때문이고 또 둘째와 셋째 도막(연)이 5 · 7조로 거꾸로 되어 있기 때문이다.

"오다 가다/길에서/만난/이라고"와 "그저보고/그대로/갈 줄/아는가"

로 읽히고 "뒷산은/청춘/풀잎사귀/푸르고"와 "앞바단/중중/흰거품/밀려 돈다"로 읽힌다. 이런 가락에는 직정적인 정감이 실리기에 알맞고 뜻도 속깊은 것보다는 생활의 편린을 그대로 노출시키는 데 알맞다. 그만큼 민요풍이라는 말이다.

이 민요풍을 뒷받침해 주는 것으로 생활에 밀착된 구절을 들 수 있다. "오다 가다 길에서/만난 이라고"나 "자다 깨다 꿈에서/만난 이라고"나 "예전 놀던 그대를/못잊어 왔네"가 그런 구절이다. 이런 구절들은 입에서 늘상 맴도는 것으로 거의 무의식적으로 쓰여지는 말이다. 시의 말로서 새로이 참신하게 짜낸 말이 아니기 때문에 일견 상투적이라 할 수 있다. 그러나 생활의 보편 감정을 가락에 실어 올리기 위해서는 필요한 구절들로서 민요에서 보이듯이 문학의 굴절 없는 삶의 공간화에 몫을 하고 있다고 봄이 옳다.

시에 쓰여진 소도구들도 생활의 보편 감정을 노래하는 데 주로 쓰여지는 것들이다. 산, 풀잎, 바다, 바람, 산새 등과 흰돛, 포구, 살구꽃 등인데 앞 5개는 단위가 큰 도구이고 뒤 3개는 비교적 구체성이 있는 도구이다. 구체성이 있기는 하나 개별적 체험이나 정서가 드러나기보다는 인간의 보편적 정서가 드러나기 십상이다. 그러므로 시에서 "십리포구 산너머"의 구체적 장소는 딱히 어디다 하고 지직할 필요가 없고 "예전 놀던 그대" 꼭히 누구다 하고 알아낼 필요가 없다.

쓰여진 수사법으론 댓구, 의성어, 문답, 의인화 등 다양하다. 댓구는 둘째 도막(연)과 셋째 도막에서 잘 쓰였는 바, "뒷산은 청춘/풀잎사귀 푸르고↔앞바단 중중/흰 거품 밀려 돈다."와 "산세는 죄죄/제 홍을 노래하고↔바다엔 흰돛/옛길을 찾노란다."가 그것이다. 이 댓구도 주정적인 시에서 감정 방출을 어느 정도 간추리는 몫을 하기 때문에 효과적으로 쓰인 것이 아닌가 한다. 새소리를 흉내낸 '죄죄'가 눈에 띄고 바다 물결이 겹겹으로 밀려드는 소리를 '중중'으로 흉내낸 것이 이채롭다. '중중'은 소리일 뿐 아니라 한자 '重'을 겹쳐 놓은 말로서 물결이

거듭 밀려 돈다는 뜻까지 포함하고 있다.

문답법은 끝도막에서 완벽하게 쓰여졌는데 "수로 천리 먼먼 길/왜 온 줄 아나"가 물음이고 "예전놀던 그대를/못잊어 왔네"가 답이다. 이 문답법 역시 생활에 밀착된 구절들과 더불어 시의 생활공간화에 기여하는 수사이다. 생활구어가 시에 그대로 들어옴으로써 거기에 실린 생활 속의 애환이 가감없이 수용될 수 있기 때문이다.

의인화로는 "뒷산은 청춘" "산새는 제 흥을 노래하고" "바다엔 흰돛/옛길을 찾노란다" 등에서 구사되고 있다. 사실 이와 같은 의인화는 시적 공간에서만 사용되는 것이 아니라 생활어 가운데서도 얼마든지 찾아진다. 그러므로 시적 기법으로 치기에는 무리가 있다고도 볼 수 있다.

시의 짜임도 재미가 있어 보인다. 문답법이 끝도막에서 완벽히 이루어 졌다고 지적한 바 있으나 시 전체가 문답의 되풀이로 이어져 있음을 눈여겨 볼 만하다. 곧 "묻고(첫째 도막)→대답·환기하고(둘째 셋째 도막)→묻고(네째 도막)→대답·환기하고(다섯째 도막)→묻고 대답하고(여섯째 도막)"의 흐름으로 볼 수 있기 때문이다. 그리고 의미 중심의 도막과 이미지(형상화) 중심의 도막이 교체 반복되는 짜임도 예사로 넘길 수 없다.

첫째 도막－의미 중심
둘째 도막－이미지 중심(뒷산, 풀잎사귀, 바다, 흰거품)
셋째 도막－이미지 중심(산새, 바다, 흰돛, 옛길)
넷째 도막－의미 중심
다섯째 도막－이미지 중심(포구, 송이송이 살구꽃, 바람)
여섯째 도막－의미 중심

위에서 볼 때 둘째 도막과 셋째 도막이 이미지 중심으로 겹쳐 있고 나머지는 정직하게 "의미→이미지→의미"의 순으로 흐르고 있다. 시

짓기의 훈련이 깊숙히 이루어져 있게 되면 이와 같은 배려는 거의 의식하지 않은 상태에서도 달성될 수 있다.

④ **뒷 그림자** : 풍류 기질을 타고나 역마살이 잡힌 시인의 떠돌이 생활이 연상된다. 술 한 잔에 풀잎사귀 매만지고 술 두 잔에 산새 따라 흥얼거리는 시인의 낭만, 지나는 객이 누구든 손잡고 술 한잔 권하는 인정에 이끌려 퍼질고 앉아 함께 해 주는 다정함. 송이송이 살구꽃도 취기를 거들어 나풀거리고 십리 포구 푸른 물도 하냥 넘실거린다.

이런 풍류에 수로 포구가 무엇인가? 수로 천리 먼길이 이미 눈 앞에 와 바짝 다가서고 예전 놀던 그대가 아릿다운 모습 그대로 거리를 뛰어 넘어 자리를 이미 함께 하고 있는 것을. 중중 바다 물결아 일어라. 거기에 그대 겹쳐 일면 오던 길 가던 길도 겹쳐서 일고 꿈지리 그 아련한 아지랑이도 겹쳐서 일리라.

이상화의 〈달아〉

달아!
하늘 갓득이 서리운 안개 속에
꿈 모닥이같이 떠도는 달아
나는 혼자
고요한 오늘밤을 들창에 기대어
처음으로 안잊히는 그이만 생각는다.
달아!
너의 얼굴이 그이와 같네.
언제 보아도 웃던 그이와 같네.
착해도 보이는 달아
만저 보고저운 달아
잘도 자는 풀과 나무가 예사롭지 않네.
달아!
너의 얼굴이 그이와 같네.
나도 나도
문틈으로 너를 보고
그이 가깝게 있는 듯이
야릇한 이 마음 안은 이대로
다른 꿈은 꾸지도 말고 단잠에 들고 싶다.

　달아!
　너는 나를 보네.
　밤마다 손치는 그이 눈으로.
　달아 달아
　즐거운 이 가슴이 아프기 전에
　잠재워 다오. 내가 내가 자야겠네.

① **맛** : 야릇하다.

② **느낌** : 사랑하는 그이를 달빛 환히 받으며 생각하는 것만으로 행복해 하는 말하는 이(화자)가 한 편으로는 천진해 보이고 한 편으로는 처량해 보인다. 사람은 왜 안잊히는 사람과 늘 함께 할 수 없는지, 이 시는 우리에게 다시 한 번 묻고 있는 것처럼 느껴진다.

③ **맛깔 더듬기** : 시 「달아」는 이상화가 1926년 『新女性』31호에 발표한 주정적 서정시다. 이상화를 흔히 우리나라의 진정한 로맨티스트라 하는데 그 까닭은 첫째 감정 중심의 센티멘탈리즘에 철저하다는 점, 둘째 직정적이고 정의감을 드러내는 기사도 정신도 비교적 배어 있다는 점에서 찾고 있다.

이 시에선 감정의 대량 방출만 있지 정의감을 드러내는 공동체 의식과는 무관한 듯이 보인다. 그러므로 서구적 의미에서의 로맨티시즘 시라고 말할 수는 없다.

「달아」는 달을 보고 그이를 생각하며 잠못 이루는, 말하는 이의 안타까움이 그냥 그대로 가슴에 와 닿는다. 말을 곰곰 씹어 보고는 오래 머리를 써서 음미해야 속뜻이 드러나는 그런 시가 아니라 감정이 곧이곧대로 드러나 있어 그 감정이 지시하는 대로 따르다 보면 하고자 하는 말의 의도가 말의 끝자리에서 금방 노출되는 시다.

수사도 거기에 알맞게 영탄, 반복, 초보적인 비유(직유)등이 쓰여지고 있다. 「달아!」를 한 줄로 놓는 영탄을 네 번이나 썼고 줄 속에서는 다섯 번이나 썼다. 모두 한편에서 아홉번이나 쓰여진 것만 보아도 시가 얼마나 감정에 기대고 있는가를 짐작할 수 있다. 고전시가에서 달을 영탄으로 도입한 작품으로 「찬기파랑가」와 「정읍사」를 들 수 있다. 두 편 다 달을 통해 사람을 떠올리고 있는데 그 사람이 그리움의 대상임은 말할 것도 없다. 「찬기파랑가」에서는 기랑의 모습을, 「정읍사」에서는 낭군의 모습을 떠올리며 그리움의 정을 강하게 드러내었다.

그러나 이 시에서는 그이가 누구인지 분명히 집어 말하지 않았기 때문에 오히려 더 감질나는 맛을 주고 있다. 다만 '안잊히고' '착하고' '만저 보고저운' '손치는 그이 눈' 정도로 이를 말해 놓았을 뿐이다.

감정 중심으로 쓰여지는 시는 반복법 활용이 빈번하게 된다. '달아'의 반복, '같네', '나도 나도' '내가 내가'등의 되풀이가 그렇다. 절제에서 풀려난 말이 많아지게 되기 마련인데 말 많아짐의 현상 가운데 하나가 기법상의 반복인 것이다.

초보적인 비유로는 '꿈모닥이 같이' '그이 가깝게 있는 듯이' 등이 쓰이고 있다. 이러한 직유는 독자로 하여금 시적 상상의 길목에 들어서게 하는 최소한 장치인데 '꿈모닥이 같이'는 꿈을 '모닥이'로 연결해 놓은 발상의 참신함 때문에 매우 신선해 보인다. 그리고 '그이 가깝게 있는 듯이'는 거의 자연 발생적인 표현으로 읽히므로 기법적 차원으로 볼 수가 없다. 그만큼 단순하다는 말이다. 가락은 대체로 세 걸음배기(3음보)와 네 걸음배기(4음보)가 교차되는 가운데 '달아'나 '나는 혼자' '나도 나도'등 한 걸음과 두 걸음짜리가 얼섞여 있음을 본다. 특히 '달아' 한 걸음짜리가 놓여지는 자리는 짜임에 있어 전환의 자리임을 볼 때 시인의 호흡이 비교적 단련되어 있음을 알게 된다.

시의 낱말은 토속적인 맛이 나게 대구지방에서 쓰는 생활어를 군데군데 쓰고 있음이 눈에 띈다. '갓득이' '모닥이' '보고저운' '손치는' 등이 그것들로서 '손치는 이'가 잘 찾아낸 낱말로 읽힌다. 손님을 맞이하고 대접한다는 뜻으로 주로 쓰이는 말인데 이 시에서는 그런 뜻 가지고는 잘 통하질 않는다. 손짓한다는 뜻으로도 사용하는 말이기도 하여 그 뜻을 적용하면 그대로 들어맞는다. 말하자면 "밤마다 손짓을 하는 그이의 눈으로"가 된다는 말이다.

　짜임은 기·승·전·결로 이루어져 있다. 각 대목의 첫머리가 모두 「달아!」로 되어 있어서 구별해 내기가 쉽다. 각 대목을 요약하면 아래와 같이 된다.

　　　　기 : 달 보고 그이를 생각함
　　　　승 : 달이 그이 모습과 같음
　　　　전 : 달을 곁에 두고 꿈꾸고 싶음
　　　　결 : 달아, 나를 잠재워 다오

　감정이 이끄는 대로 쓰여진 시이면서도 짜임과 그 흐름은 거의 완벽하다 할 정도로 되어 있다. 이것이 상화시의 수준이고 시인으로서의 능력이 아닌가 한다.

　④ **뒷 그림자** : '그이'를 생각하며 잠 못드는 말하는 이의 모습이 안쓰럽게 다가온다. 얼굴은 달빛처럼 창백하고 두 눈은 푹 들어가 버리고 가슴도 재가 되어 앙상해져 있는 모습. 밤마다 이슬은 소리없이 풀잎에 내리고 온갖 미물들도 꼼지락 거리기를 멈추는 시각에 시계추 또한 가만 가만 멈추듯 하고 이삼십호 동네 집채들도 낮게 낮게 업드려 조을 때 홀로 잠못들어 보라.

　꿈은 꿈대로 집채를 넘어 등성이를 넘어 이미 하늘구름까지 박차고 일어섰고 주위는 왜경에 할퀴인 채 무엇이든 거꾸로 서거나 외면해야만 살아남을 수 있는 그런 때에 달과 짝하여 한밤을 지새운다고 생각해 보라. 밤이 오히려 대낮 같은 때를 사는 이의 고통과 번민 속에 함께 하고서야 우뚝 솟아오르는 그이가 누구인가?를 비로소 짚어볼 수 있지 않을까 한다. 움푹 들어간 눈의 깊이와 얼굴의 달빛 창백 그 찬란한 색감을 비로소 헤아려 볼 수 있지 않을까 한다.

색인

강희근 약력

1943년 경남 산청 출생
진주고, 동국대 국문과, 동아대 대학원 수료(문학박사)
1965년 서울신문 신춘문예 시부 당선
'신춘시' '흙과 바람' '진단시' '화전' 동인
공보부 신인예술상(66) 경남도 문화상(74) 조연현 문학상(95)
국립 慶尙大學校 경남문화연구소장 인문대학장
전체 교수회장 전국 국공립대 교수협의회 부회장
배달말학회장 경남문인협회 회장 역임
현 慶尙大學校 人文大學 국어국문학과 교수
경남일보 논설위원
경남 가톨릭문인협회 회장

시집
'연기 및 일기' '풍경보' '산에 가서' '사랑제' '사랑제 이후'
'화계리' '소문리를 지나며' 등

저서
'시 짓는 법' '우리 시문학 연구' '한국 가톨릭시 연구'
'글예술 이론' 등

오늘 우리 시의 표정

인쇄일 초판 1쇄   2000년 04월 25일
          2쇄   2015년 05월 15일
발행일 초판 1쇄   2000년 04월 30일
          2쇄   2015년 05월 25일

지은이 강 희 근
발행인 정 찬 용
발행처 **국학자료원**
등록일 1987.12.21, 제17-270호
서울시 강동구 성내동 447-11 현영빌딩 2층
Tel : 442-4623~4 Fax : 442-4625
www. kookhak.co.kr
E- mail : kookhak2001@hanmail.net

ISBN 978-89-8206-493-7 *93810
가 격 16,000원